LA CHANOINESSE

Bibliothèque de romans historiques

Le volume in-18 jésus, broché, 3 fr. 50

Exemplaires d'amateur sur papier de Hollande, 8 fr.

La Conquête du Paradis, par JUDITH GAUTIER.

La Sœur du Soleil, par JUDITH GAUTIER. *Ouvrage couronné par l'Académie française.*

Le Capitaine Sans-Façon (1813), par GILBERT AUGUSTIN-THIERRY.

La Savelli, *roman passionnel sous le second Empire,* par GILBERT AUGUSTIN-THIERRY.

Hassan le Janissaire (1516), par LÉON CAHUN.

Cléopâtre, par JEAN BERTHEROY.

Salammbô, par GUSTAVE FLAUBERT.

Les Gens d'Épinal (1423-1444), par RICHARD AUVRAY.

L'Élève de Garrick (1780), par AUGUSTIN FILON.

Cinq-Mars, par ALFRED DE VIGNY.

Chronique du règne de Charles IX, par PROSPER MÉRIMÉE.

Le roman du mont Saint-Michel, par Mme STANISLAS MEUNIER.

Marguerites du temps passé, par Mme JAMES DARMESTETER, née MARY ROBINSON. *Ouvrage couronné par l'Académie française.*

Volontaire (1792-1793), par JANE DIEULAFOY.

Zoroastre, par F. MARION CRAWFORD. *Ouvrage couronné par l'Académie française.*

Pougatcheff, d'après le roman russe de Salhias de Tournemine, par R. CANDIANI.

Il a été tiré à part, sur papier de Hollande, dix exemplaires numérotés de *La Chanoinesse.*

Ces exemplaires sont mis en vente au prix de **8** francs.

Coulommiers. — Imp. PAUL BRODARD.

BIBLIOTHÈQUE DE ROMANS HISTORIQUES

LA
CHANOINESSE

1789-1793

PAR

ANDRÉ THEURIET

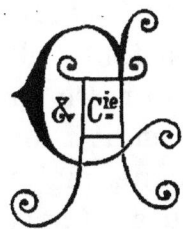

PARIS

ARMAND COLIN ET Cⁱᵉ, ÉDITEURS

5, RUE DE MÉZIÈRES

LA CHANOINESSE

PREMIÈRE PARTIE

1789

I

VENTRES AFFAMÉS

En 1788, année de sécheresse, la récolte avait manqué presque partout. L'hiver qui suivit fut exceptionnellement dur. De novembre à décembre, le thermomètre descendit à dix-huit degrés au-dessous de zéro et comme, malgré cet excessif abaissement de température, la neige n'apparut que très tard, les semailles d'octobre gelèrent. Les espérances fondées sur la moisson de 1789 se trouvèrent ainsi elles-mêmes détruites en germe. Les approvisionnements étaient insuffisants. Dès le mois de mars, la famine commença à creuser les visages hâves des pauvres gens et à épeurer les cultivateurs, qui cadenassèrent prudemment les coffres de leurs greniers.

Dans les provinces de l'Est où le froid avait été rude, la disette se fit vite sentir, notamment dans le Barrois, pays vignoble et boisé où la culture des céréales offrait peu de ressources. La capitale de cet ancien duché, Bar-le-Duc, dont la population se composait en majorité de petits boutiquiers, de vignerons et de tisserands, souffrit cruellement de la faim. Au moment de l'ouverture des États-Généraux, la municipalité constatait qu'elle avait dix mille bouches à nourrir et qu'il existait à peine dans les magasins et chez les particuliers trente mille boisseaux de froment. Cette précaire situation fut encore aggravée par un concours de malechances et de funestes chapechutes. Tout s'en mêlait : de fréquents séjours de troupes appauvrissaient la réserve de grain ; les vendanges de 1788 n'avaient presque rien produit et les propriétaires, privés de leur principal revenu, serraient les cordons de leur bourse. Le commerce allait mal ; la noblesse, qui boudait, restreignait ses dépenses et se claquemurait dans ses hôtels. Les filatures et les fabriques de cotonnades chômèrent. En plein été, on vit les tisserands oisifs errer, le ventre vide et les bras ballants, dans le faubourg de Véel, tandis que leurs femmes en haillons assiégeaient les portes des boulangeries.

Les gens qui ont déjà grand'peine à vivre de leur travail quand le pain est à bon marché, sont pris de mortelles transes lorsque le chômage vient se joindre à la disette. Les nerfs deviennent irritables, les têtes se montent, les âmes s'affolent. On veut trouver une cause à cette misère imméritée et on cherche rageusement à en faire supporter la responsabilité à quelque mystérieux bouc émissaire.

A Bar-le-Duc, les tisserands qui s'attroupaient dans les carrefours ou qui trompaient leur faim dans les cabarets, avaient tous à la bouche le nom d'un bourgeois de la ville, qu'ils accusaient de leurs maux et que la rumeur publique désignait comme un audacieux accapareur : — André Pélissier. — Originaire de la Beauce, ce Pélissier était négociant en grains. Homme habile, actif et opiniâtre, il s'était, en effet, rapidement enrichi dans le commerce des céréales et avait acheté aux d'Alençon un confortable logis, situé entre cour et jardin, qu'il habitait avec sa famille. Il n'ignorait pas les propos fâcheux qui couraient sur son compte et que la malignité de ses compatriotes se plaisait à exagérer; mais avec l'assurance que donne le succès, il n'en avait cure et continuait de vaquer imperturbablement à ses affaires. Son renom d'habileté et de solidité commerciales suffisait à tranquilliser sa conscience. D'ailleurs, au début de l'hiver et de la disette, une députation du corps municipal n'était-elle pas venue officiellement le remercier du soin qu'il avait pris pour le prompt approvisionnement des magasins? Ayant rempli son devoir, tout en se procurant d'honnêtes bénéfices, il vivait en parfaite sécurité et dédaignait les menaces qui montaient des faubourgs, comme un orage toujours grossissant.

L'assemblée des notables avait été convoquée le 27 juillet 1789, dans l'ancienne église Saint-Maxe, pour voter une adresse de remerciements à l'Assemblée nationale qui venait de décréter la création d'un comité des subsistances. Pélissier, l'un des principaux commerçants de la ville, n'avait garde de manquer à cette réunion et, vers quatre heures de l'après-midi, il quittait sa maison de la rue du Cygne pour se rendre à Saint-Maxe.

Pour cette solennité, il avait soigné sa toilette. Il portait un habit de gala de drap gris à boutons d'acier, la culotte de satin de même couleur et des bas de soie blancs. Rasé de frais, les cheveux poudrés, il cheminait lentement comme un homme qu'un embonpoint naissant gêne un peu. Il s'appuyait sur sa haute canne à pomme d'or et recherchait l'ombre, car le soleil caniculaire dardait ferme à travers de légers nuages. De temps à autre, il échangeait un salut avec les passants; sa rose figure finaude de bourgeois riche et influent accompagnait chaque coup de chapeau d'un sourire d'aimable condescendance.

Il venait de franchir le passage qui mène de la rue du Cygne au carrefour de la Couronne, lorsqu'il fut abordé par un personnage qui traversait la place en sens inverse. — Le nouveau venu pouvait avoir de trente-deux à trente-trois ans. Grand, bien proportionné, il était svelte de taille et robuste d'épaules. Ses manières et sa physionomie offraient un piquant mélange de gravité, de grâce et de brusquerie. Ses cheveux châtains sans poudre encadraient un front carré et pensif; sous d'épais sourcils bruns, ses yeux bleus étaient pleins de feu; ses lèvres bien modelées, quand elles daignaient sourire, laissaient voir de belles dents blanches qui donnaient plus de charme encore à ces rapides éclairs de gaieté. Sa toilette d'une élégance sévère avait cette simplicité raffinée que l'anglomanie mettait alors à la mode. Il portait le chapeau rond, la cravate blanche, l'habit, la culotte et les bas noirs. L'attitude de la tête, les gestes mesurés, l'expression réservée de la figure, trahissaient l'homme qui a exercé des fonctions judiciaires. — François Baujard avait, en effet, possédé la charge de lieutenant général du bailliage de Bar et il était depuis quelques mois député du Tiers à l'Assemblée nationale.

— Bonjour, monsieur le député, lui dit André Pélissier avec une déférence nuancée de familiarité; comment, vous n'êtes pas à Saint-Maxe?

— Non; il s'agit de discuter une adresse à l'Assemblée nationale et je ne puis décemment me voter des remerciements à moi-même... Mais vous, monsieur, est-ce que vous avez l'intention de prendre part au vote?

— Oui, certes, je me fais un devoir de joindre mon approbation à celle de mes amis.

Les traits du député se rembrunirent.

— Vous avez tort! répliqua-t-il avec sa brusquerie coutumière; je viens de passer près de l'église... Il y avait là des groupes d'ouvriers qui ne chantaient pas précisément vos louanges... Vous

1.

n'ignorez pas que le peuple est mal disposé pour vous?

— Je sais, repartit Pélissier en haussant·les épaules, on me traite d'accapareur!... Moi, un accapareur!... J'attends encore demain des chariots de la Woëvre qui m'amènent mille sacs de grains·destinés à approvisionner les boulangeries... J'ai fait mon devoir et plus que mon devoir, monsieur le député; ma conscience ne me reproche rien.

— Je n'en doute pas, mais vous avez des ennemis... Les foules sont ignorantes et facilement irritables... Je vous le répète, monsieur, vous agiriez sagement en vous abstenant... J'ai vu là-haut d'étranges figures et j'ai entendu des menaces qui ne·présagent rien de bon.

— Bah! les gens de Bar sont comme les petits chiens, ils aboient et ne mordent pas.

— A moins qu'ils ne deviennent enragés, riposta François Baujard, et c'est le cas aujourd'hui, j'en ai peur... Rentrez chez vous et tenez-vous-y coi...

— Monsieur le député, répondit crânement Pélissier, si je me cachais, ces braillards-là s'imagineraient que je les crains, et c'est alors qu'ils deviendraient dangereux... J'irai donc là-haut, ne vous en déplaise!

François Baujard comprit qu'il ne convaincrait pas l'entêté négociant.

— J'ai cru devoir vous donner un bon conseil, dit-il brusquement, vous ne voulez pas le suivre, c'est votre affaire... Serviteur!

Ils se séparèrent froidement. Le député s'éloigna

dans la direction du Bourg, tandis que Pélissier commençait à gravir la côte des Prêtres.

Bar-le-Duc est divisé en ville haute et ville basse. La ville haute chevauche l'un des contreforts des collines vignobles au pied desquelles coule l'Ornain. Les maisons couvrent la crête et les flancs de ce contrefort qui s'allonge obliquement, comme un cap, dans la vallée et creuse sur la gauche une étroite gorge où le faubourg de Véel serpente entre des vergers et des vignes. La rampe que gravissait André Pélissier, bordée d'un côté par le mur de ville et de l'autre par les bâtiments du collège, conduisait au terre-plein où était situé l'ancien château ducal dont il ne reste plus qu'une massive porte cintrée, et à l'église Saint-Maxe, aujourd'hui démolie. De cet endroit la vue est récréée par l'originale perspective des maisons de la ville haute, étageant leurs façades, leurs tourelles, leurs galeries en arcades et leurs jardins en terrasse, en face d'un coteau drapé de vignes et semé de bouquets d'arbres.

Dans la paix de l'après-midi, sous le brasillement du soleil de juillet, les maisons apparaissaient toutes blanches dans la lumière crue; la verdure des pampres semblait phosphorescente; des centaines de sauterelles bruissaient sur le sol caillouteux des vignes prochaines. Mais à mesure qu'on approchait de Saint-Maxe, un sourd brouhaha remplaçait le calme endormeur de la côte, et l'on percevait peu à peu de rauques appels, de stridents éclats de voix, des rires et des cris d'enfants. Lorsque André Pélissier fut à quelques toises du parvis, il observa

que la place existant entre la tour de l'Horloge et la
rue du Baile était toute noire d'une foule grouillante et tumultueuse : tisserands aux longs bras
maigres, à la barbe en désordre, à la face blémie
par un séjour prolongé dans des caves humides;
vignerons aux vestes bleues déteintes, aux épaules
voûtées par le travail du *chaverot*[1], au teint terreux,
recuit par le soleil; femmes aux tignasses embrous-
saillées, aux casaquins troués, aux cotillons effi-
loqués, montrant des jambes nues. — Beaucoup de
ceux qui étaient venus là en bande avaient d'abord
stationné dans les cabarets de la ville haute et bu
de l'eau-de-vie de marc à plein *godot*. Les yeux
flambaient, les bouches se tordaient, menaçantes.
Tout à coup, aux clameurs éparses, succéda un
bourdonnement de mauvais augure.

— C'est lui!... Ah! le *malabre*, ah! le mandrin, le
v'là! murmurait-on dans les groupes.

Pélissier sentit un frisson lui courir à fleur de
chair. Néanmoins il fit bonne contenance et, la tête
haute, le regard droit, s'achemina vers le porche de
l'église.

Il y eut alors un moment de silence, comme si la
foule était intimidée on plutôt suffoquée par l'aplomb
du négociant en grains. Mais à peine eut-il franchi
le porche que des voix crièrent :

— A bas Pélissier! A mort l'accapareur!... Pen-
dons-le!

Un garçon tripier, aux bras nus, aux yeux lou-

1. Sorte de hoyau, destiné à biner, à *chaver* les vignes.

ches, à la face de bouledogue, surnommé le *Calougnat*, et qui semblait un des principaux meneurs, agita la trique qu'il tenait à la main et beugla :

— Hardi, vous autres ! Il faut lui faire son affaire !

Le premier, il s'élança dans l'église, suivi d'une vingtaine d'hommes et de femmes, qui vociféraient, les poings tendus.

Pélissier avait aperçu dans le transept quelques-uns de ses amis et il se dirigeait vers eux, quand ceux-ci, effrayés par l'irruption de cette populace encolérée, refluèrent vers le chœur. Resté isolé au milieu de l'allée principale, le négociant eut l'idée de se réfugier dans la chaire à prêcher ; mais, au moment où il gravissait les premiers degrés de l'escalier tournant, un escabeau de chêne lancé à toute volée l'atteignit à la tête. Il perdit l'équilibre et roula à demi assommé sur les dalles. En le voyant à terre, les assaillants se ruèrent sur leur proie avec des cris de sauvages. Il était revenu à lui et, se protégeant la figure de ses deux bras repliés, il gémissait :

— A moi, mes amis !

Mais les bourgeois, réfugiés derrière le maître-autel, ne bougeaient pas, terrifiés par l'audace des agresseurs. Ce violent déchaînement de passion populaire les rendait si totalement incapables de réflexion et d'initiative que pas un d'eux ne songea à s'esquiver, pour prévenir la municipalité ou pour requérir l'aide du capitaine de Travanet, en ce moment de passage avec un détachement de dragons du régiment Mestre-de-Camp. Tous se ser-

raient les uns contre les autres comme un troupeau
de moutons effarés par l'orage, pâles, les yeux
dilatés, tremblant pour leur propre sécurité.

De féroces clameurs répondaient aux gémisse-
ments de Pélissier. Le Calougnat l'empoigna par
les bras et le remettant debout :

— Tu voulais nous faire crever de faim, dit-il,
eh bien! à ton tour... On va te faire passer le goût
du pain!

Il le poussa brutalement devant lui. Dix ou douze
lourdes poignes s'abattirent sur les épaules du
négociant et on l'entraîna hors de l'église. Il y avait
non loin du portail une citerne profonde et remplie
d'eau.

— Faites-lui boire un coup! criait-on...

Mais les enragés trouvaient sans doute ce dénouement trop rapide; il leur en coûtait de se dessaisir
de leur victime avant d'avoir savouré tous les raffi-
nements de la vengeance, et ils hésitaient, quand
un ecclésiastique au visage consterné s'élança vers
eux. C'était l'abbé Rollet, chanoine de Saint-Maxe,
un prêtre énergique et doux, bien connu dans le
faubourg de Véel pour son dévouement et sa cha-
rité.

— Mes amis, supplia-t-il, la colère vous égare...
Arrêtez!... Conduisez-vous en chrétiens et non en
sauvages!

Il fut interrompu par des imprécations furibondes :

— Assez!... à la sacristie, le curé!... Pas de ser-
mon!... Nous ne sommes pas ici à la messe!

L'abbé comprit que chez ces gens-là la bestialité
avait étouffé tout sentiment de pitié. Néanmoins il
tenta encore un effort et reprit bravement :

— Malheureux, vous voyez bien que cet homme
agonise déjà... Laissez-moi au moins le préparer à
une bonne mort et lui administrer les sacrements...
Vous ne me refuserez pas ça !

Les supplications de ce prêtre qui avait baptisé
et fait communier leurs enfants, agirent sur les
femmes attroupées en assez grand nombre au milieu
du parvis.

— Oui, déclarèrent-elles, prises d'un scrupule
superstitieux, laissez-lui confesser ses péchés à
l'abbé Rollet.

Les hommes cédèrent et jetant leur proie comme
un paquet sur les marches de l'église, s'éloignèrent de quelques pas, tandis que le chanoine s'age-
nouillait avec un signe de croix près du moribond.

— Graissez-lui les bottes, monsieur le curé, dit le
Calougnat, mais dépêchez!... Nous n'avons pas le
temps d'attendre...

Des rudes éclats de rire accueillirent cette plai-
santerie. L'abbé ne se déconcertait pas; il murmurait des prières et feignait d'interroger Pélissier qui
ne répondait que par de faibles plaintes. Le chanoine s'ingéniait à traîner la cérémonie en longueur,
espérant toujours que l'autorité, enfin avertie, se
déciderait à agir pour dissiper les émeutiers; mais
ceux-ci semblaient déjà flairer une supercherie et
s'impatientaient. Des voix hurlaient :

— Est-ce qu'il va nous lanterner longtemps? Ce calotin se f... de nous.

— S'il n'en finit pas, jura le Calougnat en brandissant sa trique, je vais le décarcasser, lui aussi... Allons, curé, file ou je t'étripe!

La foule s'amassait menaçante autour du prêtre et de son pénitent. Des amis de l'abbé Rollet, qui s'étaient avancés jusqu'au portail et qui craignaient pour la vie du chanoine, s'élancèrent vers lui et, malgré sa résistance, l'entraînèrent dans la nef.

Alors on se rua de nouveau sur Pélissier. Le Calougnat lui enleva son habit gris, puis quatre hommes le prirent par les bras et les jambes et le portèrent en hurlant jusqu'au bord de la terrasse du parvis. Là, après l'avoir balancé un instant dans le vide, ils le précipitèrent sur les pavés de la Côte. Le corps s'y aplatit avec un son mat. Le malheureux jeta un cri aigu et les tortureurs restèrent comme intimidés par cette déchirante plainte d'agonie. Pendant quelques secondes, le silence régna si absolu qu'on entendit distinctement le strident murmure des sauterelles parmi les vignes ensoleillées.

Puis la bande bondit de nouveau vers la victime. Pélissier, brisé et sanglant, respirait encore. Le Calougnat l'empoigna par les pieds et le traîna jusqu'au bas de la Côte, suivi d'une centaine d'hommes et de femmes qui dégringolaient en criant :

— Mort aux accapareurs!

Sur la place de la Couronne, un paysan conduisait une charrette vide. En entendant ces hurlements féroces et en voyant déboucher cette galo-

pade enragée, il prit peur et se sauva. A l'aspect
de la charrette abandonnée, les émeutiers poussèrent de triomphantes clameurs. Le Calougnat atta-
cha le moribond par les pieds à l'arrière-train et se
jucha lui-même sur les barreaux de la grande
échelle de devant, en agitant au bout de sa trique,
comme un horrible drapeau, l'habit ensanglanté de
Pélissier.

    — Hue! cria-t-il.

On fouetta le cheval effarouché, et, au grand trot,
le sinistre attelage s'élança dans le Bourg, au milieu
des huées de la foule grossissante.

II

NOBLESSE DE PROVINCE

Le quartier du Bourg, situé au pied de la colline, est traversé dans sa longueur par une rue qui met en communication la côte des Prêtres avec les principaux quartiers de la ville basse et qui, à cette époque, se nommait la rue Saint-Antoine. De vieux logis bâtis au commencement du XVIIe siècle et dont les façades sont décorées dans le style de la Renaissance, lui donnent assez grand air. L'un d'eux, s'élevant en face de l'église des Antoinistes et remarquable par son perron à rampe de fer forgé, ses fenêtres à croisillons délicatement ouvragés, son attique surmonté de gargouilles grimaçantes, était alors occupé par la famille de Rosnes.

Tandis que l'émeute commençait à gronder autour de Saint-Maxe, Mme Glocynde de Rosnes, veuve d'un conseiller à la Chambre des comptes du Barrois, s'installait après dîner dans son salon du pre-

mier étage dont les croisées ouvraient sur la rue, et
y devisait paisiblement avec sa nièce, Hyacinthe
d'Eriseul, et son vieil ami, le chevalier Daniel de
Vendières.

Ce salon, haut de plafond, lambrissé de boiseries
peintes en gris, égayé par des dessus de portes et
des trumeaux représentant des bergeries dans le
goût de Boucher, s'emplissait à ce moment d'une
fraîche obscurité, les volets intérieurs ayant été clos
pendant la grosse chaleur de l'après-midi. La réver-
bération de la rue était, du reste, si intense, qu'une
bleuâtre lumière diffuse régnait encore dans la
pièce aux meubles tendus de tapisserie au petit
point. Dans un vase, un énorme bouquet de roses
Roi y piquait une note d'un rouge vif et y répandait
un mourant parfum d'été.

En cette pénombre veloutée, les trois têtes des
causeurs, bien que différentes d'expression, de des-
sin et de couleur, formaient un ensemble harmonieux qui rappelait le charme et l'intimité des
tableaux de Terburg.

Près d'un guéridon, assise commodément dans
une bergère et tricotant une fanchon de laine rose,
Mme Glocynde de Rosnes se tenait droite sur ses hanches, sans perdre un pouce de sa taille encore svelte.
Elle s'acheminait vers la cinquantaine. Sa robe de
soie noire à manches courtes laissait voir d'assez
beaux bras. Sur ses épaules un fichu de linon
découvrait un peu de peau. Un collier de velours
noir, assujetti par une boucle en cailloux du Rhin,
dissimulait coquettement les rides du cou. Sous un

bonnet de dentelle blanche, ses cheveux relevés à la chinoise et poudrés mettaient en valeur son front carré et volontaire. Ses yeux bleus très vifs luisaient sous des sourcils restés noirs. Son nez mince et un peu pointu, ses lèvres fines aux coins retroussés, son menton proéminent donnaient à l'ovale allongé de sa figure quelque chose de très malicieux. On devinait que cette bouche spirituellement arquée devait décocher des flèches d'ironie et que la dame n'était point en peine de reparties mordantes, emportant le morceau.

Frêle, élancé, les épaules voûtées, les traits fanés, les yeux aux paupières rougies, le front étroit, le nez busqué, la bouche timide, le chevalier de Vendières s'agitait dans un fauteuil non loin de la veuve, qu'il ne quittait pas du regard. Il paraissait plus âgé qu'elle, bien qu'ils fussent contemporains. Son corps fluet flottait dans une lévite de drap noisette et des culottes de bouracan brun; ses bas de filoselle se tordaient en spirale autour de ses maigres tibias. Dans ses doigts constamment en mouvement, il roulait une tabatière ronde et plate. Le tabac était son seul vice, et il prisait avec délectation; seulement, comme il était scrupuleusement dévot, à partir du mercredi des Cendres jusqu'au dimanche de Pâques, il serrait sa boîte dans un tiroir et se privait de tabac par esprit de pénitence. On prétendait que dès sa plus tendre jeunesse il avait été platoniquement amoureux de Mme de Rosnes, sa cousine. Il n'avait jamais voulu se marier; depuis le veuvage de la dame, il lui montrait un attachement de caniche, s'occupant de ses affaires plus que des siennes propres, et venant assidûment chaque après-midi faire la partie de trictrac de son amie. Ame chevaleresque, esprit timoré et indécis, Daniel de Vendières était dans la vie ordinaire nerveux et peureux comme un lièvre; mais il poussait le dévouement jusqu'à la passion et, à ses heures, ce mouton enragé était capable de hardiesses et d'en-têtements héroïques.

Assise près de l'une des fenêtres et recevant en plein le filet de lumière qui passait à travers l'entre-bâillement des volets, Hyacinthe d'Eriseul brodait au tambour. Vêtue de laine blanche, elle portait sur l'épaule gauche la croix de chanoinesse. Elle faisait en effet partie du chapitre de l'abbaye de Poulangy où l'on n'était admis qu'en prouvant dix quartiers de noblesse du côté paternel, et quatre du côté maternel. Orpheline et ayant une fortune médiocre, elle était entrée de bonne heure dans cette royale maison dont la règle peu sévère assurait aux chanoinesses l'in-dépendance et la respectabilité des femmes mariées, tout en leur épargnant les inconvénients du mariage. Hyacinthe d'Eriseul avait vingt-quatre ans. Ses abon-dants cheveux d'un blond roux, bouclés et poudrés, encadraient mollement l'ovale de sa figure enjouée qui rappelait la physionomie de sa tante, mais avec plus de distinction et de bonté, et avec une nuance de poésie qu'on eût vainement cherchée sur la figure positive de Mme de Rosnes. Une taille ronde et souple, les contours du buste d'un modelé parfait, de belles épaules, un cou blanc aux inflexions ser-

2.

pentines, donnaient à la chanoinesse une grâce voluptueuse et attirante.

Cette séduction était complétée par la lueur humide de deux grands yeux verts, rêveurs et étonnés, par un front haut et légèrement fuyant — indice d'enthousiasme, — par un nez finement arqué et une bouche à la fois spirituelle et bienveillante, que le sourire retroussait d'un seul côté, d'une façon originale. La jeune femme avait dans la courbe du nez, l'enroulement des lèvres pulpeuses, la rondeur du menton gras et proéminent, quelque chose du type de la maison de Lorraine. Hyacinthe, du reste, assurait qu'elle descendait des Guise, du côté maternel, et, en effet, on retrouvait en elle les impulsions passionnées, la souplesse d'esprit et la grâce ensorcelante qui ont caractérisé cette famille princière et qui ont eu leur plus glorieux épanouissement en la personne de Marie Stuart.

— Cousine, dit M. de Vendières en réintégrant sa tabatière dans l'une des poches de son gilet, ne commençons-nous pas notre partie de trictrac?

— Non, pas encore, Daniel... Je n'aime pas être dérangée quand je joue et j'attends tout à l'heure la visite de M. Baujard.

— Ho! ho! M. le député du Tiers est donc à Bar?

— Il y est venu pour quelques jours à cause de cette fameuse adresse des notables... A propos, chevalier, pourquoi n'êtes-vous pas allé à Saint-Maxe?

— Pourquoi?... D'abord parce que je ne suis pas d'humeur à adresser des compliments à la prétendue Assemblée nationale... Et puis parce qu'on assure qu'il y aura du grabuge là-haut et que je ne me soucie pas de me trouver dans la bagarre.

— Et qui tapagera, s'il vous plaît?.

— Les vignerons et les tisserands, qui en veulent à Pélissier, le marchand de grains... Voilà plusieurs jours qu'ils s'attroupent devant l'Hôtel de Ville et menacent de pendre cet homme à un réverbère... Conçoit-on que l'autorité ne sévisse point contre ces braillards?

— Bah! je ne suis pas fâchée de voir la nouvelle municipalité souffrir un peu de tablature... Quand messieurs les boutiquiers auront été un tantinet houspillés et pillés, ils redeviendront peut-être plus sages et plus respectueux.

— Après tout, ajouta ironiquement le chevalier en puisant dans sa tabatière, votre député Baujard, qui est l'ami de ces gens-là, aura sans doute assez d'influence pour apaiser l'orage... En l'honneur de quel saint vous fait-il visite?

— Je l'ai beaucoup connu quand il était lieutenant général du bailliage, et feu M. de Rosnes l'estimait... Bien qu'il ait donné depuis dans les nouvelles lubies, c'est un galant homme et, par le temps qui court, il est bon d'avoir des amis même chez les révolutionnaires.

— Ce monsieur Baujard venait autrefois à La Chalade, chez ma tante de Saint-André, dit la chanoinesse Hyacinthe.

— Ha! Ha! tu te souviens de lui, mignonne?

— Parfaitement... Il était excellent musicien et chantait d'une voix fort agréable... Il avait de l'esprit et de bonnes façons... Il est fâcheux qu'un homme de sa valeur soit passé dans le camp de la Révolution.

— Il nous reviendra, reprit Mme de Rosnes en poussant du pied son peloton de laine; il a toujours vécu parmi les gens de qualité et il a été élevé par les Bénédictins de Saint-Vannes.

— En attendant, il flatte les démagogues, répliqua le chevalier... Nous sommes incorrigibles, nous autres, nous réchauffons dans notre sein de jeunes serpenteaux qui s'empressent de nous mordre dès que leurs dents ont poussé... C'est comme ce petit Renard, neveu du curé de La Chalade, dont votre sœur Saint-André s'est engouée; ne se mêle-t-il pas de rimer de mauvais vers sur la prise de la Bastille!

— Renard?... répéta Mme de Rosnes, j'ai connu sa mère, qui était une Dutertre et qui a fait un sot mariage... Il y avait du côté du mari un grand-père qui est mort... *un peu haut*; mais à présent tout cela ne tire pas à conséquence.

— Au contraire, ricana le chevalier, un pendu!... Ça porte bonheur à la famille, à cause de la corde.

— Pour en revenir à François Baujard, il est d'un tout autre acabit et on peut le recevoir sans crainte de se commettre...

Comme elle achevait, un vieux domestique en livrée ouvrit la porte et annonça :

— M. le député Baujard!

— Quand on parle du loup!... chuchota le chevalier de Vendières, qui aimait les proverbes.

François Baujard entra et comme il passait de l'aveuglante lumière de la rue dans cette pièce ombreuse, il hésita un moment au seuil du salon.

— Par ici! monsieur le lieutenant général, dit Mme de Rosnes sans se lever de sa bergère et en affectant de ne point donner au visiteur son titre de député, — enchantée de vous voir!

Le député fit quelques pas, s'inclina devant la maîtresse du logis et lui baisa respectueusement la main.

— Madame, répondit-il, je ne voulais pas quitter Bar sans avoir l'honneur de vous présenter mes hommages.

— Merci, mon cher Baujard, vous êtes le bienvenu et vous vous trouverez en pays de connaissance... Voici le chevalier de Vendières et la chanoinesse d'Eriseul, ma nièce, que vous avez rencontrée jadis à La Chalade.

Après avoir salué le chevalier, François Baujard s'inclina de nouveau devant Hyacinthe, qui s'était levée et ébauchait une courte révérence.

— Je ne crois pas, murmura-t-elle, que monsieur se souvienne de moi... Je n'étais alors qu'une fillette fort insupportable.

— Vous vous trompez, madame, répliqua-t-il de sa voix grave et bien timbrée; je me rappelle une espiègle, qui promettait de devenir charmante, et je vois que la jeune femme a tenu toutes les promesses de l'enfant.

On devinait à son accent convaincu que, dans sa bouche, ce compliment n'était pas banal et qu'il

exprimait une admiration sincère. Hyacinthe y
répondit par une seconde révérence, puis se rassit.
Tout en feignant d'être affairée à sa broderie, elle
examinait en dessous le député. Il ne lui plut pas
tout d'abord. Elle reconnaissait qu'il ne manquait
ni de manières ni de distinction; mais son ton doctrinaire la choquait et elle estimait qu'il sentait
encore un peu trop le *robin*.

— Vous venez de Saint-Maxe, monsieur, demanda
le chevalier avec une intonation légèrement agres-
sive; il paraît qu'on fait du tapage là-haut et qu'on
veut pendre le sieur Pélissier?

— La misère est grande dans le faubourg, monsieur, et quand les pauvres gens ont faim, il est difficile de les empêcher de crier. Néanmoins j'espère
que si M. Pélissier est circonspect, nous n'aurons
à déplorer aucun désordre.

— Quand on sème le vent, on récolte la tempête...
Enfin, Dieu vous entende!... Et quelles nouvelles
nous rapportez-vous de Versailles?... Votre monsieur Necker a-t-il inventé un nouveau moyen de
rétablir nos finances en puisant dans les poches de
la noblesse?

— Monsieur le chevalier, la noblesse est trop
raisonnable pour ne pas prendre part aux sacrifices
communs... Il y a une *force* des choses qui l'emporte sur les considérations de personnes; une
grande révolution est commencée, rien ne l'arrêtera;
il ne tient qu'à la noblesse d'y concourir en faisant
son devoir.

— Une révolution, s'écria M. de Vendières, en

levant les bras, voilà le gros mot lâché! Eh bien! non, monsieur, notre devoir est de conserver la monarchie que des factieux veulent détruire!

— L'Assemblée, déclara gravement Baujard, a le plus profond respect pour la monarchie et le monarque; mais le roi est mal conseillé et ce sont ces conseillers perfides qui risquent de compromettre la paix du royaume.

— Pourtant, monsieur, objecta avec vivacité Hyacinthe, le roi est animé des intentions les plus généreuses; il l'a prouvé en convoquant les États-Généraux.

— Le roi, madame, a, je le crois comme vous, l'amour du bien public; il a été doué d'excellentes qualités, seulement, à sa naissance, une méchante fée est intervenue : « Tu seras plein de bonnes intentions, a-t-elle pronostiqué, mais tu seras indécis et faible, et ce que tu accorderas d'une main, tu le reprendras de l'autre... » Je dois ajouter que celle qui joue actuellement le rôle de la maligne fée est malheureusement la reine Marie-Antoinette.

— Vous calomniez la reine, monsieur... Sa Majesté est un ange!

— Oui, l'ange de la frivolité et du caprice... Elle traite une révolution qui va décider du sort de la France, comme elle traiterait une intrigue de cour, où il s'agirait de déplacer un ministre et de favoriser Mme de Polignac.

— Fi! monsieur, protesta Hyacinthe avec un éclair d'indignation dans les yeux, les gens de la faction du duc d'Orléans ne tiendraient pas un pire langage.

Les grands yeux étincelants de la chanoinesse troublèrent un moment le député et leur magie arrêta la verte réplique qui lui venait aux lèvres. Il sourit et s'asseyant auprès d'Hyacinthe :

— Croyez-moi, madame, insinua-t-il, laissons cette discussion où nous ne nous entendrions pas ; la politique est une dissonance dans la bouche d'une jeune femme... Expliquez-moi plutôt comment j'ai la bonne fortune de vous rencontrer à Bar, quand je vous croyais à l'abbaye de Poulangy ?

Elle le regarda de côté et trouva que, lorsqu'il souriait, il avait l'air plus jeune et plus aimable. Elle comprit qu'elle n'arriverait à rien en le heurtant en face et répondit gaîment :

— Vous imaginiez-vous que nous étions cloîtrées ?... Nous avons le droit de passer chaque année un mois chez des amis ou trois mois chez nos parents... J'en ai profité pour visiter ma tante de Rosnes.

— Et vous ne vous ennuyez pas derrière vos grilles ?

— D'abord, il n'y a point de grilles à l'abbaye... Nous avons chacune notre appartement et nous nous recevons à tour de rôle. Beaucoup de ces dames sont bonnes musiciennes ; nous nous donnons souvent de petits concerts qui ne manquent pas d'agrément... Chantez-vous toujours, monsieur ?

— Eh ! quoi, vous vous souvenez de m'avoir entendu ?

— Certainement, dit-elle en coulant vers lui son ensorcelant regard, je me rappelle qu'un jour vous

nous avez chanté à miracle : « J'ai perdu mon
Eurydice... » Vous aviez, ce jour-là, un habit de
taffetas gris, à rayures gris foncé, qui vous seyait
fort bien... Quand on est enfant, on n'oublie rien,
surtout lorsqu'on vit dans une campagne aussi solitaire que La Chalade.

Il écoutait cette jolie personne avec une visible
satisfaction ; il lui savait gré de s'être souvenue de
lui. Son amour-propre était doucement chatouillé ;
la sévérité de ses principes de doctrinaire se déten-
dait dans le voisinage de cette jeune patricienne aux
grands yeux pers et à la grâce enveloppante. Elle-
même s'apercevant du charme qu'elle exerçait, se
mit en tête de gagner Baujard à la cause du roi et
n'épargna rien pour le séduire. — Tandis que
Mme de Rosnes et le chevalier s'étaient installés
sans façon à leur table de trictrac, le député et la
chanoinesse évoquaient les souvenirs de leur commun séjour à La Chalade. Rousseau et Bernardin de
Saint-Pierre ayant mis la nature à la mode, les deux
causeurs s'extasiaient à tour de rôle sur les vastes
profondeurs des forêts de l'Argonne, sur les étangs
clairs, enceinturés de joncs, sur la paix des villages
perdus en plein bois. Tous deux avaient l'esprit
cultivé ; leur conversation effleurait les sujets les
plus divers : musique, théâtre, philosophie, les
écrivains et les livres en vogue. François Baujard
s'efforçait de plaire et il y réussissait, grâce à une
chaleur verveuse qui allait parfois jusqu'à l'élo-
quence, grâce aussi à un organe sonore qui donnait
de la vie et de la couleur à ses moindres paroles.

Flatté de l'attention que lui prêtait la chanoinesse,
il oubliait près d'elle les préoccupations que lui
avait causées la présence de Pélissier à la réunion
des notables. Il oubliait la foule grondante autour
de l'église et les groupes menaçants qu'il avait tra-
versés pour descendre au Bourg...

Tout à coup, dans la pacifique intimité de la pièce
ombreuse, où les roses exhalaient leur parfum et où
s'échangeaient d'aimables propos, un étrange brouhaha arriva du fond de la rue : — refrains hurlés
par des centaines de voix avinées et fausses, huées
sinistres, fracas de portes et de volets précipitamment fermés.

La chanoinesse et son interlocuteur avaient brusquement interrompu leur causerie et prêtaient
l'oreille. A mesure que les clameurs se rapprochaient, les traits du député s'assombrissaient.

— Que signifie ce tapage? demanda Mme de Rosnes
en laissant tomber ses dés.

— Hum! murmura le chevalier inquiet, je crois,
malgré les assurances de M. le député, qu'il y a eu
du désordre à Saint-Maxe.

— Baujard, reprit Mme de Rosnes, voyez donc ce
qui se passe!

François Baujard n'avait pas attendu cette injonction pour écarter les volets intérieurs et ouvrir la
croisée. Il se pencha sur la barre d'appui, regarda
au dehors et reçut des talons à la nuque une com-
motion violente.

Du haut de la rue Saint-Antoine, embrasée dans
toute sa longueur par les rayons déjà obliques d'un

rutilant soleil, une foule compacte, houleuse se ruait avec de rauques glapissements. Sur ses flancs, des forcenés ébranlaient à coups de bâtons les volets clos des maisons riveraines, ou exécutaient de farouches danses de sauvages, à droite et à gauche d'une charrette lancée au grand trot.

Baujard se fit un abat-jour de l'une de ses mains et, comme ce fougueux torrent se rapprochait rapidement de la place, il distingua, accroché à l'échelle, le Calougnat agitant une sorte de haillon au bout d'une trique. Bientôt le député reconnut dans cette loque ensoleillée ùn habit gris taché de sang et, avant d'avoir aperçu le corps de Pélissier traîné à l'arrière de la charrette, il put déjà pressentir l'atroce tragédie.

— Ils l'ont assassiné! murmura-t-il en se retournant tout pâle vers les deux dames et le chevalier... Je vous en prie, mesdames, ne regardez pas!

La foule des émeutiers venait de faire halte, juste en face des fenêtres, sur la place des Antoinistes, où coulait alors un ruisseau. Deux hommes empoignèrent le corps de Pélissier et le couchèrent dans l'eau; une femme s'accroupit sur le bord, tourna le visage du malheureux négociant vers le carré de ciel bleu qui s'ouvrait immaculé au-dessus des toits :

— Regarde le ciel, lui dit-elle, et demande-lui pardon!

La bête humaine, ivre de cruauté, montrait toutes ses perversités à nu. D'autres mégères, plus implacables encore, emplissaient d'immondices la bouche béante du mourant :

— Tiens! mange de la brioche! hurlaient-elles avec d'ignobles ricanements.

Surexcité par les huées de la bande, le Calougnat sauta à bas de la charrette et se mit à danser sur le cadavre.

— Monstres! cria de la fenêtre Baujard indigné, vous n'êtes pas des Français, vous vous conduisez comme des bêtes fauves!

Une bordée d'injures et de menaces répondit à cette exclamation :

— Hé! là-haut!... Veux-tu qu'on t'en fasse autant?...

— Retirez-vous!... Vous allez nous faire massacrer! chuchota le tremblant chevalier, en tirant Baujard par les pans de son habit.

Il l'entraîna dans le salon et ferma vivement la fenêtre, tandis que, sur la place, une clameur formidable montait : « Mort aux accapareurs! »

Tous quatre se regardaient, atterrés et silencieux. Ils entendirent la lugubre charrette se remettre en marche et la foule fangeuse s'écouler tumultueusement vers l'autre extrémité du Bourg.

— Quelle horreur! murmura Mme de Rosnes en joignant les mains; comment tout cela va-t-il finir?

— Il n'y a donc ici ni police ni force armée pour mettre ces bandits à la raison? s'exclama la chanoinesse.

— L'autorité a perdu la tête, je le crains, répliqua le député... Avant qu'on ait le temps de rassembler les dragons de M. de Travanet, les choses peuvent s'aggraver encore... Mesdames, ajouta-t-il en se tournant vers Mme de Rosnes et en adressant un regard presque suppliant à la chanoinesse, je vous engage à quitter la ville cette nuit même et à vous réfugier à la campagne... Ces misérables sont ivres de sang et de désordre; l'impunité les rend audacieux. Aujourd'hui ils se sont attaqués à Pélissier; demain, peut-être, essaieront-ils de piller les maisons des nobles!... Il faut partir!

— Vous avez raison, Baujard, répondit Mme de Rosnes; le séjour de cette ville de cannibales devient dangereux pour nous... Nous pourrions nous rendre à La Chalade, chez ma sœur de Saint-André... Mais comment décamper? J'ai bien une voiture, seulement je n'ai pas de chevaux.

— Je vous en procurerai, repartit le député... Je cours à l'Hôtel de Ville pour inviter la municipalité à organiser la défense et pour requérir l'intervention des dragons... Je m'occuperai en même temps d'assurer votre départ... Attendez-moi vers minuit et d'ici là préparez-vous pour le voyage...

Il se rapprocha d'Hyacinthe d'Eriseul :

— Je regrette, madame, de vous quitter si brusquement, et je souhaite que nous nous revoyions dans un milieu plus paisible.

— Au revoir donc, monsieur! répondit la chanoinesse en lui tendant la main.

Il la baisa, salua et, gagnant la rue redevenue déserte, il remonta dans la direction de la ville haute.

3.

III

LA GILLOTTE

Grâce à l'énergique initiative de François Baujard, la municipalité s'était enfin décidée à agir. Quelques nobles montèrent à cheval, une sorte de garde civique fut organisée, les dragons reçurent l'ordre d'intervenir et l'on courut sus aux émeutiers. On arriva malheureusement trop tard pour empêcher le pillage de la maison de Pélissier. Ce ne fut que vers huit heures du soir qu'on put arrêter les principaux meneurs. Dès que le député eut acquis la certitude que le désordre serait promptement réprimé, il rentra chez lui, soupa à la hâte, puis redescendit par les Quatre-vingts degrés jusqu'au logis du maître de poste, afin de faire mettre deux bons chevaux à la disposition de Mme de Rosnes.

En quittant la poste, il consulta sa montre.

— Neuf heures et demie.

Il pressa le pas et gagna la rue des Tanneurs, à

l'extrémité de laquelle se trouvait le couvent des
Augustins. Malgré l'heure peu avancée, le quartier
était déjà désert. Très effrayés par l'émeute, les
habitants se tenaient claquemurés chez eux et, de
la porte Saint-Nicolas à l'angle des bâtiments conventuels, Baujard n'aperçut pas une âme. Il ne
semblait, du reste, nullement désireux d'être rencontré et reconnu, car il se dissimulait de son mieux
en rasant les murs et, pour plus de précaution,
bien que la nuit fût très chaude, il relevait le collet
d'une longue redingote qu'il avait endossée par-
dessus son habit.

En face des Augustins, non loin du pont jeté sur
un canal de dérivation servant aux tanneries, s'élevait une rangée de façades étroites et basses, bâties
en torchis et n'ayant qu'un étage en surplomb, au-
dessus du rez-de-chaussée occupé par des boutiques.
L'une de ces maisons avait alors pour locataires
deux filles, la tante et la nièce, qui y tenaient un
cabinet de lecture et qui étaient connues dans la
ville sous les noms de la Briquette et la Gillotte.

A l'heure où François Baujard longeait la rue des
Tanneurs, la tante, Manon Briquet, était déjà
remontée dans sa chambre située au premier étage;
la nièce, celle qu'on appelait la Gillotte, se tenait
assise près du comptoir, dans la boutique aux murs
tapissés de rangées de livres dont le poids faisait
plier les rayons de sapin. Accoudée à la tablette du
comptoir, le front dans la main, elle feuilletait distraitement un volume à tranche rouge, à la lueur
d'une chandelle fumeuse. De temps en temps, elle

relevait la tête, prêtait l'oreille et l'agitation de l'un de ses pieds, chaussés de souliers roses à hauts talons blancs, trahissait une impatience nerveuse.

Nanine Gillot courait sur ses trente ans. Petite, rondelette et pétulante avec des façons garçonnières, elle ne manquait pas d'un certain attrait. Elle avait été jolie à vingt ans et conservait encore des restes savoureux de cette beauté plus affriolante que distinguée : — un teint frais, de belles dents, une bouche charnue, un nez retroussé aux ailes dilatées, des yeux bruns malicieux et provocants. Ses cheveux châtains naturellement crêpelés étalaient leurs boucles abondantes dans l'entortillement d'une barbe de dentelle. Son déshabillé de percale fond blanc à raies roses, très échancré, découvrait un cou grassouillet et mettait en valeur un corsage bien garni, une taille flexible, des hanches rebondies. Tout en elle disait une nature sensuelle, passionnée et colère : — le front busqué, les yeux allumés, le nez aux narines gonflées, la bouche aux lèvres humides.

Sa tante Manon Briquet, fille peu scrupuleuse et de réputation équivoque, lui avait dès seize ans laissé la bride sur le cou. Abandonnée à toute la fougue de son tempérament, Nanine n'avait eu pour éducateur que le cabinet de lecture où foisonnaient les livres dangereux. Sur les rayons vermoulus de la boutique s'épanouissait la flore capiteuse des romans licencieux à la mode, mêlée aux productions hardiment subversives des encyclopédistes : les *Bijoux indiscrets* auprès des œuvres de Duclos; *Candide, Jacques le fataliste* et le *Sopha*

voisinant avec le *Contrat social*; la *Paysanne per-*
vertie de Restif de la Bretonne à deux pas de l'*Emile*,
et les *Aventures du Chevalier de Faublas* — une nou-
veauté — non loin de l'*Histoire philosophique des*
Indes. De tous ces livres où s'était concentré l'esprit
libertin et négateur du dix-huitième siècle, s'exhalait une odeur de volupté perverse, quelque chose
comme le parfum aphrodisiaque des seringas et des
tubéreuses dans une chambre close. Cette brûlante
atmosphère avait précocement surchauffé l'imagination et troublé les sens de Nanine. Libre de ses
actions et n'obéissant qu'aux faciles préceptes de
« la bonne loi naturelle », elle n'avait été retenue
ni par la pudeur qu'elle regardait comme un pré-
jugé, ni par la religion qu'elle traitait de faiblesse
superstitieuse. Se sachant jolie fille, elle s'était jetée
de bonne heure dans la galanterie, avec d'autant
moins de scrupules que ses livres favoris ne lui prê-
chaient d'autre morale que celle du plaisir.

Elle avait eu de nombreux amants parmi les nobles
et les riches bourgeois de la ville haute, et l'on prétendait que dans sa prime jeunesse François Baujard avait figuré en première ligne sur la liste de
ses galants. A la vérité, depuis que ce dernier était
devenu un magistrat influent, il paraissait avoir
renoncé à ses bonnes grâces; néanmoins les mauvaises langues assuraient qu'entre eux toutes relations n'avaient pas complètement cessé, et que le
lieutenant général gardait à la Gillotte une certaine
reconnaissance du plaisir qu'elle lui avait donné jadis.

Les médisants ne se trompaient pas tout à fait;

car c'était précisément vers la boutique du cabinet de lecture que François Baujard se dirigeait furtivement, la nuit du 27 juillet 1789.

Deux coups frappés discrètement aux volets du magasin firent sursauter Nanine Gillot. Elle se leva précipitamment et courut ouvrir la porte qui s'entre-bâilla pour livrer passage au député.

— Enfin, vous voici! chuchota la jeune femme en tournant prudemment la clef dans la serrure, je commençais à croire que vous me faisiez faux bond ou qu'on ne vous avait pas remis ma lettre...

— Je l'ai reçue, répondit Baujard en se débarrassant de sa longue redingote, et, vous le voyez, j'ai déféré à votre désir... Mais les événements de la journée m'ont retenu très tard à la municipalité... Vous savez qu'on a assassiné Pélissier?

— Oui, le peuple s'est vengé de celui qui l'affamait... Il l'a tué et c'était justice.

— Je n'ai pas le temps de discuter sur ce point avec vous, repartit sarcastiquement Baujard. Je constate seulement avec regret que vous êtes encore plus exaltée que jadis.

— Que voulez-vous? riposta Nanine en dardant effrontément ses bruns regards sur son interlocuteur, je n'ai pas changé, moi!... J'ai toujours chaud au cœur et à la tête... Asseyez-vous et causons... Et vous, François Baujard, avez-vous gardé pour moi un peu de la bonne amitié d'autrefois?

— Vous me trouverez, Nanine, toujours disposé à vous rendre service...; dans la mesure du possible, s'entend.

— Ouais! murmura méditativement la Gillotte...
Eh bien! je vas vous mettre à l'épreuve... Je m'in-
téresse d'une façon particulière à un homme à talent,
un garçon d'esprit sans fortune, qui désire se
pousser dans le monde, et j'ai compté sur vous pour
lui venir en aide.

— Quel âge a-t-il, cet homme à talent?

— Dix-neuf ans... Il sort du collège où il a fait de
brillantes études.

— Ho! ho! interrompit ironiquement Baujard,
vous vous livrez maintenant à l'éducation de la jeunesse?

— Mauvais plaisant! répliqua Nanine sans se
fâcher, laissez-moi d'abord finir... Le jeune homme
est ambitieux et son ambition est justifiée par son
mérite... J'ai deux choses à vous demander pour lui :
d'abord, de le présenter dans le salon de Mme de
Chavagne, qui reçoit les beaux esprits de Bar et où
il pourra frayer avec des gens utiles, et puis...

— Et puis?

— Comme il est pauvre, d'user de votre influence
pour lui trouver un emploi lucratif, soit à la municipalité, soit dans les bureaux de la Chambre des
comptes.

— Comment se nomme votre protégé?

— Jean-Joseph Renard... Son père était avocat et
son oncle maternel est curé à La Chalade.

— Renard?... répéta le député en fronçant ses
épais sourcils, n'est-ce pas lui qui vient de publier
une ode à la Bastille?

— Précisément.

— On m'a montré ses vers, reprit froidement Baujard, ils sont plats, ampoulés et pleins de sottes déclamations.

— Vous êtes difficile! dit Nanine vexée... Mais passons... Pouvons-nous compter sur vous?

— Excusez-moi... En premier lieu, je repars demain pour Paris et je n'aurai pas le loisir de revoir Mᵐᵉ de Chavagne... Quant à un emploi, le moment est inopportun; l'Assemblée nationale s'occupe de modifier l'administration des provinces et je suis même chargé d'un rapport sur la division du royaume en départements.

— Renard patientera volontiers quelques mois; puisque vous êtes chargé de réorganiser l'administration, il vous sera facile de le caser dans les nouveaux emplois.

— Désolé de vous répondre par un nouveau refus; mais en acceptant les fonctions de rapporteur, je me suis imposé comme règle de n'user jamais de mon influence pour placer mes parents ou mes amis... Je ne saurais faire d'exception en faveur de M. Renard.

— Ah! s'exclama avec irritation Nanine, vous n'êtes pas gentil, savez-vous?

— Croyez à tous mes regrets, murmura Baujard en se levant et en rendossant sa redingote.

— De grâce, pas d'eau bénite! repartit impétueusement la Gillotte, c'est peine inutile. Vous n'avez pas la mémoire du cœur, François Baujard, c'est une justice à vous rendre. Ah! quand vous étiez jeune et que vous tourniez autour de mes jupes,

j'aurais dû vous répondre, moi aussi : « Mille regrets,
le moment est mal choisi ! » Mais j'étais trop bonne
fille et je n'ai eu affaire qu'à un ingrat !... Voyons,
m'n' ami, montrez-vous plus arrangeant avec votre
petite Nanine... Ce n'est pas votre dernier mot ?

Tandis qu'elle se tenait devant lui, la lèvre provocante et le regard allumé, le député repensait à
la spirituelle et aristocratique figure de la chanoinesse ; il revoyait ses attirants yeux verts, sa bouche
malicieuse, la grâce de son sourire. Cette soudaine
vision eut pour effet de le rendre insensible aux
allusions rétrospectives et aux mines cajoleuses de
Nanine. Il se rappela qu'il avait promis d'être avant
minuit chez Mᵐᵉ de Rosnes. Il releva vivement le
collet de sa redingote et se retournant vers son
ancienne maîtresse :

— N'insistez pas, dit-il, il est tard et j'ai encore
quelques personnes à voir avant de rentrer... Bonsoir, Nanine, ayez l'obligence de m'ouvrir la porte.

Désappointée, se mordant les lèvres, elle obéit et
livra passage au député sans ajouter un mot. Mais
quand elle eut brusquement refermé la porte et
tourné la clé dans la serrure, elle étendit le bras
dans la direction de la rue et agitant un doigt menaçant :

— Toi, grommela-t-elle entre ses dents, tu me le
paieras !

Elle revint prendre le chandelier et ouvrit dans
le fond une porte vitrée communiquant avec une
arrière-boutique. Cette seconde pièce étroite, meublée d'une table ronde, d'un canapé canné et de

chaises de paille, servait de salle à manger. Dès qu'elle eut placé le lumignon sur la table, Nanine, à l'aide d'un manche à balai, frappa trois coups au plafond. Presque aussitôt après, des pas légers firent craquer les marches d'un escalier intérieur par où l'on descendait du premier au rez-de-chaussée, et l'on vit émerger de l'ombre un jeune garçon de taille moyenne.

Avec son habit noir râpé, sa cravate de batiste, ses souliers à boucles de cuivre, ce jouvenceau avait l'air d'un séminariste. Ses épaules trop hautes, « en porte-manteau », engonçaient un cou maigre sur lequel s'emmanchait une longue figure bise, dont deux yeux gris très mobiles, trop rapprochés d'un nez effilé, formaient le trait principal. Des lèvres minces et facilement crispées achevaient de donner à ce visage imberbe une physionomie inquiétante.

— Eh bien? demanda-t-il impatiemment à la Gilotte.

— Eh bien! *mon fi*, répondit Nanine désappointée, j'en suis pour mes frais... Je me serais adressée à un mur que j'aurais obtenu plus de satisfaction.

— Il refuse de s'intéresser à moi? reprit Jean-Joseph Renard d'une voix altérée.

— Il refuse.

— Pour quel motif?

— Oh! des calembredaines!... Il part demain et ne peut te présenter chez Mme de Chavagne... Quant à un emploi, il a, dit-il, pour principe de ne protéger ni ses parents ni ses amis, à plus forte raison un inconnu... Il ne s'est pas mis en peine de

me dorer la pilule et j'ai bien deviné qu'il lui déplai-
sait de s'occuper de toi.

— Tu aurais dû lui montrer mon ode à la Bastille.

— Inutile, répliqua Nanine en haussant les épaules, il la connaissàit... Il a eu l'aplomb de me sou-
tenir que tes vers étaient mauvais... Entre nous, je
le crois jaloux de toi.

Les lèvres du jeune Renard ébauchèrent un
méchant sourire et ses yeux gris eurent cette
expression de féroce dépit qui est propre aux ambitieux déçus et aux auteurs sifflés.

— Ah! grommela-t-il, mon ode n'a pas eu l'heur
de lui plaire... Jaloux! C'est bien possible... Mon
talent de poète porte ombrage à ce robin parvenu,
et s'il refuse de me produire dans le salon de Mme de
Chavagne, c'est qu'il a peur que je n'y tienne
trop de place... Mais il aura beau faire, je veux
percer et je percerai, malgré les envieux et les
intrigants!

— A la bonne heure, *mon fi*! s'écria la Gillotte en
lui posant sur l'épaule une main caressante; un
garçon d'esprit comme toi ne doit pas se décourager... Tu te retourneras d'un autre côté.

— Et duquel? répliqua aigrement le jouvenceau
qui passa soudain de la colère à un hargneux abattement... Je ne rencontre chez les anciens amis de
mon père que du mauvais vouloir ou de l'indifférence. Les mieux disposés me trouvent trop jeune
et me conseillent d'attendre... Attendre? Comme si
j'en avais le temps!... Je suis sans le sou et ce n'est

pas avec de la patience que j'emplirai ma bourse!...
Ah! si j'arrive jamais à être quelque chose, comme
je leur ferai payer cher leurs rebuts et leurs
dédains!

— Tu arriveras, m'n'ami, crois-en ta Nanine qui
t'adore et ne demande qu'à te donner un bon coup
de main!... Seulement, en cherchant à frayer avec
les nobles et les gros bonnets, tu n'as peut-être pas
pris le chemin le plus court.

— Explique-toi... Je ne comprends pas.

— Viens *tout-ci*, continua câlinement Nanine en
le faisant asseoir près d'elle sur le canapé, et causons gentiment... Tu demandes de quel côté tu dois
te retourner?... Crois-moi, ce n'est pas à la porte
des gens huppés et des gros hères de la ville qu'il
faut frapper; c'est plus bas, dans les faubourgs,
chez les gens du peuple, qui sont pauvres comme
toi et comme toi veulent leur place au soleil.

— Le peuple? répéta Joseph Renard avec une
dédaigneuse grimace.

— Oui, le peuple qui a faim et qui gronde aux
portes des boulangeries... J'ai de bons yeux, moi,
et depuis l'ouverture des États-Généraux, je vois
quelle tournure prennent les choses... La prise de
la Bastille a porté un coup à la royauté et à la
noblesse... Derrière les bourgeois du Tiers on
entend déjà s'agiter le menu peuple qui travaille et
qui geint... En écoutant, ce tantôt, passer les
hommes qui ont exécuté Pélissier, je me disais que
le temps n'est pas loin où les petits commanderont
à leur tour... Alors ceux qui auront pris leur parti

monteront au pinacle, et c'est parmi ceux-là que tu dois te ranger.

De ses yeux froidement aigus et fouilleurs Renard la dévisageait, étonné de sa clairvoyance.

— Hé! murmura-t-il, alléché, il y a du vrai dans ce que tu dis, et c'est peut-être de ce côté-là qu'il faudrait virer?..

— Pour sûr! affirma Nanine... Seulement il ne s'agit pas de barguigner... Le peuple est comme les femmes, il veut qu'on soit tout à lui... Dans ton ode à la Bastille tu as cherché à ménager la chèvre et le chou et tu n'as contenté personne... Les nobles se sont fâchés et les *enragés* ne t'ont pas reconnu pour un des leurs. Il faut être carré et devenir franchement révolutionnaire.

— Mais si je tourne brusquement casaque, je risque de me brouiller avec mon oncle le curé, et c'est chez lui seul que je peux à c't'heure trouver le vivre et le couvert.

— Aussi n'est-il pas nécessaire de casser les vitres dès aujourd'hui. Retourne te remplumer d'abord à la cure de La Chalade; emploies-y tes loisirs à écrire un essai sur les droits et les souffrances du peuple... Je connais ici un libraire qui te l'imprimera... Bien qu'il m'en coûte de me séparer de toi, je patienterai et te tiendrai au courant... Au moment favorable, vite un mot et tu arriveras!.. Tu as la plume facile et la langue bien pendue... Je veux qu'avant un an tu remues nos tisserands et nos vignerons, comme Camille Desmoulins soulève les Parisiens au Palais-Royal.

4.

— Nanine, s'écrie Renard remonté et plein d'admiration, tu es ma bonne fée!... Comment reconnaîtrai-je jamais ton amitié?

— En m'aimant, mon *chouri*, repartit la Gillotte, qui se chatta voluptueusement contre le jouvenceau.

— C'est chose faite, murmura-t-il d'une voix enjôleuse.

A défaut de sensibilité, le désir de parvenir poussait Renard à la tendresse. Il baisa câlinement les yeux bruns de Nanine, dont le corps tout entier frémit sous cette lente caresse.

— Oh! reprit-elle en le baisant à son tour, comme tu sais me cajoler!... Tu es un embobelineur, m'n'ami; tu deviendras un orateur entraînant comme Mirabeau et je te verrai un jour député à la place de cet intrigant de Baujard!

— Ma Nanon, dit Renard, dont les yeux pétillèrent, je te devrai tout ça!

— Oui et alors tu seras comme les autres, tu m'oublieras! soupira-t-elle.

— Jamais!

— Bien vrai?

— Je te le jure...

— Bah! murmura-t-elle en se jetant dans ses bras, les yeux noyés et la bouche frémissante, aimons-nous en attendant... C'est encore ce qu'il y a de meilleur et de plus sûr au monde!...

IV

EN ARGONNE

Vers minuit, à travers les rues endormies, deux robustes chevaux attelés à une spacieuse berline trottèrent vers la route de Clermont, emportant dans la caisse capitonnée de velours réséda Mme de Rosnes, la chanoinesse et le chevalier de Vendières. Pour plus de sûreté, François Baujard était monté sur le siège du cocher et avait escorté les voyageurs jusqu'au faubourg de Marbot, gardé par un poste de dragons. Ce fut là qu'on se sépara. Après avoir baisé la main de la tante et salué Hyacinthe encapuchonnée dans un coqueluchon de dentelle, le député regagna la ville, en pensant au scintillant regard et au spirituel profil de la jeune femme entrevue comme en un rêve, à la lueur incertaine des lanternes.

Tandis que la berline roulait sur la route encaissée entre deux rangs de collines basses, plantées de vignes, les voyageurs s'arrangeaient pour passer le reste de la nuit le plus confortablement possible. Les deux dames s'étaient rencognées dans le fond; quant au chevalier, qui tournait le dos aux chevaux et partageait sa banquette avec des entassements de paquets, il avait suspendu son chapeau au filet, coiffé sans façon un bonnet de soie noire et il cherchait, sans y réussir, une bonne position pour dormir. Au moindre cahot, les sacs et les valises s'effondraient sur ses genoux et le forçaient à se déranger pour rétablir un équilibre toujours instable.

— Sainte Vierge, Daniel! s'exclamait Mme de Rosnes agacée, ne pouvez-vous vous tenir tranquille?

— Je ne demanderais pas mieux, madame; ce sont ces maudits paquets qui ne veulent pas rester en repos.

Il soupirait, puisait des consolations dans sa tabatière et se remettait à lutter contre les valises. A la fin, il en plaça deux sous ses pieds, deux autres contre ses épaules et parvint à sommeiller sur ce chancelant oreiller.

De Bar-le-Duc à Clermont il y a environ treize lieues. Le soleil était déjà levé quand on atteignit cette petite ville. Tandis qu'on relayait, les deux dames et le chevalier se sustentaient d'une tasse de café, puis la berline prenait la route des Islettes — un long ruban monotone qui se déroulait entre deux rangées d'ormes poudreux. — La chanoinesse avait baissé l'une des glaces et contemplait distraitement

les bois qui moutonnaient à l'horizon et dont les
cimes commençaient à s'ensoleiller. Ses deux compagnons s'étaient assoupis de nouveau. Peu à peu,
l'air matinal, le balancement régulier de la voiture,
le bourdonnement des mouches, la monotonie de la
route, agirent à leur tour sur la jeune femme; ses
yeux se refermèrent et elle s'endormit de ce lourd
sommeil du matin, qui devient invincible après une
nuit agitée.

Aux Islettes, le conducteur quitta la grande route
de Verdun à Sainte-Menehould et s'engagea dans la
vallée de la Biesme, où un chemin d'exploitation,
longeant le canal de Biesme, va de Beaulieu à Vienne-
le-Château. On se trouvait au cœur de l'Argonne, ce
massif forestier qui s'élève comme un verdoyant
rempart entre les terres à blé du Verdunois et les
plaines crayeuses de la Champagne. La Biesme,
coulant entre des prairies doucement mamelonnées,
divise en deux parties inégales cette région boisée,
qui tranche absolument par la nature de son sol
accidenté et par les mœurs de ses habitants sur la
physionomie des pays environnants. A cette époque
surtout, elle n'était traversée que par une seule voie
carrossable et ses villages, juchés comme des nids
en pleine futaie, n'avaient que peu de relations avec
les villes du Barrois ou de la Champagne. Pauvres,
ignorants, à demi sauvages, les paysans y demeu-
raient isolés du reste de la province, vivant uniquement de la forêt et ne connaissant d'autre aristocratie
que celle des gentilshommes verriers, souvent aussi
dépenaillés et illettrés qu'eux-mêmes.

Ces gentilshommes, établis en Argonne depuis le xvie siècle, possédaient par lettres patentes de Henri III le privilège de fabriquer le verre sans déroger. Leurs verreries étaient disséminées dans les gorges de la forêt, dont ils se regardaient un peu comme les maîtres et seigneurs. Leur industrie réalisait d'assez beaux bénéfices, mais leurs familles étaient nombreuses et ils aimaient à bien vivre, de sorte que beaucoup d'entre eux passaient peu à peu de l'aisance à la misère et ne se distinguaient plus guère des paysans leurs voisins, dont ils parlaient la langue et portaient l'habit. Mal en point et désargentés, ils étaient alors réduits à braconner ou à travailler comme ouvriers dans les verreries de leurs parents plus chanceux. Pauvres ou fortunés, tous s'enorgueillissaient de leur noblesse; leurs enfants se qualifiaient de chevaliers et ils ne se mariaient qu'entre eux.

Les bourgeois des villes, scandalisés par leurs mœurs libres et leur tenue débraillée, méprisaient ces singuliers gentilshommes qu'ils appelaient des *hâzis* (brûlés) parce qu'ils travaillaient demi-nus devant leurs fours incandescents; les verriers rendaient au centuple leurs dédains aux roturiers, qu'ils traitaient de *sacrés-mâtins.* Quelques-uns d'entre eux, cependant, comme les Grandrupt, les Brossard, les Saint-André, avaient su se maintenir dans une position aisée. Ils exploitaient les usines les plus importantes du canton et s'étaient alliés aux familles nobles de la province, sans perdre rien de leur humeur indépendante et de leurs façons originales.

La berline de Mme de Rosnes avait déjà dépassé le village du Neufour et allait atteindre le hameau du Claon situé à la lisière du bois, quand les voyageurs furent tirés de leur sommeil par un brusque arrêt de la voiture et une violente altercation.

Les dames sursautèrent dans leur coin, le chevalier se frotta les yeux et, à moitié ensommeillé, abaissa l'une des glaces. Les chevaux se cabraient, le conducteur jurait et des paysans armés de serpes et de cognées entouraient la berline en criant.

M. de Vendières, mal éveillé, se crut encore à Bar et balbutia en pâlissant :

— Seigneur !... Les assassins de Pélissier !

— Vous rêvez, Daniel !... Nous sommes loin de Bar, mon ami ! dit Mme de Rosnes, qui avait mieux gardé son sang-froid, mais qui néanmoins commençait à s'inquiéter.

La chanoinesse, à son tour, s'était penchée à la portière :

— Conducteur, que nous veulent ces gens-là et qu'y a-t-il ?

— Sauf votre respect, madame, répondit un paysan en bras de chemise, il y a que nous avons besoin de vos chevaux pour ramener le bois que nous allons couper !...

Si les gens attroupés autour de la voiture n'avaient rien de commun avec les assassins de Pélissier, ils n'en étaient pas moins, comme eux, en révolte contre l'autorité. — Le souffle de l'orage révolutionnaire les avait également affolés. Avec une rapidité électrique, le bruit s'était répandu dans les campagnes

que l'Assemblée nationale venait d'abolir les droits
seigneuriaux, et immédiatement, logiciens étroits
mais convaincus, les paysans en avaient conclu que
les terres des seigneurs appartenaient désormais aux
communes. Les gens de l'Argonne, plus ignorants
encore que leurs voisins, mais aussi plus besogneux
et entreprenants, s'étaient sur-le-champ avisés de
mettre en application cette commode et nouvelle
théorie. Les forêts du Clermontois, propriété des
princes de Condé, avaient de tout temps excité leur
convoitise. — Du moment où il n'y avait plus de
princes, la forêt princière devenait le bien de tous et
chaque commune riveraine avait pleine liberté d'y
exercer des droits de propriétaire. — Ainsi avaient
pensé les habitants de Florent, village situé en face
du Claon. Sous la conduite d'un ancien verrier qui
leur servait d'oracle, ils étaient partis dès l'aube avec
leurs outils, bien résolus de rapporter chacun au
logis sa provision de bois de chauffage et de bois de
charpente.

En arrivant près du Claon, l'arrière-garde des dé-
linquants avait aperçu la berline de Mme de Rosnes.
Une voiture de poste roulant sur ce chemin peu fré-
quenté était pour eux un événement et, avant de
s'engager sous bois pour rejoindre le gros de la
bande, les retardataires firent halte afin d'examiner
cet équipage suspect. Les plus avisés songèrent
qu'il y avait de la maréchaussée à Vienne-le-Château, où se rendaient probablement les voyageurs,
et que ces derniers étaient capables en arrivant de les
dénoncer à la force armée. D'autres, plus pratiques,

ajoutèrent que les deux chevaux de poste arrivaient comme mars en carême pour aider à l'enlèvement des arbres abattus. Bref on décida unanimement qu'il fallait arrêter la berline et emmener en forêt le conducteur avec son attelage. — C'était la brusque mise à exécution de cette décision qui avait surpris les deux dames et leur compagnon au beau milieu de leur sommeil matinal.

— Mesdames et la compagnie, dit un paysan en ouvrant la portière et en soulevant son bonnet de coton, ayez l'obligeance de descendre.

Pendant qu'il parlait, cinq ou six gars déterminés dételaient les chevaux et s'emparaient du conducteur récalcitrant. Mme de Rosnes, qui connaissait les mœurs du pays, devina qu'elle avait affaire à des rôdeurs de bois et crut devoir protester.

— C'est trop fort, s'écria-t-elle, il ne vous suffit pas de piller la forêt du prince, il faut encore que vous voliez nos chevaux !

— Descendez, ma bonne amie, chuchota le prudent chevalier, et ne discutez pas avec ces sauvages !

Il avait le premier mis pied à terre et tendait la main aux deux dames, en les suppliant d'être circonspectes, mais il avait compté sans la chanoinesse. Dès qu'elle fut sur la route, Hyacinthe toisa dédaigneusement les bûcherons :

— Vous êtes bien hardis, s'exclama-t-elle, d'arrêter les voyageurs sur le chemin du roi !

— Excusez, madame, répondit l'homme au bonnet de coton, nous ne vous arrêtons pas et vous êtes libres de continuer votre route à pied.

— C'est ce que nous aurions de mieux à faire, insinua le chevalier; La Chalade ne doit pas être loin.

— De quel droit prenez-vous nos chevaux? continua impérieusement Hyacinthe.

— Si vous êtes curieuse de le savoir, riposta un grand garçon barbu et narquois, venez le demander à celui qui nous commande!

— Et où est-il... celui qui vous commande?...

— Dans la gorge du Claon... Nous vous y mènerons si vous le désirez, ma belle dame!

— Montrez-moi le chemin! reprit-elle résolument!

— Y penses-tu, Hyacinthe? murmura Mme de Rosnes stupéfaite.

— C'est de la folie, objecta M. de Vendière; vous ne songez pas, je suppose, à vous commettre en pareille compagnie!

— J'y songe parfaitement... Je ne serai pas fâchée de voir en face l'homme qui se permet un pareil brigandage!

— Eh bien! puisque vous faites la méchante, répliqua son interlocuteur, vous aurez ce plaisir... Holà! camarades, emmenons les *tourtous* et en route!... Nous n'avons pas le temps de nous amuser!..

En un clin d'œil, les voyageurs furent placés au centre de la troupe, tandis que deux bûcherons tiraient les chevaux par la bride, et l'on s'engagea dans la gorge du Claon.

A quelques pas de la route, la futaie commençait. Les chênes et les hêtres se penchaient au-dessus

des talus sablonneux du chemin, où des bruyères
en fleurs rougissaient parmi la mousse. A cette
heure matinale, les grands fûts versaient une ombre
fraîche sur le sentier. Çà et là, on entendait, dans
l'épaisseur du couvert, des bruits de cognées suivis
de la sourde rumeur des arbres abattus. Une pénétrante odeur de champignons s'exhalait de la terre
humide des fourrés, et une faible brise, remuant la
feuillée, faisait pleuvoir sur le sol des gouttes de
lumière dorée. Mais ni les bûcherons ni leurs prisonniers n'étaient sensibles à ces charmes de la nature
forestière. Le chevalier, coiffé de son bonnet de soie
noire, donnait le bras à Mme de Rosnes qui buttait
à chaque pas contre les cailloux. Tous deux frisson-
naient légèrement et n'osaient se communiquer
leurs maussades réflexions. Hyacinthe d'Eriseul cheminait la tête haute, les narines gonflées de colère
et d'impatience; elle fouillait d'un œil curieux la
profondeur de la futaie et demandait d'un ton bref
si l'on n'allait pas bientôt arriver...

Pendant vingt minutes, on gravit la rampe de la
gorge, puis on atteignit un plateau où commençait
le taillis. Un des bûcherons *houppa* d'une voix
sonore.

Vingt voix peu éloignées lui répondirent; alors
on prit à travers bois une étroite sente où l'on était
obligé de marcher à la queue-leu-leu et où de regim-
bantes brindilles fouettaient à chaque instant le
visage du maladroit chevalier.

Tandis qu'il pestait, les cépées s'éclaircirent et
les voyageurs aperçurent au-dessous d'eux une

combe en entonnoir, tout résonnante de clameurs
et de chocs de cognées.

— Nous voici rendus, dit le garçon à la barbe en
broussaille ; Mauchauffé, conduis ces gens-là à M. de
Damloup.

o — Hein ! s'exclama Mme de Rosnes en relevant la
tête, comment l'appelez-vous?

— Damloup... Le grand Jérémie, si vous aimez
mieux.

— Damloup!... J'ai connu un gentilhomme de ce
nom-là chez ma sœur, dit tout haut la veuve à sa
nièce.

— C'est un noble, en effet, affirma Mauchauffé, et
un malin, je vous le garantis!... Il soufflait la bouteille dans le temps, mais il s'est fatigué de servir
chez les autres, et à c't' heure, il vit de ses rentes...
Si vous le connaissez, tant mieux, vous pourrez vous
arranger avec lui!..

Dans le fond de la combe, on besognait ferme et
les paysans avaient l'air d'y être chez eux. Des bali-
veaux attaqués à coups de cognée gisaient déjà sur
le sol et des bûcherons s'occupaient à les débiter.
Sur l'emplacement d'un ancien fourneau à charbon,
deux jeunes garçons achevaient de dépecer un chevreuil pris sans doute au collet, et sous une hutte
de terre à demi effondrée, entre quatre pierres servant d'âtre, un grand gaillard d'une quarantaine
d'années était fort affairé à rôtir, à un clair brasier
flambant, un cuissot suspendu par une ficelle à une
branche d'arbre. Accroupi sur un bloc de hêtre, il
imprimait de temps à autre un mouvement de rota-

tion à la ficelle, pour que la gigue de chevreuil présentât successivement toutes ses faces à la braise, et armé d'une cuiller de bois il l'arrosait soigneusement avec le jus recueilli dans une écuelle de terre brune.

Ce personnage était osseux et maigre, mais solidement charpenté. Sa barbe poivre et sel couvrant une bonne moitié de sa figure hâlée laissait voir néanmoins un masque original, à la fois naïf et hautain, dont les lignes ne manquaient pas d'une sauvage distinction : — un nez en bec d'oiseau, deux yeux émérillonnés, luisant sous des sourcils rejoints, un front étroit et haut, couronné de cheveux gris frisant naturellement. — Si de loin et par moments sa mine rappelait encore le nobliau campagnard, sa mise, en revanche, était celle d'un paysan. Il était vêtu d'une blouse de cotonnade brune serrée à la taille par une ceinture de cuir, et ses jambes de cerf étaient emprisonnées dans des houseaux de toile bleue.

— C'est bien notre homme ! chuchota Mme de Rosnes à l'oreille d'Hyacinthe, tandis que Mauchauffé s'approchait du rôtisseur et lui contait longuement l'aventure de la berline.

Tout en écoutant le rapport du bûcheron, le chef de la bande examinait du coin de l'œil les nouveaux venus. Son regard étonné allait du chevalier fluet et tremblant à Mme de Rosnes emmitouflée dans ses coiffes, puis s'arrêtait complaisamment sur la chanoinesse dont la fière beauté semblait l'émerveiller.

— Serviteurs, mesdames ! dit-il en soulevant son

5.

feutre cabossé... Il paraît que les camarades ont agi
un peu sans façon à votre égard !... Que voulez-vous ?
Ils n'ont pas été élevés aux belles manières... On
vous a pris vos chevaux ? J'en suis marri, mais nécessité fait loi... La besogne presse, nous avons du bois
à rentrer et nous manquons de *brioleurs* [1] pour le
transporter à Florent... Donnez-moi votre adresse,
et foi de gentilhomme, nous vous renverrons demain
vos bêtes avec votre voiture.

La chanoinesse s'était approchée et regardant son
interlocuteur droit dans les yeux :

— Ainsi, monsieur, demanda-t-elle de sa voix
mordante, on ne nous a pas trompées... Vous êtes
un gentilhomme ?

— Oui, madame,... Jérémie de Damloup, pour
vous servir.

— Il y avait un Damloup, autrefois, à la verrerie
de Mme de Saint-André.

— C'était moi, répliqua-t-il avec une pointe d'éton-
nement... Vous connaissez Gertrude de Saint-André ?

— C'est ma tante et voici sa sœur, Mme de Rosnes.

Jérémie de Damloup lâcha sa cuiller de bois, se
leva brusquement et une rapide rougeur transparut
sous le hâle de ses joues.

— Pardon ! murmura-t-il en saluant, je ne vous
avais pas remise tout d'abord, madame de Rosnes !...
Nous sommes pourtant un peu cousins ; car le père
de Gertrude était mon grand-oncle à la mode de
Bretagne.

1. *Brioleurs*, gens dont l'industrie consiste à transporter le
bois et le charbon à dos de mulet.

Tout en se targuant de cette parenté, il semblait médiocrement fier de se retrouver en face de gens de sa caste et de sa famille, au moment où il vivait de pair à compagnon avec des braconniers et des rôdeurs de bois... Il crut devoir du moins expliquer ses étranges façons et reprit en cherchant péniblement ses mots :

— Oui, j'ai été maître-souffleur chez la cousine Saint-André... Mais Gertrude et moi, nous n'avons pas le caractère... très souple... Elle est colère, moi... j'ai la tête près du bonnet, et un beau jour nous nous sommes quittés de peur de nous brouiller tout à fait... Je suis comme les éperviers, j'ai besoin de grand air et de liberté.

— Et comme eux, à ce que je vois, interrompit vertement Mme de Rosnes, vous aimez assez à vivre du bien d'autrui?

Jérémie de Damloup rougit et fronça le sourcil...

— Vous en parlez à votre aise, madame!... Le dernier hiver a usé la provision de bois des braves gens que vous voyez ici autour. Les forêts du Clermontois appartiennent maintenant à la nation, et ce qui est à la nation est à tout le monde, n'est-ce pas? L'assemblée de Versailles ne vient-elle pas d'abolir les droits féodaux?

— Si les États-Généraux ont commis un abus de pouvoir, s'écria impétueusement la chanoinesse, sied-il aux gentilshommes verriers de s'en rendre complices, eux qui doivent au roi leurs privilèges, et qui ont été comblés de bienfaits par les princes de Condé?

Cette véhémente objection parut impressionner Jérémie de Damloup. Ses yeux ronds, un peu saillants, s'écarquillaient. La beauté et le fier regard d'Hyacinthe lui imposaient visiblement.

— Oui, je sais, bredouilla-t-il, il y a du pour et du contre... Si les princes ont jadis voulu du bien à notre famille, en revanche leurs intendants ne m'ont épargné à moi ni amendes ni rebuffades... Et puis, que diantre voulez-vous?... L'oisiveté est mauvaise conseillère... Quand on a bon pied, bon œil, on se lasse de bayer aux mouches et on emploie son activité comme on peut.

— Autrefois, répliqua ironiquement la chanoinesse, les Damloup et les Saint-André mettaient leur activité au service du roi et allaient se battre à Clostercamp... Vous, vous préférez batailler contre les chênes du prince de Condé... Chacun son goût et ce ne sont pas mes affaires!..

Elle soulignait ses paroles d'un accent de dédain et de défi qui piqua au vif l'ancien souffleur de bouteilles. Hyacinthe cherchait à toucher la fibre de l'orgueil nobiliaire, très sensible chez les gentilshommes verriers, et elle y réussissait.

— Sarpejeu! protesta-t-il, me prenez-vous pour une poule mouillée? Je me battrais comme nos parents, si le roi avait besoin de mon épée.

— Il aura besoin du dévouement de ses fidèles plus tôt que vous ne le pensez, reprit gravement et d'un ton presque confidentiel la jeune femme... L'autorité royale est menacée par une assemblée de factieux... Le jour où Sa Majesté fera appel à la noblesse, serez-vous avec nous, cousin Jérémie, ou avec ces paysans auxquels vous prêchez déjà la révolte?

Le verrier écoutait la chanoinesse avec une stupéfaction admirative. Il était maté. Ses gros yeux se fixaient sur les étincelantes prunelles de cette belle personne et il se sentait attiré comme par un aimant.

— Je serai avec vous, ma cousine, n'en doutez pas!... Quant à ces braves garçons que j'ai amenés ici, ils m'obéiront au doigt et à l'œil... Je réponds d'eux comme de moi!

Hyacinthe haussa les épaules et un sourire incrédule retroussa l'un des coins de sa bouche.

— Vous en doutez! ajouta-t-il, fouetté par les airs sceptiques de Mme d'Eriseul, vous allez voir...

Il fit de sa main un porte-voix et héla le groupe où Mauchauffé se tenait à distance respectueuse, avec les bûcherons qui avaient arrêté la berline. Ceux-ci se rapprochèrent et quand ils furent à portée :

— Mes camarades, dit Jérémie, ces dames sont mes cousines et elles ont besoin de leurs chevaux pour gagner La Chaladé. Conséquemment, j'ai décidé que vous ramèneriez les bêtes au Claon et que vous donneriez un coup de main au cocher... Filez et que ça ne traîne pas!... Je descendrai moi-même jusqu'à la route pour mettre mes parentes en voiture.

Les paysans prêtaient l'oreille avec plus de surprise que de satisfaction. Néanmoins ils se contentèrent de s'entre-regarder en dessous et ne pipèrent point. Lentement, comme à regret, ils se dirigèrent vers les arbres où les chevaux avaient été attachés et, les tirant après eux, ils dévalèrent vers le Claon, en compagnie du cocher.

Jérémie donna un coup d'œil mélancolique au morceau de venaison suspendu à la ficelle, puis interpellant un gamin qui se tenait debout, en extase, devant le cuissot de chevreuil :

— Toi, cria-t-il au galopin, je te confie le soin de surveiller mon rôti... Et si tu le laisses brûler, je t'allongerai les oreilles! Maintenant, mesdames, je suis à vous!...

Le chevalier de Vendières qui, pendant tout ce colloque, était demeuré inquiet et ébahi, offrit de nouveau le bras à Mme de Rosnes et emboîta docilement le pas du verrier. Jérémie, précédant la chanoinesse, ouvrait la marche et semblait très affairé à écarter les branches qui menaçaient le visage d'Hyacinthe. Il ne lui adressait guère la parole que pour lui donner quelques brèves indications. N'ayant pas l'habitude de se trouver en si belle compagnie, il devenait gauche et taciturne.

Pourtant, lorsqu'on fut arrivé dans la gorge et qu'on put cheminer plus à l'aise, il hasarda timidement :

— Madame, excusez si je vous semble trop curieux... Vous êtes la nièce de ma cousine Saint-André, nous sommes donc parents, mais j'ignore comment vous vous appelez, et j'aurais grand plaisir à le savoir.

— Je me nomme Hyacinthe d'Eriseul, répondit-elle en souriant.

— Merci... Voilà un nom que je n'oublierai pas!
murmura-t-il comme s'il se parlait à lui-même.

Cette exclamation lui sembla sans doute trop
hardie, car il redevint muet.

Lorsqu'ils débouchèrent sur la route, ils trouvèrent la voiture attelée et le cocher sur son siège.
Mme de Rosnes remercia le verrier, distribua quelque
menue monnaie aux paysans et s'installa sur la
banquette avec l'aide de M. de Vendières. Quand
vint le tour de la chanoinesse, elle chercha des yeux
son compagnon :

— Au revoir, monsieur de Damloup! dit-elle avec
un sourire espiègle.

Elle lui tendit sa main dégantée, que Jérémie
garda un moment dans sa grosse poigne hâlée et
velue, sans savoir s'il devait la baiser ou la serrer
simplement, à la paysanne.

— Madame, murmura-t-il en refermant la portière, je ne suis pas grand clerc et je ne sais pas
tourner un compliment; mais si vous avez jamais
besoin de Jérémie de Damloup, je demeure à Florent, en face de l'église... Vous n'aurez qu'un signe
à faire et je suis à vous corps et âme... Corps et
âme, vous entendez!

Le conducteur avait fouetté ses chevaux. Jérémie
agita son feutre cabossé et resta encore un bon bout
de temps, le chapeau en l'air, les regards fixés sur
la berline qui fuyait en se rapetissant, au milieu de
la route blanche bordée de prairies.

V

LE FOUR-AUX-MOINES

La verrerie du Four-aux-Moines, appartenant à Mlle Gertrude de Saint-André, était située un peu en amont de La Chalade, à la lisière du bois et à l'entrée de la gorge des Sept-Fontaines. Du terre-plein où s'étalaient en équerre les bâtiments de l'usine et la maison d'habitation, on apercevait les toits de tuile du village et la haute abside de l'ancienne église abbatiale, enlevant sa grise et monumentale architecture sur le vert moutonnement de la forêt des Hauts-Bâtis, qui fait face au bois du Grand-Triage.

La verrerie, aujourd'hui détruite, comprenait dix *ouvreaux* ou fours. Elle était alors en pleine prospérité. On y fabriquait des bouteilles à vin de Champagne et des cloches de jardin. — Quand on avait traversé une large cour herbeuse, semée çà et là de crasses de verre, on se trouvait en face de la

maison d'habitation, composée uniquement d'un
vaste rez-de-chaussée élevé au-dessus d'un sous-sol
et auquel on accédait par un perron de pierre aux
marches décorées de lauriers-tins en caisses. Ce
logis, orienté au levant, couvert en ardoise, partagé en deux par un spacieux corridor, avait une
physionomie avenante et hospitalière. Les pièces
principales ouvraient sur un jardin à la française,
plein de fleurs vivaces aux couleurs réjouissantes.
Au delà, on apercevait les champs dépendant du
Four-aux-Moines, qui, à la belle saison, déroulaient
jusqu'à l'orée du bois leurs carrés de seigle ou de
blé, leurs luzernes violettes et leurs colzas d'un
jaune d'or.

Mˡˡᵉ de Saint-André frisait la soixantaine. Comme
sa sœur Glocynde, elle avait la mine imposante, le
verbe haut et la riposte prompte; mais le milieu
spécial dans lequel elle vivait depuis son enfance,
l'obligation de mettre de bonne heure la main à
l'œuvre et l'habitude du commandement lui donnaient des allures viriles, un sans façon rustique,
une liberté d'esprit et de paroles qui contrastaient
avec la distinction et la correction mondaines de
Mᵐᵉ de Rosnes. — Grande, forte, avec de gros
traits, de gros os, un teint couperosé et un soupçon
de moustaches, des cheveux gris et drus qu'elle
négligeait de poudrer, elle était sans grâce et sans
souplesse. La douceur de ses yeux d'un bleu limpide lui conservait seule quelque chose de féminin.
Chaussée de souliers ferrés, la jupe troussée, le
buste flottant dans un casaquin de molleton en

6

hiver, et de toile de Jouy en été, elle marchait et parlait comme un homme. Du matin au soir on entendait sa voix rude et le cliquetis de son trousseau de clés résonner dans la cuisine ou sous les voûtes de la verrerie. Lorsque les ouvreaux chômaient, elle ne dédaignait pas de s'occuper de la culture de ses terres et plus d'une fois, au moment des semailles, on l'avait vue, enfonçant ses lourdes bottes dans la terre grasse des labours, pousser elle-même la charrue et tracer un sillon aussi droit que le plus fin cultivateur.

Pendant les soirées d'hiver elle lisait beaucoup. Son esprit s'était émancipé en s'imprégnant des idées philosophiques des encyclopédistes. Elle se piquait de libéralisme et, au rebours de sa sœur, s'enthousiasmait pour les nouvelles doctrines. Elle accueillait chez elle sans distinction de parti les hommes intelligents du canton : elle aimait à voir les enfants des paysans ou des roturiers du voisinage mordre à l'arbre de la science et, quand elle rencontrait parmi eux des natures bien douées, elle se plaisait à leur faciliter les moyens de s'instruire et de se pousser dans le monde. C'était ainsi qu'elle avait reçu au Four-aux-Moines François Baujard, au sortir de l'école des bénédictins de Saint-Vannes, et qu'elle s'était engouée du neveu de son curé, ce jeune Renard, dont la précoce intelligence et les succès de collège l'avaient émerveillée.

Lorsqu'elle vit débarquer un matin Mme de Rosnes et Hyacinthe en compagnie du chevalier de Vendières, elle resta d'abord ébaubie à l'aspect de ces hôtes inattendus; puis, comme elle avait l'humeur hospitalière, elle leur cria qu'ils étaient les bienvenus tout de même. En deux tours de main elle donna de l'air aux chambres d'amis, fit garnir les lits, emplir les brocs d'eau fraîche et mit sa maison sens dessus dessous pour installer les voyageurs. Pendant une bonne heure, elle courut de la cave au grenier en agitant ses clés. Elle gourmandait ses servantes, s'interrompait pour embrasser Hyacinthe, dressait elle-même le couvert et tout cela avec de sonores éclats de voix qui résonnaient bruyamment dans les couloirs.

Quand on lui conta l'équipée de son cousin Damloup, elle commença par jeter les hauts cris. Elle traita le verrier de sacripant, de propre-à-rien et de *manre* (mauvais) sujet. Elle assaisonnait ces épithètes de jurons qui faisaient rougir le chevalier et scandalisaient Mᵐᵉ de Rosnes. Toutefois, lorsque Hyacinthe lui eut narré plaisamment le dénouement de l'aventure, elle s'amadoua. L'épisode du cuissot de chevreuil rôtissant à la ficelle, l'amusa et désarma sa colère.

— Ah! le s... gourmand, murmura-t-elle, je le reconnais bien là!... Il ne vit que pour son ventre et remue plus volontiers ses mâchoires que ses bras... Nonobstant, tout est bien qui finit bien et il vous a fait amende honorable... Au fond, Jérémie n'est pas un méchant homme; il gagne à être connu et il faudra un jour que je l'invite à manger la soupe avec nous.

En effet, à huit jours de là, Jérémie de Damloup,

avisé par un message de .Mlle de Saint-André, se
présenta au Four-aux-Moines à l'heure du dîner.

Il avait revètu un vieil habit cannelle avec la
veste pareille, une culotte de velours côtelé et des
bas bleus. Gertrude alla à lui et le prenant familièrement par l'oreille :

— Tu as donc encore fait des tiennes?... Con-
viens, mon garçon, que tu as une chienne de tête !

— Oui, cousine Gertrude, répliqua-t-il humble-
ment, mais le cœur est bon et je suis tout prêt à
dire : *mea culpa*, pourvu que je rentre en grâce.

— A tout péché .miséricorde, vaurien!... Par
exemple, tu aurais bien dû, pour la circonstance,
t'arrêter chez le barbier de Florent... Tu ressembles
par trop à Esaü et je suis tentée de te répéter ce
que le comte du Châtelet disait un jour au seigneur
de Guerpont : « Dieu t'a fait gentilhomme, le roi t'a
fait chevalier, fais quelque chose pour toi, mor-
bleu, va te faire la barbe !... » Allons, viens tout de
même te mettre à table.

On l'avait placé à côté d'Hyacinthe. La grâce attirante de la chanoinesse acheva la conversion du
pécheur. Quand il quitta la salle à.manger, ce sanglier de l'Argonne était complètement apprivoisé et,
à partir de ce jour-là, ses visites devinrent assez fréquentes au Four-aux-Moines.

Dès que les hôtes de Mlle de Saint-André furent
tout à fait installés, chacun d'eux s'ingénia à remplir de son mieux les longues heures de la journée
dans cette solitude forestière. Tout occupée de ses
besognes multiples, Gertrude leur laissait le soin de

chercher des distractions. Mme de Rosnes, privée de son train-train de visites et de causeries quotidiennes et détestant la campagne, était la plus embarrassée. Quand elle avait battu M. de Vendières au trictrac, avancé son tricot, rangé ses tiroirs, elle bâillait terriblement et finissait par s'endormir sur un livre de piété. Le chevalier, lui, avait déniché dans la bibliothèque les romans de M. de Tressan et il passait des heures à savourer les aventures de *Huon de Bordeaux* ou l'histoire de la *Belle Mélusine*. Ces contes bleus et ces fabuleuses prouesses délectaient son esprit à la fois timide et chimérique.

Hyacinthe employait ses matinées à une active correspondance avec les dames de Poulangy ou ses amis de la Cour. Elle recevait de volumineuses lettres de Versailles. Quand elle les avait lues, elle descendait au jardin, le visage plus animé, l'œil plus étincelant, ayant dans la physionomie quelque chose de l'agitation d'un cheval de bataille qui a senti la poudre. Les épîtres de ses correspondants semblaient lui apporter tout chauds encore les effluves de l'orageuse atmosphère de Paris et de Versailles et surexciter les instincts de combativité qui fermentaient en elle. — En la rencontrant au jardin, l'œil allumé, les joues empourprées et les narines frémissantes, Mlle de Saint-André la menaçait du doigt :

— Ma mie, tu es incorrigible!... disait-elle. Te voilà encore, comme autrefois, partie en guerre contre les moulins à vent!...

6.

Chaque dimanche, depuis des années, le Four-
aux-Moines recevait la visite du curé de La Chalade,
l'abbé Dutertre. Il arrivait après vêpres à la verrerie
et y restait à souper. C'était un ecclésiastique ins-
truit, savant théologien, bon latiniste, parlant facilement avec un détestable accent lorrain. Il avait un
robuste embonpoint, la figure marquée de petite
vérole, les yeux petits, voilés et clignotants. Mlle de
Saint-André goûtait sa faconde subtile et ayant
elle-même l'humeur batailleuse, elle aimait à discuter avec lui les questions philosophiques à l'ordre
du jour.

Peu de temps après la rentrée en grâce de M. de
Damloup, l'abbé Dutertre vint à la verrerie avec son
neveu, Jean-Joseph Renard.

. Le jouvenceau avait suivi le conseil de Nanine
Gillot. Il était revenu se mettre au vert au presbytère de La Chalade et il y attendait les événements,
en travaillant à un opuscule politique.

Dès qu'il fut entré dans le salon, la mine discrète,
la tête penchée sur une épaule et le dos obséquieux,
Mlle de Saint-André, toujours engouée, le présenta à ses hôtes comme un garçon d'esprit qui
donnait de belles espérances. Mme de Rosnes répondit au profond salut du jeune homme par un
hochement de tête protecteur; M. de Vendières,
mis en défiance par l'ode à la Bastille, l'ac-
cueillit froidement; seule, Hyacinthe se montra
aimable.

D'un coup d'œil rapide elle avait dévisagé J.-J.
Renard, pendant qu'il la saluait cérémonieusement,

Elle avait remarqué ses yeux mobiles et perçants, ses lèvres ironiques, son front développé et sa pâleur bilieuse. Cette physionomie d'ambitieux piqua sa curiosité. Il ne lui fallut pas longtemps pour deviner que ce garçon intelligent, vaniteux et pauvre, dévoré du besoin de parvenir, appartiendrait à ceux qui, les premiers, lui faciliteraient les moyens de sortir de l'obscurité.

Encore que cette figure inquiétante lui inspirât peu de sympathie, Hyacinthe, avec son intuition primesautière, y lisait les indices de certaines qualités précieuses : — la souplesse, l'esprit d'intrigue, l'audace cachée sous une fausse timidité, l'opiniâtreté têtue ; — tout ce qu'il faut enfin pour devenir un agent politique adroit et insinuant. Sur-le-champ elle résolut d'endoctriner le neveu du curé et de confisquer au profit de la bonne cause un instrument qui pouvait être dangereux aux mains du parti révolutionnaire. Plus que jamais possédée du chevaleresque désir de recruter des partisans à la royauté menacée, elle imposa silence à la secrète répulsion que lui causaient les lèvres minces et le regard fuyant de Jean-Joseph Renard ; elle s'efforça de gagner sa confiance en le mettant à l'aise et en le faisant parler. Flatté d'avoir attiré l'attention de cette belle personne, Renard retrouva tout son aplomb, se montra disert, fit la roue et s'empressa d'étaler devant la chanoinesse ses chatoyantes plumes de paon vaniteux et gonflé. Lorsqu'à huit heures son oncle et lui prirent congé, Hyacinthe les reconduisit jusque sur le perron ; elle félicita le curé de la culture d'esprit de son élève et engagea ce dernier à revenir à la verrerie.

Dès qu'il fut de retour dans sa chambre du presbytère, Joseph Renard s'accouda à sa fenêtre et récapitula ses impressions de la soirée.

Bien qu'il eût été frappé des arguments employés par la Gillotte pour le jeter dans le parti populaire, il aimait trop la gloriole pour ne pas être sensible au prestige exercé par la noblesse. Les flatteries et la grâce aristocratique de Mme d'Eriseul l'avaient troublé et il se sentait de nouveau perplexe. A la vérité, les idées révolutionnaires faisaient chaque jour des progrès; mais les cartes étaient encore tellement brouillées qu'il semblait impossible de lire clairement dans le jeu des deux partis et de prévoir à qui resterait la victoire. Le roi avait pour lui la noblesse, l'armée et le haut clergé. Poussé par la reine, il pouvait un jour frapper un grand coup, balayer l'Assemblée de Versailles, ressaisir le pouvoir despotique qu'il avait abdiqué. Alors l'aristocratie, reprenant ses privilèges et son influence, les faveurs et les beaux emplois appartiendraient à ceux qui auraient combattu pour la cause royale... Ebloui tout à coup par cette hypothèse, Joseph Renard songeait qu'avec ses talents et l'aide de cette séduisante chanoinesse, il serait en passe, comme l'abbé de Bernis, de se faufiler à la Cour et d'y occuper quelque haute position.

Oui, mais si la royauté échouait dans sa lutte avec le parti de la révolution, si elle avait le dessous et si, comme le prédisait Nanine Gillot, le peuple

devenait le seul maître, c'en était fait de la Cour et
des courtisans, et Joseph serait réduit au sort piteux
de la Perrette du *Pot au lait* :

> Adieu vache, cochon, couvée!...

En cette situation embarrassante d'un joueur qui
ne sait s'il doit ponter sur la rouge ou sur la noire,
le jeune homme s'avisa d'un terme moyen qui s'ac-
commodait à merveille avec son caractère double
et tortillard. Il résolut de se tenir coi à la cure, de
continuer à y écrire son pamphlet révolutionnaire
et de rester en relations avec Nanine Gillot, tout en
tâtant le terrain au Four-aux-Moines.

Profitant de la permission octroyée par Hyacinthe, il revint la voir et trouva le même accueil affa-
ble. La chanoinesse avait l'art de rendre les gens
communicatifs, elle le fit causer et il lui avoua sa
manie écrivassière. Elle flatta sa vanité de rimeur,
écouta complaisamment ses vers plats et préten-
tieux, et mêlant avec adresse les conseils aux compliments, le tança sur le choix de ses sujets. Elle
l'exhortait à laisser là ses déclamations sur la
liberté et l'égalité. — Tout cela, insinuait-elle, était
vulgaire et de mauvais goût; la vraie poésie se plaisait sur des sommets plus élevés. Au lieu de faire
chorus avec les pâles imitateurs de Jean-Jacques, il
acquerrait une gloire plus rare et de meilleur aloi
en se rangeant parmi leurs adversaires. Quelle belle
cause à plaider, pour un jeune écrivain de talent,
que celle de la royauté menacée et de la reine ca-

lomniée! En même temps, elle l'éblouissait par le
récit des fêtes de Trianon, où Marie-Antoinette
accueillait avec bonté les hommes de lettres et les
artistes. Elle l'emmenait parfois en promenade dans
les gorges de la forêt et lui décrivait les chasses à
courre, les réceptions luxueuses, les soirées de
musique, tous les plaisirs qu'on se donnait à
l'abbaye de Poulangy. Sous les grands chênes de la
futaie, Joseph Renard cheminait comme dans un
rêve, grisé par l'évocation de ce monde aristocratique dont il avait secrètement envié les joies raffi-
nées; — grisé aussi par le voisinage de cette
attrayante chanoinesse aux yeux scintillants, aux
lèvres souriantes, à la grâce irrésistible.

Chez ce jouvenceau de dix-neuf ans, le commerce
familier d'une élégante et jolie femme éveillait de
subits désirs et de hardis rêves de galanterie, qu'il
aurait six mois auparavant timidement comprimés.
Mais depuis six mois que Nanine Gillot était sa
maîtresse, une évolution s'était opérée en lui. La
satisfaction d'avoir gagné le cœur de la Gillotte lui
donnait une expérience et un aplomb précoces. Il
attribuait volontiers à ses qualités personnelles les
faciles faveurs de Nanine et, avec la présomption naturelle à un jeune homme qui pour la première fois
a possédé une femme, il s'imaginait qu'il pourrait
aussi aisément entraîner à l'avenir tous les cœurs fé-
minins. Cette conviction l'enhardissant, il devenait
non pas amoureux — la froideur de son tempérament
le mettait à l'abri des passions vives, — mais il était
émoustillé par un caprice libertin, et remué par la

perverse ambition de séduire la chanoinesse, comme
il avait conquis Nanon Gillot. « Quand elle aura
été ma maîtresse, songeait-il vicieusement, elle ne
pourra rien me refuser, et si le parti de la Cour
reprend le dessus, elle m'aidera à remonter le courant et à me pousser parmi les gens de qualité... »

Il s'exaltait ainsi à froid. Le cerveau tout fumeux
d'audacieuses convoitises, il faisait le trajet de La
Chalade au Four-aux-Moines dans la même agitation
que Jean-Jacques allant de l'Ermitage à Eaubonne,
chez Mme d'Houdetot, mais avec la passion en moins
et plus d'outrecuidance. — Hyacinthe d'Eriseul,
absorbée par ses idées d'apostolat, ne semblait pas
soupçonner l'état d'esprit de Joseph Renard. Elle
avait trop d'orgueil pour admettre un seul instant
que le neveu du curé pût oublier la distance qui les
séparait, et lui manquer de respect. Elle continuait
donc à le traiter familièrement et à le catéchiser
lorsqu'ils se trouvaient en tête-à-tête.

On était ainsi arrivé à la mi-septembre. Renard
venait de recevoir une lettre de Nanine Gillot qui le
pressait de rentrer à Bar, afin de s'y mettre à la
tête du parti populaire. Mais avant de prendre cette
résolution extrême, il méditait de jouer son va-tout
auprès de la chanoinesse.

« Il est certain, se disait-il, que Mme d'Eriseul
me voit d'un œil fort doux; toutefois je n'ai pas
affaire ici à une petite boutiquière de l'espèce de
Nanine et je ne dois pas m'attendre à ce qu'elle
fasse les premiers pas. Ces grandes dames veulent
qu'une galante violence leur épargne la mortifica-

tion d'avoir trop facilement succombé. Pas plus
tard qu'aujourd'hui, elle sera à moi ou je ne serai
qu'un lâche... »

S'étant ainsi monté la tête, il profita d'une après-
midi de dimanche pour devancer son oncle à la verrerie, à l'heure des vêpres. Il trouva Hyacinthe sous
une charmille du jardin, occupée à arranger dans
un vase plein d'eau les fleurs qu'elle venait de cueil-
lir. En apercevant Joseph Renard à l'entrée du
chambret, elle lui fit signe d'approcher :

— Bonjour, monsieur Renard, dit-elle avec un
engageant sourire. Tout le monde est à l'église, à
l'exception de M. de Vendières, qui dévore un
roman de chevalerie, et vous arrivez à propos pour
me distraire... Mettez-vous ici.

En même temps, elle lui indiquait une place à
côté d'elle sur le banc de pierre. Il s'y assit, le cœur
fortement ému à l'idée que le moment de se déclarer
était venu.

L'après-midi était tièdement ensoleillée. Un profond silence dominical emplissait l'étroite vallée,
dont les versants boisés se coloraient déjà de la
pourpre et de l'or de la saison finissante. Dans l'air
calme on entendait au loin le son berceur de la
cloche des vêpres, et par la baie de la charmille
jaunie on apercevait à l'autre bout du jardin la
*mince silhouette voûtée du chevalier, qui allait et
venait au long d'une treille, le nez sur son livre. Les
fleurs qui couvraient la table rustique — clématites blanches, phlox violets, citronnelles et roses
remontantes — répandaient une languide senteur

d'automne. La taille souple de la chanoinesse était serrée dans un corsage vert d'eau, très ajusté et échancré, sur lequel elle avait noué un ample fichu de mousseline. Dans le va-et-vient de ses bras pour disposer les fleurs au fond du vase, les plis du fichu se dérangeaient, découvrant tantôt un coin de gorge d'une blancheur laiteuse, tantôt la naissance du cou.

— Oui, il faut oser ! se répétait Joseph Renard.

— Voyons, monsieur le poète, reprit Hyacinthe d'un ton enjoué, n'avez-vous rien à me dire?...

— Je vous ai apporté, répondit-il d'une voix étranglée, quelques vers que je viens de composer.

— Allez, je vous écoute...

Il tira de sa poche un papier qu'il déplia et il déclama avec des intonations langoureuses :

Eglé, depuis un mois à vos pieds je soupire;
Mais les soupirs sont vains, s'ils ne sont entendus.
Pour apaiser mon cœur et mes sens éperdus,
Laissez-moi d'un baiser alléger mon martyre...

— Hum ! interrompit-elle, c'est un peu vif de la part du neveu d'un ecclésiastique... Et pour quelle bergère avez-vous rimé ce quatrain?

Un genou sur le banc et la tête penchée, elle enfonçait dans le vase une tige récalcitrante, tout en interrogeant distraitement le jeune homme.

— Pour vous, madame! répliqua-t-il hardiment. Puis, sans lui laisser le temps de s'étonner, il se leva et appliqua ses lèvres sur la nuque de la chanoinesse.

— Je vous aime! murmura-t-il en l'entourant de ses bras.

Suffoquée, elle se rejeta en arrière, se débattit et poussa un cri — cri de colère encore plus que de frayeur, mais si exaspéré que le chevalier l'entendit et accourut essoufflé.

Ecarté par une brusque rebuffade, le jouvenceau avait déjà lâché prise; il se sentait perdu et sa mine décontenancée était si piteusement grotesque qu'Hyacinthe fut secouée par un rire nerveux.

— Qu'y a-t-il? demanda M. de Vendières, effaré.

— Rien, repartit la chanoinesse en réprimant à grand'peine son fou rire, une scène ridicule!... Ce jeune collégien a eu un accès de folie. Veuillez le conduire dehors, chevalier, et priez-le d'aller se faire soigner ailleurs!...

Daniel de Vendières, indigné, regardait alternativement le neveu du curé et la jeune femme; il remarqua le fichu de linon en désordre, la pâleur livide de Renard et devina ce qui avait dû se passer.

Silencieusement, il entraîna le jouvenceau hors de la charmille et le fit marcher devant lui. Il y avait à l'extrémité de l'allée une petite porte donnant sur les champs. Daniel de Vendières l'ouvrit toute grande et poussant dehors l'infortuné galant :

— Mon jeune godelureau, lui dit-il avec un geste énergique, décampez et remerciez-moi de ne pas vous appliquer ma botte à l'endroit où le dos change de nom!

Les lèvres blanches, le teint verdi par le dépit et la honte, Jean-Joseph Renard regagna la cure à tra-

vers les éteules. — Aveuglé de colère, il buttait à
chaque pas et sentait dans ses veines comme un
amer épanchement de fiel extravasé. Une rancœur
féroce lui montait au cerveau à la pensée du rôle
ridicule qu'il avait joué et du mépris dont cette aristocrate l'avait éclaboussé... « Ah! comme en ce
moment le chevalier et la chanoinesse devaient se
gausser de lui!... Demain, son aventure serait
connue de tout le village et son oncle le mettrait
certainement à la porte. »

Il résolut de ne pas attendre cette nouvelle humi-
liation. Les vêpres n'étaient pas finies; il en profita
pour monter furtivement à sa chambre, jeta à la
hâte dans une serviette un peu de linge et quelques
papiers, en fit un paquet, et se glissant hors de la
cure, bâton en main, il détala dans la direction des
Islettes.

Quand il fut arrivé à une éminence d'où l'on
dominait le village, il s'arrêta pour regarder le
tertre vert où les toits du Four-aux-Moines se montraient sous un nimbe de fumée bleuâtre. Alors
une atroce expression de haine crispa ses lèvres
imberbes, alluma ses prunelles grises et plissa son
front.

Tout imprégné encore des classiques lectures de
son collège, il se rappela le serment d'Annibal et à
son tour, en son cœur ulcéré, il jura de se venger
cruellement des hôtes de la verrerie.

DEUXIÈME PARTIE

1791

I

LE BUSTE DE MIRABEAU

Le 22 avril 1791, la Société des *Amis de la Constitution* célébra à Bar l'inauguration du buste de Mirabeau.

Le temps marchait avec la vitesse d'un ouragan. Les scènes du grand drame révolutionnaire se succédaient, toujours plus tragiques et plus émouvantes. Le roi et la Cour avaient quitté Versailles; l'Assemblée nationale siégeait maintenant en souveraine à Paris; elle décrétait presque coup sur coup la mainmise de la nation sur les biens ecclésiastiques, la division du royaume en quatre-vingt-trois départements, la constitution civile du clergé et l'abolition de la noblesse héréditaire; — Mesdames tantes du roi étaient parties pour Rome et à leur

7.

imitation on émigrait en masse ; — Mirabeau venait
de mourir, l'Assemblée lui décernait les honneurs
du Panthéon et, comme les Parisiens, les *Amis de
la Constitution* de Bar-le-Duc, devenu Bar-sur-Ornain,
rendaient à leur tour de solennels honneurs au fougueux champion des libertés publiques.

J.-J. Renard avait également progressé avec les
événements. Ce n'était plus le jouvenceau humble
et obséquieux, à la mine de séminariste, au pauvre
habit noir râpé, quittant piteusement le presbytère
de La Chalade, avec son mince paquet au bout d'un
bâton. — Rentré à Bar au mois de septembre 1789,
il y publiait d'abord un libelle franchement révolutionnaire, qui le brouillait définitivement avec son
oncle, mais qui lui gagnait le cœur du parti avancé.
Grâce aux conseils de Nanine Gillot, il s'affiliait au
club populaire présidé par Henriot de Lahaicourt, y
acceptait les fonctions modestes de secrétaire, et
tout doucement devenait la cheville ouvrière de cette
société influente. Il menait habilement par le nez le
président Henriot, dont il composait les discours, et
qui déclarait paternellement que « ce jeune homme
fournirait une brillante carrière ». En attendant, le
neveu du curé figurait à la tête des *enragés*; il
s'était débaptisé et s'appelait maintenant Julius-
Junius Renard; le peuple des faubourgs lui obéissait, les *modérés* le surveillaient avec inquiétude et
ceux qui l'avaient dédaigné jadis commençaient à le
redouter.

Le soleil brillait dans un ciel de printemps et promettait une belle journée de fête. Julius-Junius

Renard, dès midi, stationnait dans la cour du collège où siégeaient les *Amis de la Constitution* et d'où le cortège devait partir. — Les cheveux frisés sous un chapeau claque à cocarde tricolore, vêtu d'un habit de soie puce à collet bleu, cravaté de blanc, il portait un gilet et des culottes bouton d'or à liserés et nœuds bleu clair, et ses maigres jambes, chaussées de bas blancs, s'enfonçaient en des demi-bottes échancrées. Tout fier de cette pimpante et neuve toilette, qui faisait malheureusement ressortir ses épaules trop hautes, sa figure chafouine aux yeux trop rapprochés, il se multipliait autour du buste de Mirabeau déjà placé sur un brancard drapé de velours cramoisi et illustré d'inscriptions « rappelant les vertus et les travaux de l'illustre orateur »; — il donnait des instructions aux gardes nationaux de l'escorte, groupait les huit citoyens chargés de porter le brancard, haranguait les jeunes citoyennes qui devaient tenir les banderoles attachées au buste, courait prendre les ordres des membres du bureau réunis dans la salle des séances, puis revenait affairé et important.

Enfin, au coup de deux heures, un roulement de tambours annonça le commencement de la fête; le cortège sortit de la cour et se dirigea vers la ville haute par la côte des Prêtres.

En avant, d'un pas mesuré et léger, marchaient huit jeunes filles en robes blanches, ceintes d'une écharpe tricolore, couronnées de roses et tenant à la main un rouleau de papier de musique. Elles devaient chanter des chœurs et avaient été choisies parmi les filles de la bourgeoisie qui, pour parler le langage mythologique du président, « joignaient aux attraits des Grâces le talent harmonieux des Sirènes ». De fait, elles offraient de charmants échantillons de la beauté barroise. La tradition a conservé leurs noms : c'étaient Minette Lapique, Rosette Pernet, Thérèse et Madeleine Févez, Delphine et Huguette Dubé, Gabrielle Pattin et Clairette Lanthonnet. Quelques-unes, appartenant à des familles royalistes, faisaient contre mauvaise fortune bon cœur ; toutes avaient de beaux yeux lumineux, une abondante chevelure et le teint frais comme la feuillée en mai.

Après elles, venaient les porteurs du brancard, entourés de jeunes femmes aux toilettes blanches et tricolores, puis la double file des membres de la Société, précédée du président, tenant à la main une couronne de feuilles de chêne. De chaque côté, une triple rangée de gardes civiques formait la haie. Une fanfare séparait la queue du cortège de la foule des curieux endimanchés qui se bousculaient à la suite, emplissant la côte d'un tapage de voix joyeuses et de toilettes claires.

Une réveillante brise d'avril courait sur cette triomphale procession qui s'allongeait dans la rue montante, sous un ciel d'un bleu doux, entre des murs décorés de jeunes verdures. Le soleil donnait aux robes blanches un éclat neigeux ; il chatoyait dans les draperies rouges du brancard, découpait nettement dans l'air la silhouette du buste, égayait les habits foncés des *Amis de la Constitution*, allu-

mait des étincelles aux pointes des baïonnettes,
mettait des éclaboussures d'or aux cuivres de la fanfare et épanouissait les figures de la foule tumultueuse.

Ce radieux soleil et cette brise de printemps semblaient s'associer à l'allégresse commune. A cette
époque encore sereine de la Révolution, on sentait
que les cœurs des bourgeois et des gens du peuple
battaient à l'unisson dans la joie de la liberté conquise et dans l'énergique désir de défendre leur
conquête contre les ennemis du dedans et du dehors.
Par intervalles, après les fanfares des instruments,
les voix limpides des jeunes filles s'envolaient dans
la lumière : elles chantaient des chœurs d'*Alceste* et
d'*Iphigénie*, et quand elles se taisaient, un intense
cri de : « Vive la nation ! » éclatait comme un roulement de tonnerre.

Ces clameurs de la foule montaient avec un
ensemble plus nourri lorsqu'on passait devant les
volets clos des maisons abandonnées par des familles
nobles qui avaient fui à l'étranger. L'émigration
commençait, en effet, à prendre des proportions
inquiétantes, et dans cet exode de la noblesse vers
Luxembourg et Coblentz, où les princes méditaient
un retour offensif avec l'assistance des armées
étrangères, le peuple voyait la menace d'une restauration de l'ancien régime. Un frémissement de
colère le secouait à la pensée de ces hobereaux rassemblés près des frontières et se vantant de mettre
sous peu la France à la raison.

Après avoir parcouru les rues de la ville haute, le

cortège s'arrêtait place Saint-Pierre, devant l'hôtel
de ville où l'on avait élevé une vaste estrade enguirlandée de feuillages. Le corps municipal, les juges,
les administrateurs du département et, parmi eux,
François Baujard, alors chargé d'une mission dans
l'Est, y prenaient place. Les jeunes filles y montaient
avec le bureau de la Société et se rangeaient en face
du tribunal des Anciens. Ceux-ci, poudrés, vêtus de
l'habit noir, ceints d'une écharpe blanche, coiffés
d'un chapeau à la Henri IV et tenant une pique à la
main, devaient statuer sur les honneurs à rendre à
Mirabeau. Le président Henriot se tournait alors
galamment vers les jeunes filles, et dans le langage
pompeusement fleuri du temps, leur disait en agitant sa couronne de feuillage :

« Jeunes beautés, appelées à nos fêtes pour les
embellir de votre personne, le jugement des Anciens
a déterminé que le chef auguste de Mirabeau sera
décoré de ces lauriers. C'est à vous, jeunes beautés,
qu'ils ont réservé cet honneur, parce que, reçu de
vos mains, il n'en acquerra que plus de prix. C'est
aux Grâces qu'il appartient de couronner la vertu. »

Au roulement des tambours, Clairette Lanthonnet
s'avançait rougissante et déposait sur la tête de
Mirabeau la couronne de chêne, tandis qu'un joyeux
cri de « Vive la nation ! » s'envolait jusqu'au sommet
de l'église Saint-Pierre, effarouchant les corneilles
qui, là-haut dans le bleu, virevoletaient autour des
clochetons.

Maintenant le cortège se reformait, grossi de
toutes les autorités de l'estrade. Il redescendait vers

la ville basse et pénétrait dans l'ancienne église des Augustins où Julius-Junius Renard devait prononcer l'éloge de Mirabeau.

Il avait lui-même choisi cette chapelle désaffectée pour s'y montrer dans tout l'éclat de ses fonctions. C'était une intention galante à l'adresse de Nanine Gillot qui demeurait en face des Augustins. Aussi la Gillotte s'y pavanait en belle place, en compagnie de sa tante Manon Briquet. Elle avait revêtu pour la cérémonie une robe de percale bleue, dont le corsage décolleté était recouvert d'un de ces fichus de linon amplifiant la poitrine et qu'on appelait pour cette raison des *fichus menteurs*. Sa tête bouclée était coiffée d'un bonnet de taffetas bouillonné, aux couleurs nationales. Le nez au vent, les yeux hardis, la bouche entr'ouverte, Nanine semblait boire les paroles de l'orateur, qui dans un style déclamatoire célébrait les vertus civiques du grand tribun de la Révolution. Elle prenait sa part des applaudissements qui accueillaient les phrases ampoulées de son amant. Renard n'était-il pas son œuvre? N'était-ce pas elle qui l'avait soutenu et nourri de son épargne dans les jours de misère?... Elle le trouvait adorable dans cet habit de soie puce à la confection duquel elle avait présidé; elle le mangeait du regard, attendant avec impatience la tombée du jour pour le presser contre sa poitrine et triompher avec lui.

Quand la séance fut levée, les *Amis de la Constitution* regagnèrent, musique en tête, le siège de leur société. Renard marchait à côté du président

Henriot. Jusque-là, il s'était habilement effacé, mais après le succès de son discours, il jubilait et se montrait à la foule transfiguré par le rayonnement de sa gloire naissante. François Baujard, qui était affilié à la Société, suivit ses collègues au lieu de la réunion. L'ovation faite à ce jeune Renard le mettait en méfiance. Il craignait que cet effervescent démagogue, grisé par le succès, n'abusât de son prestige sur les gens des faubourgs pour pousser la Société dans une voie dangereuse, et il voulait être là afin de contre-balancer l'influence grandissante du précoce jacobin.

Ce qui se passa dans la salle du club lui montra qu'il avait agi prudemment. A peine eut-on pris séance que le président Henriot et Julius-Junius Renard tombèrent dans les bras l'un de l'autre, aux acclamations de la foule. Déjà le jeune homme se dirigeait vers la tribune; mais Baujard le prévint et en sa qualité de député obtint de parler le premier.

Avec sa parole grave, chaude, sonore, son geste sobre et puissant, le député s'empara promptement de l'attention de son auditoire. Il loua comme il convenait le génie et le patriotisme de Mirabeau, raconta son agonie et cita adroitement ce passage de l'un de ses derniers discours : « La popularité que j'ambitionne et dont j'ai l'honneur de jouir, n'est pas un faible roseau; c'est en terre que je veux l'enraciner sur les bases de la droiture et de la justice. » Il engagea ses collègues à s'inspirer de cette éloquente déclaration, à rester unis dans

l'amour de la liberté et du droit, à s'abstenir d'em-
piéter sur le pouvoir de l'Assemblée constituante
et à résister aux impatiences des exaltés. « Songez,
leur dit-il, que là-bas, près de cette frontière où je
me rendrai demain, les ennemis de la liberté et de
la Révolution n'attendent pour vous envahir que le
moment où des dissensions intérieures, qu'ils fomen-
tent eux-mêmes, vous auront affaiblis. Montrez à vos
ennemis que vous n'avez qu'un seul cœur et restez
unis pour opposer une force invincible aux menaces
des étrangers. »

Dès qu'il eut terminé au milieu des marques d'approbation, J.-J. Renard s'élança à la tribune. D'abord,
avec une habile perfidie, il rendit justice au patriotisme et aux généreuses illusions du député Baujard.
« Mais, citoyens, s'écria-t-il, tout en vous préparant
à vaincre les ennemis du dehors, il ne faut pas
perdre de vue les manœuvres liberticides des ennemis
du dedans. Si beaucoup de ci-devant nobles ont
émigré, il en reste encore dans nos provinces qui
servent d'intermédiaires entre les conspirateurs de
la Cour et les criminels qui complotent à l'étranger.
J'ai entre les mains les preuves de leurs menées. A
quelques lieues d'ici, à La Chalade-en-Argonne, j'ai
découvert un nid de nobliaux factieux qui corres-
pondent avec le traître Bouillé et avec les émigrés.
Leurs femmes mêmes complotent pour restaurer
l'ancien régime, avec l'aide des Autrichiens et la
complicité d'un roi parjure... Je puis vous citer leurs
noms... »

A cette allusion à l'Argonne et à La Chalade,

8

François Baujard tressaillit. Il eut l'intuition que la dénonciation de Renard visait la famille Saint-André. Craignant d'entendre jeter le nom de la chanoinesse à cette foule surexcitée et ombrageuse, il voulut tenter une diversion.

— La personne du roi, interrompit-il, doit rester en dehors de cette discussion... Je ne souffrirai pas. qu'on outrage d'un pareil soupçon le monarque placé par la Constitution à la tête de la France.

— La France, répliqua emphatiquement Renard, serait esclave si elle conservait à sa tête un despote. Les temps heureux de la République ne sont pas encore arrivés; mais le roi ne doit être que le ministre des volontés du peuple; qu'il les exécute, sinon qu'il descende du trône!

De bruyants applaudissements partirent du fond de la salle, mais le député ne se déconcerta pas.

— Monsieur, cria-t-il impétueusement à son contradicteur, si les flatteurs ont perdu les rois, le peuple a aussi de perfides courtisans qui l'entraînent à l'avilissement, sous prétexte de satisfaire ses caprices!

. — Citoyen député, déclama Julius-Junius, vous calomniez le peuple et les vertus républicaines...

— Eh! citoyen secrétaire, riposta Baujard en s'emportant, si républicain et vertueux sont souvent synonymes; vous qui faites des vers, vous devriez savoir que parfois aussi républicain rime avec coquin!

Cette discussion, qui dégénérait en personnalités, déplut à la majorité de l'auditoire. Les amis de Baujard gardèrent le silence, tandis que des murmures grondaient sur les bancs où se groupaient les admirateurs de Renard. Révolté de la tiédeur des modérés et humilié d'être sacrifié à ce jeune énergumène, le député quitta brusquement la salle des séances, pendant que Julius-Junius achevait sa motion au milieu des bravos.

A peine dans la rue, Baujard se reprocha d'avoir manqué de sang-froid. Lui qui, dès l'ouverture des États-Généraux, s'était fait remarquer par son ardeur pour la liberté et qui, dans le secret de son cœur, inclinait vers les idées républicaines, comment avait-il commis la faute de laisser suspecter son libéralisme, en prenant sans nécessité la défense du roi, dont il connaissait mieux que tout autre la faiblesse et dont il jugeait sévèrement la conduite?... Comment n'avait-il pas compris que cet intrigant de Renard lui tendait un piège, en le provoquant à une discussion où la moindre parole imprudente pouvait être mal interprétée par la foule, et diminuer la popularité de l'ancien lieutenant général?... Dans cette affaire, il avait agi en Don Quichotte et non en homme politique. — Et tout cela pour une femme, peut-être justement soupçonnée et qu'il n'avait pas revue depuis tantôt deux ans!...

Oui, mais s'il ne l'avait pas revue, cette chanoinesse lui tenait néanmoins au cœur. Depuis qu'ils s'étaient séparés sur la route de Clermont, ils avaient fréquemment correspondu. D'abord elle lui avait écrit pour lui recommander une affaire d'intérêt, à l'époque où le chapitre de Poulangy avait été supprimé par un décret de l'Assemblée nationale. Il lui

avait répondu avec empressement et de nombreuses
lettres ·s'étaient échangées. Il n'y était plus ques-
tion d'affaires; on y parlait politique, philosophie,
galanterie même. Hyacinthe mandait à Baujard des
nouvelles du pays; le député la renseignait sur le
mouvement des idées, sur la situation des esprits
dans la capitale. Dans ce commerce de lettres, si à
la mode au xviiie siècle, l'esprit naturel, primesautier,
enthousiaste de la chanoinesse se montrait à plein
et séduisait son correspondant. En lisant ces épîtres enjouées et familières où la jeune femme
dépensait une verve malicieuse, une grâce câline
pour convertir son compatriote à ses opinions,
Baujard revoyait entre chaque ligne le spirituel
profil, les yeux attirants et le sourire ensorceleur
d'Hyacinte. Une affinité mystérieuse les unissait peu
à peu. A distance, le charme exercé par la jeune
femme devenait plus puissant, et elle était sans cesse
présente à l'esprit du député.

 Il n'y avait donc rien d'étonnant à ce qu'il se fût
préoccupé d'elle, en écoutant les insinuations de
Junius Renard, et à ce qu'il se fût alarmé à son
sujet. A ce moment même, tout en déplorant la
tournure qne prenaient les choses et en s'irritant
contre ses propres emportements, il continuait à
s'inquiéter des accusations portées contre Hyacinthe
et à se demander jusqu'à quel point elles étaient
fondées. Aussi, bien que l'heure fût avancée, au
lieu de regagner son logis de la ville haute, se
dirigea-t-il vers la maison de Mme de Rosnes.

Comme deux années auparavant, il trouva la

veuve assise dans le même coin tranquille de son
salon du premier étage, toujours occupée à tricoter, toujours droite sur ses hanches, correcte et
tirée à quatre épingles.   ...

— Bonsoir, Baujard, dit-elle en lui montrant un
siège, vous êtes bien aimable de ne pas m'oublier...
J'ai la tête cassée par les cris et la musique de ces
messieurs les *Amis de la Constitution*. Etes-vous
donc venu de Paris exprès pour entendre leur tin-
tamarre?

— Non, madame, pas précisément, répondit-il
avec un vague sourire. L'Assemblée m'a chargé de
surveiller dans la Meuse et les Ardennes l'exécution
des nouveaux décrets sur la constitution civile du
clergé... Je pars demain pour Verdun.

— J'entends... Vous allez installer l'apostat Aubry,
que vous avez nommé évêque... Il est arrivé ici en
pompe cette semaine et la municipalité lui a donné
un grand dîner avec force compliments, puis il y a
eu cérémonie à Notre-Dame... Je n'y étais pas, je
vous prie de le croire. Depuis les décrets, je fais
mes dévotions dans ma chambre et ne veux parti-
ciper en rien avec les intrus... J'irais plutôt mille
fois à la lanterne... Nous vivons en de singuliers
temps et tout va de mal en pis!... Aussi nos amis
passent la frontière : Mme de Clermont s'en va à
Luxembourg, M. de Vyart est à Trèves; Mme de Chavagne, elle-même, malgré son libéralisme, est partie
mercredi avec sa maisonnée.

— Je le sais, répliqua sarcastiquement Baujard,
l'émigration est devenue à la mode, il est de bon

8.

ton d'aller à Coblentz et l'on n'ose pas résister à
l'opinion dominante... J'avoue, madame, que je crai-
gnais de vous trouver vous-même absente.

— Moi? nenni... Je suis comme les chats, je
n'aime pas à changer mes habitudes... Néanmoins,
je me sens un peu esseulée. M. de Vendières est
parti... Il n'en avait guère envie, le pauvre garçon!...
Mais chaque jour il recevait des billets anonymes
où on le traitait de femmelette. On les lui envoyait
tantôt avec une quenouille, tantôt avec un bonnet
de nuit... Il s'est piqué au jeu et et a plié bagage
comme les autres.

— Jeu dangereux! murmura Baujard en hochant
la tête; ceux qui s'y livrent s'imaginent aller à une
partie de plaisir d'où ils rentreront triomphants au
bout d'un mois... Croyez-moi, ils se font illusion.
La partie se jouera entre une faible minorité et la
nation tout entière : elle ne sera pas égale et malheur aux perdants! Le peuple est jaloux de la
liberté qu'il a conquise. Au lieu de l'irriter par d'inu-
tiles bravades, la noblesse devrait se montrer plus
circonspecte... A ce propos, permettez-moi une ques-
tion : Madame votre nièce est toujours à La Chalade?

— Oui... Pourquoi me demandez-vous ça? Y cour-
rait-elle quelque danger?

— Non, si elle est prudente; oui, si par hasard
elle s'associait aux illusions de ceux qui partent
pour l'émigration... Il n'est jamais bon que les
femmes s'occupent de politique, mais en ce moment
surtout elles doivent veiller sur leurs paroles et
leurs actions.

— Baujard, s'écria la veuve, vous m'effrayez!...
Soyez franc, vous avez entendu parler de quelque
chose?

— Il est vrai, madame, et c'est l'un des motifs de
ma visite. Ce soir, au club, le jeune Renard, qui a,
je crois, un oncle curé à La Chalade, a dénoncé à
mots couverts ce village comme un nid de factieux,
où les femmes mêmes conspirent avec les émigrés... Je l'ai interrompu au moment où il allait
citer des noms, parce que parmi ces noms suspects
j'ai craint d'entendre celui de Mme d'Eriseul.

— Mon cher, vous me mettez martel en tête...
Hyacinthe ne me prend pas pour confidente, mais
elle est si exaltée et si téméraire que je la crois
très capable de commettre quelque étourderie...
J'adore cette enfant-là, Baujard ; je l'ai élevée comme
ma fille et je serais désespérée s'il lui arrivait malheur.

— Il faudrait que quelqu'un d'autorisé l'invitât à
se montrer plus prudente.

— Qui?... Ma sœur Gertrude n'a aucun empire
sur elle... Moi-même, je ne sais si elle m'écouterait,
et d'ailleurs la poste ne m'inspire pas assez de confiance pour que je lui mande mes conseils par
écrit... Mais vous, Baujard, ne m'avez-vous pas dit
que vous partiez demain pour Verdun?

— Oui, madame.

— De Verdun à La Chalade il n'y a pas loin...
Quand vous aurez terminé vos affaires, ne pourriez-
vous pousser jusqu'au Four-aux-Moines, et chapitrer ma nièce, de ma part?

— Madame, si vous-même n'avez pas d'autorité sur Mme d'Eriseul, comment pouvez-vous supposer qu'elle m'écoutera, moi, un étranger... et, de plus, un adversaire politique ?

— Si fait, je sais qu'elle vous a en grande estime... Une fois là-bas, d'ailleurs, vous pourrez mieux juger les choses... Je vous en prie, si vous avez quelque amitié pour nous, rendez-moi ce service !

— Si ma présence à La Chalade peut vous rassurer, madame, je vous promets d'y passer dans quelques jours... Mais je ne m'illusionne pas sur le pouvoir qu'auront mes conseils.

— Qui sait ?... Essayez toujours et une fois à la verrerie, écrivez-moi un mot... Jusqu'à ce que j'aie une lettre de vous, je serai aux champs.

— Comptez, madame, que j'agirai avec tout l'empressement et le zèle possibles... Et maintenant, permettez-moi de prendre congé de vous.

— Allez, mon ami, allez, et merci d'avance...

II

LES HANNEQUETS

Stimulé par le désir de se rendre promptement auprès de la chanoinesse et de l'éclairer sur les périls de son beau zèle royaliste, François Baujard s'efforça d'abréger le plus possible son séjour à Verdun. Quelque activité qu'il déployât, les conflits nés de l'application des décrets sur la suppression des communautés religieuses, l'occupèrent pendant toute une semaine. Ce fut seulement dix jours après son entrevue avec Mme de Rosnes qu'il put prendre congé des administrateurs du district et partir en poste pour Varennes. La mission dont il était chargé, comprenant les départements de la Meuse et des Ardennes, il comptait gagner Vouziers par la route de Grandpré et profiter du voisinage de La Chalade pour voir Mme d'Eriseul, sans que cette visite fût remarquée et sans que son itinéraire fût modifié.

Il arriva à Varennes vers six heures du soir et descendit à l'auberge du *Grand-Monarque*, où il se fit servir à souper. Il ne voulait pas perdre de temps et avait résolu de se rendre nuitamment au Four-aux-Moines. C'était un moyen d'éviter les indiscrétions des fâcheux. En outre, se sachant si près de la chanoinesse, il ne se sentait pas la patience de remettre sa visite au lendemain, lorsque deux lieues à peine le séparaient d'elle. On était au 3 mai et il faisait très beau temps. Cette excursion nocturne à travers la forêt verdissante, pour aller trouver une jeune et charmante femme, avait quelque chose de romanesque qui lui rappelait ses vingt ans et qui le tentait.

Tout en dépêchant son souper, il questionnait l'hôtesse sur la possibilité de gagner rapidement à pied La Chalade. Elle lui répondit que rien n'était plus facile pour qui connaissait les raccourcis. Précisément, son petit valet d'écurie était le fils d'un bûcheron et avait vécu dans les bois depuis son enfance; elle le mettrait à la disposition du député, et il lui servirait de guide.

A la tombée de la nuit, en effet, ce garçon vint prendre les ordres de Baujard et ils se mirent en route.

Le valet d'écurie était un gamin de douze à treize ans, à la ronde figure tavelée de taches de rousseur. Il avait la langue déliée et paraissait fort dégourdi. Le député, égayé par son bavardage, s'amusait à le faire jaser. Elevé lui-même à Souilly, dans un milieu paysan, ayant joué jusqu'à dix ans avec les *pâtu-*

reaux du village, Baujard avait plaisir à retrouver dans la bouche de ce garçonnet les expressions patoises et les contes familiers à ses premières années. C'était comme un écho de sa petite enfance qui lui revenait aux oreilles.

Pendant qu'ils escaladaient le sentier en gradins qui mène aux plateaux supérieurs de la forêt, la lune, presque ronde, se leva à l'horizon. Sa clarté nacrée permettait de distinguer, à travers les bouleaux, le fond de la vallée où l'Aire serpentait sous une buée d'argent, et la chaîne de collines à l'extrémité de laquelle Montfaucon apparaissait sur le ciel comme un nid d'oiseaux de proie.

— Tu n'as pas peur dans les bois, la nuit? demanda le député à son guide.

— Nenni, je n'ai peur de *rein*, répondit bravement le garçonnet, je connais la forêt comme ma poche... Dès huit ans, je portais la soupe à nos gens qui coupaient du bois à la Louvière, et je m'en revenais seul par la Haute-Chevauchée.

— Tu n'as jamais fait de mauvaises rencontres?

— Jamais... Pourtant, des fois, j'ai vu de drôles de choses.

Il se mit à siffler comme un merle, puis reprit confidentiellement :

— Une fois, près de la Pierre croisée qui marque le mitan du chemin de Varennes à La Chalade, j'ai aperçu un loup assis sur son derrière au pied d'un fayard... Il avait le poil quasi aussi blanc que celui d'une chèvre et ses yeux luisaient comme des *lume-rolles*... *Ma fi*, je n'ai mie perdu la tête, j'ai empoigné un caillou et j'ai fait semblant de le lui jeter... Alors il s'est levé et a marché en avant de moi dans le sentier. Quand je m'arrêtais, il s'arrêtait pour me *répier*... Et il m'a reconduit ainsi jusqu'à la lisière du bois où il s'est ensauvé dans une taille... Pour lors j'ai reconnu que j'avais rencontré le *loup blanc*. Heureusement je m'étais bien donné de garde de lui rien dire, car il saute au cou de ceux qui lui parlent et les emporte au fin fond de l'enfer...

— Ha! ha! tu crois ça, toi? demanda railleusement Baujard.

— On croit à ce qu'on voit, répliqua l'autre d'un ton sentencieux... Il y a des gens qui lui ont parlé et qui ne sont jamais revenus... C'est comme, dans la nuit de Noël, quand on entend galoper la *grand'chasse*; si on suit les chevaux, on est perdu !

Il s'était remis à siffler comme pour affirmer sa bravoure. Ils pénétraient maintenant dans une futaie de hêtres où les branches déjà feuillues enveloppaient le sentier en une ombre plus dense, traversée de loin en loin par quelques rais de lune qui semblaient se mouvoir entre les fûts. Le silence du couvert et ces blanches filtrées de lumière qui glissaient çà et là, pareilles à des apparitions, remit en mémoire à Baujard d'autres superstitions villageoises, sœurs du *loup blanc* et de la *grand'chasse* :

— Toi qui as vu tant de choses, demanda-t-il plaisamment, n'as-tu pas rencontré aussi parfois le *sotret* ou les *hannequets*?

Le sifflet du gamin s'arrêta brusquement.

— Les hannequets? répéta-t-il avec une pointe d'inquiétude.

— Oui, les petits hommes qui se promènent sous bois, la nuit, avec des flammes rouges en guise de chapeau.

— Je sais,... je sais, dit le garçon en baissant la voix, mais, sauf votre respect, vaut mieux ne point parler de ça!

La profonde obscurité de la futaie semblait avoir tari sa verve et ébranlé son aplomb. Il devint taciturne. Pendant quelques minutes, ils cheminèrent sans mot dire. Le silence était si absolu autour d'eux qu'on entendait distinctement le glou-glou d'un ruisseau au fond d'une ravine prochaine. Cette plainte de la source invisible, jointe au jeu fantastique des rayons de lune parmi les branches, ne contribuait pas à redonner de l'assurance au jeune guide, qui tout à l'heure se vantait si crânement de n'avoir peur de *rein*. Maintenant il se serrait contre Baujard et paraissait moins le guider que le suivre. Tout à coup le député s'arrêta et prêta l'oreille :

— N'as-tu rien entendu?

— Je..., je ne sais pas, monsieur.

De fait, à mesure qu'on s'éloignait de la ravine, dans le silence de la forêt endormie, on percevait au loin d'étranges bruissements de branches froissées.

— C'est peut-être... des gens qui reviennent de la passe aux bécasses?

— A moins que ce soient les hannequets, insinua

9

Baujard en riant... Ce qu'il y a de sûr, c'est qu'on marche là-bas, en avant de nous...

Tout en parlant, il hâtait le pas... Bientôt on déboucha sur un carrefour où cinq tranchées se coupaient en étoile. L'une de ces avenues, directement enfilée par la clarté lunaire, s'allongeait vaporeuse entre les feuillages plus sombres. Zébrée de loin en loin par l'ombre portée des branches, elle dévalait peu à peu sur un fond boisé, au-dessus duquel planait une épaisse buée opaline.

— Monsieur, murmura le garçonnet en se repliant en arrière, *les* voyez-vous, là-bas, dans la tranche?

François Baujard *les* voyait en effet et s'était de nouveau arrêté pour observer :

Dans le lumineux couloir de la tranchée, de légères silhouettes humaines sortaient de l'ombre, se détachaient un moment en pleine clarté, puis rentraient dans le fourré. Quelques-unes même étaient accompagnées d'une lueur rougeâtre et tremblante, comme celle d'un falot qu'on balance à la main. Ce passage de promeneurs nocturnes, bien qu'inattendu, n'avait après tout rien d'inquiétant. Néanmoins le député jugea à propos de rassurer son superstitieux compagnon.

— Nigaud, dit-il, n'aie donc pas peur!... Il n'y a pas de hannequets; ce sont des hommes comme toi et moi...

En même temps, il se retournait. Plus personne. Le garçonnet, épeuré, avait pris ses jambes à son cou et détalait sans doute maintenant dans la direction de Varennes.

Abandonné à lui-même en plein bois, Baujard se trouvait fort embarrassé. Sondant du regard les trois avenues en patte d'oie qui fuyaient devant lui, il ne savait trop laquelle choisir pour arriver à La Chalade, et en son par-dedans il pestait ferme contre la poltronnerie de son guide. Après un moment d'hésitation, il résolut de suivre la tranchée éclairée et de rejoindre, si possible, les gens qu'il y avait aperçus. C'étaient probablement, comme l'avait d'abord supposé le garçon d'écurie, des chasseurs ou au pis-aller des braconniers. Il obtiendrait certainement d'eux quelque renseignement pour se remettre en bon chemin.

Il allongea le pas et, au bout de dix minutes, il atteignit un replat, à partir duquel la tranchée descendait brusquement vers une clairière dont on distinguait l'emplacement nu et circulaire, au milieu des arbres de bordure. Au milieu de ce rond-point blanchissant, des ombres semblaient se mouvoir. Tandis qu'il les examinait, Baujard entendit, sur sa gauche, des pas dans le fourré, et avant d'aborder les nouveaux venus, il jugea prudent de savoir à qui il avait affaire. Il se dissimula derrière une cépée très feuillue et attendit. Peu après, les branches froissées livrèrent passage à deux hommes guêtrés jusqu'au genou, coiffés de feutres rabattus et boutonnés dans des vestes de chasse.

— M. de Parfondrupt, dit l'un d'eux, nous voilà enfin hors de ce maudit roncier et, sauf erreur, voici la tranchée qui mène au Haut-Bouleau... C'est bien là qu'elle nous attend, n'est-ce pas?

— Parfaitement, mon camarade... Jérémie, qui s'y connaît, a choisi lui-même le lieu du rendez-vous, et là, personne ne viendra nous déranger...

— Singuliers chasseurs de bécasses! se pourpensa François Baujard.

Les quelques mots échangés par les survenants lui paraissaient suspects et, avec cette circonspection native qui est l'un des caractères distinctifs du Lor-rain, il estima qu'avant de se montrer, il convenait de se renseigner davantage sur les allures de ces inconnus, qui semblaient venir des quatre coins de la forêt à un mystérieux rendez-vous.

Il suivit les deux personnages à distance respec-tueuse. Le sable épais du sentier amortissait son pas et il put ainsi se rapprocher de la clairière sans être aperçu. Il remarqua bientôt que, sur sa droite, le taillis s'éclaircissait notablement. Les chênes y étaient clairsemés, le sol tapissé de mousse était coupé çà et là par des touffes de genévriers et de houx. Le député put donc quitter le sentier, et se dissimulant derrière les buissons, il atteignit obli-quement le cordon de grands arbres qui régnait à la circonférence du rond-point.

La clairière, un peu en contre-bas, s'étendait autour d'un bouleau solitaire et robuste qui lui avait donné son nom. Lorsque Baujard eut gravi la pente d'un talus sablonneux, il put, à travers un léger rideau d'érables et de clématites sauvages, plonger au-dessus du rond-point. Il ne douta plus dès lors qu'il ne fût tombé sur un conciliabule de gens sus-pects, et immédiatement les allusions de J.-J. Renard aux complots royalistes ourdis au fond de l'Argonne, lui revinrent à l'esprit.

Eclairés par les rayons lunaires, des hommes en costumes demi-bourgeois et demi-campagnards se groupaient à quelque distance du bouleau, au pied duquel deux autres personnages, enveloppés de manteaux et immergés dans l'ombre, attirèrent l'attention du député.

Les retardataires qu'il avait épiés dans la tranchée venaient d'arriver. A ce moment, les deux personnes assises au pied du bouleau se levèrent. L'une d'elles rejeta lestement son manteau à capuchon et, en la voyant surgir en pleine lumière, Baujard eut un violent sursaut. — Il venait de reconnaître la chanoinesse.

Hyacinthe d'Eriseul était vêtue d'une robe de couleur foncée et coiffée d'un chapeau tyrolien d'où ses cheveux sans poudre retombaient en boucles abondantes sur le dos et les épaules. Cette toilette sombre faisait ressortir l'ovale de sa figure originale. A la clarté de la lune, ce blanc visage encadré de boucles flottantes prenait un éclat féerique, rendu plus séduisant par les étoiles lumineuses des yeux. — En retrouvant au fond des bois la spirituelle correspondante dont les lettres l'avaient tant de fois charmé, Baujard éprouvait un sentiment d'admiration plus vif encore que lorsqu'il l'avait vue dans le salon de Mme de Rosnes. La surprise, d'ailleurs, doublait son émotion et la curiosité le tenait palpitant derrière le hallier.

Hyacinthe fit quelques pas en avant et ses yeux

9.

scintillants se fixèrent sur les hommes groupés
autour d'elle.

— Je crois, messieurs, dit-elle, que nous sommes
maintenant au complet et que nous pouvons causer...
Je vous ai convoqués ce soir pour vous mettre en
relations avec un de mes amis qui arrive de Paris et
qui se rend, de la part de Sa Majesté la reine, près
de M. le marquis de Bouillé, qui commande à Metz.
M. de Jarjaye, officier de la maison du roi, a bien
voulu se détourner de sa route pour m'apporter d'importantes nouvelles, et je suis autorisée à vous les
communiquer...

L'inconnu, qui lui tenait compagnie sous le bouleau, s'était rapproché de Hyacinthe. Baujard vit un
jeune homme de bonne mine, enveloppé dans une
ample lévite brune à haut collet, dont l'entre-bâillement laissait voir les revers d'un habit rouge et le
rabat d'une cravate de mousseline. La chanoinesse se tourna vers lui et lui prit la main, puis
ils passèrent ensemble devant les sept personnages qui se tenaient en demi-cercle dans la clairière.

— Monsieur de Jarjaye, continua-t-elle en s'arrê-
tant successivement devant chacun d'eux, je vous
présente le chevalier Daniel de Vendières, qui se
rend à Coblentz et qui veut bien, à ma prière,
ajourner son départ,... M. Jérémie de Damloup, un
de mes bons amis; MM. David de Louëssard, Joël de
Parfondrupt, Joannès de Guiot, Elie de Courouvre,
Jacques du Houx, tous gentilshommes verriers,
dévoués à la cause du roi... Vous pouvez parler

sans crainte devant eux; ce sont des gens de cœur et d'une fidélité à toute épreuve.

A mesure que les verriers défilaient devant le jeune officier, ils soulevaient leur chapeau et l'on voyait au clair de lune les physionomies diverses de ces rustiques gentilshommes : — la ronde face moustachue de David de Louëssard, pareil à un bourgmestre flamand; le long profil osseux de Joël de Parfondrupt; le nez en bec d'oiseau, les yeux saillants de Jérémie ; la trogne enluminée- de Joannès de Guiot, la barbe de fleuve de Jacques du Houx et la mine fouinarde d'Elie de Courouvre.

Pendant ce temps, Baujard, reprenant son sang-froid, méditait sur la situation où il se trouvait et sur le rôle qu'il allait jouer en cette aventure. L'espionnage répugnait à sa délicatesse et à sa fierté; son affection pour la chanoinesse avivait encore ses scrupules. Il était trop clairvoyant pour ne pas deviner que les gens rassemblés autour de Mme d'Eriseul étaient venus là à dessein de comploter quelque machination contre l'autorité de l'Assemblée nationale. En assistant à leur insu à ce coupable conciliabule, il se mettait volontairement dans une alternative cruellement embarrassante : — si ce qu'il allait entendre lui révélait quelque entreprise séditieuse, ses opinions et son mandat de député lui faisaient un devoir d'en avertir les administrateurs du département; — et s'il parlait, il risquait de perdre cette imprudente jeune femme qu'il venait justement sauver. — Sa dignité et sa loyauté

ne lui permettaient pas de cacher plus longtemps sa
présence à Mme d'Eriseul.

Il se glissa de nouveau parmi les touffes de houx
et marcha résolument dans la direction de la clairière.

Comme il ne prenait plus aucune précaution, le
bruit de son pas précipité attira vite l'attention des
verriers, auxquels l'habitude de l'affût affinait les
oreilles.

— Chut! murmura Jérémie de Damloup, j'ai
entendu marcher... Est-ce que vous attendez encore
quelqu'un, cousine Hyacinthe?

— Non! répondit la chanoinesse avec une nuance
d'inquiétude.

— Messieurs, nous sommes trahis! s'exclama Joël
de Parfondrupt.

En même temps Jérémie et lui s'élançaient dans
la tranchée à la recherche du marcheur suspect.

Au bout d'une dizaine de pas, ils tombèrent sur
François Baujard qui, du reste, s'avançait délibérément vers eux; ils l'empoignèrent chacun par un
bras et l'entraînèrent vers le rond-point.

— Voici l'espion! s'écria Parfondrupt, en poussant le député au milieu des verriers furieux et
menaçants.

— Pardon! dit gravement Baujard, je suis tout
simplement un voyageur qui se rend au Four-aux-
Moines... Ayez l'obligeance de me conduire à
Mme d'Eriseul que je vois au milieu de vous.

A l'aspect du député, Hyacinthe fronça d'abord
ses fins sourcils et le dévisagea avec irritation; puis,

devant le clair et loyal regard du nouveau venu, ses
traits s'adoucirent. Elle lança un coup d'œil significatif au chevalier de Vendières, comme pour lui
recommander le silence, et fit signe aux deux verriers de rendre la liberté à leur captif.

— Je ne m'attendais guère, monsieur, à vous rencontrer ici à pareille heure! commença-t-elle avec
un reste de méfiance.

— Ni moi, madame, à vous y voir, répondit-il un
peu ironiquement, après l'avoir saluée ; excusez-
moi de vous déranger et ayez l'obligeance d'expliquer à ces messieurs qu'ils se méprennent... J'allais
précisément au Four-aux-Moines, chargé pour vous
d'un message de madame votre tante, et je me suis
égaré en chemin.

— Monsieur dit vrai, continua la chanoinesse en
s'adressant à ses compagnons.... Il est de mes
amis et je réponds de sa discrétion. Elle ajouta
tout haut d'un ton bref, en se tournant vers
Baujard :

— Excusez-moi à votre tour de vous traiter sans
cérémonie... Nous nous reverrons tout à l'heure à la
maison... M. le chevalier de Vendières va vous y
conduire.

Elle le congédia d'un geste impatient et se rapprocha de l'officier qui s'était dissimulé dans l'ombre du bouleau. Baujard, interdit et déconcerté, la
regardait s'éloigner, lorsqu'il sentit une main qui
lui frôlait le bras.

— Monsieur, dit le chevalier d'une voix aigre-
lette, quand il vous plaira... Je suis à votre service.

François Baujard salua avec brusquerie les verriers qui le dévisageaient, puis il suivit silencieusement le chevalier qui, le dos voûté, relevant de ses
deux mains les pans de sa redingote, s'engageait
dans un étroit sentier aux rapides déclivités.

III

L'ENVOYÉ DE LA REINE

Tandis que Baujard s'éloignait sous la conduite de
M. de Vendières, la chanoinesse s'efforçait de rassurer M. de Jarjaye. Sans trahir l'incognito du
député, elle affirmait de nouveau qu'elle était sûre
de lui. D'ailleurs, il n'avait rien entendu et l'officier
de la maison du roi n'avait à craindre aucune indis-
crétion.

Ce M. de Jarjaye avait pour amie de cœur une
chanoinesse de Poulangy, Mme de Lafauche, intimement liée avec Hyacinthe d'Eriseul. Familier du
comte de Fersen, il avait été présenté par ce dernier à Marie-Antoinette. Frivole et un peu fat, mais
très brave, il appartenait au groupe de cette jeunesse élégante, présomptueuse et étourdie dont la
reine aimait à s'entourer. Lorsqu'on s'était occupé
de l'éventualité d'un départ clandestin du roi, Marie-
Antoinette avait à plusieurs reprises chargé M. de

Jarjaye de s'aboucher avec le marquis de Bouillé.
Le choix de ce confident avait été fait avec la même
maladresse et la même légèreté qui devaient pré-
sider à tous les détails de cette malheureuse tentative d'évasion. Sans songer que trop de personnes
déjà étaient dans le secret, la reine avait recommandé à son agent de sonder sur sa route les dispositions des gentilshommes qui lui seraient désignés comme ardemment dévoués à la cause de la
royauté, et Jarjaye, qui se croyait un habile diplo-
mate, brûlait de s'acquitter victorieusement de cette
première partie de sa mission.

Dans son entretien avec les verriers, il crut
devoir d'abord s'envelopper de toute sorte de pré-
cautions. Avant de s'engager à fond, il voulait tâter
ces gentilshommes campagnards et expérimenter
jusqu'à quel degré on pouvait avoir confiance en
eux.

— Messieurs, leur dit-il, vous n'ignorez pas que le
roi et sa famille sont en réalité prisonniers aux Tuileries. La famille royale est gardée à vue dans ses
appartements. A cette injurieuse persécution la prétendue Assemblée nationale a ajouté une surveillance occulte plus outrageante encore : Leurs Majestés sont entourées d'espions. Voilà les respects et
les égards que des députés factieux prodiguent à
leur souverain !

— Tas de canailles ! s'exclama M. de Parfondrupt.

— Pourquoi ne tombe-t-on pas à coups de sabre
sur ces gredins-là? ajouta Jérémie de Damloup.

— Pourquoi, messieurs?... Parce que le roi est

trop bon et trop loyal. Il se croit obligé de respecter une constitution qu'on lui a imposée et il lui répugne de verser le sang de ses sujets. Néanmoins, sa patience est à bout. On vient de l'empêcher d'aller à Saint-Cloud passer la semaine sainte. Cette insulte ne lui permet plus de rester dans l'irrésolution. Nous avons lieu de penser que, cédant aux supplications de la reine, il consentira enfin à se rendre à Metz au milieu des troupes fidèles commandées par M. de Bouillé.

— Bravo! s'écria M. de Louëssard, que Sa Majesté vienne chez nous! Nous ne demandons qu'une occasion de lui faire un rempart de nos corps... Nous l'aiderons à clore le bec de tous ces bavards de députés!

— L'occasion que vous désirez, reprit M. de Jarjaye, rassuré par ces exclamations enthousiastes, peut se produire d'un moment à l'autre. Si le roi se résout à quitter Paris, il se dirigera certainement vers Montmédy et dans ce cas il suivra la route qui passe par Sainte-Menehould, Clermont et Varennes. C'est alors, messieurs, si cet itinéraire est définitivement adopté, que nous aurons besoin de votre concours et de tout votre dévouement.

— Vous pouvez compter sur nous, monsieur l'officier, tous les gentilshommes verriers de l'Argonne se feront tuer pour le roi... N'est-ce pas, mes camarades? répondit Joannès de Guiot.

— Oui, tous! affirmèrent les cinq autres verriers.

— Je vous remercie, messieurs, au nom de la reine dont je tiens ma mission, répliqua l'officier enchanté,

et je laisse à mon aimable introductrice le soin de
vous expliquer comment votre zèle pourra être uti-
lisé, le cas échéant... Mme d'Eriseul connaît le pays
mieux que moi et je m'en remets à elle pour vous
donner des instructions plus précises.

— Mes chers parents et amis, dit à son tour Hyacinthe, quelque incertaines que soient encore les
conjonctures dont vous a parlé M. de Jarjaye, il
suffit qu'elles puissent se produire, pour que nous
prenions à l'avance les mesures nécessaires à la
réussite des projets de Sa Majesté la reine. Chacun
doit connaître dès à présent son poste de combat.
M. le marquis de Bouillé enverra au-devant des
augustes voyageurs des détachements chargés de
veiller à leur sécurité jusqu'à Montmédy ; mais il
importe aussi que le royal voyage ne soit pas entravé
par le mauvais vouloir des populations. — Vous,
Jérémie, avec M. de Parfondrupt, vous vous rendrez
au premier signal à Sainte-Menehould où vous sur-
veillerez l'arrivée de la voiture du roi. Dès qu'elle
sera en vue, l'un de vous viendra me prévenir au
Four-aux-Moines. Je partirai alors avec le chevalier
de Vendières et j'irai en donner avis au détachement
qui stationnera sur la route de Dun. Pendant ce
temps, MM. de Courouvre et de Guiot se posteront à
Clermont ; MM. de Louëssard et de Houx se tien-
dront à l'entrée de Varennes, afin de s'assurer que
les relais sont prêts et la route entièrement libre...
Est-ce entendu, messieurs? Il se peut que d'ici là
nous ne puissions nous retrouver tous réunis, et il
convient de nous concerter dès ce soir, afin qu'il n'y

ait point de méprise. Dès que j'aurai été avisée du
départ de Leurs Majestés, chacun de vous recevra un
message qui contiendra ces simples mots : « A
l'ouvreau, messieurs ! » C'est de cette façon, je crois,
que les gentilshommes verriers préviennent leurs
ouvriers qu'on va se mettre à la besogne... Cet avis
devra vous suffire, et vous partirez, toute affaire
cessante...

— Entendu ! répondirent les assistants, nous ne
nous le ferons pas dire deux fois.

— Messieurs, reprit l'officier, je suis touché de vos
excellentes dispositions... Je n'ai pas besoin d'ajouter, n'est-ce pas, que lorsque le roi sera redevenu
libre et en possession de tout son pouvoir, lorsque
le gouvernement sera établi sur un pied stable, Sa
Majesté ne vous oubliera pas et qu'elle s'empressera
de récompenser amplement les services de ses amis
des mauvais jours.

La plupart des verriers crurent devoir protester
par un geste de désintéressement; toutefois le caractère pratique du campagnard lorrain reprit le dessus
et, à la perspective alléchante qu'ouvrait M. de Jarjaye, des éclairs de convoitise brillèrent dans les
yeux de ces gentilshommes pauvres, qui virent soudain en cette aventure un moyen inespéré de tâter
des faveurs royales.

— Monsieur, dit le gros David de Louëssard, les
gentilshommes verriers n'ont pas l'habitude de récla-
mer le prix des services rendus. Quant à moi, si je
ne consultais que mon cœur, je me regarderais
comme suffisamment payé par le plaisir de donner

un bon coup de main à Sa Majesté, mais je suis père
de cinq enfants et je ne dois pas l'oublier... Lorsque
le roi sera redevenu le maître, je prendrai la liberté
de lui demander un brevet de capitaine pour l'aîné
de mes garçons, un bénéfice pour le cadet et... une
petite dot pour mes filles.

— Peste! grommela Elie de Courouvre, excusez du
peu!... Moi, ajouta-t-il tout haut, je suis moins gourmand et je serai heureux si Sa Majesté veut bien
m'accorder le monopole de la fabrication du verre
à bouteilles dans les provinces de Lorraine et de
Champagne...

— Part à deux, hé! interrompit Joël de Parfondrupt, qui exploitait une verrerie aux Senades; si
tu avales tout, compère, que restera-t-il aux autres?

Le branle était donné, et la première vergogne passée, chacun voulut s'assurer une tranche du gâteau.
Jacques du Houx réclama une charge de maître des
eaux et forêts; Joannès de Guiot, le droit de pêche
dans les étangs de Saint-Rouin; il n'y eut pas jusqu'à Jérémie de Damloup qui ne sentît remuer en
son cœur d'ambitieux désirs :

— Je ne suis pas quémandeur de ma nature,
murmura-t-il, mais puisque chacun ici fait sa main,
je réclamerai la permission de chasser tout mon con-
tent dans la forêt, sans avoir les gardes à mes
trousses...

Tandis qu'ils se disputaient ainsi les royales
faveurs, M. de Jarjaye regardait Hyacinthe du coin
de l'œil, et un ironique sourire courait sur ses lèvres.
Il avait trop souvent observé à Versailles les mêmes

convoitises et les mêmes marchandages pour s'en
étonner. Il constatait simplement qu'au fond des
bois comme à l'Œil-de-Bœuf, sous les vestes de
chasse de ces gentilshommes campagnards comme
sous les habits de gala des courtisans, les âmes
humaines se ressemblaient et que le dévouement
désintéressé était une pure fiction. Hyacinthe devina
dans ce sourire les réflexions peu flatteuses de l'officier et elle en eut honte.

— Fi, messieurs! interrompit-elle d'une voix
vibrante, avant de solliciter des grâces, attendez au
moins de les avoir méritées!... Si je ne vous savais
aussi fidèles que braves, vous me feriez douter de la
générosité de votre cœur... Nous n'avons à nous
occuper, quant à présent, que de servir le roi avec
foi et amour. Le reste nous viendra par surcroît...
Et maintenant prenons congé les uns des autres; il
est tard et M. de Jarjaye, qui répart demain, a besoin
de repos... Bonsoir, messieurs; n'oubliez aucune de
mes recommandations!...

Elle s'encapuchonna dans son manteau et disparut avec l'officier, dans le sentier où l'avaient précédée Baujard et M. de Vendières.

Lorsque ces deux derniers étaient arrivés au Four-
aux-Moines, ils avaient trouvé la maison endormie.
Gertrude de Saint-André se couchait comme les
poules. Le député ne voulut pas qu'on la réveillât
M. de Vendières proposa courtoisement à son compagnon de partager sa chambre où il y avait deux
lits, et commença sur-le-champ à se dévêtir, car il

10.

tombait de sommeil. Baujard, trop agité pour l'imiter, le laissa à sa toilette de nuit et, connaissant les êtres, gagna le jardin où il résolut d'attendre le retour de la chanoinesse.

Sous la blanche clarté de la lune, le vieux clos allongeait ses allées bordées de buis, ses plates-bandes où les narcisses et les tulipes commençaient à fleurir, et ses charmilles verdissantes. François Baujard saluait au passage les moindres détails de ce jardin où il s'était promené dès sa prime jeunesse et où rien n'avait changé. Les mêmes fleurs poussaient aux mêmes places, et à chaque coin, le député retrouvait de vieilles connaissances qui le replongeaient dans le souvenir de ses jeunes années. Il faisait un retour sur lui-même ; il se rappelait le temps où, écolier de Saint-Vannes, il venait passer ses vacances à la verrerie, et plus tard, les journées d'été où il avait vu Hyacinthe encore fillette jouer au volant dans les allées. Cette association de souvenirs ramena sa pensée vers les incidents de la nuit et vers cette chanoinesse qui, depuis quelques jours, tenait une maîtresse place dans ses préoccupations. Il était étonné, presque choqué de cet envahissement de son moi par une femme, lui qui pendant longtemps avait interdit l'entrée de son âme aux obsessions féminines.

A l'exception de sa liaison juvénile avec Nanine Gillot, il avait pendant des années vécu chaste et studieux comme ces bénédictins chez lesquels il avait été élevé. Sa haute renommée d'austérité, d'intégrité et de talent l'avait précisément désigné

aux suffrages de ses concitoyens, lors des élections
aux États-Généraux.

La sérénité de cette âme supérieure et de cet
esprit laborieux était restée introublée jusqu'au
jour de la rencontre avec Hyacinthe chez Mme de
Rosnes. Depuis lors, grâce à la correspondance
établie entre eux, et sans que Baujard s'en rendît
compte, le charme de la jeune femme s'était lentement insinué en lui. Tout d'un coup il sentait la
sève endormie de sa première jeunesse se réveiller
et, sous cette fermentation inattendue, sa volonté
vaciller, son esprit dévier vers des pentes dange-
reuses.

Les symptômes graves de ce nouvel état moral ne
lui échappaient point. En son for intérieur, il reconnaissait qu'il obéissait maintenant à des impulsions
toutes sentimentales. Il ne pouvait se dissimuler
qu'il avait éprouvé une satisfaction très vive en
acceptant le message dont Mme de Rosnes l'avait
chargé pour sa nièce. Ce soir même, en s'engageant
dans les sentiers qui conduisaient au Four-aux-
Moines, il s'était senti un rajeunissement, un entrain,
qu'il avait mis faussement sur le compte du printemps, mais qui, en réalité, n'étaient produits que
par la perspective de retrouver Hyacinthe d'Eriseul
au bout de la route. Tout à l'heure, quand il avait
vu soudain, au milieu de la clairière, la chanoinesse
surgir sous la clarté de la lune, son cœur avait battu
comme à vingt ans. Pour se rapprocher d'elle un
peu plus tôt, n'avait-il pas risqué de compromettre
son caractère de député et la dignité de la représen-

tation nationale, en se mêlant à un conciliabule de rebelles?

Et maintenant que faisait-il dans ce jardin de la verrerie, au lieu de rouler sur la route des Ardennes afin de remplir la mission dont il était chargé? Convenait-il à un député patriote de perdre en de frivoles causeries un temps précieux, que les intérêts de la nation réclamaient tout entier?

A la vérité, il avait promis à Mme de Rosnes de voir cette jeune femme et de la chapitrer sur son imprudence. Mais, outre qu'il aurait dû s'abstenir de promettre, il était d'avance convaincu que son intervention serait inutile. La scène à laquelle il venait d'assister dans la clairière, lui démontrait suffisamment que la chanoinesse persisterait dans ses illusions coupables et s'associerait plus activement encore aux menées des ennemis de la liberté. Qu'espérait-il donc?... Il la connaissait assez pour prévoir qu'elle se rirait de ses sermons. Il ne réussirait pas à la détourner du péril où elle se jetait de gaieté de cœur, et lui-même, en revanche, s'exposerait à un péril certain en se retrouvant face à face avec l'enchanteresse qui, déjà à distance, faisait gauchir sa volonté et troublait son jugement.

— A quoi bon chercher à assagir une exaltée qui, dans ce moment même, combinait d'équivoques machinations avec ce M. de Jarjaye, envoyé par la reine à M. de Bouillé?... L'idée d'Hyacinthe, revenant du Haut-Bouleau en tête à tête avec ce muscadin d'officier, se présenta désagréablement à l'esprit de Baujard et lui enfonça une épine de

jalousie au cœur. « Elle écoutera, se dit-il, mes
conseils de son air dédaigneux et se moquera de
moi ensuite en compagnie de ce jeune courtisan,
qui a gagné sa confiance et peut-être aussi sa tendresse... Au lieu de jouer un sot rôle, j'agirais plus
sagement en reprenant tout de suite le chemin de
Varennes... »

Il en était là de ses réflexions quand il entendit
contre les buis de l'allée le léger frôlement d'une
robe. Il se retourna. La chanoinesse, enveloppée
dans sa mante à capuchon, s'avançait vers lui.

— Me voici, monsieur, murmura-t-elle en souriant ; je vous ai aperçu de là-haut et je n'ai pas
voulu attendre à demain pour m'excuser de la façon
dont je vous ai congédié tout à l'heure... Ma conduite vous a scandalisé, je le crains, et je tiens à
vous expliquer...

— Vous ne me devez aucune explication, madame,
interrompit-il en s'inclinant ; je n'ai pas le droit de
me scandaliser, mais mon affection s'effraye de la
facilité avec laquelle vous vous jetez en de témé-
raires aventures... D'autres aussi, et qui vous sont
chers, s'en épouvantent comme moi. Madame votre
tante vous supplie de vous montrer plus circonspecte, et je me suis détourné de ma route pour
vous communiquer ses craintes. Les choses que j'ai
observées tout à l'heure justifient malheureusement
nos appréhensions... Je ne me soucie pas de pénétrer les secrets que vous partagez avec votre ami
M. de Jarjaye... ; mais je vous vois avec peine mêlée à
une entreprise qui m'a tout l'air d'une conspiration.

L'amertume ironique avec laquelle Baujard sou-
ligna ces mots : « Votre ami, M. de Jarjaye », frappa
la chanoinesse. Elle y crut démêler un grain de
jalousie et cette découverte ne sembla pas lui
déplaire, car elle répondit au député avec un malicieux sourire sur les lèvres et dans les yeux :

— Que voulez-vous? Votre Assemblée en suppri-
mant les communautés religieuses m'a créé des loisirs; il faut bien que je les occupe!

— Prenez garde, madame! La politique est un
vilain jeu pour une femme. Le peuple est ombra-
geux;... ici plus qu'ailleurs, parce qu'il est plus rapproché de la frontière où s'assemblent ses ennemis.
Déjà votre titre de chanoinesse et la caste à laquelle
vous appartenez vous rendent suspecte à bien des
gens. Dans un club, l'autre semaine, j'ai entendu un
jeune *enragé* dénoncer La Chalade comme un nid de
conspirateurs... J'ai cru devoir protester contre ce
que je croyais être une calomnie... Et aujourd'hui...

— Et aujourd'hui, acheva-t-elle, railleuse, vous
vous repentez de votre bon mouvement?

— Non, madame, je ne me repens pas d'avoir
essayé de vous sauver de vos propres imprudences...
Mais je suis profondément découragé en constatant
que ces accusations étaient fondées, et que vous
vous entêtez à commettre un acte de folie.

Un éclair passa dans les yeux d'Hyacinthe.

— Appelez-vous folie la fidélité envers le roi?...
Si c'est déraisonner que dépenser son énergie pour
la défense de la famille royale, je m'honore d'avoir
cette folie et de la partager avec toute la noblesse

du royaume... Nous ne pensons pas de même, monsieur Baujard ; les gens de *ma caste*, comme vous. dites, mettent le point d'honneur à une autre place que les gens du commun.

— Excusez-moi, répliqua-t-il, blessé ; n'étant point. gentilhomme, je ne puis avoir contre la Révolution. les mêmes rancunes que votre M. de Jarjaye !

Elle remarqua de nouveau l'accent sarcastique avec lequel il prononçait le nom de l'officier, et soudain elle s'adoucit en voyant l'expression attristée de la physionomie du député.

— *Mon* monsieur de Jarjaye, reprit-elle, est lié. *très intimement* avec une de mes anciennes compagnes de Poulangy ; c'est sur la recommandation de son amie qu'il s'est présenté ici... Je le vois pour la première fois et il part demain.

Il comprit sans doute l'intention délicatement voilée qui dictait à Hyacinthe cette explication et il. lui en sut gré, car son visage se désembrunit. La chanoinesse s'aperçut du rassérènement de ses traits et, satisfaite d'avoir dissipé ce nuage de jalousie :

— Je serais désolée de vous avoir blessé, monsieur Baujard... Quand ma mauvaise tête m'emporte, mes paroles vont souvent plus loin que ma. pensée... Pardonnez-moi, continua-t-elle en lui tendant la main, bien que nos opinions soient différentes, vous êtes un des hommes dont j'estime le. plus le cœur et le jugement...

— Et dont vous suivez le moins les avis, interrompit-il en riant et en gardant un moment dans la sienne la main longue et fluette de la chanoinesse.

Ce sourire, si rare sur le grave visage du député, lui donnait une expression de tendresse qui toucha Hyacinthe.

— En d'autres circonstances, répondit-elle, j'aurais la confiance la plus entière en vous, soyez-en persuadé... Mais à l'heure actuelle, quand la royauté est menacée, tous ceux qui lui restent fidèles doivent mettre de côté leurs sympathies personnelles pour n'écouter que la voix du devoir.

Il contempla un moment dans le cadre noir du capuchon cette tête charmante, baignée de clarté, et presque grisé par le scintillement des grands yeux verts dans lesquels plongeaient les siens :

— En ce cas, s'écria-t-il, maudite soit la politique!... Que ne puis-je retourner en arrière, au temps paisible où je venais chasser et chanter au Four-aux-Moines!... Je mettrais mon unique ambition à y demeurer près de vous et à devenir tout bonnement votre ami.

— Croyez-vous? repartit-elle en secouant la tête... Quelle illusion!... Vous ne pourriez pas plus vivre dans l'obscurité que je ne pourrais, moi, m'occuper de ménage et de culture comme ma tante Gertrude... Nous n'échappons pas à notre destinée : la vôtre est de combattre pour ce que vous appelez les droits du peuple, la mienne est de lutter jusqu'au bout pour la défense du roi.

— Incorrigible entêtée! murmura-t-il affectueusement, vos efforts n'arrêteront pas la marche de la Révolution; ils détermineront seulement une explosion populaire qui sera funeste à votre famille, à vous-même, et qui désolera vos amis... Ne vous obstinez donc pas à défendre ceux que leur propre aveuglement mène aux abîmes!...

— Bah! dit-elle d'un ton de bravade espiègle,

J'aurai du moins l'honneur de l'avoir entrepris!...

Bonsoir, monsieur Baujard, il est temps d'aller dormir... Ne parlez de rien à ma tante Saint-André; elle est aussi terre à terre que je suis enthousiaste, et il est inutile de l'alarmer.

— Rassurez-vous, madame, je partirai demain au petit jour... Je partirai navré... Adieu!

— Ne dites donc pas ce vilain mot « adieu » et surtout ne me quittez pas fâché!... Je tiens à ce que nous restions bons amis et j'ai idée que nous nous reverrons dans des temps meilleurs...

— Le ciel vous entende! murmura-t-il en baisant la main qu'elle lui offrait, — et ils se séparèrent.

IV

A L'OUVREAU, MESSIEURS!

Le mardi 21 juin 1791, avant midi, tous les gentilshommes verriers qui avaient assisté au conciliabule du Haut-Bouleau, reçurent un billet de la
chanoinesse contenant cette courte phrase sacra-
mentelle : « A l'ouvreau, messieurs ! »

— Ha! ha! se dit Jérémie de Damloup, après
avoir péniblement déchiffré les trois mots de rallie-
ment, c'est pour aujourd'hui!... Tant mieux, nom
d'une serpe! il fait beau temps et c'est bon signe.

Le soleil brillait en effet dans un ciel à peine
moucheté de quelques légers nuages blancs et l'air
était rafraîchi par une brise d'est. Jérémie chaussa
ses souliers de chasse, boutonna ses houseaux de
toile bleue, cacha dans sa gibecière un pistolet
chargé, une poire à poudre et des balles, puis
déjeuna hâtivement d'un chicot de pain et d'une
tranche de lard, qu'il arrosa d'une lampée de vin

gris. A l'angélus de midi, il quitta Florent et s'engagea sous bois dans la direction des Senades où demeurait Joël de Parfondrupt.

La forêt était dans toute sa gloire : les fleurs de l'été foisonnaient dans la grande herbe des tranchées, des loriots sifflaient parmi les merisiers, une odeur de fraises mûres et de chèvrefeuille s'exhalait des taillis, et Jérémie, surexcité par cette joie répandue sous les arbres, donnait gaillardement la réplique aux loriots.

Il trouva Joël prêt à partir. Le verrier s'était procuré deux chevaux de selle et, vers deux heures, après avoir bu le coup de l'étrier, tous deux enfourchèrent leur bidet et prirent sous bois un chemin qui les conduisit à l'entrée de Sainte-Menehould. Ils laissèrent les chevaux dans une auberge du faubourg et pénétrèrent dans le centre de la ville, sans se hâter, en flâneurs, comme deux braves campagnards qui vont aux emplettes et aux nouvelles.

La population leur sembla donner des signes d'une émotion insolite. Beaucoup de gens stationnaient sur les portes, des groupes se formaient sur la chaussée et discutaient avec animation. Çà et là, les verriers apercevaient des dragons cheminant d'un pas lourd, une botte de foin sur le dos, ou pansant leurs chevaux au seuil d'une écurie. Bientôt ils devinèrent que l'émoi des citadins était précisément causé par la présence de ces cavaliers.

Un détachement du régiment Monsieur-Dragons était arrivé à neuf heures du matin.

Déjà, pendant la nuit, un détachement des hus-

sards de Lauzun avait passé à Sainte-Menehould
pour se rendre à Pont-Sommevelle et la brusque
apparition de nouvelles troupes excitait la défiance
des habitants. Après s'être assurés qu'aucun équipage n'avait encore relayé à la poste, Jérémie et Joël
entrèrent dans un cabaret voisin et s'y firent servir
une bouteille de vin gris. Tout en humant leur piot,
ils prêtaient l'oreille aux propos des buveurs attablés auprès d'eux.

— Tout ça n'est pas clair, disait un ouvrier bour-
relier au cabaretier, ces dragons et ces hussards qui
viennent traîner leurs guêtres par chez nous, ça ne
vous semble pas louche, monsieur Pérardel?

— Peuh! répondait le débitant, paraîtrait qu'ils
attendent un trésor et qu'ils sont ici à seule fin de
l'escorter jusqu'à la frontière.

— Et pourquoi escortent-ils un trésor à la frontière?... C'est peut-être bien notre argent que la
reine envoie à ses amis les Autrichiens?... D'abord
ce grand flandrin d'officier qui, depuis midi, va et
vient comme un agité sur la route de Châlons, a
l'air d'un homme qui médite un mauvais coup...
Tenez, le v'là encore qui repasse devant chez
vous!...

En effet, par le vitrage de la devanture on apercevait l'officier qui commandait le détachement de
dragons, et qui se nommait M. d'Andoins. Tout en
causant à voix basse avec son lieutenant, il marchait à petits pas, s'arrêtait à chaque minute et, se
sentant épié, toisait les curieux d'un air à la fois
soucieux et irrité.

— Filons, chuchota Jérémie à l'oreille de M. de Parfondrupt, l'arrivée des équipages ne peut tarder.

Ils se hâtèrent de vider leur bouteille et de régler leur dépense. Tandis qu'ils comptaient avec le cabaretier, on ouït dans la rue la note claironnante d'une trompette et tout le monde se précipita dehors.

Le capitaine d'Andoins était revenu sur ses pas et on l'entendit d'une voix tranchante crier :

— Qui a fait sonner le boute-selle?

— C'est moi, mon capitaine, répondit un maréchal des logis en s'avançant, nos hommes sont éparpillés dans les cabarets, ça m'inquiète et j'ai cru plus sûr de les rassembler.

— Vous avez eu tort, répliqua le capitaine, le convoi est en retard... Faites cesser la sonnerie, Lagache, et attendez mes ordres!

— M'est avis, murmura Jérémie à Joël, que le maréchal des logis a raison et que ce blanc-bec d'officier n'entend rien à son affaire... Est-ce qu'il ne devrait pas s'arranger pour avoir ses hommes sous la main à la première alerte?

Ils rebroussèrent chemin et allèrent à l'auberge s'assurer si leurs chevaux avaient leur ration. Ils recommandèrent au garçon d'écurie de les tenir sellés et bridés, puis rentrèrent en ville où ils passèrent encore une grande heure en allées et venues.

La soirée avançait. Le gros de la chaleur était tombé et dans la grand'rue devenue ombreuse, les gens s'amassaient aux portes. De temps à autre des manœuvres revenaient des champs, la houe sur

11.

l'épaule, ou bien un bourgeois rentrait de son jardin, rapportant un panier de fraises. Par les vitres, on voyait dans l'intérieur des maisons les ménagères affairées à préparer le souper.

Tout à coup, vers sept heures et demie, du côté de la route de Châlons, on entendit une galopade sur le pavé et l'on vit déboucher un courrier en veste chamois qui se dirigea vers la poste aux chevaux.

— Cette fois, ça y est, chuchota Jérémie, les voici !

En même temps il entraînait Joël vers la maison du maître de poste.

Une croissante rumeur fit sauter le cœur des verriers dans leur poitrine. Des roulements sourds et des claquements de fouets résonnaient dans la rue. Deux voitures, l'une attelée de trois chevaux et l'autre de six, précédées de deux courriers également en vestes de couleur chamois, dévalèrent vers la poste et s'y arrêtèrent au milieu d'un attroupement de curieux.

La première voiture était occupée par deux femmes de chambre ; la seconde, une spacieuse et confortable berline, contenait six personnes : trois dames, un homme et deux enfants. Ce train luxueux annonçait des personnages de distinction. Quelqu'un demanda à l'un des courriers quels étaient ces voyageurs.

— C'est, répondit-il, Mme la baronne de Korff avec ses enfants, ses femmes et son valet de chambre.

— Allons, s'exclama une voix peu bienveillante, encore des émigrés qui gagnent la frontière!

Les deux verriers, le cou tendu, cherchaient à plonger leurs regards dans l'intérieur de la berline, dont les glaces étaient levées.

Deux des dames placées au fond portaient des déshabillés très simples : celle qui se tenait le plus près de la glace était coiffée d'un chapeau noir et enveloppée dans un mantelet de même couleur. L'homme, dont on ne voyait que le dos très large, avait un chapeau rond, une perruque, une redingote brune et une canne à la main. L'aînée des deux enfants était vêtue d'une robe d'indienne. Tout à coup le capitaine des dragons écarta les curieux et s'approcha de la portière. Au même moment la glace s'abaissa et la dame au mantelet noir se pencha légèrement pour écouter l'officier qui la saluait très bas. Comme elle se présentait de profil, Joël de Parfondrupt qui avait vu autrefois Marie-Antoinette à l'époque de son mariage avec Louis XVI, la reconnut et donna un coup de coude significatif à son compagnon.

Après un court entretien, le capitaine s'éloigna et la reine se renfonça prudemment dans l'encoignure. Alors l'homme au chapeau rond, qui semblait ne pouvoir rester en place, se pencha à son tour pour demander un renseignement et presser les postillons, de sorte que les verriers purent la dévisager à leur aise. Il parlait avec animation et sa voix mal posée passait brusquement des notes du médium aux notes aiguës. Ses traits empâtés avaient

quelque chose de las et de mélancolique ; l'ensemble
de sa tournure donnait une impression de lourdeur
un peu vulgaire, et les deux gentilshommes campagnards, qui s'étaient fait un autre idéal de la
majesté royale, s'entre-regardaient comme pour se
demander si ce personnage, bien qu'il fût le seul
occupant mâle de la berline, était réellement le roi
de France.

Tandis que leurs yeux déçus échangeaient ces
muettes interrogations, on achevait d'atteler et les
courriers écartaient les curieux. Joël et Jérémie se
trouvèrent ainsi refoulés en arrière.

A ce moment, un jeune homme de vingt-huit à
vingt-neuf ans, grand, robuste, bien découplé et
dégourdi, déboucha d'une rue adjacente, un bâton
à la main et la veste sur l'épaule. C'était le maître
de poste, Cadet Drouet, qui revenait des champs. Il
s'approcha de la berline, examina le voyageur qui
se tenait encore à la portière et jeta un coup d'œil
dans l'intérieur. Pendant qu'un des courriers lui
réglait le prix des chevaux, il observait avec persistance la dame au mantelet noir. Ayant servi au
régiment des dragons de Condé, il avait eu occasion
de voir la reine à Versailles. Sa surprise, en la
reconnaissant, se traduisit par un brusque mouvement des épaules, puis il recula du côté où stationnaient les deux verriers. Ceux-ci le virent alors
tirer de sa poche un des assignats reçus en paie-
ment. Il semblait comparer attentivement le royal
portrait gravé en vignette sur le billet, avec la figure
du personnage accoudé à la portière.

Il se tourna vers un jeune garçon qui badaudait près de lui et dit avec vivacité :

— Guillaume, la dame en chapeau noir qui est assise dans la berline ressemble diantrement à l'Autrichienne, et je mettrais ma tête à couper que l'homme en redingote brune est Louis XVI en personne... Cours vite prévenir la municipalité !

Jérémie, qui avait l'oreille fine, surprit ce colloque et changea de visage. Il se demandait s'il ne devait pas sauter à la gorge de ce maudit maître de poste pour l'empêcher de jaser, quand on cria :

— Ho!... Gare!

. Les courriers partaient au galop, les fouets claquaient, et les deux voitures, vivement enlevées, roulaient sur le pavé, dans la direction de Clermont.

Elles disparaissaient déjà dans un nuage de poussière, quand une agitation tumultueuse succéda à la placide curiosité des badauds. Drouet avait sans doute communiqué ses soupçons aux gens qui l'entouraient, car de tous côtés, dans la foule, des cris éclataient :

— Arrêtez-les!... arrêtez-les!...

En même temps, du côté de l'hôtel de ville on battait la générale; la rue s'emplissait de gardes nationaux en armes, et à ces rumeurs se mêlaient des appels de trompettes. Le capitaine d'Andoins s'était décidé à faire sonner le boute-selle, mais trop tard. Les gardes nationaux l'entouraient et le poussaient vers l'hôtel de ville, tandis que Drouet ordonnait aux valets d'écurie de lui seller un cheval...

— Mille tonnerres! grommela Jérémie, ce *sacré-*

mâtin de maître de poste a reconnu le roi... Il va
tout gâter et ces canailles sont capables d'arrêter
les voitures... Il n'y a pas une minute à perdre,
filons à notre auberge!

Tout courant, ils gagnèrent le faubourg, sautèrent
sur leurs chevaux, puis Jérémie dit à Parfondrupt :

— Au galop!

Sans piper, ils s'élancèrent sur la route de Clermont. Lorsqu'ils furent en haut de la côte de Biesme,
ils aperçurent dans le crépuscule les voitures qui la
descendaient.

— Joël, reprit Damloup, courez au Four-aux-
Moines et informez Mme d'Eriseul de ce qui arrive...
Moi, je vais tâcher de rejoindre les voitures pour
prévenir Leurs Majestés de la trahison de ce scé-
lérat de Drouet et pour les inviter à gagner Varennes
sans toucher Clermont... Au revoir, et bonne chance!

Ils se séparèrent. Jérémie se jeta dans les bois
afin de couper au court, tandis que M. de Parfondrupt galopait vers la vallée de la Biesme.

Au sortir des Islettes, la route de Clermont fait
un coude, M. de Damloup put ainsi, en traversant
les bois, gagner le grand chemin au delà du village,
juste au moment où les deux voitures y arrivaient
au grand trot. Il galopa parallèlement à la berline,
et en passant devant la glace baissée, il essaya
d'attirer l'attention des voyageurs :

— Sire, criait-il, vous êtes trahi!

Mais soit que le tapage des roues et des chevaux
empêchât ses paroles d'arriver distinctement aux
oreilles de la famille royale, soit que la mine de ce

grand diablé à la barbe en désordre n'inspirât
aucune confiance à des gens déjà inquiets et mé-
fiants, son avertissement resta sans effet. A trois
reprises encore, il jeta en vain à la portière son cri
d'alarme. Puis découragé, voyant que son bidet
déjà las ne pouvait lutter de vitesse avec les équipages, il se rejeta dans les bois et essaya du moins
de gagner Varennes par la traverse, afin. d'avertir
ses amis postés dans cette ville et de les ramener
au besoin à la rescousse...

A la même heure où Jérémie multipliait ses ten-
tatives infructueuses et où Parfondrupt trottait vers
La Chalade, la chanoinesse, dans la salle à manger
du Four-aux-Moines, attendait des nouvelles avec
une anxiété d'autant plus fiévreuse qu'elle ne pouvait la manifester devant ses deux tantes. — Mme de
Rosnes, en effet, tenait compagnie à sa sœur et à sa
nièce depuis six semaines. Instruite de l'insuccès
de Baujard par un billet du député, elle était
accourue pour sermonner la chanoinesse et elle ne
lui épargnait ni les prières ni les remontrances. —
Hyacinthe demeurait également sur la réserve avec
Mlle de Saint-André, car le royalisme de la vieille
fille était mitigé de constitutionnalisme. Si elle
aimait Louis XVI, elle détestait Marie-Antoinette et
estimait que la noblesse aurait dû accepter franchement le nouveau régime. Devant ces deux femmes
qui la désapprouvaient, Hyacinthe restait muette
forcément; mais tout en se violentant pour paraître
calme, elle sentait en elle gronder un orage d'an-

goisse et de dépit, tandis que Glocynde de Rosnes et Gertrude de Saint-André causaient placidement des menus incidents de la journée ou taquinaient le chevalier de Vendières sur ses inoffensives manies de priseur.

La chanoinesse savait par M. de Jarjaye que la famille royale devait passer à Varennes vers la nuit tombante. Elle se disait qu'à cette même heure, le roi de France, dont elle avait épousé si ardemment la cause, la reine Marie-Antoinette pour laquelle elle avait un culte, parcouraient en fugitifs les routes de l'Argonne. Sa chevaleresque imagination s'enflammait à cette pensée. Son cœur s'indignait de la béate tranquillité avec laquelle ses tantes s'entretenaient de niaiseries, à un moment aussi solennel. Elle souffrait de ne pouvoir communiquer sa fièvre et ses transes au chevalier qui, seul, était dans le secret, et elle attendait avec un tremblement nerveux que les deux vieilles dames regagnassent leur chambre.

Enfin son supplice cessa. A dix heures, Mme de Rosnes et Gertrude montèrent se coucher, Mme d'Eriseul déclara qu'elle ne se sentait pas d'humeur à s'enfermer par une aussi belle soirée et qu'elle désirait se promener un moment avec M. de Vendières.

Elle entraîna le chevalier dehors. La nuit était calme, une nuit sans lune, mais splendidement étoilée.

— Il était temps, murmura Hyacinthe. J'étouffais et j'allais éclater !.. Il me semble que j'ai les nerfs à fleur de peau.

— Vous vous agitez trop! gronda M. de Vendières, et peut-être bien gratuitement... Savez-vous si, au moment du départ, le roi n'aura pas reculé et si le voyage n'aura pas été ajourné encore une fois?

— Non, quelque chose me dit que l'heure est solennelle... Songez donc!... A ce moment, là-bas, de l'autre côté de la forêt, la famille royale passe, emportant dans sa voiture les destinées de la France... Cela ne vous soulève pas de terre, vous, Daniel?

— Hum!... je dois à la vérité de déclarer que je préférerais savoir l'auguste famille dans son lit et m'allonger, moi, dans le mien, au Four-aux-Moines.

— Homme de peu de foi et de peu de courage!...

— Que voulez-vous, madame? Je suis de la nature du lièvre... craintif et prudent. J'aime beaucoup les aventures... des autres, quand on me les raconte au coin du feu, et parfois je me demande pourquoi je me suis fourré dans celle-ci, qui pourrait fort mal finir...

— Ne vous repentez pas d'un bon mouvement!... Vous vous calomniez d'ailleurs; en dépit de votre tempérament pacifique, vous êtes brave et dévoué... Aussi serez-vous récompensé de vos efforts, quand nous aurons la victoire... Et nous l'aurons, chevalier, soyez-en certain!.. Demain, le roi sera au camp de M. de Bouillé, entouré d'une armée fidèle. Il dissoudra l'Assemblée, dictera ses volontés et fera rentrer dans l'ordre la France assagie et soumise... Nous verrons ces choses, Daniel, et ayant

12

été à la peine, nous serons à l'honneur, comme notre compatriote Jeanne d'Arc... Chut!... N'entendez-vous pas un galop de chevaux?

— Nenni, je n'entends que le bouillonnement de la Biesme dans l'écluse du moulin.

— Pourtant, Jérémie ne peut tarder... Tout est prêt, n'est-ce pas? pour le cas où il nous faudrait repartir avec lui?

— Les chevaux sont à l'écurie, sellés et bridés par moi, mais j'espère encore que nous n'aurons pas à nous en servir.

— Nous nous en servirons, au contraire!... Croyez-vous que je vais laisser passer le roi sans me joindre à son escorte?... Ah! cette fois je ne me trompe point... On galope là-bas!

Accotés au talus de la route, ils prêtèrent l'oreille. On percevait effectivement du côté du Claon, une galopade qui se rapprochait insensiblement. Ils ne parlaient plus, les yeux fixés sur l'obscure blancheur de la route. Bientôt la rumeur devint plus distincte et au bout de vingt minutes un cavalier déboucha à la corne du taillis.

Hyacinthe et Daniel s'étaient avancés à sa rencontre. Quand ils furent à portée :

— Qui va là? demanda le cavalier.

— Amis! s'écria la chanoinesse... Est-ce vous, Jérémie?

— Non, répondit une voix essoufflée, c'est moi, Parfondrupt.

— Quelles nouvelles? dit Hyacinthe dont le cœur palpitait.

— Mauvaises, madame!... Le roi a été reconnu à Sainte-Menehould par un gredin de maître de poste, et les *sacrés-mâtins* de gardes nationaux sont à sa poursuite.

Parfondrupt était descendu de cheval et tout d'une haleine il raconta comment les choses s'étaient passées au relais, comment Jérémie et lui avaient pris les devants, puis s'étaient séparés à la côte de Biesme.

Hyacinthe fronçait les sourcils. Daniel de Vendières secouait la tête, tandis que Joël, ayant cueilli une poignée de feuilles et d'herbes, bouchonnait son bidet couvert d'écume.

— Rien n'est perdu! reprit intrépidement la chanoinesse, les voitures ont de l'avance; à Clermont, elles rencontreront un détachement de dragons qui les escortera jusqu'à Varennes, où se trouvent le fils de M. de Bouillé et M. de Raigecourt, avec cent hussards;... C'est plus qu'il n'en faut pour mettre à la raison vos boutiquiers de Sainte-Menehould!

Comme elle achevait, on entendit de nouveau le trot d'un cheval et ils virent accourir à franc étrier un cavalier dans lequel ils reconnurent bientôt Élie de Courouvre. Ce dernier était aussi essoufflé que son camarade. Autant que la nuit permettait de distinguer ses traits, il semblait fort penaud.

— Bonsoir, monsieur de Courouvre, que se passe-t-il? demanda Hyacinthe d'une voix étranglée; pourquoi êtes-vous revenu ici au lieu d'accompagner le roi à Varennes?

— Pourquoi? répliqua-t-il en mettant pied à

terre, parce que ces canailles de Clermont ne m'ont
pas laissé partir... Ça va mal!

— Qu'est-il arrivé?... Où est la famille royale?

— La famille royale roule sur la route de Varennes.

— Ah! murmura la jeune femme en respirant,
vous m'avez fait peur!... Mais parlez donc, ne nous
mettez pas à la torture!...

— Là... là! repartit le verrier, permettez-moi de
souffler et je vous conterai tout par le menu.

Ils avaient repris la direction du Four-aux-Moines
et Hyacinthe s'était placée entre les deux gentilshommes qui tiraient leur cheval par la bride.

— D'abord, poursuivit Élie de Courouvre, sitôt
votre message reçu, je suis parti avec Joannès de
Guiot pour Clermont où nous sommes arrivés dans
l'après-midi. Les gens de là-bas étaient sens dessus
dessous, à cause des mouvements de troupes. A cinq
heures le comte de Damas a donné l'ordre à ses
dragons de monter à cheval et lui-même, avec ses
officiers, s'est porté sur la grand'route. Ça faisait
jaser, comme bien vous pensez, et les têtes travaillaient. Les Clermontois bourdonnaient autour
des chevaux comme des tas de mouches en été.
Neuf heures étaient déjà sonnées qu'on ne voyait
rien venir. Pour lors, M. de Damas, qui ne semblait
pas trop à son aise, commande de sonner la retraite
et ne garde avec lui que trente cavaliers montés.
L'ordre n'était pas plutôt exécuté qu'on voit déboucher un courrier, puis deux équipages qui s'arrêtent
devant la poste. On relaye au milieu d'un tas de

badauds qui grommelaient; M. de Damas échange
quelques mots avec le courrier, puis les voitures
filent sur Varennes... Mais c'est ici que tout se
gâte... Tandis qu'on sonnait le boute-selle, voilà
mes animaux de Clermontois qui regimbent et ne
veulent pas permettre à la troupe de partir. La
municipalité enjoint à M. de Damas de rassurer les
bourgeois en faisant rentrer ses soldats; le commandant l'envoie promener et, sabre en main,
crie : « A moi, dragons! » Au même moment on
bat la générale, la garde nationale s'assemble et
cerne le détachement. M. de Damas commande :
« En avant! » Les gardes nationaux beuglent :
« Dragons, on vous trompe, n'obéissez pas! »

— Et alors, interrompit impétueusement la chanoinesse, les dragons?...

— Les dragons ont crié : « Vive la Nation! » et
ont mis pied à terre.

— Les lâches!...

— On les entourait, on applaudissait... Profitant
du tumulte, M. de Damas pique des deux et s'élance
sur la route... Joannès de Guiot et moi, qui avions
enfourché nos chevaux, nous voulons le suivre;
mais on se méfiait, on nous barre le chemin... La
moutarde me monte au nez, je distribue à droite et
à gauche des coups de cravache et je réussis à
tourner bride... La route de Varennes m'étant
fermée, j'ai gagné celle des Islettes, d'où je suis
revenu ici en coupant au court... Voilà pourquoi,
comme je vous le disais en commençant, je crois
que l'affaire est manquée.

12.

— Allons donc! repartit la chanoinesse, à cette heure le roi est à Varennes où il trouvera les hussards de M. de Bouillé.

— Et si les Varennais sont aussi soupçonneux que les gens de Clermont, si les hussards mettent également le sabre au fourreau et fraternisent avec les habitants?

— Alors, s'écria Hyacinthe hors d'elle, notre devoir est tout tracé... Nous allons monter à cheval et rejoindre par le Four-de-Paris la route de Metz en amont de Varennes... Nous irons au-devant du Royal-Allemand de M. le marquis de Bouillé, qui part de Dun en ce moment, et nous le presserons de venir au secours du roi... Allez chercher vos bêtes, Daniel, et conduisez-les sur le chemin du Four-de-Paris.

— Madame, objecta le chevalier, c'est de la folie!.. Sous bois, nous ne verrons goutte, nous ne connaissons pas les sentiers et nous n'arriverons jamais à temps.

— Ces messieurs nous guideront, répliqua impétueusement Hyacinthe, allez et revenez vite... Nous n'avons pas de temps à perdre.

Les deux verriers, stupéfaits de la hardiesse de la jeune femme, se touchaient du coude et hasardaient de timides objections :

— Nos bidets sont fourbus, murmura M. de Courouvre, et il n'y a pas à songer à remonter dessus.

— Le chevalier va les remiser et vous nous guiderez à pied... Voyons, messieurs, reculeriez-vous devant une besogne qui ne m'effraie pas, moi qui ne suis qu'une femme? Le proverbe dit que « les verriers n'ont peur de rien »; j'espère que vous ne le ferez pas mentir!

— Madame, où vous irez nous irons, répondit Parfondrupt, et arrive qui plante!

Daniel de Vendières, voyant qu'il ne pouvait plus compter sur la complicité des verriers, se résigna et emmena les bêtes éreintées à l'écurie du Four-aux-Moines. Un quart d'heure après, il reparut traînant après lui deux chevaux sellés.

Elie de Courouvre aida le mélancolique chevalier à se hisser sur l'un d'eux; Hyacinthe sauta légèrement sur le sien et s'adressant à ses compagnons :

— Messieurs, dit-elle, en avant pour le roi!... Qui m'aime me suive!

Au pas, sous le fourmillement des étoiles, ils s'engagèrent dans le chemin du Four-de-Paris.

Un peu avant ce hameau niché en plein bois, une sente forestière s'enfonçait à droite dans la direction de Varennes, coupant l'ancienne voie romaine qu'on appelle la Haute-Chevauchée et que la petite troupe devait suivre pour déboucher ensuite sur l'embranchement de la route de Dun.

Ainsi que l'avait prévu le chevalier, la nuit sous bois était très noire. Les deux verriers marchaient en tête des chevaux et tâtonnaient souvent, ce qui accroissait les transes de Daniel. Les moindres bruits nocturnes : la brusque détente d'une branche froissée, la fuite d'un lièvre ou d'un geai effarouchés au passage, le faisaient tressauter. On cheminait lentement et avec précaution. Parfois les paupières

alourdies du chevalier se fermaient et une sorte
d'engourdissement le prenait, suivi de pénibles
réveils. Lorsqu'on atteignit la Haute-Chevauchée, la
voie plus large et le taillis plus clairsemé permirent
de revoir le ciel constellé et rendirent un peu de
sérénité à M. de Vendières, qui se frotta les yeux et
huma une prise copieuse pour se redonner du ton.
Les voyageurs étaient taciturnes; à part quelques
brèves explications jetées par l'un des deux guides,
aucune conversation ne troublait l'ensommeillement
de la forêt. Hyacinthe, anxieuse, tortillait nerveusement dans ses doigts sa cravache et dévorait son
impatience. Le temps lui paraissait cruellement
long. Elle aurait voulu s'élancer au galop au-devant
de ce régiment providentiel, maintenant parti de
Dun et qui seul pouvait sauver la monarchie en
détresse.

Au milieu de la fièvre qui l'agitait, d'étranges
ressouvenirs, de lugubres rapprochements lui traversaient l'esprit. Elle se rappelait avoir entendu
raconter à sa tante Gertrude la tragique histoire de
ce Louis de Marolles, protestant notable de Sainte-
Menehould, qui, lors de la révocation de l'édit de
Nantes, en butte à la haine de Mme de Maintenon et
proscrit par Louis XIV, avait été arrêté dans sa
fuite à deux lieues du Rhin, puis envoyé aux galères.
Elle se demandait si Louis XVI, fugitif à son tour,
ne payait pas le crime de son ancêtre et si, dans
les incidents qui venaient de se produire coup sur
coup à Sainte-Menehould et à Clermont, il n'y avait
pas la marque d'une fatalité vengeresse entraînant

la royauté à sa perte?... Puis elle repensait aux néfastes prédictions de François Baujard et elle tremblait à l'idée qu'il avait eu peut-être plus qu'elle une vision nette et sensée de l'avenir. Elle revoyait, dans le jardin de la verrerie, sous un rayon de lune, le sévère et pourtant sympathique regard du député s'abaisser vers elle avec une affectueuse tristesse, tandis qu'il répétait : « Ne vous obstinez pas à défendre ceux que leur propre aveuglement conduit aux abîmes! » Alors Hyacinthe secouait la tête et, chassant ces mélancoliques pensées nocturnes : « Non, non, se disait-elle, pas de sensiblerie! »

On mit trois heures à traverser la forêt. Quand on déboucha dans les champs, non loin de la route de Dun, le jour commençait à poindre, les étoiles pâlissaient et, dans la direction de Montfaucon, une bande plus claire annonçait le lever de l'aube. Tous quatre, d'un pas plus allègre, traversèrent les luzernes et passèrent un petit pont jeté sur l'Aire, au-dessous de Montblainville. Avec le jour naissant, une blanche vapeur s'élevait sur tout le parcours de la rivière et s'étendait à droite et à gauche. Comme ils allaient atteindre la route, tous quatre tressaillirent et s'arrêtèrent, stupéfaits.

Dans l'église de Montblainville la cloche, mise soudain en branle, sonnait le tocsin.

— Hein! s'exclama Parfondrupt, est-ce que le feu serait au village?... Pourtant il y fait noir comme dans un four...

Il n'avait pas achevé que derrière eux, dans l'éloi-

gnement, une autre cloche d'église se mit à tinter à
coups précipités.

— On sonne aussi à Cheppy, murmura Elie de
Courouvre.

Ce fut comme un signal. Partout, dans le brouillard, à Véry, à Charpentry, à Varennes, les voix
grêles ou graves des cloches s'éveillaient et lançaient
leur sonore appel d'alarme, auquel se mêlaient de
confuses rumeurs et de lointains roulements de
tambours.

Hyacinthe s'était arrêtée; son cœur battait à
l'égal des cloches et il lui semblait entendre sonner
le glas de la royauté.

— Voilà qui ne vaut rien, grommela Parfondrupt,
et cela nous annonce du grabuge.

— Quoi qu'il arrive, messieurs, s'écria impétueusement la chanoinesse, notre devoir est d'aller au-
devant du régiment de M. de Bouillé... Voici bien
notre route, n'est-ce pas, monsieur de Parfondrupt?

— Parfaitement, madame.

— Eh! bien, en avant, en avant!... Les troupes
ne peuvent être loin.

Dans la vapeur matinale, tandis que l'appel tantôt
ralenti, tantôt pressé des cloches mettait la campagne en émoi, tous quatre s'avancèrent intrépidement sur la route de Dun. Au bout d'un quart
d'heure, ils firent halte de nouveau.

Au loin, dans les moments d'accalmie où les tintements s'apaisaient, on percevait à travers le
brouillard comme la rumeur d'une foule en marche.

Joël s'agenouilla et appliqua son oreille contre la terre humide.

— Aussi sûr que voici le jour, dit-il, il y a là-bas une troupe qui vient vers nous.

— Tout est sauvé, messieurs, s'exclama Hyacinthe triomphante, avançons!... C'est le Royal-Allemand!

Elle partit au grand trot, suivie à une faible distance par le chevalier qui oubliait ses terreurs. Peu à peu, l'horizon se teintait de rose, des alouettes chantaient dans le ciel d'un bleu pâle, le jour croissait et un coup de brise balayait la brume. Soudain, à un tournant de la route, Hyacinthe vit surgir des compagnies d'hommes en armes, vêtus de blouses bleues lisérées de rouge... Au même moment un cri véhément de : « Vive la Nation! » montant dans l'air frais, se mêla aux tintements redoublés des cloches et navra le vaillant cœur de la chanoinesse...

Ce n'était pas le Royal-Allemand qu'elle avait devant elle, mais les gardes nationaux de Baulny et de Charpentry qui marchaient sur Varennes.

V.

LE DÉPART DE VARENNES

Le premier mouvement d'Hyacinthe et de ses compagnons fut de se jeter à travers champs, mais les paysans ne leur laissèrent pas le temps d'exécuter cette manœuvre suspecte. En un clin d'œil ils furent enveloppés. Sans écouter leurs explications, on leur intima l'ordre de rebrousser chemin.

Il fallut obéir. Interpellés par des voix menaçantes, bousculés par une vingtaine de gardes nationaux armés de mauvais fusils, ils furent forcés de rétrograder dans la direction de Varennes. A la clarté du jour grandissant, Hyacinthe, la gorge serrée, le regard assombri, examinait ces soldats improvisés. Elle leur trouvait des mines résolues, une exaltation sauvage qui l'étonnaient. A mesure qu'elle écoutait leurs propos, sa surprise croissait. La plupart ne savaient pas nettement pourquoi le tocsin sonnait et pourquoi on les appelait à Varennes, mais tous

avaient le pressentiment vague d'un danger redou-
table, d'un mystérieux ennemi qui en voulait à leur
sécurité et à leurs biens.

— Paraîtrait, insinuait l'un d'eux, qu'on aurait
découvert un complot.

— Les nobles manigancent pour emmener le roi
à l'étranger.

— Oui, affirmait un autre, la reine envoyait un
trésor aux Autrichiens... On a arrêté le convoi à
Varennes.

— Ils veulent appeler les ennemis en France
pour rétablir la corvée et la dîme.

— Qu'ils y viennent, on les fera danser !

— A bas les nobles ! Vive la nation !...

Dans le trajet, on rencontrait de temps en temps
des bandes armées qui grossissaient la troupe des
gardes nationaux. Il en venait de Véry, de Cheppy,
de Montblainville. A chaque nouveau renfort, les
acclamations redoublaient et une joie tumultueuse
circulait dans les rangs épaissis.

Le soleil se leva. Sur la route poudreuse, encadrée de prés à l'herbe déjà mûre, des éclairs d'argent, des étincelles roses, s'allumèrent aux dents
des fourches, aux pointes des baïonnettes, au fer
recourbé des faux. Six heures sonnaient quand,
dans la limpide lumière du matin, les compagnies
firent leur entrée triomphale sur la place du Bas-
de-Varennes et furent saluées par les hourras des
habitants.

A l'aspect de cette place grouillante de paysans en
armes, où çà et là des hussards démontés trinquaient

au seuil des maisons, à la vue du pont fortement
barricadé par des entassements de meubles, Hyacinthe devina le drame qui avait dû se passer pendant la nuit. Tout son sang se glaça à la pensée de
la famille royale, prisonnière de ces paysans. Elle
avait obtenu à grand'peine la permission de remiser
ses deux chevaux à l'écurie du *Grand-Monarque*. A
la queue leu leu, les gardes nationaux commençaient à franchir les barricades du pont et, à la faveur
du désordre qu'amenait l'éparpillement de la troupe,
la chanoinesse, les deux verriers et M. de Vendières
purent rester cachés dans l'arrière-cour de l'auberge.

Lorsque les dernières compagnies eurent pénétré
sur la rive gauche de l'Aire, Joël de Parfondrupt dit
à Hyacinthe :

— A deux pas d'ici demeure M. de Bonnelle, un
vieux camarade, dont la maison communique avec
les hauts quartiers... Allons lui demander l'hospitalité ; grâce à lui, nous pourrons peut-être pénétrer
dans l'intérieur de la ville.

Ils se rendirent dans cette maison amie, dont ils
trouvèrent les habitants déjà sur pied et effarés. On
leur fit un accueil inquiet et on leur apprit les désastreuses nouvelles de la nuit : — la famille royale
dénoncée par Drouet et conduite dans la maison de
Sauce, procureur de la Commune ; la défection des
hussards ; la résistance inutile de M. de Goguelat
qu'on venait d'emporter blessé à l'auberge du *Bras-
d'or*...

Hyacinthe était atterrée. Pâle, nerveuse, touchant

à peine au café qu'on lui avait préparé, elle songeait
que dans une rue voisine le roi, la reine, le dauphin
étaient exposés aux outrages d'une foule ameutée.
Elle entendait au loin de farouches clameurs. Un
véhément désir de porter son hommage à la royauté
agonisante s'emparait d'elle... Guidée par Joël de
Parfondrupt, elle s'esquiva, gagna le bâtiment pos-
térieur qui communiquait avec les hauts quartiers
par un passage voûté, et gravit les échelons d'un
grenier servant de fenil. Agenouillée sous les poutres,
elle se pencha à la gerbière. De là on dominait une
ruelle qui débouchait dans la rue de la Basse-Cour,
presque en face la maison de Sauce. A l'intersection
de cette venelle et de la rue, on voyait des gardes
nationaux se bousculer sur la chaussée. De temps à
autre, un hussard apparaissait au milieu de la mul-
titude houleuse, qui criait : « Vive Lauzun! » Peu
après, dans le brouhaha, de nouvelles clameurs
joyeuses montaient. C'était le moment où, sur les
instances de la municipalité, Louis XVI consentait
à se montrer à la fenêtre avec la reine.

— Entendez-vous, murmura Hyacinthe, ils acclam-
ment le roi... Tout n'est pas perdu, je veux descendre, je veux aller là-bas!

— Ne bougez pas, répliqua Parfondrupt, vous
vous feriez écraser ou écharper... Ces braillards
crient « Vive la nation! » plus fort que « Vive le
roi! » et je ne les crois pas disposés à lâcher pied...
Attendons encore.

Muets, la tête penchée, l'oreille aux écoutes, ils
attendirent ainsi pendant plus d'une heure. Attente

mortelle, heure d'angoisse, durant laquelle une
cruelle incertitude suspendait les battements de leur
cœur. Par intervalles, des groupes de gardes nationaux longeaient la ruelle et des lambeaux de conversation montaient jusqu'à eux :

— Les Verdunois. viennent d'arriver avec un
délégué du club de Bar; ils ont l'ordre d'emmener
le roi qui s'entête à aller à Montmédy.

— Il essaie de nous amuser par de belles paroles,
et une fois libre, il nous trahira.

— Faisons-le partir de force!

— Si la municipalité caponne, nous le traînerons
par les pieds dans sa voiture!...

Sept heures sonnèrent. Au fond de la rue ensoleillée les cris redoublaient. Ils devenaient plus
impératifs, plus menaçants. Maintenant on hurlait :
« A Paris! à Verdun! » Parfois même à ces injonctions furibondes se mêlait une imprécation : « A bas
l'Autrichienne! » — Tout à coup il y eut un solennel
silence, puis de brefs commandements militaires :
« Portez armes! Présentez armes! » Un nouveau
silence, un long piétinement de troupes en marche,
un grondement d'acclamations triomphantes, des
claquements de fouet succédant aux hourras, de
sourds roulements de voitures, et derechef, sous
le grand soleil de juin, une explosion de voix sem-
blable à un éclat de tonnerre : « Vive la Nation! »

. .—Non, je ne peux plus rester ici! déclara Hyacinthe.

Sans attendre Parfondrupt, elle redescendit les
échelons, gagna seule la ruelle et courut jusqu'à la
rue de la Basse-Cour.

Une fois là, elle remarqua que la chaussée s'était
vidée comme par enchantement. A l'extrémité de la
rue montante, elle apercevait les dernières files des
gardes nationaux marchant au pas accéléré dans la
direction de la route de Clermont. Il ne restait plus
dans le bas que des enfants et des femmes. Un
groupe de commères s'était formé devant une maison
étroite de façade, construite en bois et en torchis,
éclairée au premier étage par deux fenêtres, au
rez-de-chaussée, par un châssis vitré et une porte
coupée dans sa hauteur. Au dehors, pendus à des
clous, des paquets d'éponges et de chandelles; au
dedans, des bocaux de biscuits et de sucreries, indiquaient la nature du commerce auquel on se livrait
dans cette boutique, appartenant à M. Sauce, épicier-
chandelier et procureur de la commune.

Appuyée au battant plein de la porte coupée, une
femme sèche, maigre, aux yeux vifs et au teint fané,
coiffée du bonnet lorrain, était occupée à répondre
aux questions des commères attroupées. Hyacinthe
s'approcha au moment où l'épicière s'écriait d'une
voix traînante :

— Ne m'en parlez pas, j'en ai les sangs tournés!
Impossible de fermer l'œil de la nuit, vous pensez!..
Dans notre escalier et nos chambres on allait et
venait comme dans la rue. Il me faudra une journée
rien que pour nettoyer les planchers à l'eau de les-
sive!

— Vous devez être *ben hodée* (fatiguée), madame
Sauce?

— Je vous en réponds!... J'ai *mau* par tout le

13.

corps, comme si on m'avait moulue... Il a fallu faire
à manger à tout le personnel.

— Qu'est-ce que vous leur avez baillé, à ces gens
de la cour?

— Dame, je leur ai servi ce que j'avais : des œufs,
de la saucisse, du fromage carré et de notre bon
vin... La reine n'a quasi touché à rien; elle est
restée près du lit où ses enfants dormaient. La tête
cachée dans ses coiffes, elle nous regardait d'un
air colère et méprisant, sans dire ni *ue* ni *mue*. Le
roi, lui, n'était pas fier et mangeait comme un
alouvi. Il trinquait avec Sauce et causait de pair à
compagnon avec lui. « Avez-vous un club, à Varennes? qu'il lui a demandé. — Non, monsieur. — Tant
mieux, les clubs ont perdu la France. » Quand mon
homme voulait sortir, il lui criait : « Revenez vite,
j'ai besoin de vous, votre conversation me fait
plaisir. » Il lui a encore dit : « Ah! çà, vous avez un
pont ici? — Oui, monsieur, mais il est embarrassé
de charrettes. — En ce cas, je passerai à gué. » —
Il avait toujours en idée de s'en aller et ne voulait
pas convenir qu'il était le roi... A la fin on est allé
quérir M. Destaz, le juge, qui a demeuré à Paris...
Dès que M. Destaz est entré dans la chambre, il a
ôté son chapeau en s'écriant: « Ah! sire!... » Alors,
Sauce voyant ça a ajouté : « Vous êtes le roi, vous
êtes reconnu, avouez-le franchement. » Pour le
coup, la reine s'est levée en colère : « Si vous le
reconnaissez pour votre roi, qu'elle a dit d'un ton
hautain, traitez-le donc avec plus de respect! » —
Après ça, vous comprenez, il n'y avait plus moye

de jouer la comédie. Louis XVI a embrassé mon
homme : « Eh bien! oui, je suis votre roi, voici la
reine, et la famille royale... Je ne puis plus rester à
Paris, je viens au milieu de vous avec mes enfants... »
Et dame, à l'entendre, cet homme, ça vous tourne-
boulait le cœur!... Je n'ai pas pu m'empêcher de
pleurer. Il s'est mis à jurer qu'il ne voulait pas sortir
du royaume, que si on le laissait partir, il promettait de ne point passer la frontière... Que soit, il y
avait là des gens qui doutaient de ses bonnes intentions et Radet, le fendeur de lattes, qui n'a mie
froid aux yeux, lui a répliqué en patois : « Sire, *je
ne m'y fia-me!*... » En bas, les gardes nationaux
menaient un vacarme infernal et menaçaient d'en-
foncer les portes. Pour lors, Marie-Antoinette s'est
radoucie; elle n'était plus si fière, allez!.. Elle me
tirait dans les coins et me suppliait de sauver le roi
et le dauphin. « Mon Dieu, madame, ai-je répondu,
votre position est très fâcheuse, pour le sûr. J'aime
bien le roi, mais, *n'mez*, j'aime bien aussi mon
mari... Il est responsable et je ne veux pas qu'on
lui coupe le cou! » Enfin, à six heures, M. de Romeuf
est venu nous sortir d'embarras. Il arrivait de l'Assemblée de Paris avec ordre de ramener le roi...
Après bien des giries et des scènes, ils se sont décidés
à monter en voiture... Les voilà partis et *ma fi*, bon
voyage!... Mon pauvre homme en a la tête cassée...

Hyacinthe écoutait avec indignation le vulgaire et
irrévérencieux récit de cette nuit tragique. Son cœur
bondissait et elle allait se laisser emporter à quelque
sortie imprudente, quand de violentes rumeurs arri-

vèrent du fond de la rue. Au même moment on lui saisit le bras : elle se retourna et reconnut le chevalier de Vendières accompagné de Parfondrupt.

— Madame, murmura Joël, il faut déguerpir. Les têtes s'échauffent de plus en plus; on vient d'arrêter le commandant des hussards et si nous restons ici, on nous fera un mauvais parti... Décampons! Courouvre a réussi à conduire les chevaux dans la haute ville par un chemin détourné... Nous le retrouverons à la place Verte, d'où nous pourrons gagner les champs, pendant que ces forcenés sont encore tout occupés du départ du roi.

Ils entraînèrent la chanoinesse vers le haut de la rue. Sous les tilleuls de la place Verte, ils trouvèrent effectivement M. de Courouvre avec les deux chevaux. La place était solitaire et Hyacinthe ainsi que le chevalier purent se mettre en selle sans attirer l'attention : mais au moment où ils longeaient les tilleuls, une compagnie de gardes nationaux déboucha en sens inverse. Au flanc de la troupe marchait un jeune homme, coiffé d'un chapeau à cocarde tricolore, vêtu d'un habit d'uniforme bleu, liséré de rouge, et portant deux pistolets enfoncés dans sa ceinture de laine rouge.

C'étaient les gardes nationaux de Verdun, ayant à leur tête le délégué du club des *Amis de la Constitution*, Julius-Junius Renard.

Hyacinthe et M. de Vendières, très affairés avec leurs chevaux, ne remarquèrent pas cet officier improvisé; mais Renard avait déjà reconnu la chanoinesse et son compagnon.

— Arrêtez! s'écria-t-il.

— Arrêtez! répétèrent après lui des voix impérieuses.

Sans déférer à cette injonction, les deux cavaliers avaient mis leurs chevaux au grand trot; ils disparurent dans une rue latérale qui les conduisit hors de la ville.

Une fois sur le plateau, ils ralentirent le pas. Joël et M. de Courouvre les avaient rejoints et tous quatre suivirent un sentier à travers champs.

Devant eux, les blés déjà épiés ondulaient avec des remous argentés; à droite, les croupes de l'Argonne moutonnaient verdoyantes; à gauche, la route de Clermont coupait les luzernes et les blés. A la distance d'un quart de lieue on distinguait un lumineux nuage de poussière soulevé par le piétinement des troupes qui escortaient les voitures du roi. L'encombrement était tel que les équipages se trouvaient forcés d'aller au pas; de sorte que les deux cavaliers purent se rapprocher sensiblement du royal convoi.

— Chevalier, dit Hyacinthe d'une voix étranglée, je ne laisserai pas le roi, la reine et le dauphin de France s'éloigner à jamais sans les saluer une dernière fois!

Sans même écouter les objections de Daniel, la chanoinesse piqua des deux et galopa vers la route. Désespéré de cette nouvelle imprudence, mais ne voulant pas abandonner la jeune femme, le chevalier prit bravement le trot et en quelques minutes ils se trouvèrent non loin de la tumultueuse escorte.

Justement le défilé de nouvelles compagnies, arrivant des villages voisins, avait forcé les voitures à marcher plus lentement encore. A ce même moment, Hyacinthe et Daniel aperçurent vers la droite un cavalier qui sortait de la lisière d'un bois et traversait au galop les champs de blé. Il accourait perpendiculairement à l'escorte. On le voyait maintenant distinctement, — haut sur selle, maigre, barbu, vêtu d'une veste de chasse et la carnassière en sautoir.

— Hé! s'exclama Hyacinthe, c'est Jérémie de Damloup!

C'était, en effet, le verrier de Florent. Presque debout sur ses étriers, il poussa son cheval vers la berline, souleva son feutre cabossé, cria : « Vive le roi! » et tourna bride. Mais déjà des gardes nationaux couraient à sa poursuite. Alors il fit volte-face et, comme un sanglier aux fermes, il attendit vaillamment ses adversaires, lâcha un coup de pistolet et de nouveau cria : « Vive le roi! »

Une fusillade lui répondit. Son cheval, effrayé, glissa et s'abattit. Une vingtaine de furieux rejoignirent le verrier qui se démenait à terre. On tirait sur lui à bout portant, on le lardait à coups de baïonnettes.

— Lâches! lâches!... murmurait Hyacinthe, la pâleur sur les lèvres et la colère dans les yeux.

— Hyacinthe, dit énergiquement Daniel de Vendières, en se rapprochant de la chanoinesse, au nom du ciel, partons!

. Il saisit le cheval de la jeune femme par la bride,

donna de l'éperon au sien et força les deux bêtes à galoper vers la forêt.

L'acharnement des meurtriers était si grand qu'on ne fit pas attention aux fugitifs et qu'ils purent gagner les bois, sains et saufs.

VI

L'ALERTE

Ce même matin du 22 juin 1791, Gertrude de
Saint-André, qui selon son habitude avait dormi
tout d'une traite, se leva à la fine pointe du jour
pour surveiller ses faucheurs dans les prés de la
Biesme. Au Four-aux-Moines, tout était silencieux.
Seul, un coq dans le gélinier claironnait pour
annoncer la prime aube à ses poules. Mlle de Saint-
André, descendant l'escalier avec précaution pour
ne point éveiller son monde, chaussa ses souliers
ferrés, coupa un croûton de pain à la miche et,
troussée comme un moine qui va au cresson, s'engagea dans le sentier des prés en grignotant son
frugal déjeuner.

La prairie était mûre; parmi l'herbe haute et
moite de rosée, çà et là des places vertes et rases
indiquaient que la fenaison avait déjà commencé.
Gertrude assista à l'arrivée des faucheurs. Comme

leur maîtresse, ils s'étaient couchés de bonne heure, avaient dormi à poings fermés et ignoraient les événements de la nuit. Non contente de les surveiller, la vieille fille se mit bravement à l'ouvrage, et la faux en main, marchant en ligne avec ses ouvriers, elle abattit drûment l'herbe autour d'elle, ce qui était le meilleur moyen de les encourager. Aussi, quand neuf heures sonnèrent et que le soleil cuisit les reins des faucheurs, un bon bout de la prée était déjà tondu. Les hommes firent halte pour souffler et manger la fromagée, et Mlle de Saint-André reprit le chemin de la verrerie.

Sous ses gros souliers, les jonchées de foin exhalaient une savoureuse odeur de pimprenelle et de mélilot, qui délectaient l'odorat. Ragaillardie par cet exercice matinal et aussi par la pensée que la récolte serait copieuse, Gertrude marchait sans se presser, s'amusant à écouter la chanson affairée de l'effarvate [1], que scandait le bruit métallique d'une faux qu'on rebattait. Tout en se rapprochant du Four-aux-Moines, elle songeait au plaisir de surprendre Mme de Rosnes, Hyacinthe et le chevalier attablés autour de leur café au lait, de s'allonger auprès d'eux dans sa bergère et de tailler béatement une bavette en famille.

Tout à coup, à vingt pas de la verrerie, elle tressauta brusquement et s'arrêta stupéfaite.

A travers la baie du porche on voyait dans la cour une file de gardes nationaux stationnant à

1. Fauvette des roseaux.

14

l'ombre, l'arme au pied, tandis que sur les marches
du perron deux grands gaillards en uniforme se
tenaient en sentinelle.

Mlle de Saint-André supposa d'abord qu'il s'agissait d'un passage de troupes.

— Sacredienne! jura-t-elle, est-ce que la municipalité veut me faire loger tous ces gens-là?

Elle hâta le pas :

— Où sont vos officiers? demanda-t-elle aux
gardes qui la dévisageaient d'un air goguenard.

On lui répondit qu'ils étaient entrés dans la
maison et, preste comme un lézard, Gertrude fran-
chit le perron, traversa le vestibule, puis demeura
ébaubie sur le seuil de la salle à manger.

— Ho! ho! grommela-t-elle en reconnaissant,
sous un bel uniforme, J.-J. Renard qui arpentait la
salle en compagnie de deux officiers, voilà bien la
diablesse d'aventure!... Joseph Renard, tu vas m'expliquer, je suppose, pourquoi tu as transformé ma
maison en caserne?...

Au moment où la nouvelle du passage du roi à
Sainte-Menehould était parvenue à Verdun par une
estafette de Drouet, Renard venait justement d'arriver au chef-lieu d'arrondissement, chargé d'une
mission du club de Bar-sur-Ornain. Il avait trop de
savoir-faire pour manquer une si belle occasion
d'affirmer son civisme. Pressant le départ des
gardes nationaux verdunois, il s'était adjoint aux
officiers de la compagnie dirigée sur Varennes et,
sitôt débarqué, il avait insisté pour que le monarque
fugitif fût confié à sa garde et emmené au chef-lieu.

Quelle gloire, s'il eût pu rentrer à Bar traînant derrière lui comme un triomphateur sa royale capture! Malheureusement, l'intervention de M. de Romeuf, délégué par l'Assemblée nationale, avait empêché la municipalité de Varennes de déférer aux injonctions du jeune clubiste. Frustré dans ses ambitieuses espérances, vexé d'avoir manqué une auguste proie, Julius-Junius s'était rabattu sur un gibier de moindre importance. Obligé de renoncer à cette royale aubaine, il voulait du moins goûter le plaisir de la vengeance et il était venu avec ses hommes au Four-aux-Moines.

A la vue de Mlle de Saint-André, il suspendit sa promenade, redressa sa tête chafouine, dévisagea la vieille fille de son regard aigu et répliqua du bout des lèvres :

— Citoyenne Saint-André, ne renversons pas les rôles; je n'ai pas d'explications à vous donner... C'est moi, au contraire, qui vous invite au nom de la loi à répondre à mes questions... Où est votre nièce Hyacinthe, ci-devant chanoinesse du chapitre de Poulangy?

— Mais, repartit Gertrude suffoquée, dans sa chambre, je suppose!

— Je suis désolé de vous donner un démenti... Votre nièce n'est pas ici... Inutile de chercher à nous tromper!... Capitaine Maillefer, montez là-haut et ramenez la citoyenne de Rosnes; nous aurons également besoin de l'interroger.

Le capitaine sortit, tandis que Gertrude fortement agacée se campait devant J.-J. Renard :

— — Ah! çà, s'écria-t-elle, te gausses-tu de moi?...
De quel droit un morveux que j'ai connu pas plus·
haut que ma botte, se permet-il de commander
céans?

· — Avant tout, reprit le jeune homme avec un
mauvais sourire , veuillez modérer vos expressions... Vous vous méprenez, citoyenne; je ne suis
plus l'enfant que vous vous plaisiez à morigéner et
qu'on mettait sans façons à la porte... Vous avez
devant vous Julius-Junius Renard, secrétaire de la
Société des Amis de la Constitution, délégué près
du district de Verdun, et je vous invite à respecter
l'autorité que je représente!...

Comme il achevait, Maillefer reparut escortant
Glocynde de Rosnes :

— Sainte Vierge! s'exclama cette dernière, te
voici enfin, Gertrude!... Que se passe-t-il? Que nous
veut-on?

— Eh! qu'en sais-je? riposta Gertrude furibonde,
tout ça est de l'hébreu pour moi!... Demande-le à
monsieur, qui se nomme maintenant Julius-Junius
et que le Département a délégué pour venir nous
tarabuster?... Où est Hyacinthe?

— Je l'ignore.

. — Le lit de Mme d'Eriseul n'a pas été défait et
elle a dû passer la nuit dehors, déclara le capitaine
Maillefer.

— Vous voyez, citoyenne, dit Julius-Junius sarcastiquement, vous êtes fort mal renseignée sur ce
qui se passe chez vous!... Vous ignorez sans doute
aussi d'où proviennent ces deux chevaux de selle

qu'on a trouvés tout harnachés dans votre écurie, et qui paraissent fourbus à la suite d'une course nocturne?

— Que me chantes-tu là?... Il n'y a jamais eu dans mon écurie que deux chevaux de labour et deux mulets pour le briolage.

— Votre aveu confirme nos soupçons et corrobore l'accusation portée contre votre nièce.

— Et de quoi accuses-tu Hyacinthe, s'il te plaît?

— Je l'accuse, répondit Renard en élevant la voix et en appuyant sur chacun de ses mots, d'avoir ourdi un complot pour préparer et assurer la fuite de Louis XVI, qui vient d'être arrêté à Varennes.

— On a arrêté le roi!

— Bonté divine! murmura à son tour Mme de Rosnes, les yeux au ciel, ils ont osé lever la main sur leur roi!

— Oui, déclama Julius-Junius, Louis, traître à ses serments, méditait de gagner la frontière et d'en ramener le despotisme avec une armée de rebelles et de conjurés... Mais les bons citoyens veillaient pour écraser les serpents scélérats de l'aristocratie... Le monarque déloyal a été arrêté par les patriotes et l'Assemblée nationale aura à statuer sur la punition que mérite son parjure!.. Quant à nous, notre devoir est de mettre ses complices hors d'état de continuer leurs menées liberticides... C'est pourquoi nous sommes venus ici d'abord où demeure la principale inculpée.

— Ma nièce ne se mêle pas de politique, se récria

14.

Gertrude en haussant les épaules, et tes accusations n'ont pas le sens commun !

— C'est ce que nous verrons... En attendant, je vous somme de me faire connaître où se cache Hyacinthe d'Eriseul, ex-chanoinesse?...

— Hyacinthe d'Eriseul ne se cache pas! repartit du fond du vestibule une hautaine voix féminine; me voici... Que me veut-on?

En même temps, la chanoinesse apparut, toute pâle encore des fatigues de la nuit et des cruels spectacles dont elle avait été témoin; — les cheveux dénoués, la jupe déchirée par les ronciers; — mais la tête haute, les yeux étincelants, les narines frémissantes. Derrière elle se traînait Daniel de Vendières, les traits tirés, les membres moulus par le trot du cheval. Harassé, il gagna un fauteuil, s'y allongea avec un douloureux soupir et regarda d'un œil effaré les officiers de la garde nationale. Quant à Hyacinthe, du premier coup elle avait reconnu Joseph Renard sous son uniforme. Elle le toisa d'un fier regard et reprit :

— M. Renard, si je ne me trompe !

— Parfaitement, répliqua celui-ci avec une pointe de sarcasme.

A son tour, il dévisageait Mᵐᵉ d'Eriseul et constatait que les émotions de la nuit l'embellissaient encore. Elle avait cette même flamme dans les yeux, ce même air de défi et de dédain qui l'animaient, le jour du baiser ravi sous la tonnelle. Il revit la charmille à demi obscure, le méprisant geste avec lequel Hyacinthe l'avait congédié; il se rappela l'humiliante reconduite du chevalier, et sa vivace rancune se réveilla, plus que jamais implacable.

Il allait donc enfin pouvoir triompher de cette aristocrate!... Insensible à son tour à l'attrayante beauté de son ennemie, il se promettait de déguster sa vengeance à petits coups.

— Je ne m'attendais pas, dit sèchement la chanoinesse, à vous revoir dans cette maison, après la façon dont vous en êtes sorti...

— En effet, répondit-il de son ton de pince-sans-rire, ma présence ici doit vous surprendre et vous alarmer... Mais rassurez-vous, citoyenne : Julius-Junius Rènard ne se souvient pas des offenses faites au neveu de l'ex-curé de La Chalade!... Je n'obéis qu'aux mouvements du plus pur patriotisme et vous avez devant vous un impartial délégué de l'autorité, qui vous jugera uniquement d'après vos actes et vos paroles... Je vais vous interroger et, ajouta-t-il, comme votre sincérité m'est connue, je suis persuadé que vous me répondrez avec une entière franchise... Où avez-vous passé la nuit et où étiez-vous ce matin?

— Que vous importe?

— A moi, personnellement, très peu, riposta-t-il, gouailleur, mais en ce qui vous concerne, cela importe davantage... Nous savons pertinemment que vous n'avez pas couché ici; or, nous ne pouvons attribuer votre absence, cette nuit, qu'à une équipée royaliste ou à une équipée amoureuse...

Il s'arrêta un moment en voyant les regards flambants de colère et les joues subitement empourprées, d'Hyacinthe, puis il continua ironiquement :

— Je me hâte de déclarer que j'incline plutôt pour la première hypothèse, car je vous ai rencontrée ce matin en compagnie de personnages particulièrement suspects... Vous êtes donc inculpée d'avoir, de complicité avec les ennemis de la Nation, préparé et aidé la fuite de Louis XVI... Qu'avez-vous à dire pour vous justifier?

— Me justifier! s'écria impétueusement la chanoinesse, devant vous?... Allons donc!... Et de quoi d'ailleurs?... D'avoir été fidèle à mon roi et de l'avoir servi? Je n'ai rien à nier ni à excuser. Le roi était le prisonnier des Parisiens factieux; il a voulu échapper à une surveillance outrageante pour se retrouver libre en face de la France; il a fait appel au *dévouement de tous ceux qui l'aiment*. Je lui ai donné assistance autant que j'ai pu, et je suis prête à recommencer!

— La malheureuse, elle se perd! pensait Gertrude en agitant nerveusement ses doigts sur la table, tandis que Mme de Rosnes, les mains jointes, écoutait sa nièce avec une sorte de douloureuse admiration.

— Cet aveu nous suffit, murmura Julius-Junius en jetant un fielleux sourire à ses deux compagnons.

— Je ne sais pas mentir, poursuivit Hyacinthe fièrement, vous me croirez donc, je l'espère, quand je vous affirmerai que personne ici ne connaissait mes projets... J'ai agi seule et je réclame toute la responsabilité de mes actions...

Le chevalier de Vendières sursauta dans son fauteuil et, redressant sa tête courbée, interrompit Mme d'Eriseul :

— Cette enfant exagère, messieurs; c'est moi qui ai tout conduit!

— Ne l'écoutez pas! protesta la chanoinesse; c'est moi qui l'ai entraîné et il m'a suivie par amitié.

— Oui, répliqua amèrement J.-J. Renard, nous savons qu'en toute circonstance le citoyen Vendières est votre exécuteur des hautes-œuvres... Nous l'emmènerons avec vous et les magistrats apprécieront.

— Joseph Renard, s'exclama Mlle de Saint-André, tu n'auras pas le cœur de me porter un pareil coup!... Souviens-toi que je t'ai envoyé aux écoles et choyé comme un de mes enfants...

— Citoyenne, déclama sentencieusement Julius-Junius, je ne me souviens que d'une chose : c'est que je suis le serviteur de la Nation... La loi, le salut du peuple, voilà mes seuls guides! Je dois faire taire dans mon cœur la voix de l'humanité pour n'écouter que les cris de la patrie qu'on assassine... En conséquence, j'ai le regret de vous annoncer que Mme d'Eriseul et M. de Vendières sont dès maintenant en état d'arrestation... Capitaine Maillefer, faites avancer vos hommes!

Le capitaine sortit. On entendit un bref commandement, puis des pas lourds dans le vestibule, et six gardes nationaux parurent en armes à l'entrée de la salle.

— Renard, tu es un misérable! s'écria Gertrude.

— Au revoir, ma tante, dit la chanoinesse, pardonnez-moi l'ennui que je vous cause... Dans un instant, messieurs, je suis à vous...

Elle embrassait Mlle de Saint-André, puis se jetait au cou de Mme de Rosnes, consternée.

Tandis qu'elle leur prodiguait d'affectueuses consolations, le trot d'un cheval résonna dans la cour et fut suivi de soudaines exclamations. Peu après, les six gardes nationaux, écartés brusquement, laissaient entrer un personnage dont l'apparition inattendue fit grimacer la face chafouine de Julius-Junius.

C'était le député François Baujard, ceint de son écharpe tricolore et tout blanc de la poussière des routes.   ...

VII

AMOROSO

Baujard venait de terminer son enquête dans les Ardennes et se disposait à rentrer à Paris, lorsqu'il avait appris à Grandpré l'arrestation du roi. — A la nouvelle des événements de Varennes, sa première pensée fut pour Mme d'Eriseul. Il se rappela le mystérieux conciliabule du Haut-Bouleau et connaissant la témérité de la chanoinesse, il ne douta pas qu'elle ne fût mêlée à cette entreprise qui venait d'échouer si misérablement. Il trembla pour elle. — Louis XVI une fois ramené à Paris, la colère populaire devait se tourner fatalement contre les complices de sa fuite. On les chercherait notamment dans l'Argonne, parmi ces gentilshommes verriers que la rumeur publique accusait déjà. — Baujard se souvint des dénonciations de J.-J. Renard et frémit en songeant aux dangers qui menaçaient Hyacinthe. En toute hâte il fit seller un cheval et résolut de passer au Four-aux-Moines avant de gagner Varennes.

Quand il vit la cour de la verrerie pleine de gardes nationaux, il comprit combien ses craintes étaient justifiées. Sautant de cheval, il s'avança vers le détachement aligné à l'entrée du perron et se nomma :

— François Baujard, député de la Meuse.

Plusieurs gardes nationaux le connaissaient et l'accueillirent au cri de « Vive la Nation! » On lui livra passage et son entrée dans la salle à manger du Four-aux-Moines fut un coup de théâtre.

En le voyant surgir inopinément au milieu des uniformes, les regards de la chanoinesse eurent une expression de surprise attendrie, qui n'échappa point au coup d'œil investigateur de Renard. Mme de Rosnes respira moins péniblement et Gertrude saisit pétulamment le bras de l'ancien lieutenant civil et criminel :

— Ah! Baujard, vous arrivez à propos pour empêcher une méchante action !

— Que signifie cet appareil militaire? demanda sévèrement le député; de quoi s'agit-il?

— Il s'agit d'une mesure de salut public, répondit solennellement Julius-Junius... Vous n'ignorez pas, sans doute, citoyen député, que Louis XVI a été arrêté cette nuit à Varennes. Il reste maintenant à punir les complices de sa trahison. A cet effet, les patriotes de Verdun et moi nous nous sommes rendus dans cette maison qui est habitée par des gens suspects.

— Qu'entendez-vous, monsieur, par cette appellation très vague?

— J'entends ceux qui entretiennent avec les puissances coalisées ou leurs infâmes agents des correspondances liberticides... Nous avons eu la chance de mettre ici la main sur deux de ces personnes : l'ex-chanoinesse d'Eriseul et le ci-devant chevalier de Vendières, qui avouent du reste leur complicité. Lorsque vous êtes entré, nous les requérions de nous accompagner au district.

— Fort bien, mais vous savez sans doute, monsieur Renard, que des citoyens français ne peuvent être enlevés de leur domicile sans un ordre de l'autorité judiciaire. Avez-vous reçu mandat d'opérer cette arrestation ?

— Je suis délégué par la Société des *Amis de la Constitution* près du district de Verdun.

— Permettez-moi de vous faire remarquer que cela ne suffit pas... La Société dont vous parlez n'exerce pas le pouvoir judiciaire.

— Prétendriez-vous m'empêcher de remplir un devoir patriotique? répliqua aigrement Renard.

— Je prétends, monsieur, faire respecter la loi dans le département que j'ai l'honneur de représenter... Mon devoir à moi est de ne pas tolérer une usurpation de pouvoirs.

— Vous préférez soustraire à leurs juges deux coupables qui avouent leur crime !

— Je n'ai pas à me substituer à l'autorité judiciaire... Je me rendrai aujourd'hui au district et je déférerai l'affaire aux magistrats. Si ces deux personnes sont coupables, elles comparaîtront devant les juges et vous pourrez alors éclairer le tribunal

15

par votre témoignage... Jusque-là, vous devez vous abstenir.

— Assez ergoté! s'exclama Renard avec une croissante irritabilité, le salut public est la loi suprême... Citoyens, je vous somme d'arrêter cet homme et cette femme!

— Et moi, je vous somme de ne pas vous rendre complices d'une illégalité! riposta gravement Baujard en se tournant vers les gardes nationaux... Vous êtes de zélés patriotes, mais vous êtes aussi d'ardents défenseurs de la Constitution, qui garantit l'inviolabilité du domicile. Le peuple, qui a applaudi à l'abolition des lettres de cachet, est trop loyal pour les rétablir même à son profit. Quant à moi, votre député, je m'oppose de toutes mes forces à cette arrestation arbitraire et je vous rends responsables des suites d'un pareil abus d'autorité.

L'attitude et le ton énergiques de Baujard imposaient visiblement aux gardes nationaux. Ils devenaient perplexes; ils comparaient intérieurement ce député, ancien magistrat, honoré et connu de tous, avec ce blanc-bec de délégué, et la comparaison n'était pas à l'avantage de Renard.

— Le citoyen député a raison, opina le capitaine Maillefer, nous n'avons pas à nous mêler des affaires de la justice... Du moment où M. Baujard prend tout sur lui, il ne nous reste plus qu'à retourner à Varennes... Holà, les camarades, demi-tour, marche!

— Un instant, capitaine Maillefer, protesta Renard d'un ton tranchant, en vertu de mes pouvoirs dis-

crétionnaires, je crois devoir ordonner à vos hommes
de me prêter main-forte...

— Citoyen délégué, mes hommes n'ont d'ordre à
recevoir que de moi... Vous entendez, vous autres...
Filons !

Les Verdunois, très jaloux de leur indépendance
et enchantés de jouer un tour à ce délégué des gens
de Bar, firent volte-face et s'éloignèrent suivis de
leurs officiers. Julius-Junius se mordit les lèvres et,
comprenant qu'il était inutile de lutter, se résigna
à lâcher sa proie ; mais avant de partir, il enve-
loppa d'un haineux regard les hôtes du Four-aux-
Moines et le fâcheux qui venait de mettre obstacle à
ses projets de vengeance.

— Citoyen député, dit-il avec un rire jaune, nous
nous reverrons... En avril dernier, j'ai gagné au club
la première manche, vous venez de gagner la
seconde ici ; à quand la belle ?...

— Quand il vous plaira, monsieur ! répondit
sèchement Baujard en lui tournant le dos.

Renard battit en retraite, et quelques minutes
après, on entendit le détachement sortir de la verrerie, tambour en tête.

Quand le dernier fusilier eut disparu au bas du
chemin, Mlle de Saint-André sauta au cou du député
et lui appliqua deux baisers sur les joues.

— Ah ! mon bon ami, murmura-t-elle, vous êtes
notre sauveur... Glocynde et toi, Hyacinthe, remer-
ciez ce brave Baujard, sans lequel nous serions en
de beaux draps !

La chanoinesse serra silencieusement la main du

député. Quant à Mme de Rosnes, dont les nerfs avaient été trop tendus par l'émotion, elle fondait en larmes sans trouver un mot. Le chevalier de Vendières se leva tout courbattu, huma une prise et s'approcha cérémonieusement de François Baujard :

— Monsieur, balbutia-t-il en lui tendant la main, touchez là !... Je vous avais méconnu et je vous en fais mes excuses.

Baujard s'inclina, puis se retournant vers le groupe des trois femmes :

— Mesdames, dit-il, ne vous abusez pas !.. Le danger existe toujours, et je ne l'ai conjuré que momentanément... Mme d'Eriseul a commis de graves imprudences... Renard s'en va furieux de sa déconvenue ; il ne manquera pas de vous dénoncer au district, et s'il revient avec un mandat régulier, je serai impuissant à vous sauver... Nous n'avons pas de temps à perdre... Il faut que Mme Hyacinthe gagne dès ce soir la frontière, qui est proche, heureusement... Là seulement elle sera à l'abri.

— Ma nièce ne partira pas seule, déclara Mme de Rosnes, nous la suivrons... N'est-ce pas, chevalier ?

— Là où vous irez, j'irai, ma chère amie, répliqua laconiquement Daniel.

— Et vous, tante Gertrude ? demanda Hyacinthe en se réveillant de sa rêverie silencieuse.

— Moi, ma mie, je ne bougerai de céans... J'aime mieux que la mort me trouve en mon logis que sur les chemins...

— Prenez un déguisement, ajouta Baujard, et suivez chacun une route différente... Moi, je serai

ce soir à Verdun et je vous promets de retarder, si
je le puis, l'effet des dénonciations de cet enragé
clubiste...

— Un instant, interrompit Mlle de Saint-André ; je
ne souffrirai pas que vous partiez d'ici à jeun, et vous
allez d'abord dîner avec nous à la fortune du pot...

Baujard n'eut pas le courage de refuser. Son
cœur se serrait à la pensée de quitter si brusquement celle pour qui il était venu.

Une demi-heure après, on se mettait à table.

Le dîner fut mélancolique. En vain Gertrude
se battait les flancs pour animer la conversation ; on
sentait que, préoccupée elle-même, elle.. n'avait
qu'un entrain factice. Mme de Rosnes se lamentait
intérieurement sur l'abandon de ses chères habitudes et frissonnait à l'idée de vivre à l'étranger. Le
chevalier, ordinairement doué d'un robuste appétit,
ne mangeait que du bout des dents. La chanoinesse, immobile, ouvrait de grands yeux sombres et
ne prenait aucune part à la conversation. Baujard la
contemplait tristement. Il lisait dans les vertes et
songeuses prunelles de la jeune femme l'amertune
des désillusions récentes, un altier sentiment de
révolte contre d'invincibles obstacles et en même
temps — divin privilège de la jeunesse — une
refloraison d'espérances obstinées, une envolée
audacieuse de nouveaux rêves suscités par ce départ
pour l'émigration.

— Elle n'a pas même un regard pour moi, qui
viens de compromettre ma popularité pour elle ! se
dit le député, blessé au cœur.

15.

Après le repas rapidement expédié, Hyacinthe descendit au jardin et Baujard inventa un prétexte pour l'y rejoindre.

Il la trouva sous les charmilles, où elle marchait, nerveuse et distraite.

— Je viens prendre congé de vous, madame, murmura-t-il.

Elle releva la tête et lui tendit les deux mains.

— Mon ami, dit-elle,... je puis vous donner ce nom après tout ce que vous avez fait pour moi... Je ne vous ai pas assez remercié ce matin et vous devez me croire ingrate... Pardonnez-moi, je suis désespérée!... Les événements de cette nuit m'ont tellement confondue et navrée que je n'ai plus ma présence d'esprit.

— Ces événements, je les avais prévus... Je n'aurai pas le mauvais goût de triompher en vous rappelant que je vous avais prédit un désastre... Je vous plains et je me plains moi-même, puisque cette déplorable aventure va nous séparer.

— Vous n'êtes pas à plaindre, vous! répliqua-t-elle avec une nuance d'amertume; la royauté est humiliée, vos idées sont victorieuses et vos amis seront dans peu au pouvoir... La politique vous fera oublier les absents.

— Jamais! protesta-t-il; la politique n'a plus sur moi cette magique influence, depuis qu'une passion plus forte a pris sa place dans mon âme....

— Une passion?... interrompit Hyacinthe... Elle lui jeta un de ses ensorcelants regards à la fois malicieux et tendres, puis détournant les yeux, elle répéta :

— Une passion,... laquelle?

— L'amour.

— Vous, amoureux?

— Oui,... je vous aime!... Vous ne vous en dou-
tiez point et je m'étais promis de me taire là-
dessus... Mais au moment d'une longue séparation,
je puis bien vous avouer cette folie.

Elle resta un instant silencieuse, puis elle le
regarda entre ses cils baissés, avec un indéfinissable sourire et dit d'une voix très douce :

— Une folie... pourquoi?

— Hyacinthe, ne me regardez pas ainsi, ne me
dites pas de ces mots qui leurrent et qui grisent!...

Grisé, il l'était déjà par le sourire de sphinx et les
fascinants yeux verts de son interlocutrice. Il songeait tumultueusement que les minutes fuyaient,
que s'il laissait échapper cette occasion suprême, il
ne la retrouverait jamais plus... Tout à coup, avec
un emportement fougueux, il saisit la jeune femme
dans ses bras et la serra contre son cœur en balbutiant :

— Je vous adore... et entre nous l'amour est
impossible!

Brusquement enveloppée dans cette amoureuse
étreinte et sentant contre sa poitrine les battements
de ce cœur viril, Hyacinthe fut elle-même remuée
par un trouble inconnu et délicieux : sa chair
s'émut, sa fierté s'attendrit et, pendant un instant,
elle se crut sur le point de faiblir; mais peu à peu
ses héroïques chimères reprirent le dessus et elle
voulut tourner au profit de ses visées chevaleres-

ques cet amour qui se déclarait avec une si irrésistible violence. D'un mouvement affectueux et ferme
à la fois elle se dégagea des bras de François Baujard; néanmoins elle retint l'une des..mains du
député dans la sienne.

— Rien n'est impossible, répliqua-t-elle. de sa
voix la plus insinuante... Je pars, mais je revien-
drai. Les souverains de l'Europe ne permettront pas
que la royauté soit outragée en France; ils accour-
ront en force pour remettre le roi en possession de
son trône. L'aveuglement du peuple.aura une fin et
nous rentrerons en vainqueurs.... Si vous m'aimiez
réellement pourquoi ne seriez-vous pas des nôtres?...

D'un geste découragé Baujard retira sa main.

— Si je reniais ma foi politique, que penseriez-
vous de moi? répondit-il tristement, je perdrais
votre estime sans gagner votre amour... Non, nos
routes sont différentes et nous devons y marcher
jusqu'au bout... Adieu, Hyacinthe, je vous quitte en
vous répétant ces mots d'un vieux poète français,
qui a eu, lui aussi, le tort de servir l'étranger :

Le corps s'en va, mais le cœur vous demeure...

Elle comprit que son enchantement ne serait pas
assez fort pour vaincre la loyauté de cet honnête
homme, et avec une pointe de dépit :

— Adieu donc! soupira-t-elle; où et quand nous
retrouverons-nous?

— Qui le sait? reprit-il en secouant la tête; au
train où vont les événements, nous risquons de nous

revoir dans des circonstances encore plus pénibles que celles d'aujourd'hui... Et si fort que je vous aime, je n'ose pas souhaiter cette rencontre... Quoi qu'il arrive, ma pensée vous suivra partout et vous trouverez toujours en moi un ami dévoué jusqu'à la mort.

Les beaux yeux verts devinrent humides. Hyacinthe et Baujard, de nouveau près de faiblir, comprirent qu'un seul mot tendre les jetterait au bras l'un de l'autre, et brusquement ils se séparèrent...

Le soir même, le chevalier de Vendières et Mme de Rosnes, cachés sous la bâche d'une carriole, quittèrent le Four-aux-Moines. A la même heure, Hyacinthe d'Eriseul, déguisée en paysanne, escortée par un des ouvriers de sa tante, gagnait à cheval Dun et Marville ; et le lendemain tous trois se rejoignaient sains et saufs au delà de la frontière, dans un village du Luxembourg belge.

TROISIÈME PARTIE

1792

I

UN SOUPER CHEZ LA GILLOTTE

Le 20 août 1792, on se ruait en cuisine dans la petite maison où la Gillotte et la Briquette tenaient leur cabinet de lecture. Nanine Gillot donnait à souper à Julius-Junius Renard et à ses amis, pour célébrer la chute de la royauté. — En quatorze mois, les conséquences de l'événement de Varennes s'étaient logiquement et rapidement produites. Sans prestige et sans autorité depuis son retour à Paris entre Pétion et Barnave, le malheureux monarque avait lentement goûté *tous les déboires* réservés aux pouvoirs moralement déchus. Tantôt s'humiliant docilement devant les exigences de l'Assemblée, tantôt se laissant pousser à de sournoises résistances; compromis par des amis dangereux, menacé par l'émeute ; obligé de déclarer la guerre à l'Autriche et néanmoins négociant secrètement avec les émigrés ; tourmenté de craintes et agité par de soudains scrupules, Louis XVI en était venu, le 10 août, à fuir les Tuileries envahies et à se réfugier avec sa famille au milieu de l'Assemblée législative. Enfermé dans la tribune du logographe, il avait assisté à la lecture du décret de déchéance et à la convocation d'une Convention nationale. Maintenant il était à la discrétion de ses sujets, et la vieille monarchie agonisait dans les quatre cellules des Feuillants, assignées comme prison à la famille royale.

Le contre-coup du 10 août s'était fait sentir dans tous les départements. A Bar-sur-Ornain, la population était violemment surexcitée. Aux inquiétudes provoquées par l'incertitude de la situation intérieure se joignaient les craintes causées par l'imminence d'une invasion. Le manifeste de Brunswick avait paru, menaçant de pillage et d'incendie « les villes, bourgs et villages qui oseraient se défendre contre les troupes de Leurs Majestés impériale et royale ». Les patriotes s'indignaient, les commerçants s'épeuraient et les administrateurs de ce département frontière étaient dans les transes. Au milieu des passions brusquement soulevées et des affolements irréfléchis, un seul homme conservait son équilibre moral et son sang-froid : — François Baujard. Rentré à Bar à l'expiration des pouvoirs de la Constituante, il avait été élu administrateur du département et désigné comme procureur-syndic,

Estimé et respecté de tous, il usait de son influence sur ses collègues du directoire pour calmer les craintes, raffermir les courages et préparer avec vigueur la défense nationale. Bien qu'ancien constitutionnel, il avait de tout temps incliné secrètement vers les idées républicaines et son libre esprit ne s'effarouchait pas de la disparition de la monarchie. Il exhortait ses amis à accepter franchement le nouvel ordre de choses afin de lutter avec avantage, lors des élections à la Convention, contre le parti des enragés. C'étaient ces derniers qu'il craignait, surtout au moment d'une guerre étrangère. Il redoutait l'exclusivisme haineux, le fanatisme étroit, l'activité brouillonne des démagogues, affiliés au club des Jacobins de Paris, et dont le principal meneur était Julius-Junius Renard.

Depuis la chute de la monarchie, en effet, les chefs du parti avancé gagnaient du terrain. Leur exaltation ne se contenait plus. Tous les soirs leur club, qui avait succédé à la Société des *Amis de la Constitution*, retentissait de déclamations révolutionnaires, de dénonciations contre les aristocrates et les *feuillants*, d'insinuations perfides au sujet du modérantisme des membres du directoire. C'était à la fois pour célébrer la victoire du 10 août et pour fêter la nomination de Julius-Junius à la présidence du club, que flambaient les fourneaux de la Gillotte, et que sa tante Manon Briquet, renommée pour ses talents de cordon bleu, cuisinait au fond de l'arrière-boutique.

Dans la plus belle chambre du premier étage,

Nanine Gillot achevait ses préparatifs. Elle avait étendu sur la table ronde sa nappe la mieux ouvrée et y disposait cinq couverts. Au milieu, une botte de roses s'épanouissait dans un pot de grès. A droite et à gauche, en des plats décorés de cerfeuil, s'étalaient, d'un côté, une truite de l'Ornain et de l'autre un buisson d'écrevisses. Des assiettes de reines-Claude et de prunes de Monsieur exhalaient sur le dressoir leur savoureuse odeur de fruits mûrs, et les bouteilles de vin de Bar trempaient au frais dans un seau d'eau.

Pour la circonstance, Nanine s'était revêtue de ses plus coquets atours : jupe de toile de Jouy à rayures et à semis de fleurs rouges; corsage très échancré, sur lequel un fichu de linon négligemment posé laissait voir les blancheurs de la gorge et de la nuque; bonnet à la *laitière*, décoré d'une cocarde tricolore et contenant à peine d'épais cheveux bruns retombant sur le dos en un catogan noué d'un ruban écarlate. Pour compléter cette toilette d'été, Nanine avait planté une rose dans l'échancrure du corsage, et vraiment, par ce demi-jour crépusculaire, elle paraissait encore très appétissante avec son teint frais, son nez retroussé, ses lèvres charnues et ses yeux hardis.

Au moment où elle mettait la dernière main à l'arrangement de la table, la sonnette du rez-de-chaussée tinta et des pas résonnèrent dans la boutique, annonçant l'arrivée des convives. Ils revenaient du club et discutaient encore avec animation, tout en essuyant à coups de mouchoir leurs habits mouillés, car il commençait à pleuvoir. — Ils étaient trois : d'abord J.-J. Renard, le héros de la fête, puis Henriot-Laheycourt, l'ancien président des *Amis de la Constitution*, enfin Memmie Hussenot, imprimeur-libraire, l'un des fougueux orateurs de la nouvelle société populaire.

— Oui, s'écriait de sa voix aiguë et froide Julius-Junius, je l'ai dit et je le répète, la Société sera jacobine, d'abord parce qu'elle n'obéira qu'à la Société mère des Jacobins, mais aussi parce qu'avec eux elle pensera, marchera et frappera énergiquement.

— Bravo! reprenait Memmie Hussenot d'un ton bourru, de même que le *Contrat social* doit être notre évangile, Robespierre, en qui s'incarne l'esprit des jacobins, doit être notre boussole.

Henriot-Laheycourt dodelinait de la tête en signe d'assentiment. Dès qu'il aperçut Nanine Gillot éclairée par le jour mourant, il s'inclina galamment devant elle :

— Salut à la maîtresse du logis, à l'aimable et sensible Nanine... Quelle est belle, mes amis!... On dirait la déesse Hébé descendue de l'Olympe pour verser le nectar aux patriotes!

La phraséologie mythologique lui revenait aux lèvres à la vue du beau sexe. Pour toute réponse, la Gillotte qui cherchait dans la pénombre un quatrième convive et s'étonnait de ne point le voir, s'écria :

— Hé bien! et Claude Garnier, n'est-il point avec vous?

— Garnier, répliqua J.-J. Renard, m'a chargé de

ses excuses... Il a séance au directoire, mais il nous arrivera au dessert.

— En ce cas, mettez-vous à table! cria derrière eux Manon Briquet.

Elle apparut au sommet de l'escalier, apportant un gigot rôti qui embaumait l'ail et posa le plat sur la table, tandis que Nanine allumait deux lampes-quinquets, car par ce temps pluvieux la nuit tombait plus vite.

Manon découpa le gigot et servit les convives attablés.

— Ah! çà, mademoiselle Briquet, réclama Henriot en voyant que la tante restait debout, ne soupez-vous pas avec nous?

— Nenni, j'ai encore trop de besogne en bas... Je ferai comme le citoyen Garnier, je viendrai au dessert.

Les quatre soupeurs mangèrent d'abord silencieusement. Après avoir dépêché une copieuse tranche de gigot, Hussenot tendit son verre à Nanine et dégusta à petits coups le vin pelure d'oignon que la Gillotte avait versé.

— Hum! dit-il d'un ton de connaisseur, c'est de l'Hormicey... Julius-Junius, mon camarade, je bois à ta présidence, à la chute du tyran et au règne de la liberté et de l'égalité...

— Merci, répliqua Renard en choquant son verre, et moi, je bois à l'anéantissement des feuillants, des aristocrates et des robins que le scorbut royal a viciés!..

— Citoyens, soyons galants, proposa à son tour

le solennel Henriot, buvons à la déesse qui nous a versé ce nectar!

— A vos santés, messieurs! répondit Nanine en saluant.

Elle vida son verre, puis s'adressant à Hussenot :

— A propos de robins, demanda-t-elle, il paraît que le procureur-syndic Baujard a corsé d'un peu de vin républicain l'eau de son modérantisme?... Lui qui, après le 20 juin, accusait Renard d'avoir insulté le roi, il a maintenant retourné son habit et il intrigue pour se faire élire à la Convention...

— Jusqu'à présent, objecta l'imprimeur, la conduite de Baujard est celle d'un patriote rectiligne... Garnier assure qu'il ne s'occupe que des questions militaires.

— Oui, interrompit sarcastiquement Julius-Junius, nous connaissons cette rengaine hypocrite : la lutte contre les ennemis du dehors, et, en attendant, on pactise avec les ennemis de l'intérieur. Baujard est un faux patriote et je lui arracherai son masque... L'an dernier, malgré moi, il a soustrait à la justice nationale deux aristocrates compromis dans l'affaire de Varennes. Grâce à lui, l'ex-chanoinesse d'Eriseul et le traître Vendières intriguent maintenant à l'armée de Condé.

— Tu ne m'avais jamais parlé de ça! remarqua Nanine.

— A quoi bon? c'était un échec... J'avais pourtant réussi à pénétrer jusqu'au repaire des conspirateurs, au fond de l'Argonne, et les gardes nationaux s'étaient déjà emparés de la chanoinesse, quand

16.

Baujard est survenu... Il n'est point, paraît-il, insensible aux beaux yeux de cette intrigante et il a préféré trahir la nation que de laisser emmener... .

— Sa maîtresse... C'est bien clair, pardine! acheva la Gillotte dont l'œil s'alluma. — Elle était piquée d'une pointe de jalousie à l'encontre de cette chanoinesse qui avait su charmer un homme qui s'était dégoûté d'elle. Les femmes, même les plus légères, éprouvent un secret dépit contre celles qui leur ont succédé dans le cœur d'un ancien amant.

—. Sa maîtresse? répéta Hussenot avec un gros rire; lui, l'homme austère, se serait laissé enjôler par une aristocrate?.. Vous m'étonnez!

— Austère!... s'écria la Gillotte, vous me la baillez belle avec son austérité. Nous savons ce qu'en vaut l'aune. Il se cache mieux que les autres, et voilà tout. Retenez ce que je vous dis : c'est un malin; si vous ne l'écrasez pas, il vous marchera dessus!

— Comme vous y allez! riposta Hussenot; j'ai la peau trop dure pour qu'on m'écrabouille, moi, et je saurai me défendre. Si Baujard me gêne, il ne pèsera pas deux onces... Je lui réglerai son compte!

— Il faudra en venir là, déclara froidement Julius-Junius, le procureur-syndic est une des branches sèches de l'arbre social que le mordant de la hache doit atteindre.

— *Sic pereant omnes inimici tui!* psalmodia Henriot, qui avait le vin gai.

Au gigot à l'ail avaient succédé la truite et les écrevisses fortement épicées. On les arrosait de

larges rasades du vin léger et capiteux des coteaux
de l'Ornain. A mesure que les convives dégustaient
ces deux mets chers aux gourmands du cru, leurs
têtes s'échauffaient. Ils avaient le verbe plus haut
et les langues plus déliées.

Les deux lampes éclairaient curieusement ces
différentes physionomies enluminées par la discussion et la bonne chère : — Nanine, les yeux luisants,
les narines dilatées et la bouche provocante; Henriot, émoustillé, mais solennel encore dans sa gri-
serie ; Hussenot, fougueux et débraillé, les joues
encadrées de favoris roux, l'œil caché sous des sourcils bourrus; Julius-Junius, plus pincé, plus retenu
et profitant de la surexcitation de ses collègues pour
les pousser à des mesures violentes. — Bien que
son jeune âge ne lui permît pas de songer à entrer
immédiatement à la Convention, il nourrissait secrètement l'espoir d'y remplacer, en temps opportun,
un député complaisant qui démissionnerait en sa
faveur. Il manœuvrait donc de façon à faire passer
parmi les futurs élus un homme de paille qui serait
à sa discrétion. Il redoutait par-dessus tout de voir
François Baujard figurer dans la députation de la
Meuse. Aussi insistait-il avec véhémence pour que
les choix ne portassent que sur des noms désignés
par la Société mère des Jacobins.

— Les sociétés populaires, déclarait-il, sont seules
souveraines, parce qu'elles sont la plus pure quin-
tessence dn civisme; leurs décisions doivent être
exécutées sans discussion. Les citoyens qui, sous
prétexte de conciliation et de prétendu patriotisme,

enverraient à là Convention des modérés ou des feuillants, commettraient un crime !

Comme il achevait, neuf heures sonnèrent à l'ancienne église des Augustins. Au même moment on entendit tinter la clochette de la boutique et, peu après, un nouveau venu surgit au sommet de l'escalier, en compagnie de Manon Briquet.

— Enfin, voici l'administrateur Garnier ! s'écria Nanine en se levant pour accueillir le retardataire.

Grand, solidement charpenté, Claude Garnier, qui devait plus tard siéger à la Convention, apparut vêtu d'un habit marron à amples revers et d'un gilet blanc sur lequel flottaient les bouts d'une cravate distraitement nouée. Sa figure rasée, plus longue que large, était surtout remarquable par un nez proéminent, des yeux gris à fleur de tête et une bouche un peu boudeuse. Sa physionomie ouverte avait une rassurante expression d'honnêteté ; mais dans la structure étroite et fuyante du front on devinait une imagination exaltée et une fermeté poussée jusqu'à l'entêtement.

— Garnier, cria le classique Henriot-Laheycourt, *tarde venientibus ossa*, ce qui signifie en français que les absents ont tort. Il n'y a plus de truite ni d'écrevisses, mais il reste encore du vin de l'Hormicey... Viens trinquer avec nous !

Claude Garnier ne paraissait pas d'humeur à plaisanter ; d'un geste il repoussa la chaise qu'on lui offrait.

— Mes camarades, dit-il avec une gravité émue, il ne s'agit plus de rire... L'heure est aux propos

sérieux. et aux résolutions énergiques... Hier, les
Prussiens ont franchi la frontière entre la Chiers et
la Moselle. Ils sont aux portes de Longwy et leurs
bataillons incendient déjà les villages...

— Les *malabres*!... grommela Hussenot.

— Quelles mesures compte prendre le Département? demanda Julius-Junius devenu très pâle.

— Le Département fera son devoir... Il s'occupe
activement de l'enrôlement des volontaires.

— La première mesure qui s'impose, ce me
semble, répliqua Renard, c'est la répression des
complots des aristocrates... Nous sommes environnés de traîtres et le Département lui-même renferme dans son sein des personnages suspects.
N'est-ce pas dans le directoire de la Meuse qu'un
procureur-syndic a osé demander la suppression des
sociétés populaires?...

— De grâce, s'exclama Garnier avec emportement,
trêve aux dissensions intestines et aux suspicions
intempestives!... Je réponds du patriotisme de mes
collègues comme du mien. Nous sommes prêts à
donner notre vie pour le salut du pays et nous ne
pensons en ce moment qu'à chasser l'étranger... Il
faut que tous les bons citoyens nous imitent : les
hommes valides doivent empoigner un fusil, les
femmes doivent envoyer leurs fiancés et leurs maris
à la frontière... Toi-même, mon camarade, tu dois
ton sang à la patrie et demain, je l'espère, tu te
joindras aux volontaires qui voleront à la défense
de Verdun... Quant aux mesures à prendre pour
museler les aristocrates, rassure-toi... Je te promets

de faire son affaire au premier qui bougera !... Vivre libre ou mourir, voilà le mot d'ordre. Que tout Français offre vaillamment sa poitrine aux baïonnettes, et avant peu le sol de la patrie sera débarrassé des étrangers qui le souillent !...

Tous se taisaient, involontairement remués par l'exaltation de ce marchand de toiles de la rue Entre-deux-Ponts, que le souffle patriotique inspirait et grandissait tout à coup. Garnier s'approcha de la table, y prit un verre plein et le leva :

— Vive la Nation! s'écria-t-il, puis ayant vidé le verre d'un trait :

— Maintenant, ajouta-t-il, je retourne à la besogne ; le directoire restera en permanence cette nuit... Bonsoir, mes amis, et haut les cœurs !

La communication de l'administrateur avait coupé l'appétit aux convives de la Gillotte ; Henriot-Laheycourt et Hussenot, dégrisés par la perspective de l'invasion, ne songeaient plus qu'à regagner leur logis respectif.

— Nous te suivons, dit l'imprimeur à Garnier, bonne nuit, citoyennes !... Manon Briquet, ayez l'obligeance de nous éclairer.

Julius-Junius, taciturne et soucieux, s'apprêtait à accompagner ses collègues, quand brusquement une main lui saisit le bras :

— Reste ! lui chuchota Nanine à l'oreille.

Il s'appuya contre la rampe de l'escalier et quand la porte de la boutique se fut refermée sur les partants, il revint vers Nanine.

— Qu'as-tu à me dire? demanda-t-il impatiemment, en essuyant son front moite.

— Ceci simplement, répliqua la Gillotte en se campant devant lui : ta place est ici et non à la frontière... J'espère bien que tu ne suivras pas les conseils de ce finaud de Garnier !

— Pourtant, objecta-t-il avec ennui, si les autres partent, j'aurais mauvaise grâce à rester.

— Laisse donc, tu es président de la Société populaire et tu ne peux pas abandonner ton poste!... Ne vois-tu pas que Garnier cherche à t'éloigner, de peur que tu ne contrecarres ses projets? Toi absent, son élection est assurée, ainsi que celle de Baujard... Si tu désires faire le jeu de ton ennemi, tu n'as qu'à prendre un mousquet et t'en aller recevoir des horions à Verdun !

— Mais si je ne m'enrôle pas, les modérés m'accuseront de manquer de patriotisme et Baujard se servira de ce prétexte pour ruiner ma popularité... Ah! ce misérable robin, comme je le hais!

— Pas plus que moi! grommela Nanine entre ses dents... Baujard nous gêne; ce n'est pas toi qui dois partir, c'est lui qu'il faut éloigner et compromettre... Laisse-moi y rêver; je trouverai un biais... Tu sais, m'n'ami, que je t'ai toujours bien conseillé?

— Oui, Nanon, tu es une fille d'esprit... Mais le procureur-syndic passe pour un fervent patriote et au moment où les Prussiens menacent la Meuse, sa situation est d'autant meilleure qu'on a besoin de lui.

— Eh! nigaud, c'est justement de ce fameux

patriotisme qu'il faut nous servir pour lui tendre
un piège !

— Un piège ! s'écria Renard dont la figure s'éclaircit,... tu as quelque chose en tête, Nanon ?

— Pas encore, mais je cherche... En attendant,
ne bouge pas ; fais le malade... Si tu cèdes, tu es
perdu... Manger ou être mangé, il n'y a pas de
milieu !

Et sur cet axiome qui, au fond, résume crûment
la raison dernière des révolutions, Nanine embrassa
son amoureux et le congédia.

II

LE CAMP DES ÉMIGRÉS

Les troupes impériales et royales étaient entrées en France le 19 août; mais la petite armée des émigrés qui s'intitulait pompeusement l'*armée du Centre* n'avait pas encore franchi la frontière. Sous les ordres des maréchaux de Broglie et Castries, elle campait alors dans le Luxembourg, à Stadtbredimus. Les princes avaient établi leur quartier général dans un château voisin. Cantonnés dans la boue et sous l'ondée, les régiments de ligne, les compagnies de la maison du roi et les bataillons formés par les coalitions des provinces, attendaient en maugréant l'ordre de se remettre en marche.

Après être tombée toute la nuit, le 26 août au matin, la pluie cessa un moment. Un violent vent d'ouest chassait dans le ciel d'opaques nuées couleur de suie. Bien que, par intervalles, de brèves et pâles soleillées courussent sur les chemins défoncés,

17

sur les prairies semées de flaques miroitantes, on
pressentait que l'accalmie serait de peu de durée,
et que l'averse recommencerait avant la fin du jour.
Néanmoins, profitant de cette embellie, de nombreux groupes d'officiers et de soldats stationnaient
sur la petite place rectangulaire formée par l'église,
l'auberge du village et les bâtiments de la poste.
Crottés et trempés, des chevaliers de Saint-Louis
conduisaient eux-mêmes leurs chevaux à l'abreu-
voir ou regagnaient le camp, pliés sous le poids
d'une botte de foin. Un vieux noble à la mine hautaine, l'habit en loques, les souliers troués, traînait
péniblement un seau rempli à la fontaine publique,
tandis que, penché sur le bord de l'auge dont l'eau
troublée lui servait de miroir, un officier supérieur
en bras de chemise se faisait la barbe en plein air.
Devant l'église, un peloton de jeunes soldats,
presque des enfants, ayant suivi leurs pères à
l'étranger, s'exerçaient au maniement d'armes sous
la direction d'un gentilhomme au poil gris, à la voix
rude, à la face rébarbative. Pendant les repos, on
voyait ces adolescents tirer de leur poche un morceau de pain noir qu'ils grignotaient dédaigneusement, après en avoir enlevé la mie dont ils se
jetaient des boulettes au nez.

Comme contraste à cette misère, dans la prairie
mouillée qui s'étendait très vaste à l'opposé de la
place, des rangées de berlines armoriées et de carrosses dorés s'alignaient. C'étaient les équipages
des femmes ou des maîtresses des grands seigneurs
de l'émigration. Persuadés que cette guerre ne

serait qu'une courte promenade triomphàle, ils
avaient emmené avec eux leur famille ou leurs
bonnes amies. Filles, femmes et marmots voyageaient à leur suite, encombrant les routes et retar-
dant la marche du corps d'armée. Les maisons du
village n'étant pas assez nombreuses pour loger ce
personnel féminin, les émigrées jeunes et vieilles
s'entassaient dans des granges ou couchaient dans
les voitures. Elles y vaquaient aux moindres détails
de leur toilette, toutes portes ouvertes, au grand
ébahissement des campagnards scandalisés d'un tel
sans-façon. En ce moment même, les flâneurs
groupés aux abords de la poste lorgnaient une de
ces dames en train de s'ajuster dans sa berline. —
En jupon court et en corset, les cheveux gris poudrés
à profusion, sans se soucier de l'indiscrète curiosité
des passants, elle mettait son rouge à l'aide d'une
houppe d'ouate liée au bout d'un bâtonnet.

Des gentilshommes de tout âge se bousculaient
autour de la boîte aux lettres, où tombaient des
avalanches de plis cachetés.

— Hé! hé! dit un capitaine portant l'uniforme
bleu à retroussis d'hermine des compagnies bre-
tonnes, voici la marquise de Fréhaut qui procède à
son petit lever.

— Elle a encore d'appétissantes épaules pour une
femme qui a passé la quarantaine, observa un officier de la maison du roi.

— Tiens, c'est vous, Jarjaye!... Nous apportez-
vous des nouvelles?

— Oui, messieurs, et d'excellentes!... Longwy a

capitulé avant-hier et le bataillon autrichien de
Matthisen occupe la forteresse. Je tiens la chose du
courrier qui est venu l'annoncer à M. le comte de
Provence.

— Vive le roi ! messieurs, s'écria l'officier breton
en agitant son tricorne, avant trois semaines nous
serons à Paris !

— Croyez-vous, jeune homme? demanda anxieusement un chevalier de Saint-Louis. — Coiffé d'une
perruque jaune, maigre et dépenaillé, il déposait
avec précaution un large pli dans la boîte aux lettres.

— Parbleu ! affirma M. de Jarjaye, j'en suis si sûr
que je viens d'écrire à mon intendant de tenir mon
pavillon de la rue Bellechasse prêt pour la mi-septembre.

—Jarjaye a raison ! ajouta la marquise de Fréhaut,
qui avait parachevé sa toilette et qui arrivait, crêpée,
fardée et pomponnée, en robe de soie brochée et en
souliers à hauts talons ; — je partage absolument
sa conviction, à telles enseignes que je commande
ce matin à Mlle Teillard, la bonne faiseuse, un déshabillé de taffetas mauve avec le *pierrot* de satin feuille
morte... Je ne veux pas, à la rentrée, avoir l'air de
revenir de chez les Hurons !

— Mais alors, si Longwy est pris, repartit maus-
sadement l'homme à la perruque jaune, notre place,
à nous autres gentilshommes français, devrait être
à la tête et non à la queue des armées étrangères...
Pourquoi diantre nous fait-on lanterner ici ?

— Ah ! pourquoi !... Demandez-le au duc de Brunswick... N'est-ce pas lui qui règle l'ordre et la marche, et n'a-t-il pas la prétention de nommer les gouverneurs des provinces soumises?

— C'est honteux, protesta la marquise de Fréhaut, et les princes avalent toutes ces couleuvres?

— Les princes! répliqua aigrement le chevalier de Saint-Louis, les princes ont reçu de l'Autriche deux cent mille florins et ils vivent grassement là-dessus, eux, leurs aides de camp, leurs tartares et leurs cuisiniers... Ils se gobergent tandis que nous souffrons de la faim, nous autres qui avons risqué nos biens et notre peau pour eux!... Hier soir, j'ai vu le vieux comte de Boishubert qui rejoignait péniblement sa compagnie, pieds nus dans la boue, portant ses souliers à la pointe de sa baïonnette pour ne pas les user. Ça fendait le cœur!

— Les princes se moquent de nos misères.

— Leur égoïsme est révoltant!

— Messieurs, de grâce, s'exclama Jarjaye, soyez plus indulgents... Songez que notre Roi est prisonnier et que nous devons rester unis pour le délivrer!...

Comme il achevait, à l'extrémité du village des tambours battirent aux champs et l'on vit déboucher sur la route qui longeait la prairie tout un brillant état-major, escortant une calèche traînée par quatre chevaux. — C'était le comte de Provence qui sortait du quartier général en compagnie du duc de Broglie.

Replet, la tête forte, la figure spirituelle, Monsieur, frère du roi, portait sur un habit gris de fer des épaulettes d'or qui scintillaient au soleil. Il paraissait gaillard et entretenait gaîment le petit maréchal de Broglie, dont la mine chétive contrastait avec l'embonpoint du prince. — Presque aussitôt, parmi les groupes épars sur la place, le bruit se répandit que Monsieur se rendait à Longwy et immédiatement cette rumeur opéra un changement à vue.

Le spectacle du frère du roi, courant sur la route de France au milieu de son état-major, réchauffa l'enthousiasme de ces gentilshommes exaltés et légers, épris de mise en scène et de parades. Le dévouement à la cause royale eut soudain raison des découragements et des rancunes. Les têtes se découvrirent, les chapeaux s'agitèrent frénétiquement et de joyeux cris de : « Vive Monsieur ! Vive le Roi ! » accompagnèrent longtemps la calèche princière.

— Messieurs, reprit Jarjaye, ayons confiance. J'ai idée que nous ne moisirons pas ici. Dans quelques jours vous rentrerez victorieux au milieu de vos vassaux humiliés et repentants.

— Dieu vous entende, monsieur ! dit le gentilhomme à la perruque jaune, il me tarde de corriger les misérables jacobins qui ont eu l'audace d'apposer les scellés chez moi.

— La France a besoin d'une leçon, déclara un abbé.

— Nous chasserons les prêtres intrus ! proclama l'officier breton.

— Nous mettrons en cage les loups et les louveteaux républicains et nous châtierons la canaille réfractaire ! s'écria Mme de Fréhaut.

— En attendant, marquise, répliqua gaîment Jarjaye, prenons le temps comme il vient... Vous verra-t-on ce soir au pharaon de la princesse de Monaco?

— Oui certes, j'irai, car je suis à sec et j'ai grand besoin de me refaire.

— Et moi, ajouta un pimpant capitaine de l'escadron de Monsieur-Dragons, j'irai y retrouver une adorable personne pour laquelle j'ai rimé ce matin un madrigal qu'il faut que je vous dise... Sachez d'abord qu'elle a eu la cruauté de me redemander un billet fort doux qu'elle m'avait écrit... Et maintenant, voici mon quatrain :

> Vous le voulez!... Je brûlerai
> Cette lettre si tendre;
> Sur mon cœur je la poserai
> Pour la réduire en cendre...

Comment le trouvez-vous?

— C'est du dernier galant, vicomte? affirma M. de Jarjaye, tandis que les autres approuvaient d'un air entendu.

Le vicomte saluait en pirouettant. Tout à coup il s'arrêta pour lorgner une jeune femme qui sortait de l'auberge, au bras d'un vieux monsieur aux épaules voûtées.

— Messieurs, voici une nouvelle débarquée... Et des plus agréables, ma foi!... La connaissez-vous?

— Parbleu, repartit Jarjaye, c'est la chanoinesse d'Eriseul avec son fidèle garde du corps, le cheva-

lier de Vendières... Je vais lui baiser les mains et
je saurai par le menu de quoi il retourne, car elle
est en correspondance avec le prince de Prusse...

Il courut lestement vers Hyacinthe et son compagnon, qui l'accueillirent amicalement. Au bout de
quelques minutes il revint, la mine épanouie,
vers le groupe qui stationnait devant la boîte aux
lettres :

— J'avais raison d'espérer, annonça-t-il d'un ton
confidentiel... Messieurs, graissez vos bottes; marquise, préparez vos paquets... Le quartier général
a reçu l'ordre de marcher... Demain soir, nous cou-
cherons en France !

On cria bravo autour de lui et on se sépara en se
congratulant. Ces frivoles esprits qui tout à l'heure
s'aigrissaient et se dépitaient, passaient maintenant
de la colère à la confiance. Les souffrances étaient
oubliées; on ne songeait plus qu'à la joie de rentrer
victorieusement à Paris.

La chanoinesse, au bras de M. de Vendières,
s'était dirigée vers la prairie, à la recherche de la
berline qui l'avait amenée à Stadtbredimus. Dès
qu'elle l'eut retrouvée, elle laissa au chevalier le
soin de s'entendre avec le postillon pour le départ
et s'en revint seule par les rues du village.

A elle aussi il tardait de rentrer en France. La
nouvelle des premiers succès des troupes coalisées
avait rendu l'essor à ses rêves chevaleresques. En
dépit du ciel pluvieux et des chemins boueux, une
aube radieuse se levait en elle et lui ensoleillait
l'avenir. — La France purgée des factieux qui la

souillaient, le roi délivré, la monarchie rétablie dans sa gloire, les pompes et les fêtes de Versailles; — elle voyait tout ce mirage à travers les menaces de l'averse prochaine. — Elle n'était pas cependant entièrement possédée par ces visions ambitieuses. Au tréfonds de son cœur elle s'attendrissait parfois en repensant à la possibilité de revoir François Baujard. Depuis que sous les charmilles du Four-aux-Moines le député l'avait passionnément serrée contre sa poitrine, une lente évolution se produisait dans l'âme d'Hyacinthe. Quelque chose du robuste amour de Baujard' pénétrait peu à peu la jeune femme et lui donnait des sensations jusque-là iné-prouvées. Bien qu'elle vécût en un milieu où la galanterie se trouvait pour ainsi dire mêlée à l'air respirable, la chanoinesse était restée à l'abri de tout reproche. Aimant les hommages, ayant cons-cience du charme qu'elle exerçait, elle avait tra-versé néanmoins, sans dommage pour sa vertu, une atmosphère surchauffée de sensualité. Les intrigues amoureuses dont elle était témoin dans cette société mélangée de l'émigration, lui donnaient une précoce expérience, sans gâter son cœur ni pervertir son esprit. Elle avait trop de fierté pour succomber aux tentations de plaisir dont elle était entourée; trop de délicatesse pour se laisser toucher par des pro-positions galantes, dont la brutalité se voilait à peine sous une phraséologie sentimentale et fleurie. La virile passion de Baujard seule l'avait troublée. Elle admirait l'énergique volonté de cet homme qui, tout en l'aimant avec violence, était assez maître de

lui pour s'éloigner. Souvent elle resongeait à ce
court tête-à-tête sous la charmille. Elle revoyait la
grave et expressive figure du député, tendrement
penchée vers la sienne, et parfois elle regrettait de
ne point lui avoir accordé le baiser d'adieu que ses
lèvres silencieusement éloquentes semblaient solliciter. Toute sa chair frémissait à ce ressouvenir et,
en ce moment, à la veille de rentrer en France, Hyacinthe se sentait étrangement émue par l'hypothèse
d'une rencontre possible avec Baujard. — N'était-il
pas l'un des administrateurs de ce département
qu'elle allait traverser tout d'abord avec les armées
victorieuses? --- La jeune femme éprouvait un sourd
mouvement de joie à la pensée de consoler ce républicain vaincu, en lui avouant, franchement cette
fois, la tendre admiration qu'elle avait pour lui.

La pluie qui recommençait à tomber la força de
rentrer à l'auberge où elle occupait une étroite
chambre avec Mme de Rosnes.

Dans cette petite pièce nue, blanchie à la chaux,
pauvrement meublée d'une couchette et de deux
chaises, elle trouva sa tante assise près de la fenêtre,
avec son paroissien sur les genoux. Frileusement
emmitouflée dans une mante à capuchon, Mme de
Rosnes se morfondait en regardant la pluie noyer
l'horizon.

— Te voici enfin, mignonne, dit-elle d'une voix
gémissante, tu reviens à propos... Le temps me
durait déjà... Quand je vois tomber cette pluie, je
n'ai plus pour deux sous de courage et il me semble
que je ne rentrerai jamais chez nous !

— Ma bonne tante, répondit Hyacinthe, en la baisant sous ses coiffes, chassez vos idées noires... Nous partons demain et M. de Vendières est allé s'entendre avec le postillon... Nous nous dirigerons droit sur Verdun qui se rendra, comme Longwy, au premier coup de canon, et avant huit jours vous serez dans votre hôtel du Bourg, où vous prendrez vos chères habitudes.

— Ainsi soit-il, ma fille!... Mais depuis tantôt quatorze mois que nous courons les chemins, je n'ai plus confiance... Je me figure qu'il nous arrivera encore quelque malencontre...

Ainsi que l'avait annoncé la chanoinesse, on reçut l'ordre de partir le lendemain. Dès le matin, le corps des émigrés commença sa marche en avant. Les régiments dont presque tous les soldats étaient nobles, défilèrent sur la route détrempée. Malgré la pluie qui ne cessait pas, on cheminait gaiement, sac au dos. De vieux gentilshommes trottinaient, appuyés sur une canne ou soutenus par un de leurs fils. De temps en temps, pour narguer l'averse, des compagnies entières chantaient « *Pauvre Jacques* » ou « *O Richard, ô mon roi!* » De longues charrettes étroites, aux cerceaux recouverts d'une bâche de toile, traînaient les éclopés et les malades. A la suite, sur deux files, roulaient au pas les calèches, les berlines, les carrosses armoriés, cahotant aux ornières avec leur charge de femmes et d'enfants.

Quelques-uns de ces équipages, au-dessus desquels s'amoncelaient des cartons et des caisses, avaient sous l'ondée une physionomie lamentable-

ment grotesque et menaçaient à chaque instant de
verser. Parfois l'encombrement était tel et le
chemin si mauvais, qu'on s'arrêtait brusquement,
sans savoir comment on pourrait démarrer. Les
chevaux ruaient, les postillons sacraient et s'inju-
riaient, des femmes se trouvaient mal; à travers les
rafales et le ruissellement de la pluie, les cris de
terreur, les hennissements, les claquements de
fouet, les jurons furieux formaient un chœur
étrange, peu fait pour rassurer les voyageuses.
Après de mortelles heures d'attente et d'effarement,
on se remettait en route, un calme relatif se réta-
blissait et, s'il survenait une éclaircie dans le ciel,
on oubliait toute cette tablature pour ne plus penser
qu'aux joies du retour.

Vers cinq heures de l'après-midi, on atteignit la
frontière et, de nouveau, des chants et des hurrahs
saluèrent la vue de la terre de France. Hyacinthe,
trop impatiente pour supporter la lenteur et les
nombreux arrêts des voitures, voyageait à cheval
côte à côte avec Daniel de Vendières, qui baissait le
dos sous le flagellement de l'averse. Tantôt elle chevauchait à la portière de la berline où frissonnait
Mme de Rosnes, tantôt énervée par ces longs piétinements sur place, elle prenait le trot à travers les
prés, laissant à Daniel le soin de veiller sur sa
tante.

Lorsqu'on eut passé la frontière, le corps des
émigrés se dirigea sur Thionville; les fourgons, les
charrettes et la majeure partie des équipages armoriés suivirent à distance, tandis que quelques car-

rosses, et entre autres celui de Mme de Rosnes, laissant Longwy sur la droite, tournèrent vers Arrancy où campait l'armée prussienne.

On circulait à l'aise sur cette route moins encombrée, et Daniel ainsi que Hyacinthe pouvaient trotter de compagnie en avant du carrosse. — Le vent était tombé ; à la pluie battante avait succédé une bruine menue qui voilait comme d'une gaze grise la campagne et les arbres de bordure. A travers cette vapeur, les deux voyageurs aperçurent tout à coup, à un tournant, un maigre et long cavalier, au feutre rabattu. Le nouveau venu montait une haridelle haute sur jambes, aussi maigre que lui, et se rapprochait peu à peu du carrosse roulant en sens opposé.

— Singulière silhouette! observa Vendières, il me semble l'avoir déjà vue quelque part.

— Oui, répondit la chanoinesse ; si mon pauvre Damloup n'avait pas été écharpé devant moi, je jurerais que c'est lui.

Maintenant le cavalier n'était plus qu'à dix pas. On distinguait sa figure osseuse, zébrée de balafres et percée de deux yeux émerillonnés, que la surprise écarquillait.

— Enfin on se rencontre! cria-t-il d'une voix enrouée ; soyez les bienvenus, mes camarades!

— Dieu nous bénisse! balbutia Vendières, c'est le spectre de Jérémie.

— C'est pardieu bien Jérémie en chair et en os, répliqua le cavalier, ou du moins c'est ce qu'en ont laissé ces gredins de révolutionnaires... Bonsoir,

18

chevalier!... Madame Hyacinthe, ça me fait chaud au cœur de vous revoir en santé!

— Mon brave Jérémie, dit la chanoinesse en lui serrant les mains, c'est donc vous, bien vrai?... J'en crois à peine mes yeux.

— Ah! je suis revenu de loin, allez!... Les malabres m'avaient troué comme une écumoire, et un autre y serait resté; mais j'ai le coffre solide et, grâce à l'ami Parfondrupt qui est venu me ramasser après le départ des bandits, j'ai pu me *rechaver*... Seulement, dame, cette affaire-là ne m'a pas embelli...

Il ôtait son chapeau et montrait sa face affreusement couturée.

— Voyez, continua-t-il, ma frimousse est tavelée de *viselles* (cicatrices); mais les *sacrés-mâtins* me paieront la casse!... Quand nous avons su que les troupes alliées étaient à Longwy, Courouvre, Parfondrupt et moi, nous sommes partis pour faire campagne avec les princes... Les camarades sont restés à Arrancy et j'ai trotté en avant, à l'espère!... Bien m'en a pris, puisque je vous ai rencontrés.

— L'armée des princes se dirige sur Thionville, repartit Hyacinthe, et nous allons rejoindre l'état-major du duc de Brunswick qui marche sur Verdun... Accompagnez-nous, Jérémie; les Prussiens sont nos alliés et avec eux aussi bien qu'avec les princes, vous trouverez occasion d'être utile au roi.

Jérémie de Damloup ébaucha une grimace que ses lèvres balafrées rendaient encore plus éloquente.

— Je n'aime pas beaucoup les *têtes carrées*, grommela-t-il, mais que soit!... Je ne veux pas vous fausser compagnie, madame Hyacinthe... Où vous irez, j'irai.

Il prit le trot à côté de la chanoinesse. — L'équipage de Mme de Rosnes avait quitté la grand'route pour s'engager dans le chemin d'Arrancy et les trois cavaliers s'étaient rangés pour le laisser passer. La bruine cessait peu à peu; à l'ouest, derrière un village enfoui parmi les peupliers, le ciel se découvrait et une large coulée de rayons empourprait la prairie et la chaussée plantée d'ormeaux. Tout à coup les trois compagnons entendirent derrière eux une tumultueuse galopade, et se retournant vers la route, ils aperçurent une longue file de cavaliers. C'était le roi de Prusse qui chevauchait vers Pillon avec son état-major.

Au soleil couchant, les uniformes chamarrés d'or flambaient, les sabres cliquetaient; les uhlans de l'escorte caracolaient tenant droit leurs lances dont les banderoles s'agitaient et dont les pointes jetaient des éclairs. L'éblouissant cortège royal passa comme une trombe lumineuse, puis disparut derrière un pli de terrain.

Le soleil à son tour, comme s'il ne se fût montré que pour saluer cette pompe militaire, se replongea brusquement dans les nuées.

Jérémie de Damloup hochait la tête.

— Ces *manres* Prussiens, murmura-t-il, saccagent tout là où ils passent... Je sais bien qu'ils vont au secours du roi et que la guerre, c'est la guerre... N'importe, il vaudrait mieux laver son linge sale en famille, et je regrette que nous n'ayons pas fait seuls toute la besogne!

III

LA REVANCHE DE J.-J. RENARD

Le directoire du département de la Meuse siégeait à mi-chemin de la ville basse et de la ville haute, dans les bâtiments de l'ancien château ducal, occupés précédemment par la Chambre des comptes du Barrois. Depuis la fin d'août, les administrateurs, ayant à leur tête le président Ternaux et le procureur-syndic François Baujard, y restaient pour ainsi dire en permanence, car les événements se précipitaient avec une hâte tragique. D'heure en heure, des courriers gravissaient la côte des Prêtres, apportant au Département de graves nouvelles : — Verdun investi le 29 août par l'armée prussienne ; — après vingt-quatre heures de bombardement, la ville capitulant, malgré l'opposition du commandant de place Beaurepaire et du lieutenant-colonel Marceau ; — la même nuit, suicide de Beaurepaire, qui avait préféré la mort à une capitulation honteuse. — On l'avait trouvé gisant sur le parquet de sa chambre, vêtu d'un habit de garde national et d'une veste de satin blanc, culotté de peau et ceint de son épée, ayant deux balles dans la tête.

Le bruit de ce second succès des armées ennemies s'était rapidement répandu. La population du chef-lieu, prise de terreur et se rappelant les menaces de Brunswick, ne rêvait plus que pillage et incendie. Le 4 septembre au matin, de tumultueux attroupements se formaient devant les bâtiments de l'ancien château. Sous les fenêtres du directoire, une foule enfiévrée par la peur demandait impérieusement des nouvelles et, irritée du silence des autorités, criait déjà à la trahison.

Dans la salle du conseil, les administrateurs, pâles d'une nuit blanche passée à délibérer, écoutaient nerveusement la lecture des dépêches apportées par les derniers courriers. Troublés par le tapage de la rue, quelques-uns prêtaient plus d'attention aux cris du dehors qu'au texte des lettres que le président Ternaux lisait d'une voix morne.

Par les fenêtres à petits carreaux, la froideur grise d'un ciel pluvieux éclairait à grand'peine la table tendue de drap vert, autour de laquelle s'accoudaient les membres du conseil. Dans ce jour terne on distinguait néanmoins sur la tapisserie la tache blafarde faite par la Déclaration des Droits de l'Homme, placée derrière le fauteuil présidentiel, et au-dessus, les grosses lettres blanches de l'inscription : « Vivre libre ou mourir ! »

18.

— Citoyens, disait Ternaux, les courriers de ce matin nous apportent de fâcheuses nouvelles... Les Prussiens commencent leur œuvre de vengeance. Dès avant-hier soir, deux détachements sont partis, l'un pour Saint-Mihiel et l'autre pour Varennes afin d'y saisir les citoyens qui ont aidé à l'arrestation de Louis XVI. Ils n'ont pas trouvé le patriote Sauce, heureusement; mais Mme Sauce, terrifiée à la vue des soldats ennemis, s'est jetée dans un puits d'où on l'a retirée expirante. Quant au vénérable maire de Varennes, au vertueux Georges, les scélérats l'ont emmené, chargé de fers, à Verdun...

Les figures se rembrunissaient. En écoutant ces détails, plus d'un administrateur sentait un froid lui courir dans le dos. François Baujard, remarquant l'émoi de quelques-uns de ses collègues, se leva pour une motion.

— Messieurs, observa-t-il, la population de Bar est déjà très surexcitée et vous penserez sans doute, comme moi, qu'il est inutile de divulguer ces tristes nouvelles. Je demande donc que chacun de nous s'engage par serment à ne rien révéler au dehors de ce qui se passe ici.

— Baujard a raison, opina l'administrateur Garnier; la peur ne doit pas troubler les poitrines républicaines... Je connais Georges, c'est un brave!... Il mourra plutôt que de courber le front devant les oppresseurs... Imitons-le, ne nous laissons pas intimider par de lâches représailles. Que chacun de nous grave dans son cœur la devise inscrite sur ce mur : « La liberté ou la mort! »

Tandis qu'il parlait, le tapage d'une altercation montait dans le vestibule qui précédait la salle des séances. Tout à coup la porte s'ouvrit et le concierge du Département, Justin Curel, apparut essoufflé, la figure empourprée de colère.

— Monsieur le président, s'écria-t-il, malgré vos ordres et malgré moi, une députation de la Société populaire a pénétré dans les couloirs... Les délégués du club insistent pour être introduits.

Le président Ternaux, visiblement contrarié de cette interruption, consulta à voix basse le procureur-syndic.

— Répondez aux délégués, répliqua-t-il, que nous ne pouvons en ce moment leur donner audience.

— Dites-leur, ajouta brièvement Baujard, que le soin de la défense nationale réclame tous nos instants... Le salut public avant tout !...

Mais la porte brusquement poussée livrait déjà passage à Julius-Junius Renard. Derrière lui se montraient Henriot-Laheycourt, l'imprimeur Hussenot et un relieur nommé Coco Jacquot, qui avait cru devoir pour la circonstance coiffer le bonnet rouge.

— Citoyens, protesta effrontément Renard, c'est précisément parce que le salut public nous préoccupe comme vous, que la Société populaire nous envoie ici... Le démon des batailles agite ses chaînes et ses torches. On a vu des uhlans prussiens à une lieue de la ville, à Naives, où ils ont pillé une maison. Les patriotes s'alarment, tandis que dans leur repaire les aristocrates se réjouissent. En ces pénibles circonstances, la Société populaire désire savoir

quelles sont les mesures prises par le Département,
d'une part pour protéger nos concitoyens contre les
violences de l'ennemi et, d'autre part, pour arrêter
les complots des ex-nobles. Mandataires du peuple,
nous vous proposons donc...

— Nous sommes investis de la confiance du
Département, interrompit sèchement Baujard, et
nous saurons nous en rendre dignes, mais nous
exigeons avant tout qu'on ne trouble pas nos délibérations... L'heure est grave et nous n'avons pas
de temps à perdre en vains discours.

— D'ailleurs, reprit Ternaux d'un ton plus conciliant, nos concitoyens peuvent se rassurer : le
général Kellermann, qui marche sur Ligny, a
détaché trois régiments de chasseurs et un bataillon
de grenadiers pour défendre notre ville ; Dumouriez
occupe les défilés de l'Argonne et il vient d'adresser
aux populations de la Meuse et des Ardennes une
proclamation digne des temps antiques.

— Lisez-la, citoyen président, insista l'administrateur Garnier, il est bon qu'on la connaisse.

D'une voix émue Ternaux lut la proclamation
datée de Grandpré, qui se terminait par cet énergique paragraphe :

« Si les Prussiens et les Autrichiens s'avancent
pour traverser les défilés que je garde en force, je
ferai sonner le toscin dans toutes les paroisses, en
avant et en arrière des forêts d'Argonne. A ce son
terrible, que tous ceux d'entre vous qui ont des
armes à feu se portent chacun en avant de sa
paroisse, sur la lisière du bois... ; que les autres,

munis de pelles, de pioches et de haches, coupent le bois et en fassent des abatis... Par ce moyen prudent et courageux vous conserverez votre liberté et vous nous aiderez à donner la mort à ceux qui voudraient nous la ravir... »

— Voilà qui est parler! s'écria Garnier; les Islettes et Grandpré deviendront, comme l'a dit Dumouriez, les Thermopyles de la France et le général sera plus heureux que Léonidas.

— Il faut, ajouta sévèrement Baujard, comme l'ordonne le général en chef, que tout citoyen jeune et valide prenne un fusil et se porte en avant... La population de Bar n'aura rien à craindre, si chacun remplit son devoir... Répétez-le aux membres de votre Société et recommandez-leur de donner le bon exemple!

Julius-Junius Renard se mordit les lèvres.

— Il suffit, répliqua-t-il d'un ton rogue, la Société populaire appréciera la réponse des administrateurs...

A ce moment, Justin Curel rentra, suivi d'un homme en blouse.

— Voici, dit-il, un courrier qui arrive de Verdun, chargé d'une dépêche pour M. le président.

Tous les administrateurs levèrent la tête et dévisagèrent curieusement le porteur de ce message inattendu.

Il avait la tournure et la mine d'un de ces juifs allemands qui courent les foires du Verdunois pour y vendre des chevaux et des bestiaux : cheveux plats, yeux obliques et bridés, nez busqué, bouche lippue et rusée. Sa blouse bleue, trempée aux épaules, laissait voir le collet et les pans d'une lévite vert-bouteille. Courbant sa souple échine, il s'avançait vers le président, le saluait très bas et lui remettait une enveloppe carrée, scellée de cire rouge.

Ternaux tourna la missive entre ses doigts et, avec les signes d'une inquiète surprise, montra le large cachet rouge au procureur-syndic.

— C'est une dépêche du quartier général prussien, fit remarquer Baujard.

. Tous ses collègues sursautèrent sur leur siège; l'émotion devint si intense qu'on oublia que les délégués du club, au lieu de..se retirer, restaient groupés dans un coin de la salle.

Le président ayant déchiré l'enveloppe et jeté les yeux sur la dépêche, pâlit et balbutia :

— C'est, en effet, une sommation de Brunswick.

— Lisez! lisez! cria-t-on.

Ternaux obéit et, dans un solennel silence, lut d'une voix altérée :

« Nous, les députés du grand conseil de guerre de Sa Majesté le roi de Prusse, au nom et par l'autorité de Sa dite Majesté et du commandant général de ses armées, maréchal-duc régnant de Brunswick et de Lünebourg, enjoignons à M. le président de la Meuse, Ternaux, et au procureur général-syndic Baujard de se rendre sans faute demain 4 septembre, à trois heures précises après midi, à Verdun, pour y régler les affaires concernant le Département, et ce, sous peine d'une exécution militaire et d'être poursuivis chacun en sa personne et ses biens. »

Un sourd frémissement courut autour de la table verte et les regards se fixèrent anxieusement sur les deux administrateurs désignés dans la dépêche prussienne. De la sombre encoignure où il se tenait, J.-J. Renard étudiait la physionomie du procureur-syndic, et une lueur de satisfaction éclairait cruellement sa figure chafouine.

François Baujard s'était levé, le rouge au front et le regard flambant d'indignation.

— Messieurs, s'écria-t-il, j'ignore quelle détermination prendra mon collègue Ternaux ; quant à moi, je vous déclare que je n'obéirai pas à cette injonction. Vous connaissez les sentiments qui ont toujours dirigé ma conduite. Libre, et j'ose le dire, digne de l'être, puis-je devenir l'instrument d'un ennemi que quelques succès passagers enorgueillissent et qui se permet d'intimer des ordres aux représentants d'un peuple jaloux de sa liberté ? Serai-je l'organe d'un despote et nos administrés connaîtront-ils par moi ses exigences ? Je ne saurais être réservé à cet avilissement, je veux m'y soustraire et je prie le conseil général d'accepter la démission d'une place que je ne puis plus remplir avec honneur.

— Je joins ma démission à celle de M. le procureur-syndic, déclara le président Ternaux.

— Je m'associe à la juste indignation de nos deux collègues, s'exclama impétueusement Claude Garnier. Toutefois, citoyens, ajouta-t-il en s'adressant

aux autres administrateurs consternés, si nous ne
devons pas nous soumettre aux injonctions de l'ennemi, nous ne pouvons non plus accepter les démissions des patriotes Ternaux et Baujard. Je demande
que le conseil délibère en comité secret sur la
réponse à faire à cette insolente sommation, et j'invite les personnes étrangères à se retirer.

Sur un geste de J.-J. Renard, les délégués du
club s'esquivèrent, impatients de communiquer cette
grosse nouvelle aux citoyens attroupés dans la rue.
Le concierge emmena le courrier et quand la porte
fut refermée, la délibération commença.

Dès le début, la discussion prit une allure équivoque. D'abord abasourdis par les exigences impré-
vues de l'ennemi, les administrateurs restaient
perplexes; mais à mesure que le sang-froid leur
revenait, des poussées de pusillanimité affaiblis-
saient l'énergie de leur patriotisme. Chacun d'eux
songeait à part soi que si la démission de Ternaux
et de Baujard était acceptée, les administrateurs
demeurant en fonctions seraient à leur tour exposés
aux menaces des Prussiens. Des hésitations commençaient à se manifester, de timides et hypocrites
objections étaient soulevées; quelques membres
insinuaient que Bar étant une ville ouverte, un refus
catégorique exposerait les habitants aux horreurs
d'une exécution militaire; d'autres s'ingéniaient à
chercher un biais pour donner satisfaction à l'autorité prussienne, tout en ménageant la dignité du
conseil.

Pendant que la discussion se prolongeait dans la

confusion et l'incertitude, un orage se formait sous
les fenêtres du directoire. Les injonctions du duc
de Brunswick avaient été communiquées à la foule
par J.-J. Renard et ses amis. Les passions égoïstes
d'une population ignorante et affolée étaient habilement exploitées contre les deux membres démis-
sionnaires par le jeune président du club. La Gillotte
elle-même se promenait de groupe en groupe et y
semait des ferments de révolte. La peur donnait de
l'audace aux plus craintifs et les clameurs irritées
grandissaient au dehors.

On criait : « Pas de démission! A Verdun, les
administrateurs! »

— Vous entendez! murmura dans la salle un par-
tisan de la soumission, le peuple s'agite... Songez,
messieurs, à la responsabilité que nous assumons
et aux désordres qui peuvent résulter de notre
obstination!...

Au même moment, un bruit pareil à celui d'une
écluse lâchée gronda dans le vestibule. La foule
envahissait les couloirs. La porte de la salle des
séances s'ouvrit à deux battants et Julius-Junius
Renard reparut, suivi d'un groupe tumultueux qu'il
avait grand'peine à contenir.

— Citoyens administrateurs, commença-t-il d'une
voix aiguë, la population de Bar-sur-Ornain est
violemment émue de la détermination prise par le
président et le procureur-syndic. Elle prévoit les
conséquences désastreuses d'une occupation militaire et elle frémit. Je viens en son nom vous demander d'épargner à une ville ouverte le pillage et

l'incendie... Assurément, continua-t-il avec une adresse perfide, les citoyens Ternaux et Baujard semblent animés des sentiments du plus pur patriotisme, et leur refus d'obéir aux injonctions d'un ennemi audacieux honore leur caractère; mais il est des circonstances où la dignité personnelle doit s'immoler à l'intérêt public. En acceptant les honneurs de la présidence et le titre de procureur-syndic, ces messieurs savaient d'avance quelles obligations ces fonctions leur imposaient. Ils n'ont plus le droit de reculer maintenant devant le péril. Comme le déclarait tout à l'heure le citoyen Baujard : « Notre ville n'aura rien à craindre si chacun fait son devoir. » Pour eux, l'heure a sonné de remplir cet impérieux devoir. C'est le cri unanime de la population. Pas de démission! Que Ternaux et Baujard se rendent immédiatement à Verdun. Nouveaux Régulus, ils montreront à nos ennemis comment se comportent des hommes libres. Leur attitude courageuse et austère sera pour les esclaves du despotisme la vivante démonstration des vertus républicaines. Elle les fera rougir de leurs projets liberticides, en même temps qu'elle épargnera à notre cité des malheurs irréparables.

— Oui, oui, à Verdun! Pas de démission! hurla la foule qui dégorgeait des couloirs.

Effarés, les administrateurs se regardaient.

— Citoyens, dit le vice-président Robinot, poussé du coude par ses voisins, je crois être l'interprète de nos collègues et de la ville entière en mettant aux voix la proposition suivante :

« Le conseil général du département refuse les démissions de MM. Ternaux et Baujard et, faisant appel à leur dévouement, il les prie de se rendre à Verdun comme délégués du directoire de la Meuse. »

Que ceux qui sont de mon avis lèvent la main !

Tous les administrateurs, à l'exception de Claude Garnier, avaient levé la main.

— La proposition est adoptée, murmura le vice-président en se tournant vers le président et le procureur-syndic.

Baujard et Ternaux, très pâles, échangèrent quelques mots à voix basse, puis le président déclara d'une voix ferme :

— Messieurs, notre honneur comme notre sang appartiennent à la patrie.... Vous voulez que nous allions à Verdun, nous obéirons.... La séance est levée !

L'attitude noblement résignée de ces deux hommes qui allaient se sacrifier pour toute une ville, imposait aux esprits les plus prévenus. Anxieux et mal à l'aise, les gens qui avaient envahi les couloirs se retiraient silencieusement. Seul, Julius-Junius Renard dissimulait mal sa satisfaction. Il avait enfin sa revanche et tout fier du succès de sa manœuvre contre Baujard, il se répétait mentalement : « Celui-là ne me gênera plus ! »

La salle se vidait peu à peu : les administrateurs s'esquivaient en sourdine, honteux, au fond, du rôle peu généreux qu'ils avaient joué. Ternaux murmura au procureur-syndic :

— Baujard, je vais donner l'ordre au maître de

poste de nous préparer une voiture et deux bons
chevaux, puis j'irai embrasser ma femme et mes
enfants…. Dans une heure je vous rejoindrai.

Sans répliquer, Baujard serra nerveusement la
main du président, puis regagna son cabinet, qui
communiquait avec la salle des séances.

Resté seul, il s'accouda tristement à la fenêtre. La
foule qui encombrait l'esplanade s'était dispersée.
Les rafales pluvieuses secouaient les arbres des jardins situés en contre-bas et en arrachaient les feuilles
encore verdoyantes. Au dedans de lui, les vertes
espérances, les rêves d'ambition, les résolutions
viriles, emportés par une bourrasque de découragement, s'éparpillaient pareils à ces feuillages mutilés
par un précoce vent d'automne. Il ne s'illusionnait
pas sur le dénouement de la fatale mission qu'on le
condamnait à accepter. De quelque façon que les
choses tournassent, sa carrière était brisée.. — Si,
comme il le désirait, les alliés étaient vaincus, on ne
lui pardonnerait pas d'avoir été à Verdun, d'où il ne
reviendrait que compromis et déshonoré ; — si par
malheur les Prussiens étaient victorieux, il regar-
derait comme le premier de ses devoirs de résister
à leurs injonctions, et les vainqueurs lui feraient
payer de sa vie ses résistances. — La déchéance
morale ou la mort, voilà l'alternative qui l'attendait.
En ce cas, ne valait-il pas mieux en finir tout de
suite et, comme le commandant Beaurepaire, se
brûler la cervelle plutôt que de s'exposer à faiblir?...
Et brusquement, avec une lucidité aiguë, il avait la
vision des deux pistolets accrochés au chambranle

de la cheminée, dans sa chambre de la ville haute. Le luisant des canons d'acier miroitait devant ses yeux et le fascinait.

Il tira sa montre. Un quart d'heure s'était écoulé déjà depuis le départ de Ternaux. Le temps pressait. Il saisit son chapeau et descendit précipitamment l'escalier du directoire. Comme il franchissait le porche et remontait vers sa maison, il entendit marcher derrière lui, se retourna instinctivement et reconnut le juif porteur du message prussien.

— C'est bien à M. François Baujard que j'ai l'honneur de parler? demanda obséquieusement le courrier.

— Que voulez-vous? répondit Baujard brusquement... Parlez vite, je suis pressé.

— Excusez, reprit le juif d'un ton confidentiel, j'ai une lettre pour vous, monsieur Baujard... Une lettre d'une dame, et je dois la remettre en mains propres.

— Donnez!

Le cœur du procureur-syndic battait à grands coups, tandis que le courrier, fouillant sous sa blouse, en tirait un portefeuille graisseux dont il dénouait lentement le cordon de cuir et d'où il extrayait un billet cacheté.

— Merci! cria Baujard en congédiant le courrier.

Il avait reconnu sur-le-champ la suscription et brisait nerveusement le cachet. Le billet contenait simplement deux lignes :

19.

« Mon ami, je suis à Verdun; je sais que vous devez y venir; ma tante et moi nous vous attendons impatiemment.

« HYACINTHE. »

Hyacinthe! Au milieu des fàcheuses nouvelles et des chocs qu'il venait de recevoir, Baujard avait oublié la chanoinesse. Tout à coup, à cette heure solennelle, l'enchanteresse image de Mme d'Eriseul s'interposait entre lui et ses funèbres projets. — Elle était à Verdun et elle l'y attendait... Il sentit son cœur faiblir et une amollissante tendresse fondre ses stoïques résolutions. Les quelques mots de ce billet retentissaient en lui comme une voix lointaine le rappelant doucement à la vie. Il ne trouvait plus la force de mourir sans revoir la seule femme qu'il eût ardemment aimée. — La volonté de ses concitoyens le poussait à Verdun, juste au moment où Hyacinthe l'y appelait. N'y avait-il point là une sorte de fatalité irrésistible?... Oui, il voulait revoir la chanoinesse, la serrer une dernière fois contre son cœur... Après, il pourrait se tuer sans remords...

Il courut chez lui, prépara fiévreusement sa valise, y jeta ses pistolets et, à neuf heures, il rejoignait Ternaux dans la cour du maître de poste.

IV

VERDUN

Après une halte à Souilly pour relayer et manger un morceau, Baujard et le président Ternaux arrivèrent en vue de Verdun à deux heures. Comme ils approchaient de la porte de France, ils furent forcés de se ranger sur l'un des bords de la route pour laisser passer un train d'équipages militaires et une escorte de cavaliers, qui se dirigeaient vers le hameau de Glorieux, où le roi de Prusse avait établi son quartier général.

La pluie avait cessé. Un soleil blafard éclairait la route fangeuse, les prairies coupées de lignes de peupliers et les coteaux drapés de vignes où les raisins mûrissaient à peine. Baujard regardait d'un œil morne cette riante vallée de la Meuse où montaient maintenant les fumées des bivouacs prussiens. Il se rappelait le temps de sa prime jeunesse, lorsqu'il chevauchait à travers ces mêmes prairies et

trottait allégrement vers l'Argonne. Le tranquille
paysage boisé du Four-aux-Moines et l'espiègle figure
d'Hyacinthe enfant revivaient dans sa mémoire; il
se disait qu'en ce moment la chanoinesse habitait
un de ces logis dont les toits aigus se montraient
au-dessus des courtines grises du rempart. Alors
l'émotion de revoir Mme d'Eriseul, mélangée à l'angoisse des désastres de la patrie, lui serrait douloureusement le cœur.

— Voici la route à peu près libre, observa le président Ternaux, et nous allons pouvoir enfin entrer
en ville...

Mais à l'instant où la calèche allait franchir le
pont-levis, un nouvel encombrement se produisit
sous la voûte de la porte de France. Un de ces longs
chariots qui servent à rentrer les foins et que traînaient quatre chevaux de labour émergea du porche.
Les montants étaient enguirlandés de fleurs et de
feuillages; debout parmi ces feuillées et s'accro-
chant aux ridelles pour ne pas chanceler à chaque
cahot, des jeunes femmes et des jeunes filles, vêtues
de mousseline blanche, emplissaient le char de la
gaîté de leurs rires. Un cavalier portant l'uniforme
de l'armée de Condé caracolait en avant de cet équipage; il s'approcha de la calèche et s'adressant au
postillon :

— Hé! mon garçon, cria-t-il, range-toi et laisse
passer ces dames qui vont offrir des dragées à Sa
Majesté le roi de Prusse!

Un sursaut de colère secoua François Baujard et
il allait riposter vertement, lorsque ses yeux recon-

nurent parmi les jeunes femmes du chariot le fin profil de Mme d'Eriseul. Un large chapeau de paille où s'enroulait une plume blanche ombrageait le front et les cheveux bouclés de la chanoinesse; ses grands yeux verts scintillaient dans cette pénombre comme de vivantes émeraudes. — Elle reconnut également François Baujard, car ses joues se rosèrent et elle lui adressa une légère inclination de tête, tandis que le procureur-syndic tressaillait et pâlissait comme s'il eût reçu un coup en pleine poitrine.

Le char était déjà à une dizaine de pas et la voiture des administrateurs s'engageait sous la voûte, quand elle fut rejointe par le cavalier qui escortait les dames de Verdun et qui avait brusquement rebroussé chemin.

— Messieurs, demanda-t-il en se penchant vers la calèche, quel est celui de vous qui se nomme Baujard?

— C'est moi! répondit le procureur-syndic.

— En ce cas, monsieur, poursuivit l'officier en soulevant légèrement son tricorne, je suis le capitaine d'Espondeilhan, chargé pour vous d'un message de la part d'une de ces dames... Mme la chanoinesse d'Eriseul m'a prié de vous informer qu'elle demeure rue de la Belle-Vierge, au logis de Mme de La Guérinière, et qu'elle aura grand plaisir à vous y recevoir ce tantôt, vers cinq heures, lorsqu'elle sera de retour...

Baujard n'avait répondu que par un muet signe de tête. M. d'Espondeilhan fit reculer son cheval, pirouetta et regagna la route de Glorieux. — Ternaux regardait son collègue d'un air ébaubi :

— Vous connaissez donc l'une de ces évaltonnées qui vont offrir des bonbons au roi de Prusse?

Une rapide rougeur monta au visage de Baujard, qui répliqua brusquement :

— Oui... C'est une des fatalités de ce temps-ci... On retrouve parmi les factions ennemies des personnes qu'on avait appris jadis à estimer et à aimer...

On cheminait maintenant dans la rue étroite où apparaissaient partout des traces du récent bombardement. La chaussée dépavée était çà et là barrée par de profondes flaques boueuses; les vitrages de quelques boutiques, défoncés par les boulets, montraient les marchandises bouleversées à la suite d'un commencement de pillage; des escouades de soldats prussiens, le fusil sur l'épaule, longeaient lourdement les façades. Sur la place Mazel, à travers les vitrines des marchands de bonbons, on apercevait des groupes d'officiers sanglés dans leur uniforme, en train de vider des petits verres de liqueur et de bourrer leurs poches de dragées. Au rez-de-chaussée de l'auberge des Trois-Maures, les fenêtres ouvertes laissaient voir tout un état-major attablé autour d'un plantureux dîner. Des odeurs de victuailles se répandaient dans la rue et l'on entendait le gros rire tudesque des officiers supérieurs, qui choquaient leurs verres pleins du petit vin pétillant des Côtes.

Le spectacle de cette ville, qui se livrait à l'étranger

comme une fille, emplit de dégoût et de rancœur
les deux patriotes. L'hôtel de ville était à deux
pas de l'auberge, et ils s'y firent conduire directement.

Un quart d'heure après, encore tout fripés du
voyage, ils stationnaient dans l'antichambre de la
salle où le duc de Brunswick présidait le grand
conseil de guerre. La séance touchait à sa fin. Ils
virent bientôt sortir les officiers généraux, battant
les dalles de leur épée et mâchant pesamment leurs
phrases allemandes. Au bout de quelques minutes,
on les introduisit près du généralissime.

Grand, robuste, portant beau, le maréchal-duc de
Brunswick avait une figure distinguée, éclairée par
de perçants yeux bleus. Un pli dédaigneux retroussait ses lèvres souriantes et leur donnait une expression de vaniteuse suffisance, qui gâtait l'agréable
impression laissée par son front ouvert et son regard
plein de feu. Il salua de la main les deux administrateurs, les dévisagea rapidement et arrêta plus
complaisamment ses yeux sur la grave et pensive
figure du procureur-syndic. Ternaux s'était nommé
et avait présenté son collègue. Le duc, s'efforçant
d'abord d'être aimable, les remercia de s'être rendus
promptement à son invitation, puis se tournant vers
Baujard :

— Nous faisons la guerre, monsieur le procureur-
syndic, dit-il, mais nous désirons la faire avec
humanité.

— Je dois vous avouer, monsieur le duc, répondit
Baujard, que les débuts ne justifient pas vos désirs...

On a pillé des villages et assassiné des citoyens paisibles.

— Paisibles? non pas; ils ont osé tirer sur nous. Tout bourgeois qui porte les armes doit périr.

— Tous les Français sont soldats, monsieur le duc; mais les femmes et les enfants devraient au moins être épargnés.

— Ils le seront, rassurez-vous! Nous sommes ici pour rétablir l'ordre et la paix, rendre au roi sa liberté et ses droits... Voyons, messieurs, n'est-ce pas une cause juste et ne devriez-vous pas vous unir à nous pour la servir?

— Nous servons la France libre.

— Dites la France factieuse!

— Un bon citoyen ne connaît pas les factions; il n'obéit qu'aux lois.

— Bah! bah! vous changerez de point de vue! répliqua le duc avec une pointe d'impertinence.

— Jamais!

Brunswick eut un geste d'impatience, son beau masque d'amabilité tomba; ses traits se durcirent, ses lèvres se pincèrent et un éclair d'irritation alluma ses yeux bleus. Il comprit qu'il n'entamerait pas l'obstination du procureur-syndic et se rabattit sur le président Ternaux qui lui semblait plus malléable.

— Monsieur le président, reprit-il, vous devriez conseiller à votre collègue de se montrer plus conciliant, dans l'intérêt même de vos administrés... Nous sommes prêts à vous traiter en amis si vous voulez vous unir à nous pour arracher votre roi à ses geôliers... Que gagnerez-vous à servir la Révolution? Rien... Au contraire si vous nous aidez à rétablir votre souverain légitime, nous saurons vous en récompenser dignement.

— Ne poursuivez pas, monsieur le duc, interrompit courageusement Ternaux, je partage les sentiments de mon collègue.

— Nous ne serons jamais des traîtres! ajouta fièrement Baujard.

— Je n'insisterai plus, repartit le duc d'un ton cassant, vous êtes des entêtés et des jacobins!... Mais prenez garde, monsieur Baujard, vous pourriez payer cher votre résistance!

— Nous ne nous abusons pas, monsieur le maréchal, et nous n'attendons pas de bienfaits des ennemis de notre pays.

— Soit, vous ne voulez pas être nos amis, je vous parlerai donc en ennemi... Le colonel Grawert vous communiquera demain les réquisitions que nous avons jugé utile d'adresser à votre département... J'espère que vous ne pousserez pas l'entêtement jusqu'à refuser de les signer... Un refus de votre part exposerait vos concitoyens à toutes les rigueurs de l'exécution militaire... Réfléchissez-y; la nuit porte conseil... Au revoir, messieurs, je ne vous retiens plus!

D'un geste impérieux et mécontent il les congédia. Les deux administrateurs retraversèrent tristement l'antichambre pleine d'officiers allemands qui les dévisageaient comme des bêtes curieuses, et d'émigrés qui grommelaient des injures à leur adresse.

20

— Mon camarade, soupira Ternaux, quand ils furent dans la cour de l'hôtel, je crois que nous voilà dans une mauvaise passe.

Baujard leva le bras et montra, au premier étage, les fenêtres de la chambre qu'avait occupée le commandant Beaurepaire :

— Si notre situation devient trop mauvaise, répliqua-t-il en regardant son collègue droit dans les yeux, nous serons toujours à temps d'imiter celui qui est mort là-haut!

Ils allèrent s'installer à l'auberge, puis, comme cinq heures venaient de sonner, le procureur-syndic laissa son collègue s'allonger dans un fauteuil et se dirigea vers la rue de la Belle-Vierge.

Un gamin qui baguenaudait sur le pas d'une porte lui indiqua le logis de Mme de La Guérinière. Baujard souleva le heurtoir de fer, une vieille servante vint lui ouvrir et l'introduisit au premier étage, dans un salon où les volets entre-bâillés ne laissaient entrer qu'un demi-jour. La pièce était meublée très simplement de quelques fauteuils et d'une chaise longue tendue de velours d'Utrecht réséda. Aux lambris de bois peint en gris étaient accrochés de poudreux portraits de famille. Baujard, avec une sensation de froid et de fièvre dans tous les membres, regardait distraitement cet antique mobilier et marchait avec agitation sur le parquet luisant comme une glace.

Un léger froufrou de jupes dans une pièce contiguë le fit tressauter. Une porte latérale s'ouvrit et Hyacinthe parut, vêtue encore de sa robe de mousseline blanche, très échancrée au cou, serrée à la taille par une large ceinture verte dans la boucle de laquelle une rose s'épanouissait.

A la vue de Baujard, pâle et grave, immobile au milieu du salon, un espiègle sourire glissa sur ses lèvres.

— Je vous ai encore scandalisé, cette après-midi, s'écria-t-elle, et je vois que vous m'en gardez rancune !

Cet ensorcelant sourire réchauffa le cœur de Baujard comme une flambée de soleil. Il se sentit repris tout entier; il oublia les tristesses de sa situation fausse, les navrements du voyage, le spectacle lamentable de la ville envahie et ne vit plus que l'enchanteresse lueur de ces beaux yeux qui rayonnaient dans l'ombre.

Hyacinthe ouvrit la fenêtre, poussa les volets, puis revint vers l'administrateur.

— Je suis contente tout plein de vous revoir, murmura-t-elle en lui tendant les mains.

Il les serra fortement dans les siennes et demeura silencieux.

— Oui, je suis contente ! répéta-t-elle, je vous avais bien dit que nous nous retrouverions en des jours meilleurs.

Il secoua tristement la tête : — Appelez-vous des jours meilleurs ceux où la France est envahie et saccagée par des armées étrangères? ceux où je vous retrouve occupée à complimenter le chef des envahisseurs?

— Vous avez été choqué de me voir sur ce cha-

riot?... Je m'en doutais... Vous oubliez que le
monarque auquel nous rendions hommage nous
prête son concours pour rétablir le roi de France
sur le trône de ses pères... Soyez rassuré, d'ailleurs,
ajouta-t-elle en riant, notre zèle a été mal récompensé. Frédéric-Guillaume n'a pas voulu nous recevoir... Nous en sommes pour nos frais de fleurs et
de dragées!

Il l'écoutait, étonné de cette inconcevable légèreté. En même temps, ébloui par la grâce lumineuse
qui était en elle, il n'avait plus le courage de la
contredire.

— Laissons cela, répondit-il, et parlons de vous...
Comment se porte madame votre tante?

— A merveille, nos succès l'ont rajeunie... Elle
dîne chez une amie, mais elle sera, comme moi, heureuse de vous revoir demain, quand vous reviendrez.

Baujard ouvrit tout grands ses yeux énamourés,
comme pour y graver, profondément et à tout
jamais, l'adorable image de la jeune femme.

— Demain! répéta-t-il, je ne serai probablement
plus ici.

Hyacinthe lui jeta un regard désappointé.

— Eh quoi! à peine arrivé, vous songez à nous
quitter? c'est mal!... Je croyais que vous aviez été
désigné pour traiter des affaires de la province avec
le duc de Brunswick?

— Jamais je ne servirai les ennemis de mon
pays!

— Ce ne sont pas les étrangers, c'est votre roi
que vous servirez! s'écria la chanoinesse avec feu;

je vous en prie, pour l'amour de moi, soyez plus
raisonnable et ne vous obstinez pas à défendre une
cause perdue. Ne vous rendrez-vous pas à l'évi-
dence! Vous qui avez l'esprit large et le cœur haut
placé, ne voyez-vous pas que la France, un moment
égarée, commence à reconnaître qu'on l'avait
trompée? Les villes fortes capitulent, les princes
sont partout accueillis avec joie. Avant trois semaines, nos armées triomphantes camperont dans
Paris et la royauté reprendra son prestige... Comment pouvez-vous vous illusionner encore sur l'issue
de cette tragi-comédie de la Révolution?

— Hélas! madame, ce sont vos amis qui se font
d'étranges illusions... Vous marchez dans un rêve
et vous en serez brutalement réveillée par un coup
de tonnerre. La France déteste l'ancien régime et
exècre les étrangers qui prétendent vous aider à le
restaurer. Vos émigrés ont été grisés tout d'abord
par de faux semblants de succès qui ne se renou-
velleront pas; les soldats de la liberté française
seront aussi redoutables que ceux de la liberté
américaine. En ce moment, la nation entière marche
contre ses envahisseurs... Elle saura les vaincre,
soyez-en certaine, et une fois victorieuse, elle se
vengera terriblement... Mais, s'écria-t-il en devinant sur les lèvres d'Hyacinthe une impétueuse
protestation prête à jaillir, pourquoi attrister par
de vaines discussions les trop courts instants où nous
pouvons ressaisir la chère intimité d'autrefois...

Il s'assit près d'elle sur la chaise longue et lui
prit les mains :

20.

— Hyacinthe, poursuivit-il, oubliez la politique, comme je l'oublie, et causons ainsi que deux amis, heureux de se retrouver après tant d'orages!... Laissez-moi m'imaginer que je suis encore avec vous sous les charmilles du Four-aux-Moines, à cette heure où vous alliez partir pour l'émigration... Je ne pensais plus vous revoir et j'ai osé alors vous ouvrir mon cœur. Vous-même, rendue indulgente sans doute par la perspective d'une séparation iné-vitable, vous n'avez pas voulu me renvoyer déses-péré. Je vous demande aujourd'hui la même con-descendance. Hier je croyais vous avoir perdue à jamais; au milieu de l'ouragan où nous vivons, nous ne sommes pas sûrs de nous retrouver demain. Soyez une fois de plus tolérante pour ma folie : laissez-moi respirer le parfum de grâce et de charme qui se répand autour de vous, et vous répéter que je vous adore!...

Hyacinthe elle-même n'était point insensible à la caresse de ces paroles d'amour, tombant des lèvres de ce grave et austère patriote. Ses yeux se mouil-laient d'une lueur attendrie et sa poitrine émue se soulevait sous la blanche draperie de la mousseline.

— Mon ami, murmura-t-elle, pourquoi me répéter ces cruelles paroles découragées? Pourquoi douter toujours de mon affection dans le présent et dans l'avenir?... Ah! si vous vouliez partager ma foi!... J'ai plus de confiance que vous dans la destinée et j'espère qu'un jour, quand je pourrai entièrement disposer de moi-même...

Il l'interrompit en lui baisant les mains.

— Non, dit-il, ne songeons ni aux angoisses
d'hier ni aux incertitudes de demain... Jouissons
pleinement de ces minutes trop brèves où je vous
ai à moi seul et que je voudrais retenir dans leur
vol!...

Au fond de ce froid salon de province ils étaient
comme dans une oasis de tendresse et d'oubli. Ils
ne voyaient plus ni la nudité des lambris, ni la
symétrie glaciale du mobilier; ils s'abandonnaient
à la douceur berceuse des premiers aveux et des
voluptueux silences. L'ombre de la pièce envahie
par un précoce crépuscule les enveloppait. La paix
de la rue solitaire leur donnait un sentiment d'en-
dormante sécurité. Baujard ne se souvenait plus
des funèbres résolutions qu'il avait méditées pour
se soustraire aux exigences de Brunswick. Ses
regards se perdaient dans les profonds yeux verts
de Hyacinthe comme dans un océan de délices. Le
lumineux rayon de ces magnétiques prunelles lui
semblait une chaîne aimantée qui le rattachait à la
vie et à l'espérance. Il serrait les mains de la jeune
femme, sentait peu à peu les doigts prisonniers
répondre à son étreinte, et une exquise langueur
s'emparait de lui...

Tout à coup la délicieuse paix de cet amoureux
tête-à-tête fut troublée par les rumeurs du dehors.
Le tapage d'une cavalcade résonna sous les fenêtres. Peu après, on frappa à la porte du salon, la
servante entra et chuchota quelques mots à l'oreille
d'Hyacinthe, qui se leva brusquement.

— Mon ami, dit-elle, je suis obligée de vous congédier... Le prince de Prusse est en bas et désire m'entretenir d'affaires importantes... Excusez-moi et revenez bientôt nous voir... Demain, voulez-vous?... Vous me le promettez?... A demain!

Plus maître de lui, Baujard se fût révolté contre cette aristocrate qui prétendait disposer capricieusement de sa personne; mais il était subjugué par l'enivrant sourire de la chanoinesse, il se sentait devenir lâche et il se retira en balbutiant :

— Oui,... demain.

Dans l'escalier il se croisa avec un grand garçon élégamment serré dans son uniforme brodé d'or. Blond, les joues roses, les yeux bleus rêveurs, ce visiteur princier, à la physionomie à la fois sentimentale et rude, avait quelque chose d'un Werther martial. Baujard le coudoya presque au passage et fut pris d'un bouillonnement de jalousie en songeant que cet étranger, héritier d'un trône, allait s'entretenir familièrement avec Hyacinthe. De nouveau, il se répétait que la jeune femme ne serait jamais à lui entièrement. Elle était trop accaparée par le milieu patricien où elle vivait, trop absorbée dans ses rêves de restauration monarchique ; il n'occuperait jamais tout seul cette âme romanesquement ambitieuse; toujours elle lui échapperait au moment où il croirait l'avoir ressaisie. Et malgré cela, il était contraint de s'avouer qu'à chaque nouvelle entrevue, il chérissait Hyacinthe plus passionnément. Quand l'amour nous tient, les éléments les plus opposés servent à former les liens qui nous enchaînent; les dissemblances de carac-

tère, les divisions politiques. ou religieüses, les
piqûres de la jalousie, loin de nous détacher de la
personne aimée, ne font qu'irriter davantage l'amer
désir de la posséder. — Tout en maudissant les
obstacles qui le séparaient de la chanoinesse, Baujard était enfiévré à l'idée qu'il pourrait la revoir le
lendemain.

Il promenait ses tourments et ses angoisses à travers les rues escarpées qui montent vers la cathé-
drale. Il atteignit la ville haute et erra pensivément
sur cette terrasse de la Roche, qui s'étend entre
l'évêché et la citadelle.

Le soleil s'était couché derrière un amas de nuées
noires, chargées de menaces pour le lendemain. Le
vent d'ouest soufflait au visage du malheureux Baujard d'humides rafales qui accroissaient encore sa
fièvre et son découragement.

Comme il longeait les murs de la citadelle, à un
endroit où une large baie grillée s'ouvrait sur une
sorte de promenoir intérieur, il aperçut une ombre
derrière les barreaux, s'entendit appeler et, s'appro-
chant, reconnut son ex-collègue de la Constituante,
Georges, ce maire de Varennes que les Prussiens
avaient arrêté sur la dénonciation des émigrés.

— C'est vous, Georges! s'écria-t-il navré. Ah!
mon pauvre ami, dans quelles tristes circonstances
nous nous retrouvons!

— Bah! reprit vaillamment le vieux constituant,
les vents changeront et nous aurons notre revanche!... Ils ont pillé ma maison de Varennes et m'ont
traîné ici comme un criminel... Mais ayant fait mon

devoir, j'ai la conscience en repos... Et vous, mon camarade, par quel hasard êtes-vous à Verdun?

Baujard lui conta l'injonction envoyée au directoire et la pression exercée sur le conseil général.

— Voilà une fâcheuse affaire pour vous, dit l'ancien député en secouant sa tête grise, mais tenez bon et ne reculez pas d'une semelle!... Voyez-vous, en ce monde, il n'y a que deux sortes d'hommes : les bons et les méchants; il faut se faire gloire d'être parmi les premiers et se faire un devoir de résister aux seconds. Nos ennemis pourront me traîner au supplice s'ils le veulent; je n'attends rien d'eux et ils n'obtiendront rien de moi... Vive la Nation!

V

LA CROIX-AUX-BOIS

La chanoinesse avait accueilli par une cérémo-
nieuse révérence le prince de Prusse, à son entrée
dans le salon de Mme de La Guérinière. Celui-ci joi-
gnit vivement les talons de ses bottes en les choquant l'un contre l'autre, s'inclina et baisa la main
de Mme d'Eriseul ; puis, après s'être installé dans
un fauteuil, il la pria en souriant de se rasseoir à
son tour. Il affectait un empressement aimable,
mais malgré ses efforts, son front rose restait barré
d'un pli soucieux. Hyacinthe remarqua vite cette
préoccupation mal dissimulée.

— Monseigneur, dit-elle d'une voix discrètement
interrogatrice, Votre Altesse semble avoir éprouvé
quelque contrariété?

— C'est vrai, madame, je sors du conseil de
guerre et les discussions auxquelles j'ai assisté me

font craindre que nous ne soyons engagés dans
une aventure dont nous ne retirons ni honneur ni
profit.

— Oh! prince, comment pouvez-vous concevoir
de pareilles craintes après les succès déjà obtenus
par les armées coalisées? Longwy et Verdun se sont
rendus; tout ne marche-t-il pas à souhait?

— Non, madame, nous nous heurtons à des
obstacles imprévus. Vos émigrés, pour me servir
d'une expression française, nous ont promis plus de
beurre que de pain... Ils affirmaient que les populations appelaient nos troupes à grands cris; à les
entendre, bourgeois et paysans n'attendaient que
notre approche pour manifester leurs sympathies
monarchiques; les commandants des forteresses
devaient nous ouvrir les portes toutes grandes; les
troupes de ligne devaient tourner casaque et se
ranger sous nos drapeaux... Vanteries que tout
cela, rêves éclos comme des bulles de savon dans
des cerveaux ignorants et légers! Depuis que nous
avons franchi la frontière, aucune de ces belles prédictions ne s'est réalisée... Les paysans tirent sur
nous ou se sauvent dans les bois; les bourgeois
détestent l'ancien régime et nous font grise mine;
aucun régiment de ligne ne vient à nous et nous
avons vu ici le commandant Beaurepaire se loger
deux balles dans la tête afin de ne pas signer la
capitulation. Ajoutez que, depuis que nous sommes
en France, il pleut à verse; nos soldats, à force de
patauger dans la boue, commencent à être malades,
et les chemins deviennent impraticables... Vous

conviendrez qu'il y a là de quoi nous rendre inquiets et hésitants !

— Est-ce possible? murmura la chanoinesse cons-ternée, le roi votre père, dont l'esprit est chevale-résque et le cœur généreux, s'arrêterait-il en si beau chemin et renoncerait-il à marcher sur Paris?

— Mon père n'a qu'une parole, il persiste à replacer Louis XVI sur son trône renversé. Mais le maréchal-duc de Brunswick est plus circonspect; il estime qu'avant de pénétrer dans l'intérieur du pays nous devons occuper fortement les provinces de l'Est, passer l'hiver sur la rive droite de la Meuse et attendre au printemps prochain pour écraser Paris.

— Et pendant ce temps, protesta Hyacinthe avec véhémence, les jacobins massacreront le roi et sa famille!... Je ne suis qu'une ignorante et j'aurais mauvaise grâce à discuter les plans du maréchal-duc, mais mon instinct et mon cœur me disent que pour sauver la monarchie il faut frapper ferme et vite... Chaque jour de retard augmente le péril... Au lieu de perdre un temps précieux en tergiver-sations, nous devrions livrer bataille aux troupes révolutionnaires, et terrifier les jacobins par une de ces victoires éclatantes qui changent en un moment la face des choses...

— Madame, répliqua galamment le prince, vous êtes une digne compatriote de Jeanne d'Arc et on a raison de prétendre que le sang de Marie Stuart coule dans vos veines... Vous avez la foi ardente de la première et, ajouta-t-il en souriant, le charme irrésistible de la seconde... Rassurez-vous! L'avis du maréchal n'a pas prévalu et on marchera en avant. Mais, ce qui me rend soucieux, c'est qu'on a résolu de gagner la Champagne en traversant la forêt d'Argonne ; or vous n'ignorez pas que le général Dumouriez occupe tous les défilés depuis le Chesne-Populeux jusqu'aux Islettes. On sera obligé de forcer l'un de ces passages et de s'aventurer dans des bois mal frayés ; c'est jouer gros jeu et s'exposer à perdre beaucoup de monde... Ah ! si seulement nous connaissions le point faible de cette muraille boisée qui se dresse entre les ennemis et nous !...

— Prince, reprit la chanoinesse dont l'œil s'alluma, avez-vous confiance en moi ?

— J'ai, madame, la plus absolue confiance dans votre amitié pour nous et dans votre désir de nous être utile.

Hyacinthe rougit. Les tendres remontrances de François Baujard résonnaient encore à ses oreilles. Il lui sembla voir le sévère regard du patriote qui était là tout à l'heure, se tourner vers elle avec une amère tristesse. Elle se sentit froissée dans son orgueil national par la maladroite réponse de cet étranger et répliqua vertement :

— Je ne sers que mon roi, en me rendant utile à ceux qui nous aident à le sauver... C'est mon amour pour lui et pour la France qui me poussent à vous parler comme je le fais... Écoutez-moi donc : j'ai passé une partie de ma jeunesse dans l'Argonne ; j'y ai de fidèles et bons amis parmi les gentilshommes verriers qui y sont établis depuis trois siècles. Nés en pleine forêt, ils en connaissent les moindres sentiers et les plus ignorés passages. L'un d'eux, qui est mon parent et qui m'est dévoué, loge précisément dans cette maison. Il peut donner à Votre Altesse des renseignements précieux... M'autorisez-vous à l'interroger en votre présence ?

— Je vous en prie !...

La chanoinesse sortit, puis au bout de quelques minutes reparut en compagnie de Jérémie de Damloup.

Le verrier regardait l'officier supérieur prussien, de l'air renfrogné et méfiant dont un chien de berger bourru et mal peigné examine un aristocratique lévrier, au poil lustré et au collier d'argent. Le prince, de son côté, dévisageait curieusement ce singulier gentilhomme dépenaillé et balafré. Haut monté sur ses maigres jambes guêtrées, le verrier avait peine à se maintenir en équilibre sur le parquet ciré où ses gros souliers ferrés glissaient.

— Son Altesse le prince royal de Prusse, dit Hyacinthe à Jérémie... Mon cousin Jérémie de Damloup, murmura-t-elle en achevant la présentation.

Le verrier salua gauchement, puis tourna vers la chanoinesse un regard inquiet, comme pour lui demander une explication.

— Cousin, reprit Mme d'Eriseul, vous êtes dévoué à la cause du roi et vous désirez, comme nous tous, le voir promptement rétabli sur son trône ?.. Les troupes de Sa Majesté Frédéric-Guillaume vont se mettre en marche pour culbuter l'armée révolutionnaire et délivrer la famille royale. Son Altesse voudrait utiliser votre zèle et votre expérience et j'ai affirmé qu'Elle pouvait compter sur vous.

Jérémie inclina la tête en signe d'assentiment.

— Monsieur, demanda le prince royal, vous connaissez bien la forêt d'Argonne?

— Comme ma poche, monseigneur, répondit familièrement le verrier.

— Tous les défilés sont gardés?

— Tous, monseigneur.

— Quel est, selon vous, celui de ces passages qu'on pourrait attaquer sans risquer de perdre trop de monde?

— Hum!... Il ne faut pas songer à la route des Islettes, qui est défendue par du canon et de nombreuses troupes. Dumouriez est à Grandpré avec le gros de son armée, et le Chesne-Populeux est occupé par trois mille hommes; mais entre le Chesne et Grandpré, il y a une gorge étroite qu'on nomme la Croix-aux-Bois. Mon ami Elie de Courouvre, qui est rusé comme un chat sauvage, s'est faufilé jusque-là par les bois de Briquenay. En rôdant aux entours du ravin, il s'est aperçu que le passage n'est gardé que par une centaine de volontaires... Ces nigauds-là se croient si sûrs de n'être pas attaqués qu'ils n'ont pas mis en batterie une seule pièce de canon. Ils s'imaginent être suffisamment protégés par de simples abatis. Mais si on s'avançait en tapinois par les gaulis de Briquenay, on prendrait tous ces étourneaux de jacobins comme dans un filet, et en moins d'une heure le passage serait nettoyé.

Le prince écoutait Jérémie d'un air méditatif.

Après quelques minutes de réflexion, il releva la tête :

— Seriez-vous homme à servir de guide à nos troupes, dans le cas où nous tenterions un coup de main de ce côté?

Jérémie consulta d'un coup d'œil la chanoinesse.

— Jérémie, répondit-elle délibérément, sera à vos ordres, monseigneur.

— Bien, merci! dit le jeune homme... Tenez-vous à notre disposition... D'ici à peu de jours vous serez informé du parti que nous aurons pris... Quoi qu'il arrive, je compte sur votre entière discrétion, monsieur!

— Vous le pouvez, monseigneur, repartit fièrement le verrier, quand un Damloup donne sa parole, c'est comme s'il donnait son sang.

Le prince sourit, fit sonner de nouveau ses talons l'un contre l'autre, salua et prit congé de la chanoinesse en lui baisant la main...

Quatre jours après, Jérémie recevait avis de se joindre au gros de l'armée prussienne qui s'éloignait du camp de Regret en quatre colonnes. Le temps, qui avait paru un moment s'améliorer, redevenait mauvais. Le matin du départ, la pluie tombait menue, noyant la vallée et les collines dans de glaciales buées et perçant jusqu'aux os les soldats qui s'enfonçaient dans les terres argileuses.

A la jonction des chemins de Glorieux et de Regret, Damloup, qui chevauchait en compagnie d'Elie de Courouvre et de quelques gentilshommes

21.

émigrés, vit le roi de Prusse quitter son quartier
général, escorté par un nombreux état-major et
accompagné de ses hôtes, les comtes de Provence et
d'Artois. Pour donner du courage à ses troupes,
Frédéric-Guillaume, en uniforme de parade et sans
manteau, galopait bravement sous l'averse. N'osant
se montrer plus douillets que le monarque alle-
mand, Monsieur et son frère chevauchaient également en uniforme, le dos rond et la tête enfoncée
dans les épaules. Le comte d'Artois essayait de
faire bonne figure à mauvais jeu, mais le futur
Louis XVIII, qui souffrait déjà de la goutte, appré-
ciait médiocrement cette façon d'aller et semblait
de fort méchante humeur.

Les émigrés qui assistaient au défilé grognaient
sourdement, à la vue de leurs princes légèrement
vêtus et ruisselants.

— Cela me perce le cœur, murmurait le capitaine
d'Espondeilhan, et la dureté du roi de Prusse est
révoltante !.. Je donnerais le peu d'argent que je possède pour loger dans une bonne voiture fermée ces
illustres princes d'où dépend le salut de la France.

— Capitaine, répliquait rudement Damloup en
soufflant dans ses doigts, Leurs Altesses ne sont
pas plus à plaindre que tous ces pauvres bougres
qui pataugent là-bas dans la boue, en attendant
qu'ils se fassent casser les os... A la guerre, comme
au cimetière, les rois et les gueux sont égaux...

Le soir, on arriva fourbu et trempé à l'étape de
Malancourt. A la vue des maisons, les soldats qui
crevaient de faim et de froid, poussèrent des cris

joyeux; mais leur allégresse fut de courte durée. Le
village était désert; pas un pain dans la huche, pas
une vache à l'écurie, partout greniers et caves vides.
Les hommes devinrent enragés de colère; pour se
venger de leur déconvenue, ils allumèrent de grands
feux où ils jetaient des meubles et jusqu'aux portes
des maisons. Beaucoup, le lendemain, s'éveillèrent
le ventre creux et se remirent en marche sous
l'averse qui ne cessait pas. L'armée suivait les plateaux qui séparent la vallée de l'Aire de celle de la
Meuse. Parfois on longeait des vignobles en pente.
Alors, malgré la défense des officiers, à travers les
pampres mouillés, des compagnies entières s'éparpillaient comme des volées de geais et essayaient
de tromper leur faim en se gorgeant de raisins à
peine mûrs. Lorsque enfin, au crépuscule, on atteignit le village de Landres, où l'on devait camper,
les troupes étaient exténuées. Dans la plupart des
régiments, les hommes sentaient déjà les atteintes
de la dysenterie, qui devait exercer parmi les confédérés plus de ravages que les balles. Pour comble
de malechance, les convois s'étaient égarés ou
embourbés en route et les vivres manquaient. Tandis
que Damloup et Courouvre cherchaient un coin sec
pour s'y abriter, un officier d'état-major vint leur
apporter l'ordre de remonter à cheval et de rejoindre un détachement de hussards qui partait le
soir même pour Buzancy, où le général autrichien
Clerfayt campait à une lieue de la Croix-aux-Bois.
— Deux heures après, ils apercevaient les lumières
du bourg et Jérémie gagnait sans débrider une gen-

tilhommière isolée où Clerfayt avait établi son quartier général.

Quand il rentra fort avant dans la nuit sous le hangar où Courouvre s'était logé, il trouva son compagnon ronflant sur une botte de paille.

— Mon camarade, dit-il, debout !... Voici un pain et une bouteille ; cassons une croûte pour nous donner des forces... Demain, au petit jour, nous flanquerons une raclée aux *Sacrés-Mâtins*.

A quatre heures, en effet, tâtonnant à travers les ténèbres rendues encore plus denses par un brouillard épais, Damloup et Courouvre rejoignirent sur la place les deux détachements de hussards et de chasseurs qu'ils devaient guider jusqu'au défilé de la Croix-aux-Bois. On se mit en route à travers champs. L'argile détrempée amortissait le pas des hommes et des chevaux ; les masses noires des deux détachements s'enfonçaient mystérieusement dans la nuit noire. Le silence n'était interrompu que par les sourds jurons des chasseurs qui glissaient dans la terre gluante. En vue de Briquenay, une pâle lueur annonça le jour et, sans entrer dans le village, on se sépara : — les hussards, sous la conduite de Courouvre, devaient filer sur Boult-aux-Bois, tandis que les chasseurs, guidés par Jérémie, gagnaient les gaulis de Briquenay.

— Courouvre, avait recommandé Damloup à son camarade, mène les hussards jusqu'au chemin de Vouziers et dès que tu entendras péter des coups de fusil, dis au capitaine de lancer ses hommes dans le défilé...

Quant à lui, prenant la tête des chasseurs, il avait engagé la petite troupe sous bois et la conduisait par un oblique sentier où les hommes cheminaient à la queue leu leu, en écartant avec soin les branches mouillées. Au bout d'une demi-heure, ils atteignirent un taillis de chênes et de bouleaux clairsemés, dominant les pentes sablonneuses du ravin où passe le chemin de la Croix à Vouziers.

Les renseignements donnés par Courouvre étaient exacts. Une centaine d'hommes seulement, détachés d'un bataillon de volontaires parisiens, occupaient le passage. Ils avaient une telle confiance dans l'inaccessibilité du ravin qu'ils ne prenaient même pas la précaution de se garder sur leurs flancs.

Ils venaient de s'éveiller et allumaient des feux pour cuire la soupe. Du fond du ravin montaient des cris d'appel mêlés à des plaisanteries faubouriennes. Un soldat à la voix traînante chantait à plein gosier, sur un air de *Richard*, ce gras couplet rabelaisien, rimé par un chansonnier du bataillon et devenu promptement populaire :

> Que le grand roï des uhlans,
> Sur la foi des émigrants,
> Ait cru prendre pour ses peines,
> La France en quatre semaines,
> Sans obstacle en son chemin;
> C'est bien, fort bien;
> Cela ne nous blesse en rien!
> Que gagne-t-il au lieu de gloire?
> Rien que la foire!...

— Galopin! grommela Jérémie en armant son fusil, je vais te faire danser sur un autre air!

En même temps il tira sur le chanteur.

Ce fut le signal. Les chasseurs autrichiens éparpillés le long de la crête firent un feu plongeant sur les volontaires. Ceux-ci, ébaubis par cette attaque imprévue, criaient : Aux armes! et se bousculaient. Puis, après un premier moment d'effarement, ils songeaient à défendre bravement leur peau et, abrités derrière des troncs d'arbres, fusillaient à leur tour les chasseurs. Avec des bourdonnements aigus les balles se croisaient, rompant les brindilles des bouleaux et émiettant le sable des talus. Dès qu'un des Autrichiens se hasardait à montrer au-dessus des broussailles son uniforme à parements verts et à boutons jaunes, un coup de feu partait d'en bas. Les chasseurs, déconcertés par cette résistance sur laquelle ils ne comptaient pas, hésitaient à quitter le taillis, tandis qu'au fond de la gorge des voix goguenardes les interpellaient :

— Hé! les serins allemands, descendez donc qu'on voie vos beaux habits verts et jaunes!...

Tout à coup, sur la droite, à l'extrémité du défilé, on entendit une galopade. C'étaient les hussards, guidés par Courouvre, qui accouraient au bruit de la fusillade, le sabre au clair, après avoir franchi les abatis peu considérables qui obstruaient le chemin.

— En avant, sacredieu! cria Jérémie de Damloup.

Il entraînait les chasseurs qui déboulaient le long des pentes jusqu'au fond du ravin et tiraillaient sur les volontaires. Ceux-ci, pris à revers et en queue, s'effaraient de nouveau et criaient à la trahison. Fusillés par les chasseurs, sabrés par les hussards,

ils lâchaient pied et décampaient sous bois dans la
direction de Grandpré. Quelques-uns cependant,
tout en fuyant, s'arrêtaient derrière un arbre, épau-
laient et envoyaient une balle à l'adresse des chasseurs. L'un d'eux coucha en joue Jérémie de Damloup qui s'obstinait à le poursuivre.

— Ah! mâtin, s'exclama le verrier, tu trouves que
ma frimousse n'est pas encore assez déchirée...
Attends, je vas te *dépiauter*...

Il se précipitait sur le fuyard pour le larder de sa
baïonnette. Celui-ci fit un saut de côté, épaula et
lâcha son coup de fusil. Jérémie reçut la charge en
pleine poitrine et s'affaissa contre le talus. Au
même moment il aperçut Courouvre qui galopait
avec les hussards :

— A moi, camarade!

Dans la terne lumière du matin, le verrier
reconnut Jérémie et, laissant passer le détachement
qui achevait de nettoyer le chemin, il mit pied à
terre.

— Mon vieux, murmura Damloup, j'ai une balle
dans le coffre... Mais je m'en fiche, puisque le passage est à nous... Quand j'aurai tourné l'œil, enterre-
moi sous un arbre... Tu diras à Mme Hyacinthe que
Jérémie a fait pour le mieux!

Une mousse sanglante lui venait aux lèvres. Des
hoquets lui coupèrent la voix. Sa bouche s'ouvrait
béante pour aspirer un peu d'air, puis ses mâchoires
se raidirent et il tomba sur ses genoux, tandis que
des hurrahs tapageurs annonçaient que les Autrichiens étaient complètement maîtres du défilé.

VI

VALMY

Le 18 septembre, vers midi — six jours après l'attaque de la Croix-aux-Bois — Hyacinthe d'Eriseul en habit de cheval trottait sur la route de Grandpré à Mouron, en compagnie d'officiers appartenant au corps des émigrés ou attachés à l'état-major du roi de Prusse. Tandis que la petite troupe longeait les bords de l'Aire, la chanoinesse fut rejointe par un cavalier couvert de boue, qui trottait sur un maigre bidet ayant dû appartenir à quelque *brioleur*.

— Monsieur de Courouvre! s'exclama Hyacinthe; tout seul?... Qu'avez-vous fait de notre ami Damloup?

Elie de Courouvre souleva son feutre, découvrit sa tête fouinarde et poussa un soupir :

— Le pauvre garçon est resté là-bas avec une balle dans les côtes.

— Bléssé!... mortellement?

— Hélas! oui,... pour tout de bon, cette fois... Il a passé dans mes bras, et sa dernière parole a été : « Tu diras à Mme Hyacinthe que Jérémie a fait pour le mieux... »

La chanoinesse avait détourné la tête. Au souvenir de ce brave compagnon si joyeux de vivre, qu'elle avait envoyé se faire tuer, sa poitrine gonflée se soulevait. Prise d'un remords, elle éclatait soudain en sanglots.

Les officiers interdits observaient silencieusement cette brusque explosion de douleur. Au bout de quelques minutes, M. de Jarjaye s'approcha d'elle :

— Qu'avez-vous, madame? demanda-t-il, et d'où vous vient ce grand chagrin?

Hyacinthe essuya ses yeux mouillés et répondit gravement :

— Je pleure un vieil ami, monsieur,... mon brave Damloup, qui avait servi de guide aux Autrichiens et qui a été tué à la Croix-aux-Bois.

— Mort au champ d'honneur! reprit avec une indifférence polie l'officier de la maison du roi; il aura eu, du moins, la consolation d'avoir rendu un signalé service à la bonne cause. Grâce à lui, nous avons pu, à notre tour, franchir le Chesne-Populeux, et Dumouriez, craignant d'être tourné, a battu en retraite... Nous voici enfin en route pour Paris.

— Ça n'a pas été sans peine! grommela le capitaine d'Espondeilhan, le maréchal-duc a commis une grosse faute en demeurant trois jours inactif à

Landres, au *camp de la Crotte*... Il aurait dû poursuivre les jacobins l'épée dans les reins...

— Monsieur, interrompit d'un ton rogue le major
prussien Massenbach, vous parlez trop légèrement
de ce que vous ne savez pas... Nos troupes étaient
fatiguées et nous devions attendre les fourgons de
pain qu'on nous envoyait de Verdun. D'ailleurs
nous comptions que Dumouriez défendrait le passage de Grandpré... Quand Sa Majesté Frédéric-
Guillaume a appris que le général français avait
décampé nuitamment, il a eu un violent accès de
colère et nous avons reçu l'ordre de marcher.

— Bah! tout est bien qui finit bien, repartit gaiement Jarjaye; nous voilà sortis de ces fameuses
gorges de l'Argonne qui devaient être les Thermopyles de Léonidas Dumouriez; — demain ou après,
nous rosserons cette armée de savetiers et de per-
ruquiers, et ce sera une affaire réglée... Voyez, messieurs, le ciel se découvre et le soleil lui-même se
met de la fête!

La pluie avait cessé depuis une heure. Par
d'étroites trouées d'azur, les nuages laissaient passer
de rapides coups de soleil qui illuminaient le sable
humide, la rivière torrentielle et les bois mouillés.
— En arrière, la masse du château de Grandpré se
découpait sur un fond de verdure et sur l'éche-
vèlement des nuées. Au long du chemin encaissé
cheminaient lourdement des files d'équipages; —
fourgons militaires, chariots de farine, fours de campagne, carrosses des commandants supérieurs de
l'armée. — En avant, aux flancs de collines basses,

drapées de vignes, la route blanche descendait en écharpe, couverte d'un fourmillement noir de régiments d'infanterie, d'escadrons de cavalerie et de batteries en marche. Des détachements de uhlans galopaient dans la campagne moissonnée où, çà et là, des villages incendiés fumaient au soleil. Dans l'espace laissé libre entre le train des équipages et le gros de l'armée, les officiers d'état-major caracolaient de compagnie, mettant dans ce clair paysage la gaieté de leurs uniformes variés et le mouvement de leurs groupes aux élégantes silhouettes. Les chevaux piaffaient et s'ébrouaient. Le vent apportait par bouffées la pénétrante odeur des bois en automne, et les cavaliers ragaillardis respiraient à pleins poumons ces senteurs forestières.

— Convenez, messieurs, poursuivit Jarjaye, que nous faisons très bonne figure dans ce site sauvage. Tous ces groupes disséminés sont d'un pittoresque fort galant... Il ne manque ici qu'un Van der Meulen pour immortaliser notre entrée en campagne.

— Malheureusement, repartit la chanoinesse avec amertume, il y a là-bas des gens qui meurent, des villages qu'on brûle, et cela gâte votre pittoresque tableau.

— Trouvez-vous, madame? répliqua à côté d'elle, avec un léger accent tudesque, un cavalier enveloppé dans un ample manteau à double collet. — Bien qu'il eût passé la quarantaine, sa virile beauté attirait l'attention. Un front large, des yeux profonds, des traits fermes et d'une régularité grecque, lui donnaient des airs de jeune dieu. — La fumée et les

flammes, continua-t-il avec un calme sourire, ne
sont pas d'un mauvais effet dans un tableau militaire...

— Quel est ce gentilhomme? demanda à Jarjaye
Hyacinthe, choquée de l'impassibilité olympienne
de son interlocuteur.

— C'est M. de Gœthe, conseiller de Son Altesse le
duc de Weimar... Il a écrit un roman qui fait quelque
bruit en Allemagne et les gens de son pays lui accor-
dent du talent...

. Sur ces entrefaites, un uhlan était venu avertir
Hyacinthe que le prince de Prusse désirait s'entretenir avec elle et, se séparant de ses compagnons,
elle trottait dans la direction indiquée par l'estafette.
De temps à autre, elle croisait des soldats malades
et des traînards. Ils se laissaient glisser au revers
d'un fossé, lâchaient leur fusil et, pliés en deux, ils
geignaient, les bras croisés sur l'estomac, la tête
dans les genoux. — Si l'armée, vue à vol d'oiseau,
avait une pittoresque allure, en revanche la plupart
des régiments, examinés de près et en détail,
offraient un aspect lamentable. Les uniformes
boueux et pourris par la pluie s'en allaient en loques;
la dysenterie tordait les entrailles d'une bonne moitié
de l'effectif. Hâves, les traits tirés, les yeux éteints,
les hommes avaient des mines de poitrinaires.

La chanoinesse observait tout cela, mais les espérances, rallumées par la marche en avant, flambaient si vivement dans son cerveau qu'elles empê-
chaient son attention de s'appesantir sur cette misère.
Elle détournait la tête de peur de s'apitoyer et de

détruire ainsi les nouveaux mirages éblouissants qui luisaient pour elle à l'horizon des plaines champenoises. Elle n'avait plus de pensées que pour cette bataille imminente et décisive qui devait achever le succès des armées alliées, débarrasser la route de Paris et assurer la délivrance de la famille royale. La surexcitation dans laquelle elle vivait maintenant, lui faisait oublier jusqu'à ce malheureux Baujard, qu'elle avait abandonné à Verdun et qui s'y rongeait le cœur, désespéré à la fois par les revers de l'armée nationale, par le départ d'Hyacinthe, par le remords de ses propres défaillances.

On ne pouvait nier cependant que Mme d'Eriseul n'éprouvât pour Baujard plus que de l'amitié — une tendresse véritable. Mais dans cette âme romanesque, habituée dès l'enfance à considérer l'héroïsme comme le suprême but de la vie, ce tendre sentiment était sujet à de brusques éclipses. Ainsi que le feu tournant d'un phare dressé en pleine mer, l'amour intermittent de la chanoinesse avait d'éclatants retours et de glaciales absences. — Ce sont précisément ces flammes capricieuses qui attirent plus irrésistiblement un cœur d'homme, comme si cet état d'incertitude, ces alternances d'ivresse et de désenchantement ajoutaient une irritante saveur à la passion humaine. — En ce moment Hyacinthe semblait uniquement possédée par ses chimères chevaleresques. Le spectacle émouvant de cette armée en marche, l'espoir d'un triomphe prochain, le rêve de la royauté restaurée et de la France délivrée, occupaient son âme et n'y laissaient plus de place pour d'amollis-

santes tendresses. Les yeux tournés vers les plaines
qui allaient devenir un glorieux champ de bataille,
elle croyait entendre déjà les carillons des cloches
et les vivats des foules acclamant le roi dans son
palais de Versailles...

Son rêve fut interrompu par le trot d'un cheval
et elle vit le prince de Prusse accourir sur la route
ensoleillée. Le jeune homme souriant semblait, lui
aussi, plein d'entrain et avide d'exploits.

— Pardonnez-moi, dit-il en saluant, de vous avoir
séparé de vos amis, madame ; mais je désirais vous
entretenir d'affaires urgentes... Vous savez quelle
confiance j'ai dans votre dévouement ; je vais vous
en donner une nouvelle preuve en vous associant à
une entreprise qui a été résolue cette nuit même au
grand conseil.

Il fit lestement pirouetter son cheval, vint se placer
à gauche de Mme d'Eriseul, puis, tandis que tous deux
chevauchaient botte à botte :

— Le maréchal de Brunswick, continua-t-il, nous
a exposé son nouveau plan qui est admirable. Il se
propose de tourner l'ennemi afin de lui couper à la
fois les vivres et la retraite. A cet effet, il a décidé
que l'avant-garde, commandée par le prince de
Hohenlohe, tendrait la main à travers l'Argonne aux
troupes austro-hessoises campées à Clermont et à
Varennes. Le prince devra s'emparer de Vienne-le-
Château, s'engager ensuite dans un ancien chemin
romain et déboucher à un carrefour de la forêt qu'on
nomme la Pierre-Croisée...

— Je connais l'endroit, interrompit Hyacinthe ;

il est situé non loin de la verrerie de ma tante Saint-
André.

— Dès que nos troupes seront établies sous bois,
elles pourront combiner leurs mouvements avec les
régiments autrichiens qui occupent Varennes, attaquer sur ses derrières le détachement français posté
à La Chalade, remonter la vallée de la Biesme et
forcer le général Dillon à quitter les Islettes. Dès
lors, nos convois éviteront le long détour de Grandpré, les Austro-Hessois, redevenus libres, forceront
Dumouriez à se rejeter en rase campagne, où l'armée
royale, grossie par le corps de Clerfayt et les émigrés,
lui livrera bataille...

— Une bataille dont le succès ne sera pas douteux !
s'écria la chanoinesse, les yeux étincelants, car nous
aurons pour nous le bon droit et le nombre !... Ce
plan est digne du génie de Brunswick.

— Votre enthousiasme m'enchante, reprit le prince
royal, et j'espère que vous ne nous refuserez pas
votre concours... Vous connaissez tout particulièrement ce canton de la forêt et vous y avez de nombreux amis ?

— Ma tante habite la verrerie du Four-aux-Moines,
près de La Chalade, et tous les gentilshommes verriers de la Biesme sont dévoués au roi corps et
âme... Mon pauvre ami Jérémie de Damloup l'a bien
prouvé à la Croix-aux-Bois !

— Nous aurons besoin d'hommes sûrs pour surveiller les mouvements de l'ennemi et établir nos
communications avec Varennes... Le duc de Brunswick m'a chargé de vous demander si vous consen-

tiriez à user de votre influence sur vos amis pour qu'ils nous secondent.

— Disposez de moi! s'exclama-t-elle impétueusement; donnez-moi vos instructions et je les suivrai de point en point.

— Préparez-vous donc à rejoindre le corps de Hohenlohe qui campe au village de Servon. Les opérations commenceront demain de bonne heure. Dès que l'avant-garde aura occupé Vienne-le-Château et dégagé le chemin de La Chalade, vous vous rendrez chez madame votre tante et vous nous mettrez en rapport avec vos amis les verriers.

— Prince, comptez sur moi... Dès ce soir, je serai à Servon avec mes deux fidèles, Daniel de Vendières et Elie de Courouvre, et il ne dépendra pas de nous que le maréchal-duc ne remporte bientôt une nouvelle victoire...

Le lendemain, dès le fin matin, l'avant-garde commençait le mouvement que Brunswick jugeait décisif. Un détachement commandé par le prince de Hohenlohe marchait sur le bourg de Vienne, traversait la Biesme et occupait la Harazée, à la lisière de la forêt. Hyacinthe, Vendières et Courouvre s'étaient joints à l'état-major du prince et la chanoinesse, surexcitée par les premiers coup de fusil tirés sur les avant-postes du général Duval, n'attendait plus qu'un ordre pour gagner le Four-aux-Moines par les bois de la Bolante. — Au moment où les soldats prussiens se préparaient à attaquer le détachement français campé de l'autre côté de la

Biesme, un cavalier mit pied à terre à la porte de l'auberge où Hohenlohe avait établi son quartier général, et les officiers accoudés à la fenêtre reconnurent le major Massenbach.

— Prince, dit ce dernier, en entrant précipitamment, il y a du nouveau!... Ordre du roi de vous replier sur Massiges.

Et comme Hohenlohe, stupéfait de ce contre-ordre, demandait des explications :

— Que voulez-vous? ajouta Massenbach d'un ton mécontent, nous changeons ici plus souvent d'idées que de chemises. Il y a une heure, au moment où Sa Majesté se mettait à table, on est venu lui annoncer que Dumouriez quittait sa position de Sainte-Menehould. A cette nouvelle, Frédéric-Guillaume a bondi : « Ah! ah! s'est-il écrié en frappant du poing, il veut s'évader encore comme à Grandpré... mais je ne lui en laisserai pas le temps, et cette fois nous nous regarderons dans le blanc des yeux! » Alors, sans consulter Brunswick, sans se soucier de son plan, Sa Majesté a ordonné que toute l'armée marcherait immédiatement vers la route de Châlons pour barrer le passage aux Français. On m'a chargé de vous en donner avis, prince, et de vous inviter à rejoindre sans délai le quartier général.

Des coups de fusil partis de la lisière du bois indiquaient que le détachement de Duval manifestait l'intention de réoccuper la Harazée. Le prince de Hohenlohe et ses officiers étaient montés à cheval, et bien qu'obéissant à contre-cœur, le général avait commandé de cesser le feu. Il aperçut tout à coup la figure consternée d'Hyacinthe.

— Madame, murmura-t-il, excusez-moi!... Je déplore ce contre-temps, mais j'espère encore que le maréchal-duc convaincra Sa Majesté... Vous n'êtes plus qu'à une demi-heure de La Chalade... Je vous engage à filer sous bois et à vous rendre chez vos amis; vous pourrez probablement nous y être utile, et dans tous les cas vous y attendrez les événements avec plus de sécurité... Bon voyage, madame, et à bientôt!

Les troupes se repliaient déjà. La chanoinesse décontenancée consulta un moment du regard Courouvre et Vendières.

— Le prince a raison, opina ce dernier avec sa prudence coutumière; en suivant Hohenlohe, nous risquons d'être rattrapés par les troupes révolutionnaires, tandis qu'en nous jetant dans les bois, nous arriverons sains et saufs au Four-aux-Moines, où Mlle Gertrude sera enchantée de nous revoir.

Elie de Courouvre partageait l'opinion du chevalier. D'ailleurs, il n'y avait pas de temps à perdre, car de l'autre côté de la Biesme, on entendait les bataillons français s'exciter en entonnant le *Ça ira*. Les trois compagnons sautèrent à cheval et disparurent dans une tranchée forestière qui les conduisit à une portée de fusil du Four-aux-Moines, pendant que les soldats de Hohenlohe doublaient le pas pour rejoindre le gros de l'armée.

Les troupes royales avaient fait halte à Massiges, où elles devaient séjourner. Les chevaux étaient au

piquet, les fourrageurs se dispersaient en quête
d'eau, de bois et de paille; les officiers s'attablaient,
quand on reçut brusquement l'ordre de plier bagages.
On laissait en arrière fourgons, chariots, voitures
d'ambulance, tout ce qui pouvait entraver une marche
rapide, et vers trois heures, l'armée entière se dirigeait en trois colonnes vers la vallée de la Tourbe.

Pour gagner de vitesse, les régiments coupaient
droit à travers champs. Sous le ciel clair, on voyait
parmi les éteules blondes les files noires s'avancer.
Par intervalles, les hommes disparaissaient dans un
pli de terrain; on ne distinguait plus qu'un fourmillement de baïonnettes jetant au soleil de vifs
éclairs et s'écoulant entre deux talus comme un
étrange fleuve aux reflets métalliques. Dans les des-
centes abruptes, quand les soldats dévalant le long
des pentes fangeuses rompaient les rangs, le ruissellement des lames d'acier s'éparpillait ainsi qu'une
immense cascade jaillissant de pierre en pierre
jusqu'au fond de la vallée, où le fleuve métallique
semblait rentrer dans son lit.

Maintenant on marchait en pleine Champagne
pouilleuse, dans une région aride et nue, où une
somnolente rivière, la Tourbe, se traînait parmi des
terrains lépreux, sillonnés de déchirures crayeuses.
La verdoyante gaieté des arbres et des vignes avait
disparu. A peine, çà et là, un maigre buisson d'épine
noire ou un bouquet de pins rabougris rompaient
la monotonie des terrains chauves et plats. De loin
en loin, on traversait un hameau abandonné, aux
portes et aux vitres défoncées. Parfois, tandis qu'on

longeait l'unique rue, un coup de fusil partait d'une fenêtre, tiré par quelque paysan furieux du pillage de sa maison. Des soldats se détachaient, on lardait l'homme à coups de baïonnettes, on brûlait la masure et, sur la morne étendue des champs déserts, des incendies rougeoyaient parmi les ombres du crépuscule.

La nuit venait et avec l'obscurité la pluie recommençait. Elle tombait par rafales cinglantes d'un ciel bas, qui tranchait à peine sur la ligne confuse de l'horizon. Bientôt les régiments furent enveloppés d'épaisses ténèbres. Ils cheminaient péniblement dans ce noir, glissant sur la glaise détrempée ou s'enlisant en de spongieuses fondrières. Comme on comptait surprendre l'armée de Dumouriez en pleine retraite, ordre était donné de marcher en silence. Les troupes n'avaient pas même la ressource de tromper la mortelle longueur de l'étape nocturne par ces chansons dont le rythme allège le poids du sac et redonne du jarret aux plus éreintés. La rude plainte des rafales s'engouffrant dans la vallée et le ruissellement de l'averse accompagnaient seuls ces files d'hommes recrus de fatigue, trempés jusqu'aux os, grelottant la fièvre, qui s'en allaient dans la nuit et le vent vers une destination inconnue... Les officiers montaient et descendaient le long de la colonne pour la faire avancer plus vite. On bourrait les traînards à coups de plat de sabre. De temps à autre, un pauvre diable, n'en pouvant plus, se laissait rouler dans la boue et y restait, pantelant, tandis que s'éteignait au loin le piétinement lourd des régi-

ments qui s'enfonçaient parmi les ténèbres pluvieuses...

Vers trois heures du matin, les troupes pouvaient
enfin souffler aux environs de Somme-Tourbe, où
l'état-major du roi et du duc de Brunswick s'arrêtaient. De nouveau on se débandait pour marauder
à tâtons à travers le village abandonné. En quête de
victuailles et surtout de combustible, les soldats
faisaient flèche de tout bois : chaises, tables, armoires, tonneaux et voitures, tout flambait. Parfois
même on brûlait une grange ou une étable pour se
mieux chauffer. Derrière la longue ligne des fusils
mis en faisceaux, les hommes s'accroupissaient mor-
fondus devant des brasiers énormes et, silencieux,
hébétés par la fatigue et l'insomnie, regardaient
les flammes danser devant leurs yeux hypnotisés.

L'aube tardive du 20 septembre s'éveilla dans la
froideur d'une bruine très dense qui empêchait de
voir à deux pas. Les feux s'étaient éteints, les soldats engourdis s'étiraient douloureusement. On
venait de donner l'ordre de reformer les rangs. A
travers la buée blafarde, on distinguait de fantoma-
tiques silhouettes courant aux faisceaux ; on percevait des bruits d'armes froissées, de brefs commandements, puis l'avant-garde se mettait en marche,
sur deux colonnes, dans la direction de la route de
Metz à Paris.

On approchait de la ferme des Meigneux, quand
un éclair roussâtre troua le brouillard et un coup de
canon résonna sourdement, comme un salut matinal
de l'ennemi. Les Prussiens, sans riposter, conti-

nuaient leur course à travers champs afin d'occuper
le plus vite possible la grand' route. Les escadrons
du duc de Weimar s'étaient élancés vers les talus
de la chaussée et galopaient déjà à l'aventure entre
deux rangées de grands peupliers noyés de brume.
La canonnade des Français devenait plus sérieuse.
Dans la grise épaisseur du brouillard les éclairs rou-
geâtres et les coups de tonnerre partaient de deux
endroits à la fois : des hauteurs du mont Yvron où
se trouvait l'artillerie de Duprez-Crassier, et de l'auberge de la Lune où étaient pointées les batteries
de Kellermann.

Désorientée, sondant en vain la brume pour y
découvrir les troupes ennemies qui essayaient sans
doute de battre en retraite à la faveur du brouillard,
l'avant-garde prussienne commençait son attaque, et
des coups de canon s'échangeaient à travers l'impé-
nétrable rideau de bruine qui isolait les deux armées.

Peu à peu les batteries françaises cessèrent de
tonner. Il y eut alors, de part et d'autre, un moment
d'arrêt, comme si les deux adversaires, après s'être
tâtés dans le brouillard, reconnaissaient l'impossibilité de batailler à l'aveuglette. Dans cet intervalle
le gros de l'armée confédérée arrivait enfin sur le
plateau des Meigneux. Le roi, Brunswick et les
officiers d'état-major se portaient en avant, puis
s'arrêtaient, impatients devant ce voile d'épaisses
vapeurs qui leur dérobait l'ennemi.

Vers midi, la pluie cessa. Dans le ciel moins bas,
la brume s'éclaircissait et on entrevoyait des coins
de bleu. Un coup de vent, déchirant soudain le

brouillard, en roula vers les bas-fonds les blanches
traînées fumeuses, et, dans le cortège royal, les
figures déconcertées s'allongèrent à mesure que les
objets se dessinaient plus nettement. A l'anxieuse
impatience succédait un mouvement de stupeur et
de dépit chez tous ces officiers généraux qui, le cou
tendu, les lunettes braquées, regardaient les positions ennemies...

. Sur les deux flancs du plateau de Valmy, l'armée
française étendait ses ailes légèrement repliées. En
avant, sa cavalerie nombreuse se tenait immobile
dans la plaine, tandis qu'en arrière, les hauteurs
étaient couronnées de troupes rangées en bon ordre.
Le vent d'ouest promenait de rapides coups de soleil
sur les drapeaux tricolores frissonnants, sur les régiments de grenadiers aux baïonnettes scintillantes:
dans l'air humide éclatait l'entraînante musique de
l'hymne des Marseillais. Les lunettes à longue portée
permettaient de distinguer les mouvements des
officiers. On les voyait se démener vivement en
pleine lumière, en avant de leurs bataillons; ils
agitaient leur chapeau au bout de leur épée, et un
immense cri de : « Vive la Nation! » jeté par des
milliers de bouches, arrivait jusqu'aux oreilles des
Prussiens abasourdis. — Cette armée de « perru-
quiers et de savetiers », qui devait se débander au
premier coup de canon, ces troupes qu'on croyait
surprendre dans le désarroi et l'effarement d'une
retraite, attendaient solidement, intrépidement le
choc de l'adversaire et acceptaient la bataille avec
des cris d'enthousiasme...

VII

LA CHUTE DES RÊVES

Au Four-aux-Moines, où la chanoinesse et ses deux compagnons étaient arrivés sains et saufs la veille, dans l'après-midi, les premières heures avaient été employées aux effusions du retour, aux échanges de questions et de confidences entre la tante et la nièce qui ne s'étaient plus revues depuis la fin de juin 1791. Mlle Gertrude, ayant gardé son franc-parler et ses idées libérales, fronçait le sourcil aux discours enthousiastes d'Hyacinthe. Là aussi, la chanoinesse fut obligée de reconnaître qu'on ne partageait pas ses illusions. Mlle de Saint-André voyait, il est vrai, avec peine la déchéance de Louis XVI et compatissait à ses royales infortunes, mais elle exécrait les Prussiens et souhaitait le succès de l'armée française. Elle ne cacha pas à sa nièce qu'un séjour à la verrerie n'était point sans danger. Les troupes du général

Duval étaient cantonnées à La Chalade et le moindre soupçon pouvait amener des soldats au Four-aux-Moines. Aussi commença-t-elle par claquemurer Hyacinthe et ses deux amis dans les chambres les plus retirées de sa maison et leur recommanda-t-elle de n'en point sortir.

Hyacinthe passa une nuit sans sommeil dans son étroite cellule et ne s'endormit qu'au petit matin. Elle fut réveillée en sursaut par des roulements sourds, pareils à de lointaines rumeurs d'orage. Elle prêta l'oreille. — Non, ce n'étaient pas des coups de tonnerre, mais des coups de canon qu'on entendait là-bas, au delà des bois, du côté de Sainte-Menehould. Pour sûr, la bataille décisive était enfin engagée. — Elle s'habilla en hâte, le cœur battant, écrivit un bout de lettre et alla frapper à la porte de la chambre où Courouvre dormait en compagnie de M. de Vendières.

— Monsieur de Courouvre, cria-t-elle, levez-vous. J'ai à vous parler.

Quand le gentilhomme verrier, les yeux gros de sommeil, vint la trouver dans le couloir :

— Écoutez! murmura-t-elle en lui saisissant le bras, on entend le canon... Les deux armées se sont rencontrées... Je ne puis rester ici dans l'ignorance et l'anxiété et il faut que vous me rendiez un service... Sellez votre cheval et rejoignez ce matin le régiment du prince de Prusse. Pour vous qui connaissez les chemins c'est l'affaire de deux heures. Voyez le prince, remettez-lui ce billet et dites-lui que j'attends ses ordres... Puis, ce soir,

23.

revenez m'instruire des résultats de la journée.

— Diable! répondit Courouvre en se grattant la tête, si on se donne des coups là-bas, ce sera peut-être malaisé de retrouver votre prince... Mais bah! je me mangerais le sang en restant ici à bayer aux mouches; j'aime encore mieux courir les chemins et faire le coup de fusil au besoin... Soyez tranquille, madame, je vous rapporterai des nouvelles de la bataille ou j'y laisserai ma peau... Au revoir donc!

Un quart d'heure après, il enfourchait son bidet et décampait sous bois.

Hyacinthe rentra dans sa chambre, en proie à tous les énervements de l'attente. Elle étouffait entre les murs de cette cellule hermétiquement close, et, sans se soucier des recommandations de Gertrude, elle ouvrit la croisée qui donnait sur le jardin; puis elle s'accouda à l'embrasure, les yeux perdus dans les vapeurs grises qui couvraient les champs.

Toujours au loin on entendait le canon. Les détonations arrivaient jusqu'à Hyacinthe assourdies et comme ouatées par le brouillard. Elle n'avait plus d'attention que pour cette lointaine canonnade. Toute son âme était concentrée dans ses oreilles. Vers dix heures, le bruit s'affaiblit, les détonations s'espacèrent, puis cessèrent tout à fait. Elle en eut d'abord comme une déception.

— Eh! quoi, était-ce déjà fini? — Puis une soudaine réflexion la rasséréna : — le combat se terminait probablement parce que l'ennemi fuyait en

déroute. Cela devait·être ainsi. N'avait-on pas prédit que l'armée des jacobins lâcherait pied au premier coup de canon! La solide infanterie prussienne
n'avait eu qu'à se montrer pour chasser à la baïonnette ces volontaires fanfarons et braillards... Maintenant, sans doute, les alliés marchaient déjà sur
Châlons... Tant mieux! Courouvre n'en reviendrait
que plus vite au Four-aux-Moines et elle pourrait, à
son tour, rejoindre le corps des émigrés.

L'esprit plus calme, elle avait quitté la fenêtre.
Elle furetait par la chambre pour trouver un livre
et tromper son impatience par quelque lecture. Une
gazette oubliée dans un tiroir entr'ouvert lui tomba
sous la main. Depuis son départ de Verdun, elle
était restée sans nouvelles de Paris, et elle s'assit
pour parcourir ce journal, daté du 8 septembre.
Brusquement elle pâlit. En tête de la première
colonne, elle venait de lire ce paragraphe :

« Dans sa séance d'hier, l'Assemblée législative,
sur le rapport du citoyen Tocquot, a décrété d'accusation, comme traîtres à la patrie, les administrateurs du département de la Meuse, Ternaux et
Baujard, qui ont criminellement pactisé avec les
ennemis de la Nation, en se rendant à Verdun pour
signer les réquisitions de Brunswick. »

Hyacinthe, le cœur navré, rejeta le journal et
revint s'accouder à la fenêtre. La vue des charmilles
du jardin, trempées de pluie et roussies par l'automne, ramena plus vivement encore sa pensée vers
cet ami passionné et fidèle, dont elle venait d'apprendre la proscription. Son âme se troubla de

nouveau ; un attendrissement la prit en songeant
que si Baujard avait consenti à se rendre à Verdun
et à y rester, c'était surtout pour se rapprocher
d'elle. — Et maintenant il était abandonné par les
chefs de son parti, accusé de trahison, menacé dans
sa vie et dans ses biens, et tout cela à cause d'elle !...
Le remords dont elle sentait l'aiguillon éveilla le
véhément désir de réparer le mal qu'elle avait
causé; elle se promit, après la victoire des alliés,
de se dévouer au bonheur de Baujard. Il avait l'esprit trop élevé et trop clairvoyant pour ne pas
reconnaître que ses amis les jacobins conduisaient
la France aux abîmes. Cette dernière injustice le
détacherait d'eux radicalement et alors il reviendrait
à la bonne cause. — Il trouvera en moi, pensait la
chanoinesse, une consolatrice et une amie dévouée :
c'est à moi seule qu'il devra son salut et son avenir
politique... Il rêvait de servir un peuple de rebelles;
je ferai de lui un glorieux serviteur de la monarchie
restaurée...

Cette idée d'apostolat et de tendre protection
flattait trop sa chimère pour qu'elle ne l'adoptât pas
avec enthousiasme. Certaine d'apprendre avant le
soir la marche victorieuse de l'armée confédérée
sur Paris, elle bâtissait déjà d'amoureux et ambitieux châteaux en Espagne.

Elle fut rappelée à la réalité par l'entrée de Vendières et de Mlle de Saint-André. La prudente Gertrude avait jugé à propos de servir dans la chambre
le dîner qu'elle avait cuisiné elle-même. Au moment
où les deux reclus s'attablaient, le brouillard se

leva et un rayon de soleil glissa à travers les arbres jusque sur la nappe blanche.

— Voilà qui est de bon augure, dit Hyacinthe avec une gaieté nerveuse.

Elle versa du vin à Daniel : — Buvons, mon ami, au succès de nos armées et à la restauration du roi!

— Hé! s'écria Gertrude en haussant les épaules, buvez plutôt à la paix et au départ de ces maudits Allemands qui m'ont obligée à éteindre mes fours!... Le rétablissement du trône, c'est bel et bon, mais si la guerre continue encore un mois ou deux, nous n'aurons plus que de l'eau à boire à la santé du roi.

— Rassurez-vous, ma tante, s'exclama Hyacinthe d'un ton de prophétesse, vous aurez en même temps le roi et la paix... Avant ce soir les jacobins recevront enfin la correction qu'ils méritent!

— Ma mie, tu seras donc éternellement incorrigible!... Comme don Quichotte, tu prends plus que jamais tes fantaisies pour des réalités... Toujours les moulins à vent, toujours!...

Comme elle achevait, de nouveaux coups de canon résonnèrent dans la direction de Sainte-Menehould.

— Écoutez, murmura le chevalier en tressaillant, ça recommence!

La canonnade reprenait en effet, mais avec une furie bien plus violente.

La chanoinesse laissa tomber sa fourchette et leva brusquement la tête. Ses pupilles se dilataient et elle tordait convulsivement sa serviette en écou-

tant avec une inquiète surprise la voix grondante de
l'artillerie.

Les décharges se succédaient presque sans inter-
ruptions avec un fracas plus retentissant. La canonnade du matin n'était rien auprès de ces continuels
roulements de tonnerre qui emplissaient la forêt.
Hyacinthe se demandait avec angoisse si elle ne
s'était pas trompée dans ses conjectures. Les troupes
révolutionnaires ne s'étaient donc pas débandées
ainsi qu'elle l'espérait, puisque le feu des battéries
se rallumait plus ardent? C'était un combat d'escar-
mouche qu'elle avait entendu en s'éveillant, et c'était
à cette heure seulement que s'engageait la bataille
décisive.

Elle n'avait plus faim et, repoussant sa chaise,
elle quitta le table. Muette, les lèvres serrées, le
front plissé, elle se promenait à travers l'étroite
chambre avec une agitation croissante. Le bruit de
la canonnade avait également coupé l'appétit au
chevalier. Il alla prudemment fermer la croisée et
demeura debout derrière les rideaux. Sa nature de
lièvre reprenait le dessus et lui ôtait tout sang-froid :
à chaque détonation il tressautait et s'effarait,
comme s'il eût été le point de mire des canons.

Les fracas des batteries devenait de plus en plus
intense. Quand le vent d'ouest l'apportait par la
vallée de la Biesme, les vitres de la maison trem-
blaient. On eût dit que la forêt tout entière, secouée
par un ouragan, se déracinait et s'effondrait. Les
hôtes de la cellule ne s'adressaient plus la parole.
Mᴵˡᵉ de Saint-André elle-même paraissait effrayée.

Elle s'était assise et tirant de sa poche un tricot grossier, elle agitait machinalement les aiguilles sans desserrer les lèvres.

Tous trois pressentaient dans ce continuel roulement de tonnerre quelque chose de décisif et de formidable. C'étaient deux races, deux mondes qui s'entre-choquaient là-bas, derrière les collines, et se portaient ces coups terribles qui retentissaient jusqu'au cœur de la forêt! Qui aurait le dessus? Qui l'emporterait de la vieille royauté séculaire ou du régime nouveau?...

Hyacinthe énervée s'impatientait des soupirs et des effrois du chevalier. Elle l'obligea à quitter la fenêtre qu'elle ouvrit toute grande.

Le cœur palpitant, les yeux sombres, elle se penchait au dehors. Elle semblait interroger anxieusement les masses profondes de la futaie et les blancs nuages échevelés qui fuyaient vers l'est après avoir un moment plané au-dessus du champ de bataille.

De mortelles heures se passèrent ainsi. Le ciel s'était de nouveau couvert. A la tombée du crépuscule, le bruit de la canonnade s'affaiblit; on ne percevait plus que de sourdes détonations largement espacées, puis tout se tut. La bataille était finie. La forêt d'Argonne retombait dans son pacifique silence de tous les jours. Immobile à la fenêtre, Hyacinthe n'entendait plus que le frisson des feuilles jaunissantes, et plus près, dans les charmilles, le gazouillement menu d'un petit rouge-gorge qui murmurait insoucieusement sa familière chanson d'automne...

La chanoinesse s'enfiévrait. Malgré les observa-

tions de Gertrude et les prières du chevalier, elle
s'entêtait à rester à la fenêtre, espérant toujours
ouïr le trot du cheval d'Elie de Courouvre. A la nuit,
un orage violent éclata, comme si, dans l'atmosphère
troublée par la canonnade, les éléments déchaînés
eussent voulu faire écho aux tempêtes de la bataille.
La pluie ruisselante obligea la jeune femme à fermer
la croisée. Elle reprit alors sa marche nerveuse à
travers la chambre.

Il était près de neuf heures, quand deux coups de
feu, tirés dans la direction du village, attirèrent
l'attention d'Hyacinthe. L'instant d'après, on entendit quelqu'un traverser précipitamment la cour, et
Mⁱˡᵉ de Saint-André, qui était descendue pour s'en-
quérir de ce qui arrivait, reparut, une lanterne à la
main, poussant Elie de Courouvre dans la chambre.

— C'est sur vous qu'on a tiré! s'écria la chanoinesse haletante.

— Pardine! répondit le verrier essoufflé, les
sacrés-mâtins m'ont canardé à la lisière du taillis, et
c'est mon pauvre bidet qui a tout reçu... Je l'ai
laissé sous bois en train de crever... Moi, je n'ai rien.

— On s'est battu là-bas?

— Oui, à coups de canon, et ferme!

— Les jacobins ont eu le dessous?

— Nenni... Les *malabres*! ils gardent leurs positions... et les Allemands aussi...

— Alors c'est à recommencer!

— Ma fi, oui!

L'excitation d'Hyacinthe s'éteignait; sa figure
prenait une morne expression de désappointement.

— Vous avez vu le prince de Prusse? dit-elle d'une voix altérée.

— Ça n'a pas été sans peine... On me renvoyait d'Hérode à Pilate. Enfin je l'ai joint à la ferme des Meigneux... Il n'a pas pu vous écrire, comme de juste, seulement il m'a commandé de vous dire qu'il fallait regagner Verdun le plus vite possible.

— Verdun!... Pourquoi?... J'ai pris mes mesures pour suivre l'état-major.

Le verrier eut un narquois clignement d'yeux :

— Vous le précéderez au lieu de le suivre, voilà tout.

— Qu'est-ce que cela signifie!... L'armée royale ne marche-t-elle plus sur Paris?

Courouvre haussa les épaules :

— Ah! oua!... Ils ont perdu la tête et ne savent plus s'ils iront à *hue* ou à *dia*... Les soldats ont la colique, les chefs eux-mêmes sont *débiscaillés*... Entre nous, je crois qu'ils ont de la guerre plein le dos et qu'ils rentreront tout bêtement chez eux...

QUATRIÈME PARTIE

1793

I

L'EXODE

Malgré les prudentes recommandations du prince de Prusse, la chanoinesse retardait de jour en jour son départ pour Verdun. Elle ne pouvait se résoudre à quitter l'Argonne, espérant encore apprendre la nouvelle d'une seconde bataille plus décisive que la canonnade de Valmy. Il lui semblait impossible qu'après avoir franchi les défilés et triomphé des plus difficiles obstacles, le duc de Brunswick eût la faiblesse de reculer. Elle se rassurait en se rappelant les sentiments chevaleresques de Frédéric-Guillaume. A chaque instant, elle prêtait l'oreille, croyant entendre au loin le bruit du canon. Le 1er octobre, Courouvre qui était parti sous bois, dans la direction de Ville-sur-Tourbe, revint le même soir annoncer que

l'avant-garde prussienne était déjà à Massiges, et
que le gros de l'armée battait décidément en retraite.
— Tout espoir était perdu et un plus long séjour au
Four-aux-Moines devenait dangereux. Il fallait profiter sans retard de ce que le chemin de Varennes à
Verdun était encore libre. Le 3 octobre, Hyacinthe
prit congé de Mlle de Saint-André et, sous l'escorte
de Courouvre et de Vendières, se mit précipitamment en route à travers la forêt.

A Verdun, le parti royaliste était atterré. On
savait que l'armée alliée effectuait précipitamment
sa retraite; on parlait vaguement d'une convention
secrète conclue avec Dumouriez, et les émigrés
furieux criaient à la trahison. Ceux qui étaient
restés en ville constataient déjà un notable changement dans les dispositions des habitants. Les familles
amies qui leur avaient donné l'hospitalité commençaient à trembler pour elles-mêmes et accueillaient
avec plus de froideur ces hôtes compromettants.
Les patriotes s'enhardissaient. Dans les quartiers
populeux, on ne se gênait plus pour lancer des
nasardes et des injures aux malheureux gentilshommes qui se hasardaient en pleine rue.

Chaque jour, un nouvel incident dessillait les yeux
de ceux qui avaient obstinément gardé quelques
illusions. Le 30 septembre, on apprit que le roi de
Prusse venait de donner l'ordre de mettre en liberté
Georges, le maire de Varennes, arrêté au lendemain
de la capitulation. Son élargissement avait été sti-
pulé par Dumouriez, lors d'un échange de prisonniers. — Le matin même de sa sortie de prison, le

vieux constituant accourut chez son ancien collègue
Baujard.

Il le trouva accoudé à sa table de travail, dans son
étroite chambre d'auberge, les traits tirés, les yeux
fatigués et l'air découragé.

— Me voici libre, mon camarade! s'écria Georges
en lui sautant au cou, et je crois que le sol de la
patrie sera promptement aussi délivré des Prussiens... Qu'en pensez-vous?... Quelles nouvelles de
l'armée?

— Dumouriez a forcé l'ennemi à battre en retraite
et je crois, comme vous, que la République est sau-
vée, répondit Baujard d'une voix morne.

— Et vous me dites ça comme s'il s'agissait d'un
désastre! s'exclama le vieillard; pourquoi cette mine
consternée?... Les choses ont-elles mal tourné pour
vous?

— Très mal... L'un des derniers décrets de l'Assemblée législative nous met en accusation, Ternaux
et moi, comme traîtres à la patrie.

— Diable!... Pauvre garçon! murmura l'ancien
constituant avec un hochement de tête... Pourtant
vous avez obéi aux ordres du département et vous
n'avez rien à vous reprocher, n'est-ce pas?

— Non,... rien... J'ai signé, à la vérité, quelques
réquisitions, mais c'était pour épargner une exécution militaire à de malheureux villages.

— Eh bien! demandez des juges et lavez-vous bien
vite de cette injuste accusation.

— Mon collègue Ternaux est déjà parti pour Bar,
afin d'y préparer ses moyens de défense... Je compte

l'y rejoindre, dès que j'aurai terminé quelques affaires urgentes et vu certaines personnes, répondit Baujard avec une nuance d'embarras.

— Moi, je cours à Varennes embrasser ma femme et mes enfants... Bon courage, mon camarade! Si je puis vous donner un coup d'épaule, écrivez-moi et je me mets à votre disposition...

Ils se quittèrent et Baujard retomba dans son état de profonde détresse morale. Ce qu'il n'osait avouer à Georges était justement ce qui le rendait le plus misérable : il restait à Verdun, parce qu'il n'en voulait point partir sans avoir revu Hyacinthe. — Depuis le départ de la chanoinesse il avait reçu seulement deux lettres d'elle : — l'une, écrite dans l'éblouissement des premiers succès de Frédéric-Guillaume, annonçait que Mme d'Eriseul se proposait de suivre à Paris les confédérés triomphants; l'autre, datée du Four-aux-Moines, révélait un amer désenchantement et Hyacinthe y parlait de son prochain retour à Verdun. — Baujard attendait ce retour avec une fiévreuse impatience. Presque chaque jour, il courait rue de la Belle-Vierge; mais Mme de Rosnes ne savait rien encore et ne l'entretenait que de ses propres tracas. Sans se rebuter, il revenait le lendemain. Tout en soulevant le marteau, il se disait avec un battement de cœur que, cette fois, il serait accueilli et réconforté par le sourire attendri de la chanoinesse... et, ainsi que la veille, il rentrait déçu dans sa chambre d'auberge.

Alors, le découragement le jetait abattu dans son fauteuil. Il s'accusait de lâcheté et se reprochait vio-

lemment sa conduite. — Non, il n'avait pas la conscience aussi calme qu'il s'en était vanté devant
Georges. Le devoir lui commandait de se refuser dès
le premier jour à toute compromission avec les
autorités prussiennes; mais le désir de rester près
de Mme d'Eriseul avait amolli son énergie et troublé
son âme. Peu à peu la rigidité de ses principes
s'était détendue sous l'ensorcelant regard de la chanoinesse. D'ajournements en ajournements, ses
héroïques résolutions étaient demeurées inexécu-
tées. Et à cette heure, où il était libre de quitter
Verdun, il s'y attardait encore, attiré invinciblement
vers la porte close de Mme d'Eriseul. — Pourquoi
n'imitait-il pas son collègue Ternaux et ne courait-il
pas se justifier devant le comité de Sûreté générale?
— Il maudissait ses défaillances, il se promettait de
quitter sur-le-champ cette ville fatale où, lambeaux
par lambeaux, il laissait chaque jour un peu de sa
dignité... Et le lendemain le retrouvait à la même
place, espérant toujours qu'un avis de la chanoinesse l'appellerait rue de la Belle-Vierge...

Hyacinthe rentra à Verdun le 5 octobre au soir.
Elle y rapportait le deuil de ses illusions. Endolorie
jusqu'au tréfonds de son être, souffrant d'un acca-
blement physique et moral, elle demeurait muette,
inerte, entre Mme de Rosnes qui se lamentait de
n'avoir pu regagner sa maison de la rue du Bourg,
et le chevalier de Vendières, fourbu de sa campagne
à travers l'Argonne.

Quand, le lendemain matin, elle ouvrit sa fenêtre
pour respirer l'air de la rue et rafraîchir son cer-

veau brûlant, elle entendit, sous l'auvent d'une échoppe, un ouvrier dire tout haut à son camarade, en la montrant du doigt :

— En voilà encore une qui croyait remonter sur ses grands chevaux et qui frayait avec les Prussiens,... mais le vent a tourné ; elle aura de la chance si elle garde sa tête sur ses épaules !

Elle referma précipitamment la croisée et se cloîtra chez elle.

Elle n'avait même plus le courage de prévenir Baujard de son retour. Son orgueil meurtri était plus fort que sa tendresse. Il lui coûtait trop de donner le spectacle de sa confusion et de son désespoir à l'homme qui s'était compromis pour elle et qu'elle ne pouvait plus dédommager de son sacrifice, en l'associant à ses rêves ambitieux. Elle se confinait dans sa solitude, cherchant à ne plus penser, fermant ses oreilles aux plaintes de sa tante et aux bruits du dehors...

Le 12 octobre, de sourdes rumeurs coururent par la ville. On affirmait que l'ordre était donné de vider les hôpitaux et les ambulances, et que Verdun allait être rendu aux Français. Une soudaine panique s'emparait des émigrés et de leurs hôtes. En un instant, des groupes affolés d'hommes et de femmes de toutes conditions fourmillèrent dans les rues. Les figures étaient consternées; on s'interrogeait avec anxiété et on éclatait en imprécations contre le roi de Prusse. Celui qu'on célébrait naguère comme « l'Agamemnon moderne » n'était plus maintenant que « l'opprobre des souverains ». Peu à peu les carrefours et les places s'encombraient de caisses, de meubles épars et de charrettes louées à prix d'or. On voyait reparaître quelques-uns des carrosses armoriés qui avaient amené en France les grands seigneurs de l'émigration ; mais, avec l'imprévoyante étourderie qui caractérisait les émigrés, la plupart des propriétaires de ces équipages ayant vendu leurs chevaux pour mener gaiement la vie à Verdun, se trouvaient à la merci des maquignons qui leur tenaient la dragée haute.

Au milieu de ce désarroi, on vint prévenir la chanoinesse que le prince de Prusse insistait pour être introduit près d'elle, et Hyacinthe donna l'ordre de le recevoir. Le jeune prince entra gravement dans ce salon sommairement meublé, où le pauvre Damloup lui avait été présenté, et il y fut accueilli par une impétueuse exclamation de Mme d'Eriseul.

— Prince, on prétend que le roi votre père veut abandonner Verdun... N'est-ce pas qu'il n'y a rien de vrai dans cette misérable nouvelle?

— Madame, répondit tristement le jeune homme, j'ai le regret de vous annoncer que c'est malheureusement la vérité.

— Ah! s'écria avec véhémence Hyacinthe ; voilà donc comment les rois tiennent leurs promesses?... La route de Paris était ouverte, et c'est à ce moment qu'on juge à propos de reculer!... Je suis presque tentée de croire à ce qu'on publie ici au sujet d'une honteuse convention conclue avec les républicains!

— Vous vous trompez, madame... C'est la mort

dans le cœur que le roi a renoncé aux projets qui lui étaient chers... Il a pensé, comme nous tous sans doute, qu'assez de sang était inutilement répandu.

— Le corps des émigrés voulait se battre, nos princes sollicitaient l'honneur d'attaquer les batteries de Kellermann... Pourquoi les en a-t-on empêchés?

— Parce que cela n'eût servi à rien... Si nous avions livré la bataille, peut-être l'aurions-nous gagnée... Mais après?... Nos efforts n'auraient pas réussi à sauver votre roi... Les Français ne veulent plus de lui.

— Allons donc! protesta Hyacinthe, comment Votre Altesse a-t-elle pu croire à une pareille fausseté?

— Je crois ce que j'ai vu, madame... Je suis allé en parlementaire traiter d'un échange de prisonniers avec Dumouriez. J'ai traversé son armée... On n'y veut plus de roi; c'est le cri des officiers et des soldats... Nous sommes trop ménagers du sang de nos hommes pour persévérer vers un but que nous ne pouvons atteindre...

Hyacinthe resta un moment silencieuse, les yeux voilés, les lèvres crispées, puis d'une voix sourde :

— Ainsi le roi et sa famille sont sacrifiés, tout est perdu et nous devons reprendre le chemin de l'exil?

— C'est fatal, madame! répondit le prince, tandis que ses yeux bleus se tournaient avec une expression de galante compassion vers cette belle personne, pétrifiée comme une Niobé dans son muet désespoir... Du moins, j'ai crú devoir prendre des mesures pour adoucir ce que ce brusque départ a de pénible. Je suis heureux de pouvoir mettre deux de mes chevaux et une escorte de quatre uhlans à votre disposition... Ils vous protégeront contre les désordres qu'entraîne inévitablement la retraite d'une armée, et ils vous accompagneront jusqu'à la frontière.

Elle n'avait même plus la force de desserrer les lèvres; elle se bornait à secouer la tête en signe de remerciement.

— Ayez soin, continua le prince, de suivre autant que possible notre état-major, ce sera plus sûr... Et maintenant, au revoir, madame; je n'ose pas ajouter : heureux voyage! Je garderai précieusement le souvenir de nos trop courtes relations et s'il vous prenait fantaisie de pousser jusqu'à Berlin, vous trouveriez, vous et les vôtres, le meilleur accueil à la cour de mon père...

— Adieu, prince! murmura-t-elle en tendant machinalement la main.

Le jeune homme posa respectueusement ses lèvres sur cette main glacée, salua une seconde fois et sortit.

Elle se retrouvait seule. Ses larmes, qu'un reste d'orgueil avait longtemps contenues, pouvaient enfin couler à l'aise. Elle se jeta à genoux près de la chaise longue, enfouit sa tête dans les coussins et pleura abondamment.

A la même heure, François Baujard était avisé par l'état-major prussien que, le lendemain à midi, la ville serait rendue. Sa première pensée fut pour

Hyacinthe. La jeune femme allait sans doute, en
toute hâte, regagner la frontière à la suite des armées
confédérées et il était menacé de ne plus la revoir.
Un véhément désir de se mettre à sa recherche le
poussa hors de sa chambre et il s'élança dans la rue,
où la foule effarée se frayait difficilement un chemin
à travers le tumulte des charrettes et des fourgons.

Dès les premiers pas, le procureur-syndic fut
arrêté par un convoi qui barrait la rue. Tandis qu'il
cherchait à se faufiler entre les chevaux, il vit sortir
d'une maison voisine le capitaine d'Espondeilhan en
tenue de voyage, suivi d'un domestique qui portait
un petit paquet au bout d'un bâton. Le capitaine
cheminait tête basse, le pas traînant et l'air consterné. Il passa près de Baujard sans le regarder;
mais celui-ci l'avait reconnu et il allait le rejoindre
pour essayer d'obtenir quelques renseignements sur
la chanoinesse; quand il aperçut, à l'angle du trot-
toir d'en face, le long corps mince et voûté du chevalier de Vendières.

Daniel était sorti pour aller aux nouvelles et aussi
pour acheter de menues provisions de bouche, car
en cette ville pleine de troupes il devenait chaque
jour plus difficile de se procurer des vivres.
Debout, au coin de la rue, il attendait prudemment
que les voitures d'ambulances eussent toutes défilé,
et c'était un spectacle à la fois grotesque et mélan_
colique que la mince silhouette du chevalier, coiffé
d'une casquette de cuir, sa longue lévite noisette
lui collant au corps, un pain sous le bras et à la
main un sac de papier contenant des fruits.

Brusquement Baujard traversa la rue et aborda M. de Vendières. Celui-ci, gêné d'être surpris par l'ancien député dans l'exercice de ces fonctions domestiques, rougit et balbutia :

— Serviteur, monsieur Baujard... Vous le voyez, je fais moi-même mon marché !.. Au milieu de ce tohu-bohu, les servantes ont perdu la tête et j'ai été quérir quelques provisions de bouche pour ces dames.

— Mme d'Eriseul est donc rentrée à Verdun? demanda impatiemment Baujard.

— Oui, nous sommes revenus depuis six jours.

Cette réponse serra le cœur de Baujard. — Ainsi la chanoinesse était à Verdun, et, tandis qu'il se rongeait d'inquiétude, elle n'avait pas même songé à l'aviser de son retour! Il resta un moment abasourdi, puis relevant la tête :

— Chevalier, dit-il, j'ai absolument besoin de voir Mme d'Eriseul. Il faut que je lui parle sans retard... Veuillez me conduire chez elle.

Daniel le dévisagea d'un œil anxieux, hocha le menton, puis, comme l'accès de la rue était devenu libre :

— En ce cas, venez! répliqua-t-il.

Ils s'engagèrent silencieusement dans une ruelle en pente. Quand on fut arrivé au logis La Guérinière, le chevalier introduisit son compagnon sur le palier du premier étage :

— Attendez-moi là, je vais prévenir Hyacinthe.

Quelques minutes après, une porte s'ouvrait et Baujard était admis dans le froid salon aux volets clos.

Surprise par Daniel dans la violente explosion de larmes qui avait suivi la visite du prince royal, Hyacinthe avait à peine réparé le désordre de sa toilette ; elle se présentait les yeux humides, les cheveux renoués à la hâte, la poitrine encore oppressée de sanglots, mais charmante quand même en cette attitude désolée.

— Hyacinthe ! s'écria Baujard, à qui la joie de la retrouver faisait oublier tous ses griefs, pourquoi m'avez-vous caché votre retour ?

— Pardon, mon ami !... Je suis accablée, désespérée... Épargnez-moi !

— Cruelle, reprit-il tendrement, vous étiez dans la peine et vous ne m'avez pas appelé !

— A quoi bon ! répliqua-t-elle avec un accent farouche. Après tant d'humiliations et de désastres, j'avais honte de me montrer... surtout à vous que j'ai follement compromis et pour qui mon affection a été constamment funeste.

— Ne parlons pas de moi... Je vous retrouve et cela me console de tout... Occupons-nous de vous d'abord... Vous savez que Verdun doit être remis aux troupes de la République ?

— Oui... Nous partirons demain, ma tante, le chevalier et moi, à la suite de l'armée allemande... Le prince royal nous donne une escorte de uhlans jusqu'à la frontière...

La figure de Baujard se rembrunit. Hyacinthe s'en aperçut, et se rappelant que le procureur-syndic était lui-même devenu suspect au gouvernement républicain :

— Mais vous, mon ami ? s'écria-t-elle... Au milieu de mes égoïstes chagrins, j'oubliais que vous n'êtes pas plus en sûreté que nous... On vous a décrété d'accusation.... Qu'allez-vous faire?

— Oh ! moi, je n'aurai pas de peine à me justifier et je n'hésiterai pas à demander des juges au comité de Sûreté générale.

— Vous irez à Paris?

— Oui, mais auparavant je veux avoir la certitude que vous êtes hors de danger... Je vais à Damvillers chez le procureur de la commune Simon Lepage, un de mes anciens clients, auquel j'ai rendu service... Je me cacherai là jusqu'à ce qu'un mot de vous m'instruise que vous avez heureusement franchi la frontière...

La chanoinesse tourna vers lui ses beaux yeux auxquels la reconnaissance et la tendresse donnaient une adorable expression. Oubliant son orgueil, ses déboires et son angoisse, elle se jeta au cou de Baujard et le serra contre sa poitrine.

— Ah! soupira-t-elle, votre cœur vaut mieux que le mien!...

Baujard n'avait plus la force de parler. Il étreignait silencieusement ce corps souple et tiède, qui pour la première fois s'abandonnait à lui. Tant de bonheur le troublait et ses lèvres balbutiantes ne trouvaient d'autre réponse que des baisers posés lentement sur les cheveux blonds et les paupières humides de la jeune femme. Celle-ci, les yeux clos, la bouche entr'ouverte, frissonnait imperceptiblement sous ces caresses d'amour et semblait étourdie par des sensations trop nouvelles et trop fortes.

A la vue de cette charmante tête roulée sur son épaule, au contact de ces bras frais et de ce sein brûlant, Baujard flottait en un voluptueux rêve. Il perdait la notion nette des choses. Il était tenté de murmurer à l'oreille d'Hyacinthe : « Partons ensemble et allons nous aimer à l'étranger... Qu'importent la justice, la liberté et la patrie, pourvu que nous soyons heureux !... » Le fracas des fourgons ébranlant les murs et les vitres, les lointains roulements des tambours, le secouèrent brutalement. Au milieu de son délire passionné, il entrevit comme à la lueur d'un éclair, les figures ricanantes de J.-J. Renard et de sa bande, lorsqu'ils apprendraient que le patriote Baujard avait émigré à la suite des Prussiens. A la pensée de lire son nom associé à celui du « traître Bouillé », tout son être se révolta... Un bruit de pas sur le palier et un discret grattement à la porte firent dans le même moment tressaillir la chanoinesse. Elle rouvrit les yeux et balbutia :

— Le chevalier !

Alors Baujard dénouant les bras d'Hyacinthe la déposa toute palpitante sur la chaise longue. Elle y était à peine que la porte s'ouvrit et Daniel de Vendières se montra. Son regard effaré allait de la chanoinesse encore mal remise de son émotion, à Baujard qui s'était brusquement reculé en arrière. Le pauvre chevalier semblait tout aussi embarrassé et confus que les deux amoureux dont il venait de troubler le tête-à-tête. Mais s'il devinait quelque chose, il avait trop de délicatesse pour en laisser rien voir. Il se borna à marmotter timidement :

— Je venais vous annoncer que tout est arrangé...
La berline sera à notre porte au petit matin, et le
sous-officier qui conduira l'escorte demande à quelle
heure il doit amener ses chevaux et ses hommes.

— Dès qu'il fera jour, répondit faiblement la chanoinesse.

Baujard se rapprocha d'elle, lui serra nerveusement la main et murmura :

— Adieu, madame... Demain, je serai sur le passage de votre voiture.

Puis il salua M. de Vendières et sortit.

II

SUR LES ROUTES

Le lendemain 11 octobre, par une matinée de brouillard, François Baujard, à cheval, embusqué près de la porte Chaussée, assistait au passage des fourgons et des voitures qui s'enfonçaient sous la voûte avec un roulement sourd. Le défilé s'effectuait avec lenteur et offrait aux yeux un spectacle navrant : les voitures d'ambulances emportant des malades, les charrettes aux bâches de toile, les carrosses des émigrés, les équipages militaires, se succédaient confusément. Tout à travers, essayant de se frayer un chemin, des cavaliers et des piétons avançaient péniblement : — soldats aux figures décharnées, aux uniformes fangeux ; vieux gentilshommes courbés sur leurs maigres chevaux ou piétinant dans la boue. — De brusques arrêts jetaient à chaque instant du désordre dans ce troupeau lamentable. Les chevaux s'effaraient et ruaient, les gens à pied se bousculaient au long des maisons. De furieux jurons, des appels désespérés, des cris de femmes épeurées se mêlaient aux plaintes des blessés, auxquels de soudains cahots arrachaient des hurlements de douleur.

Baujard vit passer le prince de Prusse entouré de son état-major. Derrière lui, Jarjaye et Massenbach chevauchaient de compagnie. L'officier de la maison du roi faisait bonne contenance et saluait galamment les dames des carrosses; Massenbach, le dos voûté et la face grognonne, haussait les épaules. Dans sa berline armoriée, la marquise de Fréhaut s'agitait, se penchait à la portière, montrait sa tête poudrée, ses joues où s'étalait un pouce de rouge, et invectivait son cocher qui n'en pouvait mais. — Enfin, au moment où le flot commençait à s'écouler sous la voûte, une berline escortée de quatre uhlans s'avança. Par l'une des glaces baissées, une main agita un mouchoir blanc. Les yeux de Baujard et ceux de la chanoinesse se rencontrèrent et celui-ci se mit en mesure de s'intercaler dans la file des voitures.

Hors des portes, le tumulte et la confusion redoublaient. Hommes, chevaux et véhicules se pressaient sur la route d'Etain — une route étroite, bordée de fossés remplis d'eau, où le moindre écart pouvait précipiter les équipages. — Un brouillard opaque augmentait encore le désordre. Se haussant sur ses étriers, Baujard s'efforçait de suivre des yeux la berline et son escorte, qui avaient pris sur lui une notable avance; mais au milieu de l'encombrement, cette surveillance devenait extrêmement difficile.

Un incident vint encore accroître la difficulté. — En avant du procureur-syndic, une voiture d'ambulance où les malades « étaient empilés comme des veaux » obstrua subitement le passage. L'un des deux chevaux s'était abattu; couché sur le flanc et labourant de ses sabots la chaussée, il essayait en vain de se relever. Des clameurs exaspérées retentissaient; on avait coupé les traits pour se débarrasser de cet obstacle malencontreux, mais l'autre cheval était impuissant à faire démarrer seul le lourd chariot. En un instant, sous l'aiguillon de la peur et sans pitié pour les cris de détresse des malades, la voiture bascula, précipitée dans l'eau rejaillissante du fossé, et sur la route redevenue libre, les équipages recommencèrent à rouler, broyant sous leurs roues la malheureuse bête restée sur le sol.

Au milieu du désordre, Baujard avait été refoulé en arrière. Quand il put enfin se dégager, il chercha des yeux la berline de la chanoinesse et ne parvint plus à la distinguer dans la brume. Alors, ayant rencontré un pont de bois jeté sur le fossé et, suivant l'exemple de quelques cavaliers, il s'élança dans la prairie située en contre-bas. Il espérait pouvoir y chevaucher plus vite et apercevoir de loin cette berline qui emportait vers l'exil la souveraine maîtresse de son cœur. Mais, là encore, d'imprévus obstacles l'attendaient.

Les pluies torrentielles tombant depuis six semaines avaient inondé la prairie. Le sol en était devenu si spongieux qu'on risquait de s'y embourber. Déjà d'imprudents piétons y enfonçaient jusqu'aux

genoux et, sentant le sol fuir sous leurs pieds, appelaient à l'aide avec des cris perçants. Leur appel
demeurait inentendu. L'instinct de la conservation
étouffait toute pitié dans les âmes et chacun ne
songeait qu'à soi. Baujard, uniquement possédé par
le désir d'apercevoir une dernière fois Hyacinthe,
demeurait comme les autres sourd à ces appels
désespérés. Il finit par gagner une levée où le terrain
était plus ferme et s'y fraya avec horreur un chemin
au milieu de cadavres de chevaux épars çà et là —
répugnants vestiges du campement des troupes
prussiennes après le siège. Des charognes dont
les soldats affamés avaient préalablement enlevé les
parties charnues, étalaient affreusement leurs carcasses lavées par la pluie, tandis qu'invisibles dans
le brouillard, des centaines de corbeaux planaient
et croassaient lugubrement.

Le cheval de Baujard, les oreilles dressées, reni-
flait bruyamment, se cabrait et refusait d'avancer à
travers ce charnier. Le procureur-syndic était obligé
de l'enlever à l'aide de la cravache et des éperons.
A la fin, la bête détala et emporta son cavalier vers
l'extrémité de la prairie qui longeait le cours de la
Meuse. Arrivé sur la route, Baujard se retourna. —
Verdun disparaissait dans la vapeur : dans la direction d'Etain on entendait le sourd tumulte de l'armée
en retraite, qui s'écoulait peu à peu et disparaissait
derrière un pli de terrain. C'était fini ; Hyacinthe
était déjà loin maintenant, et il ne restait à l'amoureux solitaire que de s'acheminer vers la retraite
qu'il s'était choisie.

Une brume de tristesse lui tombait sur le cœur, tandis qu'il montait lentement la côte de Bras. A Vacherauville, il prit la route de Damvillers et mit son cheval au trot.

Le pays se ressentait encore de l'effroi répandu par l'occupation prussienne. La plupart des villages semblaient abandonnés. De loin en loin, cependant, on apercevait à la lisière d'un bois des carrés de terre fraîchement labourée, où des paysans jetaient en hâte le blé des semailles. L'heureuse nouvelle de la retraite soudaine de l'ennemi avait déjà pu parvenir jusqu'à eux et ils reprenaient avec un nouveau courage leurs tâches interrompues.

A Flabas, Baujard dut s'arrêter pour laisser souffler son cheval et manger un morceau. Ce ne fut qu'à la tombée du jour qu'il arriva à Damvillers. La maison de Simon Lepage était située justement à l'entrée de la grand'rue. Elle n'avait qu'un rez-de-chaussée et s'allongeait, blanche entre les engrangements et les écuries. L'ancien député descendit de cheval et heurta à la porte enguirlandée d'un pied de vigne.

Simon Lepage, blond, robuste, haut en couleur, avec des yeux bleus éveillés et rieurs, vint lui-même ouvrir. Il dévisagea un moment avec une curiosité inquiète ce voyageur inattendu, puis, l'ayant reconnu, il s'épanouit de nouveau :

— Hé ! c'est vous, monsieur le procureur-syndic ?

— Chut ! Lepage, murmura Baujard en l'attirant à l'intérieur du couloir, inutile de me donner ce titre auquel je n'ai plus droit. Vous n'ignorez pas, mon cher ami, ce qui est arrivé ?

— Non, monsieur, mais tout chacun sait que vous n'avez agi que contraint et forcé, et chez nous vous n'avez rien à craindre.

— N'importe, je vous serai reconnaissant devant les étrangers, de me nommer simplement M. François... Maintenant, mon brave, pouvez-vous m'héberger ce soir et demain?

— Ce soir, et tout le temps que vous voudrez... Il n'y a ici que ma femme et ma belle-sœur, et je réponds de leur discrétion.

— Merci, mon camarade... Si vous le permettez, nous donnerons d'abord l'avoine à mon cheval.

Ils allèrent ensemble à l'écurie qui communiquait avec la cuisine par une porte latérale, puis le procureur de la commune introduisit son hôte dans cette dernière pièce où se tenait sa famille.

La cuisine, pavée de briques et blanchie à la chaux, avait un aspect reposant et joyeux. Les casseroles de cuivre et les coquelles de fonte rangées sur les rayons, reluisaient à la clarté d'une flambée qui pétillait dans la haute cheminée. A la crémaillère pendait une marmite, où la *potée* mijotait en exhalant une appétissante odeur de navets et de choux. Assise près du feu, une jeune fille surveillait la marmite et deux marmots, pendus à ses jupes, regardaient le nouveau venu avec des yeux écarquillés, tandis que la maîtresse du logis, proprette et accorte, s'avançait pour saluer le voyageur.

— Voici ma femme et ma belle-sœur, dit Simon

Lepage... Notre Mentine, continua-t-il en s'adressant à sa ménagère, c'est M. Baujard dont tu m'as souvent entendu parler; il veut bien s'arrêter chez nous quelques jours, mais il désire qu'on n'en sache rien dans le pays... Pour nos gens et pour les voisins, il sera seulement M. François, un marchand de laine arrivant de Stenay... Entendu, n'est-ce pas?... Maintenant, monsieur, asseyez-vous et séchez vos habits.

Après une révérence et quelques mots de bienvenue, Mme Lepage sortit pour préparer la chambre de son hôte et celui-ci prit place au feu, à côté du procureur de la commune. Peu à peu, les enfants s'étaient apprivoisés et se rapprochaient de leur père avec lequel ils bavardaient gaiement. Baujard les caressa et quand la maîtresse de la maison revint, ce petit monde avait déjà lié amitié avec le voyageur.

Mme Lepage décrocha la marmite fumante. La jeune sœur, ayant mis le couvert sur la massive table de hêtre qui tenait le milieu de la pièce, tailla des tranches de pain dans une large soupière de faïence. Après quoi, elle y versa la potée. Mme Lepage dressa sur un plat le lard, les légumes et l'épaule de mouton, puis elle invita tout son monde à venir manger la soupe. A son appel, les deux servantes et le valet de labour étaient entrés. On s'attabla et on mangea silencieusement d'abord, puis à mesure que le vin gris déliait les langues, on causa plus familièrement. L'invasion prussienne, naturellement, défraya la conversation.

— Oh! les *manres* sujets! s'écria Mme Lepage, ils nous ont fait bien des maux à leur premier passage... Plaise à Dieu qu'ils se comportent plus honnêtement en s'en retournant!

— Sois tranquille, notre Mentine, repartit Simon; à l'arrivée, ils étaient fiers comme Artaban et se croyaient nos maîtres, mais à c't'heure, ils s'en reviennent comme des chiens battus, la queue entre les jambes... N'importe, je les engage à ne pas s'attarder sur les routes, car ceux qui voyageraient seuls passeraient un mauvais quart d'heure...

— Les Prussiens étaient bien méchants, observa la jeune sœur, mais les émigrés étaient encore pires... Ils ne se contentaient pas de voler les gens, ils les brutalisaient et ne leur laissaient que les yeux pour pleurer.

— Ceux-là, grommela entre ses dents Simon Lepage, si on les rattrape, leur affaire sera tôt réglée!

Dès qu'on se fut levé de table, les enfants souhaitèrent gentiment le bonsoir et les deux femmes les emmenèrent, tandis que les domestiques enlevaient la vaisselle et l'emportaient dans une arrière-cuisine. — François Baujard s'était assis près du brasier sur lequel Simon Lepage jetait des ramilles. La claire flamme dansante se reflétait dans les cuivres et sur les vantaux cirés des armoires. Au dehors, dans le couloir, le vent d'octobre se lamentait et une averse ruisselait aux carreaux.

En ce tranquille milieu villageois, les nerfs de Baujard se détendaient. Il savourait cette douce quiétude; après les pénibles incidents de la journée,

26

il jouissait pleinement de la sécurité de cette
demeure bien close, et cependant, au fond de lui,
une tristesse sourdait à la pensée de la berline,
battue du vent et de la pluie, qui emportait vers
l'exil la femme qu'il aimait. Peu à peu, la chaleur
du foyer et la fatigue de la route agirent sur son
cerveau. Par moments ses yeux se fermaient, tandis
que son hôte continuait à parler. Il ne répondait
que par de vagues monosyllabes à cette causerie,
qu'il ne percevait plus que comme un confus bourdonnement. Il demeura ainsi un quart d'heure
environ dans une demi-somnolence et tout à coup
fut réveillé par le bruit d'une porte brusquement
ouverte. Il redressa la tête : Simon s'était levé et
Mme Lepage venait d'introduire un jeune homme de
vingt-deux ans dont la blouse était trempée de pluie.

Dès les premiers mots échangés, Baujard comprit
que le nouveau venu faisait partie de la famille. Il
paraissait fort ému et jetait des regards soupçonneux
du côté de l'étranger assis au coin du feu. Il murmura quelques mots à l'oreille de Simon, qui
l'emmena dans une pièce contiguë. Leur entretien
s'y continua, très animé, et les éclats de voix arrivant jusqu'au procureur-syndic achevèrent de dissiper sa somnolence. Au bout d'une vingtaine de
minutes, le jeune homme revint, et il sembla à Baujard qu'il dissimulait un fusil sous sa blouse. Il ne
fit que traverser la cuisine et s'élança dehors, en
dépit de la pluie qui redoublait. Quand il fut sorti,
Simon s'approcha de son hôte, et devinant dans ses
yeux une muette interrogation :

— C'est mon frère cadet, dit-il, excusez-moi de
ne pas vous l'avoir présenté... Mais c'est un enragé;
il fait partie du club de Damvillers et j'ai cru bien
agir en ne vous nommant pas devant lui.

Baujard eut un amer sourire. Encore qu'il eût mani-
festé lui-même le désir de garder l'incognito, cette
prudente précaution de Lepage lui causa une secrète
mortification. Elle lui montrait cruellement pour la
première fois ce que sa situation équivoque avait de
périlleux. Il était devenu un hôte compromettant
pour ses amis les plus dévoués, un suspect obligé
de taire son nom et de se cacher comme un criminel. Simon remarqua l'expression chagrine de
son ancien patron et l'attribua à ce qu'il lui avait dit
de l'exaltation de son frère.

— Que voulez-vous! poursuivit-il; à vingt-deux
ans, on a le diable dans la botte... En ce moment je
crois bien que ce cadet-là est en train de faire une
sottise en compagnie de deux ou trois étourneaux
de son espèce... J'ai eu beau le semoncer là-
dessus, ces jeunesses ont la tête près du bonnet, et
il n'a rien voulu entendre...

Loin de rasséréner Baujard, ces dernières paroles
semblèrent accroître son humeur inquiète. Il
demeurait taciturne et tisonnait machinalement le
brasier. Lepage crut que la fatigue l'accablait, et
allumant une chandelle :

— Vous devez avoir besoin de reposer, monsieur... Je m'en vas vous conduire à votre chambre.

Il le mena dans une pièce du rez-de-chaussée
donnant sur les jardins et lui souhaita le bonsoir.

Dès qu'il fut seul, Baujard ouvrit la fenêtre et s'accouda à la barre d'appui. Son envie de dormir s'était dissipée. Il pencha la tête au dehors. La pluie cessait peu à peu. Par intervalles, la lune entrevue à travers la fuite des nuages éclairait la profondeur feuillue où des jardins occupaient l'emplacement des anciens fossés. Des touches de lumière bleuâtre tombaient çà et là sur les têtes humides des choux, et des gouttelettes brillaient aux branches des arbres fruitiers. Au delà des vergers, le terrain se relevait et, sur le ciel clair, l'église prochaine découpait sa silhouette trapue, encapuchonnée d'un toit d'ardoises.

Baujard songeait à la chanoinesse et suivait en pensée sur la route de Longuyon la berline avec son escorte de uhlans. A cette heure, elle devait avoir dépassé Spincourt, si aucun accident ne l'avait attardée en chemin. Et tout à coup l'hypothèse de quelque malencontre se présentait à son imagination surexcitée. — La nuit crée des fantômes et grandit les inquiétudes. Le procureur-syndic était dans cette situation d'esprit où les moindres incidents provoquent de subites alarmes. La brève et mystérieuse apparition du jeune frère de son hôte lui mettait martel en tête. Il se remémorait ce que Lepage lui avait dit des opinions exaltées de ce jeune homme, et maintenant il se demandait pour quels motifs Simon avait cru devoir insister sur ce point. Enfiévré par ces réflexions, il sondait l'obscure profondeur du jardin et prêtait anxieusement l'oreille. Pendant longtemps il n'entendit que l'égouttement sonore des eaux pluviales, tombant des chéneaux du toit; puis soudain les détonations lointaines de plusieurs coups de fusil le firent sursauter. Son cœur se mit à battre violemment et un indéfinissable sentiment de terreur le cloua à la fenêtre où il se pencha, l'oreille aux aguets. — Plus un bruit; la campagne était redevenue silencieuse. — Il resta ainsi longtemps aux écoutes, la poitrine angoissée, l'âme troublée par de sinistres pressentiments... Puis, comme rien ne bougeait, il se lassa de se tenir sur ses jambes et résolut de se mettre au lit.

.. Au moment où il refermait la fenêtre, une rumeur insolite donna de nouveau le branle à ses inquiétudes. Il lui sembla distinguer des piétinements et des éclats de voix à l'extérieur de la maison. Bientôt un bruit de portes battantes, d'allées et venues dans le couloir et d'exclamations confuses, lui donna la certitude que quelque chose d'étrange se passait. Il saisit son bougeoir et ouvrit la porte de sa chambre. A peine était-il dans le corridor qu'il aperçut Simon Lepage. Le procureur de la commune, qui s'était vêtu à la hâte, avait l'air agité et soucieux.

— Vous n'étiez pas couché, monsieur François?

— Non... Qu'est-il arrivé? demanda Baujard.

— Oh! une algarade dont je me serais bien passé... Comme je vous le disais tantôt, mon jeune frère est un enragé... Il a été prévenu par un homme de Billy qu'une voiture d'émigrés, escortée par des uhlans, devait passer par les bois de Mangiennes...

26.

Pour lors, avec cinq ou six de ses amis, il est allé s'embusquer dans un taillis. Ils ont attaqué l'escorte ; l'un des uhlans a été tué, les autres ont pris la fuite, la berline a été abandonnée sur la route, et mes gaillards m'ont amené les voyageurs, afin que je les interroge et que je les garde chez moi jusqu'à demain... Me voilà avec une sotte affaire sur les bras !...

A mesure que Simon parlait, Baujard devenait livide.

— Il y avait deux dames dans la berline, n'est-ce pas ?

— Effectivement, deux dames et un vieux monsieur... Vous les connaissez ? reprit Lepage stupéfait.

— Oui ; où sont ces trois voyageurs ?

— Dans notre cuisine.

— Seuls ?

— Seuls avec notre Mentine qui leur rallume du feu... Les deux dames grelottaient de froid et de peur... Après tout, nous ne sommes pas des sauvages !... J'ai envoyé nos enragés se coucher en leur répondant des prisonniers, et j'ai appelé ma ménagère pour qu'elle donne à ces dames les soins qu'une femme seule peut donner.

— Puis-je les voir ?

— Rien n'empêche... Venez !

Simon Lepage ouvrit la porte de la cuisine et François Baujard ressentit au cœur une douleur aiguë. — Debout, devant l'âtre flambant, la chanoinesse se dressait entre Daniel accroupi sur une chaise basse et Mme de Rosnes affaissée dans un fauteuil...

III

LE CHANOIS

Au bruit de la porte, Mme d'Eriseul s'était retournée et avait poussé une exclamation en apercevant le procureur-syndic.

— Hyacinthe! s'écria celui-ci en s'élançant vers elle.

— Ah! Baujard, soupira Mme de Rosnes d'une voix gémissante, c'est la Providence qui vous envoie!

— Mes pauvres amis, demanda ce dernier, vous n'avez donc pas suivi l'armée en retraite?

— Si fait, murmura la chanoinesse, jusqu'à Étain; là, nous avons voulu la devancer et gagner Longuyon par la traverse...

— Contre mon gré, interrompit le chevalier.

— Le conducteur affirmait qu'il connaissait un chemin plus court par Mangiennes, mais il s'est trompé de route...

— C'était un traître, affirma Daniel; il nous a fourvoyés dans des bois où nous sommes tombés sur une embuscade !

Pendant ce rapide dialogue, Simon Lepage s'était tenu à l'écart. D'un regard soucieux et méfiant il examinait tour à tour les trois personnes groupées autour de l'âtre, et le procureur-syndic dont une vive émotion altérait les traits.

— Excusez-moi, mesdames, dit gravement Baujard, je suis à vous dans un instant... Il alla vers Lepage et lui prit le bras :

— Mon ami, murmura-t-il, il faut que je vous parle en particulier... Passons dans la chambre à côté.

Silencieusement, Simon alluma une chandelle et conduisit son hôte dans la pièce contiguë.

— Mon brave, reprit Baujard, dès qu'ils furent seuls, je connais intimement ces trois personnes qu'un malheureux événement vient de mettre à votre discrétion. La plus âgée est Mme de Rosnes, veuve d'un conseiller de la chambre du Barrois; la plus jeune est sa nièce, Mme d'Eriseul; l'homme qui les accompagne est leur parent... Tous trois appartiennent à un parti qui n'est pas le nôtre, mais tous trois sont inoffensifs et méritent d'être traités avec humanité... Je fais appel à votre cœur, mon ami, et je vous supplie de les épargner... Si en d'autres temps j'ai pu vous être utile, rendez-moi à votre tour un grand service... Aidez-moi à les sauver !

Simon Lepage demeurait soucieux et se grattait le front.

— Monsieur Baujard, répondit-il enfin, je vous suis tout dévoué et je n'oublierai jamais vos bontés, mais ce que vous me demandez là est bien scabreux... Si demain on ne retrouve plus ces émigrés chez moi, c'est ma position et peut-être ma tête que je joue... Quand on est père de famille, on ne peut pas risquer ces choses-là !

L'objection était sérieuse et Baujard en sentait tout le poids. Il ne répliqua point tout d'abord, cherchant en son cerveau endolori un moyen de vaincre les résistances de son hôte. Il finit par en trouver un que lui suggérait son ancien métier de légiste.

— En retenant ces trois personnes prisonnières, prenez garde, dit-il, de risquer un danger plus réel et plus imminent... Aux termes de la capitulation, la République s'est engagée à ne pas inquiéter la retraite des armées ennemies. Or les Prussiens sont encore à quelques lieues d'ici, à Étain et à Mangiennes; s'ils apprennent que l'escorte de uhlans et la berline ont été attaqués par des gens de Damvillers, ils peuvent envoyer ici un bataillon et vous vous exposez à une exécution militaire... Mieux vaudrait vous défaire de ces prisonniers compromettants et vous débarrasser ainsi d'une mauvaise affaire.

A l'expression perplexe de la figure du campagnard, il comprit que l'argument avait porté.

— Les étourneaux, poursuivit-il, qui vous ont mis cette aventure sur les bras, vous accuseront peutêtre d'avoir manqué de surveillance, mais vous leur

clorez la bouche en leur montrant les funestes conséquences que pouvait avoir leur équipée...

— Diable! dit Simon Lepage, il y a du vrai là
dedans... Attendez une minute... Notre Mentine est
de bon conseil et je vais prendre son avis.

Il sortit. Mᵐᵉ Lepage, qui avait le cœur. sensible
et que la triste situation des deux dames avait api-
toyée, partagea sans doute l'opinion de Baujard, car
au bout d'un quart d'heure Simon reparut avec une
lanterne et un paquet de hardes.

—Écoutez, monsieur Baujard, commença-t-il, j'aurais mauvaise grâce à vous aider, mais je puis fermer
les yeux... Nous allons rentrer dans notre chambre,
ma femme et moi... Voici des blouses, deux capes et
des bonnets de paysanne, arrangez-vous-en avec vos
amis... Vous trouverez une carriole à l'écurie,
attelez-y un de mes chevaux, laissez-moi le vôtre
en échange et détalez sans bruit par la porte charretière... Vous serez censés m'avoir dérobé tout ça
pendant mon sommeil, et je n'aurai rien vu... Maintenant adieu, et bonne chance!

— Merci, mon ami, vous êtes un brave cœur!

— C'est bon, dépêchez!... Ah! encore un conseil:
notre maison touche au chemin de Verdun, c'est
celui où vous risquerez moins de faire de mauvaises
rencontres... Adieu!

Il sortit et Baujard regagna la cuisine.

— Mesdames, dit-il en posant le paquet de hardes
sur la table, ce brave homme s'est laissé attendrir
et il m'a donné carte blanche pour vous faire
évader.

— Mon ami, murmura la chanoinesse, il était écrit que vous seriez encore une fois notre sauveur... Pour mon compte, j'étais préparée à tout et je serais morte bravement, mais je vous remercie pour ma pauvre tante.

— Vous pourriez remercier monsieur aussi pour moi, protesta mélancoliquement le chevalier. — Bien que les révolutionnaires aient mis mon corps en guenille, cette guenille m'est encore chère, ma mie, et je ne suis pas autant que vous résigné à mourir !

— Ne perdons pas notre temps, interrompit Baujard... Mesdames, voici des vêtements de paysanne, accommodez-vous promptement... Pendant ce temps, M. de Vendières m'aidera à atteler la carriole.

Il entra dans l'écurie avec le chevalier et y trouva une de ces charrettes étroites à bâche de toile, dont les campagnards se servent pour transporter leurs denrées au marché. Ils y attelèrent un des chevaux de Simon, et quand tout fut prêt ils revinrent chercher Mᵐᵉ de Rosnes et Hyacinthe. Elles avaient opéré leur travestissement, et la chanoinesse, coiffée d'un bonnet lorrain, s'était enveloppée dans une mante de grosse laine brune. A leur tour le chevalier et Baujard passèrent une blouse et ajustèrent sur leur tête le bonnet de coton des paysans. Tous quatre se rendirent à l'écurie. On ouvrit avec précaution la porte charretière et le procureur-syndic conduisit au pas la carriole jusqu'à la sortie du bourg. Les autres suivaient silencieusement. Quand on eut dépassé les dernières maisons, Mᵐᵉ de Rosnes et

M. de Vendières se cachèrent sous la bâche, parmi les bottes de paille; la chanoinesse s'assit sur le siège de devant, et Baujard, qui était monté à côté d'elle, fouetta le cheval qui prit le trot.

Il était une heure passée. La lune luisait encore dans les interstices des nuages, et quand elle s'éclipsait, la lanterne accrochée à l'une des ridelles projetait une faible lueur dansante sur les champs et le chemin boueux.

— Nous ne pouvons, dit Baujard à la chanoinesse, songer en ce moment à gagner la frontière; nous nous exposerions à des rencontres pareilles à celle qui a failli vous perdre; nous serions arrêtés par des paysans ou attaqués par les rôdeurs qui se traînent à la suite d'une armée en retraite. Le plus sûr est de profiter de la nuit pour descendre par Consenvoye dans la vallée de la Meuse; les ennemis l'ont quittée depuis plusieurs jours et les troupes républicaines ne l'occupent pas encore. Nous traverserons la rivière à Charny et, laissant Verdun sur la gauche, nous atteindrons au petit jour la forêt de Souilly. Une fois sous bois, nous serons sauvés. Je vous conduirai dans une ferme que je possède au cœur de la forêt. Les fermiers, qui me sont tout dévoués, vous hébergeront jusqu'au moment où vous pourrez sans danger passer la frontière... Mon plan vous agrée-t-il?

— Mon ami, répondit Hyacinthe en se rapprochant affectueusement de lui, partout où vous me conduirez j'irai les yeux fermés, heureuse de vous suivre et de me fier à vous.

Il chercha sa main sous la cape brune, la saisit et ne la quitta guère plus.

La carriole roulait maintenant vers Consenvoye, entre deux talus boisés. La route était solitaire, mais on y rencontrait à chaque pas de lamentables épaves de l'armée en retraite : affûts de canon embourbés, chariots brisés, hideuses carcasses de chevaux, pâles cadavres de soldats pourrissant sous la pluie. Le cheval se cabrait et reculait. Baujard était obligé de descendre et de le tirer par la bride. A l'orée du bois l'horreur s'accrut encore. De nouveau le cheval fit un brusque écart et Hyacinthe aperçut au bord de la route une masse noire de fourgons et de chevaux attelés. Elle crut d'abord à quelque embuscade et se serrant près de Baujard :

— Nous sommes perdus! murmura-t-elle.

La lune qui se dégageait des nuages éclaira en plein cet étrange convoi, et les voyageurs contemplèrent avec un frisson d'épouvante un spectacle sinistre et macabre : les chevaux, rigides entre les brancards, se tenaient les uns debout, les autres agenouillés, le naseau appuyé à l'arrière-train du fourgon voisin. Rien ne bougeait, mais les croupes étaient tailladées par le bec des corbeaux, et une écœurante odeur de putréfaction s'exhalait de cette file de fantômes que la mort avait pour jamais immobilisés.

— Ce ne sont que des cadavres, dit Baujard en fouettant sa bête qui partit au grand trot...

Quand ils atteignirent le pont de Charny, le jour se levait, gris et mouillé de bruine. Tout à coup, à

27

l'entrée du pont, ils aperçurent un poste de gardes nationaux.

— Où vas-tu, citoyen? cria un paysan en blouse à liséré rouge et en bonnet de police; en même temps il présentait un mauvais fusil au nez du cheval.

— Ce n'ast-me pourtant malin à deviner, répliqua Baujard en patois, j'vons avo not'femme au marchie de Verdun, porter à mainger aux braves patriotes, à qui ces manres Prussiens n'ont rein laissé à se mettre sous la dent.

— C'est bon, m'camarade, v'pouvé passer! reprit le paysan, rassuré par le patois du voiturier et relevant son fusil.

Baujard ne se le fit pas répéter et mit son cheval au trot.

Bien que ces alertes lui fissent couler de la glace dans les veines, même au milieu de ses transes, il goûtait une indicible volupté à poursuivre à côté de la chanoinesse ce périlleux voyage. — La joie de sentir le bras de son amie près du sien, les serrements de main et les regards échangés à l'insu du chevalier et de Mme de Rosnes, qui sommeillaient sous la bâche; le morceau de pain partagé à deux, le verre de vin, où leurs lèvres trempaient tour à tour; tous ces minces bonheurs transformaient cette fuite à travers champs en une succession de furtives délices.

La bruine avait complètement cessé. Au-dessus des bois à demi effeuillés un pâle brouillard s'évaporait lentement; des gazouillements d'alouettes perdues dans la nuée tombaient du ciel comme une pluie sonore. Une discrète lumière blonde fondait ensemble les teintes assourdies de la campagne environnante : le jaune-paille des champs moissonnés, le vert cendré de l'eau, la rousseur violette des taillis de hêtres. Ces couleurs automnales, à la fois attendries et mélancoliques, s'harmonisaient avec les pensées et les sentiments des deux voyageurs, avec leurs tristesses, leurs angoisses et leurs brèves joies d'amour. Ils se parlaient peu, comme s'ils eussent craint d'effaroucher le passager bonheur qui s'était un moment arrêté près d'eux ainsi qu'un papillon aux ailes toujours inquiètes; mais ils tournaient l'un vers l'autre leurs yeux épris, et cette chaude fusion des regards les plongeait dans un infini ravissement.

Quand la carriole se fut engagée sous bois, le danger des rencontres fâcheuses s'amoindrissant, Mme de Rosnes et le chevalier sortirent de la paille et soulevèrent la bâche pour respirer. Le tête-à-tête des amoureux se trouva rompu et la conversation devenue générale roula sur le nouveau gîte vers lequel Baujard conduisait ses amis.

La ferme du Chânois, située en pleine forêt de Souilly, appartenait depuis un siècle à la famille du procureur-syndic et il y avait été élevé. Les fermiers étaient de vieux serviteurs des Baujard. La femme, Adeline Raulin, avait nourri de son lait François Baujard; le mari, Coco Raulin, brave homme, d'esprit timoré et qu'Adeline menait au doigt et à l'œil, n'avait qu'un défaut, il buvait plus

que de raison les jours de marché. Une fille de
vingt ans, Zélie, et un garçon de trente-cinq
aidaient leurs parents à cultiver les terres. Tous
quatre adoraient le procureur-syndic. Leur dévouement et la situation de la ferme, enfouie au cœur
de la forêt, faisaient du Chânois un refuge à souhait
pour des gens qui veulent se cacher. Baujard avait
annexé aux anciens bâtiments un pavillon qui servait de rendez-vous de chasse et communiquait avec
la cuisine du fermier. Ce pavillon, contenant plusieurs
chambres à coucher, semblait parfaitement amé-
nagé pour que trois personnes pussent échapper à
la curiosité des rares étrangers qui s'arrêtaient à la
ferme.

Comme Baujard achevait ces explications, le
taillis s'éclaircissait et la route forestière dévalait
sur une pente d'où l'on apercevait un étroit vallon
en entonnoir. Des cultures occupaient les parties
déboisées ; au fond, un ruisseau serpentait dans
une prairie ; au-dessus des cimes jaunies d'un
rideau de peupliers, des toits bruns se montraient,
surmontés d'une fumée bleue.

— Tenez, dit le procureur-syndic à son amie,
voici le Chânoïs !

Bientôt de bruyants aboiements annoncèrent aux
voyageurs que la ferme était proche. En effet, après
avoir contourné la ligne des peupliers, la voiture
passa sous un large porche en auvent et déboucha
dans la cour. Attiré par le roulement de la carriole
et les abois des chiens, Coco Raulin apparut en bras
de chemise sur l'escalier de la cuisine.

C'était un homme d'une soixantaine d'années. Petit et râblé, il avait de clairs yeux gris aux paupières ridées, une bouche en cerise, un nez retroussé et gobeur. A l'arrivée de la voiture, il mit sa main en abat-jour sur ses yeux, puis reconnaissant le procureur-syndic qui était descendu le premier, il accourut les bras levés en l'air :

— C'est-il Dieu possible, vous v'là, monsieur Baujard!... Votre serviteur, mesdames et la compagnie... Hé! Adeline!...

Il achevait à peine que la fermière se précipitait dehors et sautait au cou de son ancien nourrisson.

— Eh! s'écriait-elle en patois, vous voilà tout-ci enfin, mon *chouri*!... Eh! mon Dieu donc, que le temps me durait après vous, *m'n'afant*!... Votre servante, mesdames et monsieur; entrez vous chauffer *tourtous*!

Vive comme poudre, maigre, aussi petite et aussi âgée que son mari, Adeline Raulin avait le front bombé et têtu, la bouche souriante et de pétillants yeux bruns. Ses cheveux gris et crépus s'échappaient par touffes de son bonnet d'indienne. — Elle fit entrer lestement les voyageurs dans la cuisine, tandis que son mari conduisait le cheval à l'écurie.

Dans la pièce aux étroites croisées, voilées de cotonnade rouge, on distinguait une haute cheminée, une horloge, un vaissellier, une table carrée et dans un angle le lit à baldaquin où couchaient les époux. Les deux enfants, occupés à manger la soupe, avaient lâché leur cuiller et se levaient pour

27.

saluer leurs hôtes. Eugène, l'aîné, ou, comme on l'appelait familièrement : « Notre Gène », était boiteux, ce qui l'avait sauvé de la dernière réquisition. Zélie ressemblait à son père : elle avait de jolis yeux bleus, une bouche charnue et une peau marquée de taches de rousseur.

Adeline disposait.des chaises en cercle autour de la cheminée, jetait sur les chenets une brassée de fagots, prenait des assiettes au vaissellier, les alignait sur la table et, tout.en se démenant, parlait avec pétulance :

— Approchez du feu, vous devez être gelés... Et vous n'avez rien pris ce matin, je suis sûre?... Zélie, va vitement querir des œufs au poulailler!...

— Un instant! interrompit Baujard en voyant rentrer Coco Raulin, puisque vous voilà tous réunis, mes amis, laissez-moi d'abord vous dire le motif de ma visite... Ces deux dames et monsieur que voici sont mes parents... Les malheurs de la guerre les obligent à se cacher et j'ai pensé à les installer au pavillon... Adeline, il faudra sur-le-champ mettre les chambres en état... Et maintenant écoutez-moi bien tous : quoi qu'il arrive, personne ne doit savoir que ces dames et monsieur logent chez vous; je vous recommande en conséquence d'éloigner d'ici les curieux et les bavards... Je puis compter sur vous, n'est-ce pas?

— N'ayez peur, mon *fi*, s'écria impétueusement Adeline. Vous pouvez vous en rapporter à moi, tout chacun aura bouche cousue... Quant à Coco, qui a des fois la langue trop longue, s'il lâchait un mot de

travers, je ne le reverrais de ma vie!... Vous entendez, saint Jean Bouche d'Or? ajouta-t-elle en menaçant son mari du doigt.

— Taisez-ve, notre Adeline! protesta Coco en
clignant ses petits yeux, vous n'avez-me besoin de
me, recommander la discrétion... Bien malin celui
qui me ferait dire ce que veux taire...

— C'est ben, c'est ben... Un bon averti en vaut
deux!...

Pendant qu'on déjeunait, Adeline apprêtait les
chambres du pavillon. Une demi-heure s'écoula,
puis elle vint annoncer que tout était prêt et
accompagna les dames ainsi que le chevalier dans
leur nouveau gîte.

« Notre Gène » était parti aux champs, Zélie
aidait sa mère; Baujard resta seul au coin du feu
avec Coco. Le vieux paysan semblait préoccupé;
tout en tisonnant le feu, il poussait à son maître
d'insidieuses questions :

— Comme ça, monsieur Baujard, ces dames-là
sont des parentes à vous?

— Oui.

— C'est-il du côté de défunt votre père?

— Non.

La façon dont le procureur-syndic répondait
n'était pas engageante; pourtant Coco ne se décou-
rageait pas.

— Monsieur Baujard, reprit-il, paraîtrait que la
Convéntion ne plaisante pas avec les ci-devant
nobles; avez-vous connaissance du dernier décret
sur les émigrés?

Sur un geste négatif, il tira de sa poche un journal et poursuivit :

— Vous qui savez lire l'imprimé, jetez donc un coup d'œil là-dessus... Pour moi c'est du grimoire, mais je me suis laissé dire que le décret punissait de mort les émigrés qui rentreraient en France... Le maire de Souilly prétend même que ceux qui leur donneraient asile risqueraient leur tête itou...

Baujard avait pris le journal et le parcourait rapidement. — Il y vit en effet que, sur la proposition de Buzot, appuyée par Danton, la Convention bannissait à perpétuité les émigrés du territoire de la République.

— Hein! continua Coco, tandis que le procureur-syndic achevait sa lecture, ça vous donne la chair de poule, tout de même, monsieur Baujard?

François avait déjà compris les insinuations de son fermier, et le regardant droit dans les yeux :

— Père Coco, dit-il brusquement, vous oubliez que le pavillon du Chânois est ma propriété, et que si j'y loge mes amis, c'est sous ma seule responsabilité... D'ailleurs, les parentes à qui je le prête ne sont pas des émigrées... Rassurez-vous donc et n'ayez pas peur de votre ombre...

Il prit dans son portefeuille une liasse d'assignats et la tendit à Coco.

— Quant aux dépenses que pourra occasionner leur séjour, voici de quoi vous indemniser.

Après quelques cérémonies, le fermier se décida à empocher les assignats et répliqua d'un air fanfaron :

— Peur, moi! Excusez, je ne crains *rein*, monsieur Baujard... Ce que j'en disais était dans votre intérêt; mais du moment que ces personnes-là sont des patriotes, elles seront ici en sûreté, je vous en réponds...

— A la bonne heure!

Le bonhomme s'en alla soigner ses bêtes à l'étable et François resté seul sortit à son tour. Tandis que les deux dames et le chevalier se reposaient des transes et des fatigues de la nuit, il se promena pensivement autour du pavillon.

La lecture du décret réveillait ses craintes et ses perplexités. Jusque-là son intention avait été de se rendre sans retard à Paris pour s'y justifier; mais maintenant que cette loi de proscription était comme une mortelle menace suspendue à toute heure sur la tête d'Hyacinthe, il ne se sentait plus le courage de quitter le pays et de tenter une démarche qui l'éloignerait de la chanoinesse pendant plusieurs mois. — Le comité de Sûreté générale refuserait peut-être de le laisser en liberté; l'instruction de son affaire risquait de traîner en longueur. Pendant ce temps Mme d'Eriseul pouvait être dénoncée, découverte, emmenée en prison, et il n'en saurait même rien!... Non, son cœur se brisait à l'idée de l'abandonner. Ne valait-il pas mieux rester à portée de la défendre?...

Tout en méditant sur cette cruelle alternative, il marchait d'un pas lent à travers le jardin situé derrière le pavillon. Cet enclos, qui se prolongeait jusqu'à l'orée du bois, lui était familier depuis sa petite enfance. Son père en avait dessiné les allées à angle droit, et planté les charmilles. François en connaissait intimement les moindres détails : les bordures de buis, les arbres fruitiers moussus, le cadran solaire dressé au centre. Il éprouvait une mélancolique satisfaction à se dire qu'Hyacinthe se promènerait chaque jour dans ce jardin où il avait laissé partout un peu de lui-même, et brusquement, à la pensée de quitter de nouveau la chanoinesse, son cœur se serrait. La vue des feuilles tombantes, des fleurs flétries, des prés jonchés de débris; tous ces signes de la fuite désolée des beaux jours lui rendaient plus poignante la tristesse des départs et lui mettaient des larmes dans les yeux.

Il entendit un léger pas derrière lui et fut rejoint par la chanoinesse. Hyacinthe avait gardé son bonnet de paysanne, d'où ses cheveux blonds s'échappaient en crépelures dorées. Dans l'échancrure de son casaquin d'indienne, une touffe d'asters et de scabieuses, ces fleurs de deuil et d'arrière-saison, s'épanouissait à son corsage. Elle remarqua bien vite l'émotion de Baujard.

— A quoi pensiez-vous, mon ami? demanda-t-elle en lui serrant la main.

. — A vous, répondit-il, à vous qui allez habiter cette solitude où j'ai été élevé et où j'aurais eu tant de bonheur à vivre à vos côtés!.. Hélas! c'est à l'heure où je pourrais enfin vous avoir à moi seul qu'il faut me séparer de vous.

. — Partir?... Sitôt!... Ah! je comprends, vous êtes impatient d'aller vous justifier à Paris.

— Non, je n'irai là-bas que lorsque je vous saurai

hors de danger; d'ici là, je ne quitterai pas le pays...
Je me cacherai dans les environs.

— Pourquoi pas ici... près de nous?..

— Parce que je suis proscrit moi-même et qu'en
séjournant au Chânois, je risquerais d'attirer l'attention sur le seul endroit où vous pouvez être en
sûreté. Il ne faut pas que mes ennemis aient l'idée
de me chercher ici, et mon premier soin, en vou
quittant, sera de les mettre sur une fausse piste...
Ne soyez pas en peine de moi; je trouverai non loin
de vous un asile d'où je pourrai vous donner de mes
nouvelles et en avoir de vous.

— Hélas! quelle triste amie je suis pour vous et à
quelles extrémités mon amitié vous réduit!

— Qu'importe!... Je supporterai tout avec courage, si je sais que vous pensez à moi.

— Toutes mes pensées vous appartiennent désormais...

— Bien vrai?

— Je vous le jure!

— En ce cas, Hyacinthe, reprit-il, permettez-moi
de vous adresser une suprême requête... Nous allons
nous séparer pour de longs mois peut-être, et peut-
être aurons-nous de cruelles épreuves à subir?.. Au
moins, accordez-moi la consolation de partir avec
la certitude que vous êtes à moi, comme je suis à
vous!

Elle le regardait avec de grands yeux à la fois tendres, étonnés et questionneurs.

— Oui, poursuivit-il, nous ne pouvons échanger
de serments devant un prêtre ou un magistrat, mais

en présence de ce ciel tourmenté et de ces bois qui me sont chers, fiançons-nous moralement et irrévocablement!... Promettons-nous une fidélité dont nous ne serons déliés qu'à la mort... Donnez-moi votre main, Hyacinthe, et si vous m'aimez, dites-moi que vous me la donnez sans regret.

— La voici, mon ami, et de tout cœur!

Emportée par un élan de tendresse, elle se serra contre sa poitrine. Il la prit dans ses bras :

— Hyacinthe, je vous adore!

— Quelle pauvre fiancée vous aurez, mon ami!... Mais si pauvre que soit le don de ma personne, je vous l'offre avec joie, parce que je suis fière de vous appartenir.

Il la serra plus étroitement et, sous le ciel voilé, parmi les feuilles tombantes, leurs lèvres se confondirent en un long baiser de fiançailles.

Un léger bruit leur fit relever la tête et ils aperçurent Adeline Raulin qui se tenait embarrassée et interdite à quelques pas d'eux. La bonne femme était venue querir un chou pour le dîner et involontairement avait surpris l'amoureux entretien de ses deux hôtes.

— Pardon!... Excusez-moi, balbutiait-elle, confuse et cherchant à se dérober.

— Non pas! restez! dit gravement Baujard. Vous n'êtes pas de trop... Vous m'avez nourri de votre lait, maman Adeline, et je suis un peu votre enfant...

Il saisit la main de la chanoinesse :

— Voici ma fiancée, ajouta-t-il... Elle est déjà ma femme par le cœur et, quand les temps seront moins

troublés, elle le sera aussi devant la loi... Je la mets
sous votre sauvegarde, ma bonne mère, veillez sur
elle comme vous veilleriez sur moi... Sa vie m'est
plus chère que ma propre vie.

— Ah! m'n'afant, mon François! s'écria Adeline
Raulin en s'essuyant les yeux avec son tablier, vous
pouvez être tranquille, on me passera sur le corps
avant de lui toucher un cheveu... Sainte Vierge!
qu'elle est belle, m'n'ami, et comme je vais prier
Dieu et les saints, pour qu'ils vous donnent à tous
deux le bonheur que vous méritez!

— Merci, maman Adeline, et maintenant soyez
assez bonne pour nous servir à dîner dans le pavillon... Je prendrai ce dernier repas avec ces dames,
et je partirai ce soir.

IV

JOURS D'HIVER

Malgré ses répugnances pour le métier militaire, Julius-Junius Renard n'avait pu se soustraire à la réquisition qui suivit l'arrivée de Dumouriez en Argonne. — Dirigé sur Charleville avec les jeunes conscrits de la Meuse et des Ardennes, il avait passé quatre mortelles semaines à la caserne, d'où il soulageait sa mauvaise humeur en écrivant des lettres geignardes et en se posant comme un nouvel Ovide exilé parmi les Sarmates. « Je souffre mille maux, mandait-il à la Gillotte, je ressens toutes les privations; il me semble que je descends au tombeau de l'adversité!... » Nanine eut pitié de ces lamentations peu héroïques. Au rebours de son triste amoureux, elle ne se laissait pas démonter facilement. Avec son flair habituel elle avait prévu que l'ancienne administration départementale ne survivrait pas à l'Assemblée législative, et elle se

tenait prête à profiter des prochains mouvements
politiques pour obtenir le rappel de Renard.

En effet, dès que la Convention fut réunie et la
République proclamée, on s'occupa de la reconstitution des administrations locales. Nanine Gillot
manœuvra si bien que, le 24 septembre 1792, lors
de l'élection du nouveau conseil général de la Meuse,
J.-J. Renard fut nommé secrétaire du Département.
Il n'y avait plus, dès lors, aucune raison pour que
ce chaud patriote continuât à se morfondre à la
caserne de Charleville. Les exigences administratives réclamaient sa présence à Bar-sur-Ornain;
Dumouriez obtempéra donc sans difficulté à la
demande du Directoire et restitua au conseil général
de la Meuse ce soldat malgré lui, qu'on signalait du
reste comme une détestable recrue.

Une fois en fonctions, J.-J. Renard circonvint
adroitement ses collègues et bientôt régna en maître
au conseil. Grâce à son aplomb et à son inépuisable
faconde, il dirigeait à son gré les délibérations. Il
s'occupait peu des besognes administratives, mais
il était en relations suivies avec la Société mère des
Jacobins et avec les principaux hommes politiques
de la Montagne. On le regardait comme un ami personnel de Maximilien Robespierre, et ses compatriotes le redoutaient.

Dans le courant d'octobre, la Convention envoya
dans la Meuse le représentant Bô avec la mission
« de prendre des mesures énergiques pour inter-
cepter toutes communications entre les conspirateurs de l'intérieur et les ennemis du dehors. »

Avant de quitter Paris, Bô était allé aux Jacobins et on lui avait signalé Renard comme un jeune homme tout dévoué aux principes révolutionnaires.

La première personne qu'il aperçut en descendant de sa chaise de poste fut J.-J. Renard, se tenant obséquieusement à la portière. « Il venait, disait-il, au nom de ses collègues du conseil, souhaiter la bienvenue au député de la Montagne et se retremper au contact d'un véritable sans-culotte. » Le conventionnel Bô fut charmé du zèle et de la déférence de cet ardent jacobin, et se laissa rapidement accaparer par lui. Le soir même, Renard l'invita à souper chez la Gillotte. Les libres allures et l'entrain de Nanine, son esprit mordant, son provocant minois, achevèrent de séduire le député en mission. Émoustillé par le vin du cru et la bonne chère, il s'engoua de Nanine et la déclara bien supérieure, comme esprit et comme beauté, à « cette bégueule de citoyenne Roland ». Bref, grâce à elle, au bout de huit jours, J.-J. Renard était devenu le bras droit du conventionnel Bô; le député se servait de lui comme indicateur et lui confiait la rédaction de ses rapports. Il l'avait nommé officiellement son délégué et, au commencement de décembre, ils partirent ensemble pour Verdun, où Bô devait rendre compte de l'état des esprits à la Convention.

Ce rôle de proconsul au petit pied chatouillait délicieusement la vanité de J.-J. Renard. Il exultait, lorsqu'on traversait en chaise de poste les villages et les bourgs, où les gardes nationaux faisaient la haie et accueillaient la voiture par de tapageuses acclamations. Comme l'âne chargé de reliques, Julius-Junius prenait pour lui une bonne moitié de ces vivats. Il se pavanait fièrement à côté de son patron, dont il singeait le costume officiel et la mine affairée. Il portait, comme lui, la ceinture tricolore et l'épée en sautoir; pour un peu, il eût empanaché son chapeau d'un bouquet de plumes aux couleurs nationales.

Ce fut en cet équipage que, du haut de la lucarne d'un grenier où il était caché, François Baujard les vit passer un matin. L'ancien procureur général-syndic frissonna en reconnaissant à côté du député de la Convention ce jeune Renard, devenu son mortel ennemi, et en songeant qu'ils voyageaient tous deux dans la direction de Souilly. Il se rappela de quelle haine féroce le neveu du curé de La Chalade poursuivait la chanoinesse. Cet enragé jacobin avait la rancune tenace; à cette heure, s'il parvenait à découvrir la retraite d'Hyacinthe, il se montrerait plus que jamais vindicatif et implacable,... et cette fois, hélas! François Baujard serait dans l'impossibilité de protéger son amie!

En quittant le Chânois, François avait d'abord gagné Varennes où il était allé ostensiblement rendre visite à son ancien collègue Georges. Ce dernier, tout en l'accueillant amicalement, lui avait déclaré que n'étant pas sûr de la discrétion des gens de sa famille, il ne pouvait lui offrir l'hospitalité. De nouveau, à la nuit tombante, Baujard avait dû se mettre à la recherche d'un gîte. Il comptait de nombreux amis dans ce coin du département, mais déjà la

28.

crainte commençait à refroidir les cœurs et à relâcher les plus solides liens d'intimité.

Baujard connut alors les dégoûts et les mortifiantes misères de la vie de proscrit : — l'angoisse des courses nocturnes vers un refuge douteux; les stations sous la pluie, dans l'attente d'un gîte que le propriétaire vous concède de mauvaise grâce, ou parfois vous refuse impitoyablement; les sommeils fiévreux à la belle étoile, dans une loge de sabotier ou sous la voûte d'un four à chaux; les haltes dans une cachette où il faut assourdir son pas, retenir son haleine, étouffer un éternuement; l'effarement des amis pusillanimes qui vous obligent à déguerpir en pleine nuit, et la lâcheté plus atroce encore de ceux qui courent vous dénoncer après vous avoir refusé leur porte.

Parfois, il se laissait tomber, harassé, écœuré, sur la berge d'un chemin. Il arrivait à ce point de détresse extrême où l'on sent l'impossibilité d'aller plus avant, et où l'on n'hésite plus que sur le choix des expédients les plus prompts pour en finir. Il avait envie d'aller heurter à la prochaine gendarmerie et de s'y livrer... Tout à coup le cher souvenir d'Hyacinthe, recluse au Chânois et dont il était l'unique protecteur; l'image adorée de celle qu'il aimait comme sa femme, le retenaient sur la pente des résolutions désespérées et lui rendaient une nouvelle énergie..:

Pendant ce temps, à la ferme des Raulin, la chanoinesse se remettait peu à peu de la fiévreuse agitation des mois précédents. La calme régularité de

la vie rustique exerçait sur son imagination toujours
en éveil une influence reposante. Seule, l'absence de
toute nouvelle relative à Baujard l'empêchait de
s'abandonner à une sorte d'engourdissante quiétude.
Les visiteurs étaient rares au Chânois, surtout en
cette saison. Quand, d'aventure, à de longs intervalles, un paysan venait de Récourt ou de Souilly
apporter ou emmener quelque denrée, on le voyait
de très loin déboucher de la lisière du bois. Zélie,
qui travaillait souvent dehors et avait de bons yeux,
annonçait sa venue par une chanson qui servait de
signal, et les émigrés regagnaient en hâte le pavillon
aux volets toujours clos. Mme de Rosnes, du reste,
se calfeutrait le plus possible dans sa chambre, dont
elle préférait la solitude aux promiscuités de la cuisine. « Notre Gène », Zélie, la mère Adeline et surtout Coco Raulin semblaient à la vieille dame une
compagnie trop vulgaire et elle se lassait vite de
leur entretien. Le chevalier partageait ses répugnances, mais ne pouvant s'habituer à la réclusion,
il s'obstinait à entreprendre de longues promenades
sous bois. Il avait une dangereuse manie : quand il
était engagé dans un sentier, il le suivait infatiga-
blement, pris de l'enfantine curiosité d'en voir *le
bout* ; parfois il ne rentrait qu'à la nuit serrée, quand
déjà on le croyait tombé dans une fondrière ou
arrêté par la gendarmerie...

Le plus souvent, Hyacinthe passait une bonne
partie de son temps en tête à tête avec la mère
Adeline. Elle se sentait sympathiquement attirée
vers cette alerte petite femme aux pétulances de

chèvre, au cœur d'or, au caractère emporté et loyal.
Elle aimait à suivre ses tourbillonnements affairés
à travers la cuisine. Toujours occupée des autres et
toujours en mouvement, Adeline allait de la cheminée à l'alcôve où le lit conjugal se dressait derrière de longs rideaux de cotonnade rouge; tout en
épluchant ses légumes ou en écrémant ses *possons*
de grès pleins d'un lait onctueux, elle bavardait
avec une verdeur et un entrain infatigables. C'était
presque toujours François Baujard qui défrayait la
conversation et dont elle chantait les louanges.

Hyacinthe ne se lassait pas de l'écouter et de l'interroger. La parole imagée et enthousiaste de la
bonne femme lui remettait vivement devant les yeux
la pensive figure de Baujard, imprégnée à la fois de
gravité et de tendresse. Parfois, au milieu de ces évo-
cations, il se faisait un soudain silence. Les yeux des
deux femmes se mouillaient brusquement. La même
appréhension leur serrait le cœur. Elles se demandaient tout bas sur quels chemins périlleux et incer-
tains errait à ce même moment celui dont elles
s'entretenaient avec une si affectueuse persistance.

— Ah! le *paoure afant*, soupirait Adeline; à
c't'heure, il y a tant de méchantes gens... Pourvu
qu'il ne lui arrive rien de mauvais!

— Voilà tantôt un mois qu'il nous a quittées,
reprenait Hyacinthe, et nous restons sans nouvelles... Ce silence m'effraye...

Un soir Coco Raulin arriva du marché de Souilly,
tout émoustillé. L'œil luisant, le verbe haut, il jacas-
sait avec volubilité. Adeline, inquiète, le regardait

en dessous, devinant à ses airs farauds, à son bonnet de coton posé de travers, que sa loquacité provenait d'une station trop prolongée à l'auberge du *Coq-Hardi*.

— Ce n'ast-me la peine de demander d'où vous venez, dit-elle en menaçant du doigt son mari, vous en avez bu plus que je ne vous en ai versé!

— Mé! mé! balbutiait le bonhomme interloqué, vous vous trompez, notre Adeline!

— C'est bon, je n'ai mie les yeux dans ma poche et je vois bien à votre nez que vous avez été gobeloter au cabaret.

— Peut-on dire?... Je ne m'y suis pas tant seulement assis... J'ai bu un doigt de vin avec le Doudou du *Coq-Hardi*, histoire de me réchauffer et d'apprendre les nouvelles...

— Et qu'avez-vous appris, monsieur Raulin? interrompit Hyacinthe dont le cœur battait.

— Oh! répondit le fermier en clignant ses petits yeux, des choses qui ne plairont pas à tout le monde... D'abord la Convention a décidé qu'on mettrait en jugement Louis Capet...

— Plait-il?... s'écria hautainement la chanoinesse, irritée, vous vous oubliez, monsieur Raulin!

— Excusez, bredouilla le fermier, je voulais dire Louis XVI...

— Il faut, protesta Adeline furibonde, que vous ayez bu comme une éponge pour parler de la sorte... Ça ne vous écorcherait pourtant pas la bouche de vous exprimer poliment quand il s'agit du roi!...

Hyacinthe n'avait plus la force de s'indigner. Elle restait stupéfiée sur sa chaise, pâle, la tête basse et les mains jointes sur ses genoux. — Ainsi le peuple avait été jusqu'au bout de sa folie furieuse?... Il avait traîné son roi devant les tribunaux comme un vulgaire malfaiteur. L'échafaud était peut-être déjà dressé et le descendant de Louis XIV aurait sans doute le sort de Charles Ier d'Angleterre?... Tout s'écroulait autour d'elle et elle éprouvait elle-même comme un avant-goût de l'anéantissement. Impassible et le cerveau engourdi, elle n'écoutait plus Coco Raulin, qui continuait à dégoiser verbeusement les nouvelles rapportées du *Coq-Hardi*.

— La Convention a envoyé à Verdun un de ses représentants : le citoyen Bô, un vrai sans-culotte!... Il va tricoter les côtes des ci-devant nobles qui ont festoyé avec les Prussiens, et dame, au jour d'aujourd'hui, faudra que les aristocrates marchent droit...

— Ils n'auront pas de peine à marcher plus droit que vous, en tout cas! répliqua rageusement Adeline, allez v's'-en cuver votre vin et débarrassez-moi le plancher... Je suis honteuse d'avoir un homme qui ne sait pas mieux se respecter quand il est dehors!...

Néanmoins, dès qu'il fut sorti, elle crut devoir l'excuser près de la chanoinesse :

— Ce n'est point un méchant homme, madame... mais quand il a bu un peu plus que son compte, il se croit obligé de hurler avec les loups, sa langue tourne trop vite... et c'est ça qui me fait peur!

Peu de temps après cet incident, un froid noir
succéda à la pluie et la neige commença de tomber.
Une épaisse couche blanche tapissa bientôt les
champs, nivela les chemins, ouata les arbres de la
forêt, mettant une silencieuse solitude entre le Chânois et les villages environnants. Pendant deux
semaines, sous la protection de la neige qui rendait
les chemins impraticables, les hôtes d'Adeline vécu-
rent en pleine sécurité. Puis le ciel s'éclaircit, la
gelée durcit les routes et la circulation se rétablit.

Un matin, tandis qu'Adeline besognait seule au
logis, on frappa à la porte et Mme Raulin vit s'en-
cadrer dans l'huis entr'ouvert un jeune homme
inconnu, vêtu d'une carmagnole et coiffé d'un bonnet
de poil de lapin. Il avait une figure honnête et
demanda d'une voix discrète s'il était bien à la
ferme du citoyen Baujard.

— Oui, répondit prudemment Adeline, mais M. Baujard est absent.

— Je m'en doute, répliqua-t-il avec un sourire
confidentiel, puisque je viens de sa part... Êtes-
vous Adeline Raulin, sa mère nourrice?

— Possible, mais qui me prouve que vous venez
de sa part?

— Ceci, dit le jeune homme en tirant un billet
de sa poche, c'est un mot d'écrit du citoyen Baujard,
que je ne dois donner qu'à Adeline Raulin.

— Donnez donc! s'écria impétueusement Adeline,
et entrez vous chauffer!

Elle prit la lettre, la retourna de l'air gauche des
gens qui ne savent pas lire et se décida à recourir à

Zélie qui avait été à l'école et déchiffrait l'écriture.
La suscription portait : « Adeline Raulin, pour
remettre à ma femme. » — Tandis que Zélie faisait
boire et manger le messager, Adeline courut au
pavillon et glissa la lettre dans les mains de la chanoinesse. Elle ne reparut qu'une demi-heure plus
tard, portant un billet crayonné à la hâte.

— Voici la réponse, mon garçon, murmura-t-elle ;
serrez ça soigneusement dans la poche de votre gilet ;
dites à celui qui vous envoie qu'il peut compter
sur Adeline, et qu'ici on pense à lui nuit et jour...

Réchauffé par un bon repas, le messager s'esquiva
discrètement comme il était venu. Pendant ce temps,
la chanoinesse, pâle encore de l'émotion reçue, reli-
sait avec des palpitations de joie le billet de Baujard.

« Mon adorée Hyacinthe, écrivait son ami, j'ai
enfin trouvé un asile où je pourrai attendre les événements avec sécurité. Après avoir erré pendant
des semaines comme un vagabond, je me suis avisé
d'une retraite où je serai d'autant mieux caché que
personne ne songera à m'y chercher ; — une nuit, je
suis allé à Bar frapper à la propre porte du concierge en chef de l'ancien château où le conseil
général tient ses séances. Ce concierge, Justin Curel,
est un vieux serviteur de ma famille et c'est moi
qui l'ai fait entrer au Département, où il occupe
avec sa femme et son garçon un pavillon isolé.
J'étais sûr du dévouement de ce brave homme.
Quand j'ai sonné à la porte du Département, c'est
lui qui est venu m'ouvrir ; je l'ai mis en peu de mots

au courant et je lui ai demandé s'il pouvait me cacher pendant quelques semaines. Il m'a fait entrer,
et après en avoir conféré avec sa femme, qui a un
culte pour moi, il a été convenu qu'on me logerait
dans un cabinet servant de débarras et contigu avec
la chambre des deux époux. Une armoire dissimulait déjà depuis longtemps la porte condamnée de
ce réduit. En un clin d'œil on l'a déplacée. Mᵐᵉ Curel
m'a dressé un lit, et me voici, depuis tantôt deux
semaines, l'hôte de ce cabinet noir, dont l'entrée
reste, pendant le jour, masquée par l'armoire de
chêne.

« En ce retrait où la nuit dure dix-huit heures,
ma seule occupation et ma seule joie est de penser
à vous, ma bien-aimée. Je rêve aux délices que j'ai
goûtées près de vous et je me reprends à espérer.
Je ne saurais trop vous recommander la prudence;
l'important est de gagner du temps. Je suis ici bien
placé pour trouver un moyen de vous sauver, vous
et les vôtres. J'ai des intelligences dans la place et
je compte me procurer bientôt des passeports en
blanc qui vous serviront à passer la frontière. En
attendant, soignez-vous, pensez à moi et aimez-moi
comme je vous aime. Envoyez-moi un mot de réponse
par le porteur de cette lettre, qui est le propre fils
de mon hôte, et rassurez-moi vite sur votre santé
et votre sécurité. Surtout, tenez-vous renfermée le
plus possible au pavillon, et recommandez au chevalier ainsi qu'à votre tante la plus scrupuleuse
circonspection. Le parti jacobin traque partout les
émigrés; J.-J. Renard, votre ennemi et le mien,

fouille en ce moment les environs de Verdun. Tout
est à redouter de la part de cet homme à l'âme
vindicative et aux instincts de policier... Dites-vous
bien, ma chérie, que vous êtes le seul coin de bleu
dans mon ciel d'orage, et que la vie ne me serait
plus rien si je vous perdais... »

V

COCO RAULIN

Les pressentiments de Baujard ne le trompaient point. Le séjour de Verdun, en compagnie du représentant Bô, avait réveillé les rancunes de J.-J. Renard. Dès son arrivée, les dénonciations des clubistes de la localité appelaient l'attention du délégué sur l'intimité de l'ancien procureur général-syndic et de la chanoinesse, et sur le rôle politique joué par cette dernière près du prince royal de Prusse. Pendant quelque temps, néanmoins, l'incertitude où on était au sujet de la retraite des deux fugitifs avait retardé sa vengeance. Il présumait qu'ils avaient dû passer la frontière à la suite des armées confédérées et il désespérait déjà de les atteindre. Un voyage qu'il fit à Damvillers le désabusa. Le président du club local lui apprit l'embuscade des bois de Mangiennes, la berline arrêtée, les trois émigrés ramenés chez le procureur de la commune et leur évasion nocturne, grâce à la connivence de Baujard.

Le portrait de la jeune émigrée et le signalement de ses deux compagnons ne laissaient aucun doute. C'était bien Mme d'Eriseul qui avait fui sous l'escorte de l'ancien constituant.

Renard, continuant ardemment son enquête, constata le passage de la chanoinesse et de son ami à Charny. Aiguillonné par cette découverte, il se lança sur la piste. Il sut bientôt que Baujard avait traversé Varennes ; les dénonciations des faux amis qui avaient refusé un gîte au proscrit lui signalèrent également son passage à Clermont et à Beauzée. Mais il y était venu seul ; il avait donc dû, dans l'intervalle, trouver pour Hyacinthe une retraite dans le voisinage. Renard pensa d'abord au Four-aux-Moines et, requérant un détachement de gardes nationaux, il fouilla vainement la verrerie, sans se soucier des protestations de Mlle de Saint-André. Furieux de revenir bredouille, il retourna de Clermont à Beauzée et arriva ainsi, un soir, à Souilly où l'on prétendait avoir aperçu l'ancien procureur général. Le maire et le juge de paix qu'il avait mandés à la maison commune jurèrent leurs grands dieux que le citoyen Baujard n'avait jamais mis les pieds à Souilly.

— D'abord, déclara le maire, tout un chacun le saurait, car il est connu comme le loup blanc... Il est né ici et a été élevé au Chânois, où il a une maison de ferme.

— Ah ! il possède une ferme près d'ici ! observa Renard, pour qui cette révélation fut un trait de lumière.

— Oui, en pleine forêt... mais c'est peine inutile de le chercher là... Je suis sûr qu'il n'y est pas, affirma le maire, attendu que j'ai été au Chânois, il y a une huitaine, et que je n'y ai vu que le fermier et sa famille.

Renard hochait la tête et songeait : « Baujard n'y est pas, possible... Il est trop fin pour s'être terré en son propre logis; mais il y a peut-être caché sa maîtresse... »

— Comment s'appelle ce fermier du Chânois?

— Coco Raulin... Au reste, ajouta le juge de paix, c'est demain marché; Coco ne manquera pas d'y apporter ses denrées, et si vous désirez le voir, nous vous l'amènerons au *Coq-Hardi*... Avec deux ou trois verres de vin, citoyen délégué, vous tirerez de lui ce que vous voudrez.

Renard leur recommanda sévèrement le secret et les congédia. Le lendemain, en effet, vers midi, le maire introduisit Coco dans la salle réservée où, devant un feu flambant, Julius-Junius achevait de dîner.

— Voici Coco Raulin, citoyen délégué, dit le magistrat municipal, je vous présente un pur sans-culotte, dévoué aux vrais principes.

— Pour ça, oui! affirma timidement Coco, en ôtant son bonnet.

Les yeux écarquillés, le nez en l'air, il regardait admirativement ce jeune homme imberbe, ceint de l'écharpe officielle, vêtu d'un frac bleu et d'une culotte de casimir à grand pont, chaussé de bottes à revers sur des bas à raies tricolores. L'air grave du délégué et son uniforme lui imposaient.

29.

— Bien, citoyen maire, répondit J.-J. Renard d'un ton tranchant, laisse-nous, mais ne t'éloigne pas!... Approche-toi, mon brave, continua-t-il en s'adressant à Coco d'un air doucereux; j'ai entendu parler de toi comme d'un patriote rectiligne et j'ai voulu te voir... Boirais-tu bien un coup?

— Dame! balbutia Coco, par ce froid de loup, ça n'est pas de refus.

Il y avait sur la table deux bouteilles poudreuses et une assiette de biscuits.

J.-J. Renard remplit deux verres et en tendit un au paysan :

— Assieds-toi et buvons à la République... Comment trouves-tu ce petit vin-là?...

Coco but et fit claquer sa langue :

— C'est du fameux!... Ça caresse le gosier comme un velours...

— En ce cas, un second verre;... ne fais pas la petite bouche!... Ça te donnera des jambes pour retourner chez toi... Y a-t-il loin d'ici à ta ferme?

— Une petite lieue tout au plus, déclara Coco en vidant son verre tout d'un trait.

Ses yeux luisaient et la langue lui démangeait déjà.

— D'ailleurs, reprit-il, j'ai ma carriole, et ma jument trotte comme le vent... Ah! dame, faudrait pas m'anuiter, parce que notre Adeline n'est pas endurante...

— C'est ta femme?

— Oui-da, et une meilleure, il n'y en a pas dans le pays... Elle travaille comme un *chevau.*

— Et tu as de la famille?... Vous êtes nombreux au Chânois?

— Assez, poursuivit Coco, devenu tout à fait communicatif après avoir lampé un troisième verre; — il y a donc d'abord notre Adeline, notre Gène, qui est mon garçon, notre fille Zélie, et puis...

— Et puis?

— Et puis, bredouilla Coco, qui eut vaguement l'intuition d'avoir parlé trop vite, et puis... ça doit être tout...

— En es-tu sûr? interrogea sévèrement le délégué, en le dévisageant d'un coup d'œil froidement investigateur.

— Hum! pensa Coco, ce diable d'homme en sait peut-être plus long que mé!... Dame, tant pis, je ne veux point me compromettre!

— Attendez voir, ajouta-t-il précipitamment; il y a aussi une cousine de ma femme, une veuve qui a été ruinée par les Prussiens et que nous avons retirée chez nous.

— Comment s'appelle ta cousine?

— Elle se nomme... Désirée, répondit Coco, après un moment d'hésitation.. « Cet homme-là est un malin, se pourpensait-il, mais à malin, malin et demi!... Il ne me prendra point sans vert. »

Le vin de Thiaucourt, que Renard lui versait généreusement, commençait à lui brouiller les idées. Il ne s'apercevait plus des sottises qu'il débitait; il se sentait plein de verve et se félicitait de son bel aplomb.

— Et naturellement, insinua Renard, toute ta

maisonnée est comme toi dévouée à la République?...

— Je vous en réponds!... Faudrait voir que, chez nous, on se permette des opinions contre-révolutionnaires!... Tourtous nous sommes pour l'égalité et nous honorons la Convention. Notre Zélie n'épousera qu'un pur sans-culotte; notre Gène, si on ne le retenait, viendrait tous les soirs au club de Souilly; quant à notre Adeline, elle déteste les aristocrates et l'ancien régime... Allez! ajouta Coco en s'essuyant la bouche, n'y a pas à dix lieues à la ronde une famille plus patriote que la nôtre!

— Bravo! s'exclama Renard en trinquant de nouveau avec lui, ce que tu me dis m'enchante et me donne le désir de visiter cette rustique demeure où l'on élève de champêtres autels à la liberté et à la Révolution... Tu vas atteler ta carriole?

— Oui, citoyen délégué, répondit Coco avec un soupir de soulagement. — Maintenant qu'il avait vidé la bouteille, il n'était pas fâché de tirer ses grègues.

— Eh bien! je pars avec toi. Je veux réjouir mes yeux au spectacle d'une famille de vrais patriotes, complimenter ta femme et serrer tes enfants sur mon cœur... Citoyen Raulin, je te recommanderai à la sollicitude de la Convention : elle aura des yeux sur toi. Va atteler, je te rejoins dans un instant!

— Mais, objecta Coco, effarouché, ma carriole est un tape-cul, sauf votre respect, et vous y serez secoué, citoyen!

— Un vrai républicain méprise la mollesse et se trouve bien partout où il vit avec des hommes libres... J'endosse ma lévite et je suis à toi.

Renard sortit de la salle et alla trouver le maire :

— Au nom de la loi, lui dit-il d'un ton raide, je te requiers de mettre sous les armes tes gardes nationaux les plus résolus... Dès que je serai parti avec ce paysan, tu les conduiras toi-même, sans tambour ni trompette, jusqu'à la lisière du Chânois où tu les dissimuleras dans le taillis et où tu attendras mes ordres... Compris, n'est-ce pas?... Et, maintenant, discrétion et célérité, il y va de ta tête!...

Un quart d'heure après, Julius-Junius, emmitouflé dans sa lévite, montait dans la carriole de Coco. Celui-ci, déjà un peu dégrisé, fouettait sa jument comme un homme qui cherche à faire tomber sur autrui sa mauvaise humeur. Très tracassé, il commençait à se demander comment l'intempestive visite du délégué serait accueillie par la terrible Adeline. Rien qu'à songer aux emportements de sa ménagère, il en avait d'avance la colique. Quand on eut traversé la forêt et qu'on déboucha sur la combe du Chânois, Coco se gratta la tête et mit son tape-cul au pas :

— Citoyen délégué, insinua-t-il, il y a une chose qui me tarabuste.

— Quoi donc, mon brave?

— J'ai peur que notre femme ne vous fasse grise mine.

— Et pourquoi?... Ne m'as-tu pas affirmé qu'elle est une franche républicaine?

— Pour sûr !... Mais, entre nous, elle a un fichu caractère... Elle n'aime pas qu'on lui tombe sur le dos sans la prévenir et quand elle est en colère, elle ne connaît plus personne... Vaudrait mieux peut-être nous en retourner à Souilly ?...

— Allons donc, poule mouillée ! Es-tu le maître chez toi, oui ou non ?... Fouette ta bête... Je suis curieux de voir cette femme qui porte les culottes, et je te promets de la mettre à la raison !...

En désespoir de cause, Coco fit claquer énergiquement son fouet et la carriole dévala vers le Chânois.

A ce même moment, Hyacinthe était assise près de la cheminée, où Adeline préparait la *potée* du soir... Les claquements du fouet ne les inquiétèrent pas :

— Voici mon homme qui revient du marché, murmura Mᵐᵉ Raulin, pourvu qu'il m'ait tenu parole et ne se soit point arrêté au cabaret !

Tout à coup, quand la jument entra dans la cour, Adeline qui avait jeté machinalement un coup d'œil sur la carriole, en vit descendre J.-J. Renard :

— Sainte mère de Dieu ! s'écria-t-elle, Coco ramène un étranger... Sauvez-vous vite !

Trop tard. Le nouveau venu secouait déjà la clanche de la porte. Hyacinthe n'eut que le temps de se jeter dans la ruelle du lit, dont les rideaux tirés tombaient à ras de terre.

Adeline, très pâle, mais dissimulant son trouble, alla délibérément au-devant de l'étranger.

— Notre Adeline, balbutia Coco d'un ton patelin,

je t'amène le citoyen Renard, délégué du Département, qui m'a fait mille honnêtetés à Souilly, et qui a désiré visiter notre ferme.

— Oui, citoyenne, dit doucereusement Julius-Junius, ton mari m'a parlé de toi en si bons termes que j'ai voulu te connaître.

Adeline ne répondait que par de brusques révérences et dévisageait rapidement le délégué. La figure chafouine de ce jeune homme imberbe, au regard pointu et à la voix aigre-douce, ne lui revenait pas. Sous la lévite, elle avait aperçu l'écharpe tricolore et il lui fallait toute son énergie pour masquer ses transes.

— Vous devez être morfondu, citoyen, murmura-t-elle; chauffez-vous pendant que je vas vous préparer du vin chaud et une rôtie...

Elle le fit asseoir devant l'âtre, de façon à ce qu'il tournât le dos à l'alcôve. Pendant ce temps, Coco, dont les yeux fuyaient le regard courroucé de sa ménagère, s'était empressé de descendre à la cave.

— Le citoyen Raulin m'avait parlé de vos enfants, reprit Renard en regardant autour de lui, je ne les vois pas...

— Ils sont occupés à charrier du fumier, répliqua Adeline. — Elle jeta des ramilles sur le brasier. — Chauffez-vous donc, citoyen, et mettez-vous à votre aise!

Elle souffla la braise en appliquant ses lèvres à un long tube de fer poli. Tout en gonflant ses joues, elle coulait à la dérobée une œillade sur les rideaux de l'alcôve et constatait avec un serrement de cœur que les mules blanches d'Hyacinthe dépassaient légèrement l'ourlet des rideaux rouges. Renard, très maître de lui, remarqua une pointe d'inquiétude au fond des clairs yeux bruns d'Adeline et se dit : « Cette mâtine-là a quelqu'un de caché ici. »

Sur ces entrefaites, Coco avait rapporté une bouteille de vin vieux. Adeline, très affairée en apparence, versa le vin dans un coquemar qu'elle poussa vers la braise, puis elle tailla des tranches de pain qu'elle dressa sur un gril en fil de fer. Coco, d'un air penaud, rinçait des verres et les plaçait sur un petit guéridon, à la portée du délégué. Celui-ci, avec une affectation d'amabilité, continuait ses quesions :

— Et vos enfants, citoyenne, sont certainement, comme vous, de bons et zélés patriotes?

— Pour ce qui est de moi et de Zélie, citoyen délégué, nous autres pauvres femmes, nous nous occupons de raccommoder nos nippes plutôt que de politiquer... Quant à notre Gène, il aime son pays, comme de juste, et ne demande qu'à travailler en paix.

— Mais vous avez aussi une parente avec vous, m'a dit votre mari?

Adeline eut de nouveau un coup au cœur.

« Ainsi Coco avait jasé!... Ce jacobin l'avait fait boire et lui avait probablement tiré les vers du nez!... » Ah! si elle avait tenu son homme entre quatre murs, quelle gifle elle lui aurait appliquée!... Mais il fallait se contenir et montrer en dépit de son angoisse un visage souriant!...

· — Effectivement, murmura-t-elle, en versant le vin cuit dans les verres, nous avons une parente avec nous... Elle a profité du beau temps pour aller cette après-midi jusqu'à Benoîte-Vaux... Buvez donc, citoyen, pendant que c'est chaud!...

— Vraiment, répliqua Renard, d'un air bon apôtre, je regrette qu'elle soit absente... Vous l'appelez?...

— Victoire, répondit délibérément Adeline... Victoire Macquart.

— Tiens, observa Julius-Junius en dévisageant Coco consterné, tu m'avais dit qu'elle se nommait Désirée?

— Possible, bredouilla l'infortuné Coco, Victoire est son nom de baptême, mais Désirée est un surnom familier... Vous ne buvez pas, citoyen délégué!... A votre santé!

— A la République! déclama Renard en levant son gobelet et en fouillant de son regard de limier le fond de la cuisine, à la Convention et à la prochaine condamnation de Louis Capet!

Il vit les rideaux de l'alcôve frissonner imperceptiblement et en suivant de haut en bas le pli onduleux de l'étoffe, il aperçut les mules blanches dans l'interstice de la cotonnade rouge et du carrelage.

— Elle est là, pensa-t-il, je la tiens!...

· Il posa son verre sur le guéridon et consulta sa montre.

. — Comme le temps passe! s'exclama-t-il, mes amis, il me faut vous quitter... Ne t'embarrasse pas de moi, citoyen Raulin, le chemin est.sec et je connais ma route... Je m'en retournerai à pied. . . .

30

Il boutonna sa lévite, demanda à Adeline la permission de l'embrasser et, après de mielleux remerciements, il sortit avec Coco, qui voulut l'accompagner jusqu'au bas de la côte.

Dès qu'Adeline, derrière le rideau de la croisée,
eut vu Renard gravir seul la montée, tandis que
Coco s'en revenait lentement, elle courut à l'alcôve
et en tira Hyacinthe pâle et atterrée.

— Ah! pauvre dame, nous l'avons échappé
belle!...

— Adeline, murmura Hyacinthe, nous sommes
perdues... L'homme qui vient de sortir est mon plus
cruel ennemi... Il soupçonne que je suis cachée ici
et il reviendra, soyez-en sûre!

La fermière essayait de la réconforter par des
paroles d'une tendresse quasi maternelle :

— Il ne reviendra toujours pas aujourd'hui, ma
pauvre mignonne, et d'ici là, nous trouverons moyen
de vous cacher ailleurs... En attendant, réconfortez-
vous et buvez un doigt de vin chaud...

Hyacinthe s'était assise. L'émotion qui l'avait
saisie était si violente qu'elle défaillait presque et
ne se sentait plus la force de se lever.

Tandis qu'elle restait accablée sur sa chaise et
qu'Adeline commençait à fulminer contre son « bri-
gand » de mari, la porte de la cour s'ouvrit brusquement et Zélie apparut, livide :

— Maman, la ferme est entourée de soldats...
Vite, vite, madame, gagnez le pavillon!...

Hélas! il n'était plus temps. Derrière Zélie,
J.-J. Renard accourait, suivi d'une escouade de

gardes nationaux. Il avait une lueur triomphante dans les yeux et un mauvais sourire sur les lèvres :

— Citoyenne Hyacinthe d'Eriseul, dit-il en découvrant son écharpe, au nom de la loi, je t'arrête ! — Puis se tournant vers les gardes de l'escouade :

— Quatre hommes ici pour surveiller la prisonnière ; vous autres, fouillez la ferme et le pavillon, de la cave au grenier, et amenez-moi tout ce que vous trouverez !..

Adeline furibonde, les cheveux crépus au vent, s'était élancée entre les soldats et la chanoinesse :

— Et moi, s'écria-t-elle en montrant le poing, je prétends que vous ne l'emmènerez pas !... Vous êtes de Souilly, mes camarades, vous êtes des paysans comme nous, et vous n'écouterez pas ce traître à face de carême... Tu me connais, toi Doudou Jacquin, et toi aussi, Nicolas !... Vous savez que l'Adeline est une brave femme, qui ne loge que des braves gens chez elle !.. Vous aurez honte de manigancer une infamie avec cette espèce de muscadin, qui sort on ne sait d'où !

— Allons, assez ! empoignez-moi aussi cette enragée bavarde !... cria Julius-Junius dans un accès de colère froide.

Sur ces entrefaites, les gardes nationaux rentrèrent, poussant devant eux Mme de Rosnes et M. de Vendières.

— Citoyen délégué, dit un garde en carmagnole, voilà tout le gibier que nous avons rabattu...

— Ha ! ha ! ricana J.-J. Renard, me voici en pays

de connaïssance... Allons, je n'aurai pas perdu ma
journée !...

A ce moment, Coco Raulin apparut effaré.

— Misérable ! lui cria Adeline exaspérée, approche
donc, viens voir ton ouvrage !

— Oui, notre Adeline, répondit Coco en pleurant
et en levant les bras au plafond, oui, je suis un misérable !.. Je ne me le pardonnerai jamais... Qué
malheur, mon Dieu, qué malheur !...

— Tais-toi, imbécile, interrompit Renard, au nom
de la loi, je réquisitionne tes chevaux et ta charrette,
pour emmener à Bar cette nichée d'aristocrates...
Allons, à l'écurie, et vivement !...

La chanoinesse retrouvait des forces pour consoler sa tante ; le chevalier, blême et interloqué, joi-
gnait les mains silencieusement ; Adeline, blanche
de colère, continuait d'invectiver Coco, et Zélie fondait en larmes. — Cette scène navrante se prolongea
pendant un mortel quart d'heure, puis la charrette,
attelée de deux chevaux, garnie de bottes de paille,
s'arrêta devant la porte.

— En route ! commanda Renard.

Les gardes nationaux poussaient les trois femmes
et le chevalier dans la cour. Quand Coco vit qu'on
emmenait aussi Adeline, son désespoir éclata
bruyamment :

— C'est pas Dieu possible !... Vous n'allez pas me
prendre ma femme, ma voiture, mes chevaux, et
tout ?... Égorgez-moi tout de suite, assassins, égorgez-moi, ça vaudra mieux !...

— Faites-moi taire ce braillard ! cria Julius-

Junius, tandis que les gardes hissaient les prisonniers sur la paille de la voiture.

— Sur deux files, en avant, marche! commanda
le capitaine du détachement.

Et entre deux rangs de gardes nationaux, portant
baïonnette au fusil, la longue charrette prit le
chemin de Souilly.

VI

LA PRISON DES SŒURS-CLAIRES

La réponse de la chanoinesse au message de Baujard avait donné à ce dernier un renouveau de courage. Le billet, crayonné à la hâte, était imprégné d'une chaude tendresse; quelque chose de l'âme passionnée d'Hyacinthe y était resté infusé. La main de Mme d'Eriseul avait frôlé ce papier grisâtre, ses lèvres peut-être l'avaient effleuré. Rien qu'à le tenir entre ses doigts, François se sentait réconforté. Il en savait par cœur les mots discrets et brûlants. Dans l'obscurité du cabinet où il demeurait claquemuré tout le jour et une partie de la nuit, il se les répétait avec délices; il croyait entendre Hyacinthe les lui répéter elle-même et il revoyait dans l'ombre ses yeux verts si lumineux, l'ovale allongé et délicat de son visage, sa bouche attirante aux coins retroussés. C'était comme une hallucination. Il se la représentait assise sous la haute cheminée du Châ-

nois, ou regardant à travers la vitre la route tour-
nante à la lisière de la forêt, et s'entretenant de lui
avec la mère Adeline. En songeant à la neige qui
s'épaississsait sur les chemins, une apaisante sécurité entrait en lui. Cette neige était une protection
pour les hôtes du pavillon; elle empêchait les
fâcheux malintentionnés d'arriver jusqu'au Chânois,
et cela donnait à Baujard le temps d'aviser à un
moyen de faciliter l'évasion des trois proscrits.

. Grâce à la complicité dévouée de Justin Curel,
l'ancien procureur-syndic avait déjà pu se procurer un passeport en blanc, visé par le président
du conseil général. Il le gardait précieusêment en
attendant que Curel pût en soustraire deux autres,
destinés à M\ⁿᵉ de Rosnes et à M. de Vendières,
qu'on ferait passer pour deux négociants, rega-
gnant avec leur fille un village voisin de la frontière. Cette préparation de la fuite de son amie
était sa préoccupation unique. Elle l'aidait à supporter les heures mortellement longues de sa réclusion.

Le cabinet où il vivait enfermé prenait jour sur
la côte des Prêtres par un étroit vitrage à verre dor-
mant. La poussière et les toiles d'araignée recou-
vraient les carreaux d'un voile grisâtre; de sorte
que pendant ces courtes journées d'hiver, la lumière
n'y filtrait que très atténuée. On n'y pouvait lire
que durant quelques heures. Une ombre crépusculaire y tombait dès le milieu de l'après-midi, et
comme la prudence exigeait que le reclus s'abstînt
d'y allumer une lampe, Baujard restait plongé en

des ténèbres toujours croissantes, et livré à ses réflexions qui s'assombrissaient à mesure.

Sa seule distraction consistait à prêter l'oreille aux rumeurs du dehors. Tantôt c'étaient les cris saluant le bureau du comité révolutionnaire au sortir de la salle des séances; tantôt les chants de la foule occupée à brûler en grande cérémonie les portraits de Louis XV et de Louis XVI sur la place du Château. — Trois fois la semaine, vers six heures du soir, dans le silence et l'enténébrement des rues, une voix traînante montait du bas de la côte et allait toujours grandissant; elle criait sur un ton monotone les nouvelles données par le journal de la localité, le *Républicain de la Meuse*, que rédigeaient J.-J. Renard et ses amis.

Ce passage du crieur de journaux était attendu par Baujard avec une anxieuse émotion. Il le mettait en communication avec le monde des vivants et lui apportait des nouvelles tantôt glorieuses, tantôt grotesques ou terribles, qui servaient de thème à ses méditations de la nuit.

Il apprit ainsi la conquête de la Belgique, le procès de Louis XVI, les querelles des Girondins et des Montagnards — et aussi, un soir, un détail qui le concernait personnellement : on venait de le comprendre sur la deuxième liste des émigrés du département. Cette décision, qui lui créait une plus grande sécurité, le pénétrait néanmoins d'un amer sentiment de déchéance. — Puisqu'on le croyait de l'autre côté de la frontière, on allait cesser de le chercher dans le département, mais d'autre part, cette présomption de fuite à l'étranger aggravait sa culpabilité. Son inscription sur la liste le retranchait officiellement de la vie civile; il lui semblait qu'on venait de l'arracher violemment de la patrie. Cette épithète d'*émigré* accolée à son nom était pour lui une tache ignominieuse. Plus que jamais, il s'obstina dans son dessein de se livrer à l'autorité judiciaire, dès qu'il aurait pu faire franchir la frontière à la chanoinesse.

Hélas! ce même crieur à la voix glapissante, dont le passage s'effectuait avec la régularité d'une horloge, enleva bientôt au proscrit cette dernière espérance. Quelques jours avant Noël, dans l'air assourdi par la neige, Baujard crut distinguer un nom familier parmi les phrases confuses du crieur. Il prêta plus avidement l'oreille et perçut distinctement ces mots qui montaient dans le silence de la côte :

— Achetez le *Républicain*, le journal des vrais sans-culottes!... Lisez les détails de la grande trahison de l'ex-chanoinesse Hyacinthe d'Eriseul... L'arrestation de l'espionne de Brunswick, sa translation à la prison des Sœurs-Claires!...

Atterré, François Baujard tomba sur son lit. Il souffrait atrocement, comme si une lame acérée lui eût traversé le cœur. Ses tempes semblaient étreintes par des griffes de fer. Pendant ce temps, il entendait tinter à ses oreilles, comme un glas, la voix traînante du crieur : « La grande trahison de la d'Eriseul,... son arrestation et sa translation aux Sœurs-Claires!... » Peu à peu les cris s'assourdis-

saient et le sinistre glapissement s'éteignait au fond
des rues de la ville haute.

« Perdue!... Elle est perdue! » Ces seuls mots
revenaient à Baujard avec la douloureuse régularité
d'un balancier, et, chaque fois, lui meurtrissaient le
cœur. Il passa une nuit navrante. Le lendemain,
Justin, qui était allé aux nouvelles, lui confirma ce
cruel dénouement :

— C'était J.-J. Renard qui avait fait le coup...
Hyacinthe était écrouée avec sa tante aux Sœurs-
Claires, tandis que M. de Vendières avait été incar-
céré aux Carmes, où l'on enfermait les hommes
arrêtés comme suspects.

L'ancien couvent des Sœurs-Claires, affecté à la
détention des femmes, était situé à l'extrémité d'une
rue de la ville basse, qui portait en 1792 et porte
encore aujourd'hui le nom de rue Voltaire. L'humeur policière et vindicative de J.-J. Renard,
qui jouait au proconsul après avoir circonvenu le
représentant Bô, remplissait rapidement de détenues les vastes bâtiments conventuels. Il expédiait
aux Sœurs-Claires des convois de *suspectes*, trans-
portées sur des charrettes et escortées de gendarmes. Il y avait là des prisonnières de tout âge
et de toute condition : grandes dames et rotu-
rières, ex-religieuses et paysannes, nobles parentes
d'émigrés et bourgeoises appartenant à des familles
républicaines accusées de modérantisme. Les détenues pauvres, entassées dans les salles du rez-de-
chaussée, étaient nourries aux frais de celles qu'on
croyait riches.

Quant à ces dernières, on les avait parquées pêle-mêle dans les dortoirs et les cellules du second étage. Celles qui avaient pu apporter avec elles des matelas s'y installaient tant bien que mal. Moyennant quelques assignats, le concierge, Champion, mari d'une amie de la Gillotte, leur procurait des chaises et des tables; celles qui disposaient de peu d'argent devaient se contenter d'une jonchée de paille. Champion était autorisé à vendre du vin, du charbon, de la vaisselle et à servir aux prisonnières, moyennant finance, à dîner et à souper.

Hyacinthe et Mme de Rosnes avaient heureusement gardé sur elles tout leur argent et Adeline avait pu emporter le paquet d'assignats confiés comme provision par Baujard. Elles parvinrent ainsi, dès le lendemain de leur écrou, à obtenir des matelas et des couvertures. Mme de Rosnes, brisée par les émotions et les fatigues du voyage en charrette, fut prise de fièvre et obligée de s'aliter dès le second jour. La chanoinesse elle-même, que sa jeunesse et sa force nerveuse avaient soutenue jusque-là, commençait à se décourager. Elle renonçait à lutter contre cette brutale fatalité qui, depuis des mois, la roulait comme une feuille sèche à travers de périlleux chemins. Elle demeurait pendant des heures sur sa chaise, — déprimée, abîmée en ses regrets, insensible aux misères présentes. — Adeline Raulin, seule, avait gardé son activité débrouillarde, sa vivacité et sa rustique énergie. C'était elle qui s'occupait de tous les détails matériels, discutait avec le concierge, le subjuguait par son entrain et ses vertes reparties.

Son humeur gaillarde, ses façons originales, in-
fluaient sur le monde mélangé des prisonnières
qui habitaient le dortoir.

Il y avait là des aristocrates intransigeantes et
hautaines, des nonnes aux yeux baissés et aux mines
effarouchées, des bourgeoises à l'esprit libéral et
ouvert, enfin des filles d'allures louches qu'on soup-
çonnait d'avoir été placées au second étage pour
espionner leurs codétenues. Peu à peu, des groupes
se formaient suivant le rang social et les affinités.
On s'apprivoisait à la prison et on reprenait le goût
de la toilette. On se rendait des visites, on jouait,
et la frivolité mondaine reparaissant, on organisait
des pique-niques auxquels on s'invitait cérémonieusement et où l'on chantait au dessert. — Dans
le clan bourgeois et républicain, deux demoiselles
d'Auguenberg, filles d'un patriote d'Étain, chantaient des couplets de leur cru, rimés sur l'air d'un
opéra-comique en vogue. Les vers étaient prosaï-
ques, mais en prison on n'a pas le goût difficile ; les
chanteuses possédaient une jolie voix et leurs amies
applaudissaient ce couplet :

> On nous arrache à nos travaux,
> Pour nous condamner au repos :
>   C'est ce qui nous désole.
> Vrais amis de l'égalité,
> Nous souffrons pour la liberté :
>   C'est ce qui nous console...

Une après-midi, tandis que l'un des clans assaisonnait son maigre dîner de poésie et de musique,
on entendit tout à coup un fracas de verrous tirés et

des tintements de trousseaux de clefs. Presque aussitôt un guichetier entra en criant :

— Attention ! Le citoyen Julius-Junius Renard vient visiter les détenues...

Presque sur ses talons, le secrétaire-délégué entra, enveloppé dans sa lévite, portant roide sur ses épaules trop hautes sa tête chafouine, coiffée d'une perruque blonde. Il avait soigné sa toilette et se donnait des allures de muscadin tout en gardant sa mine rogue et soupçonneuse. Il traversa rapidement le dortoir, tandis que ses petits yeux gris, inquiets, furetaient à droite et à gauche.

— Combien êtes-vous ici ? demanda-t-il sèchement.

— Cinquante, répondit hardiment Adeline Raulin ; il n'y a pas assez d'air pour tout le monde et on y étouffe...

— Si on y étouffe, du moins on y fait bombance, remarqua sarcastiquement le délégué, en regardant de travers la table des demoiselles d'Auguenberg... Puisque les riches s'amusent, il faut qu'elles nourrissent les pauvres, et je viens ici pour y établir le règne de l'égalité... Toi, reprit-il, s'adressant à Adeline et lorgnant sa coiffe paysanne, si tu as à te plaindre de ces aristocrates, ne te gêne pas... Parle !

— Je n'ai à me plaindre de personne, répliqua Adeline en se haussant sur la pointe des pieds, si ce n'est de ceux qui m'ont enlevée de notre ferme du Chânois, où, j'en suis sûre, tout maintenant va à la débandade !

J.-J. Renard dévisagea cette petite femme aux vertes ripostes et reconnut Adeline Raulin.

— Ah! tu es la femme de cet imbécile du Chânois... Où est ta maîtresse, l'ex-chanoinesse d'Eriseul?

— Là-bas, avec sa tante... Je vas vous conduire vers elles.

Adeline le guida vers le recoin où, près de Mᵐᵉ de Rosnes alitée, Hyacinthe, assise, restait pensive, les mains nouées sur ses genoux.

— Voici ces dames, s'exclama Adeline... L'une est malade et l'autre ne vaut guère mieux... Voilà le bel état dans lequel les a mises votre charrette!

— Nous ne sommes pas des tigres, dit Julius-Junius en adoucissant ses intonations et en se tournant intentionnellement vers Hyacinthe; nous ne voulons pas user de barbarie envers les aristocrates.. Avez-vous des réclamations à faire?

La chanoinesse secoua la tête.

— Aucune, murmura-t-elle sans regarder son interlocuteur.

— Ne l'écoutez pas, citoyen délégué! se récria Adeline... Ces dames auraient grand besoin d'être logées dans un endroit plus sain et plus tranquille... Mᵐᵉ de Rosnes tremble la fièvre... J'ai déjà réclamé près de la concierge, mais elle m'a tourné le dos.

— Citoyennes, dit mielleusement J.-J. Renard, s'efforçant en vain de rencontrer le regard d'Hyacinthe, vous avez tort de dédaigner mon intervention... Je suis pour la sévérité tempérée par la justice... Je vous enverrai le médecin de la prison et, si son rapport est concluant, on vous donnera un autre gîte... Salut !

Il se retira, vexé du peu d'effet qu'il avait produit. Néanmoins, il tint sa parole. Le médecin constata le même soir l'état de Mme de Rosnes et le lendemain on logea ces dames avec Adeline dans deux cellules contiguës.

J.-J. Renard revint peu de jours après, sous prétexte de s'assurer de l'exécution de ses ordres. — La plus spacieuse des cellules contenait les matelas de Mme de Rosnes et d'Adeline; la chanoinesse s'était réservé la plus étroite, dont la porte communiquait avec un couloir servant de promenoir aux détenues. Ce fut dans cette première pièce que le secrétaire-délégué se présenta inopinément devant Hyacinthe.

Elle se tenait debout près de la fenêtre orientée au midi et d'où l'on voyait les maisons en amphithéâtre de la ville haute : — les clochetons de Saint-Pierre où virevoltaient des bandes de corneilles, la tour de l'Horloge au toit en éteignoir, et le faîte ardoisé des bâtiments où siégeait le conseil général. — Hyacinthe se disait que Baujard vivait là-bas au fond de quelque cachette, et c'était pour elle une consolation de regarder les fumées bleues tourbillonner au-dessus des toitures de l'ancien château.

Le bruit d'une porte brusquement déverrouillée lui fit tourner la tête et elle aperçut devant elle J.-J. Renard. — Sa toilette de muscadin était plus soignée encore que de coutume; il affectait en saluant la chanoinesse un air d'obséquieuse compassion.

— Citoyenne, dit-il d'une voix aigre-douce, le
Département a eu égard à ta réclamation et il t'a
mieux logée...

— De quel droit me tutoyez-vous, interrompit-elle
avec hauteur; est-ce une façon de me faire entendre
que je suis à la merci du jacobin dont ma tante
Saint-André a payé les mois d'école?

— Tous les citoyens sont égaux, déclara Julius-
Junius, le tutoiement est la marque de l'égalité.

Néanmoins, il ajouta en revenant à la formule de
l'ancien régime :

— Vous avez tort de prendre ces airs arrogants...
Je vous engage à vous montrer plus souple, dans
l'intérêt même de ceux qui vous sont chers.

Hyacinthe s'imagina qu'il faisait allusion à Baujard et trembla.

— Ceux qui me sont chers, répliqua-t-elle, savent
comme moi ce qu'ils ont à attendre de vous... Vos
haineuses persécutions ne nous épouvantent plus...

Néanmoins elle avait pâli, et Renard, qui était
perspicace, devina qu'elle songeait à l'ancien procureur général-syndic.

— Vous savez sans doute, reprit-il sarcastiquement, où se cache votre ami François Baujard?

— Avez-vous espéré que je vous le dirais? riposta-
t-elle avec un accent de mépris, ce serait bien naïf
de la part d'un policier de votre espèce!

— La justice n'a pas besoin de vos indications,
dit-il avec une rage froide, nous sommes sur la
piste... Avant de vous inquiéter de lui, pensez à
votre propre sécurité et ne me poussez pas à bout...

Votre sort est dans mes mains, souvenez-vous-en...
Au revoir, citoyenne !

Cet accueil ne rebuta pas le délégué. Il renouvela
ses visites, mais sans un meilleur succès. Hyacinthe
lui tournait le dos et se renfermait dans un hautain
silence.

L'attention de la femme du concierge fut éveillée
par ces fréquentes apparitions de J.-J. Renard aux
Sœurs-Claires. Elle s'étonna de ses attentions pour
Mme d'Eriseul et crut devoir en prévenir son amie
Nanine Gillot. Celle-ci, qui n'avait qu'une médiocre
confiance en Julius-Junius, s'émut de ces visites trop
répétées. Elle se rappela ce qu'on lui avait dit des
séductions de l'ex-chanoinesse, voulut la voir et vint
elle-même aux Sœurs-Claires, à l'heure où les prisonnières du second étage se promenaient dans la
cour. Dissimulée derrière la croisée de Mme Champion, elle put dévisager à son aise Mme d'Eriseul,
la trouva fort belle, et, avec une clairvoyance qu'ai-
guisait encore la jalousie, elle soupçonna le secret
mobile qui faisait agir J.-J. Renard.

Ses soupçons étaient fondés. Depuis quelque
temps une audacieuse pensée germait dans l'étroit
cerveau du délégué. Un homme plus mûr et moins
infatué de sa propre valeur eût promptement jugé
la combinaison inexécutable et l'eût étouffée en
germe ; mais Renard était encore un intrigant naïf ;
cet ambitieux projet souriait à sa bassesse et à sa
cuistrerie. A sa sortie du séminaire, le cerveau farci
de la lecture de la *Nouvelle Héloïse* et des *Confessions*,
il avait déjà rêvé de jouer près de la chanoinesse le

31.

rôle de Jean-Jacques près de Mme de Warens, et l'on sait quelles blessures d'amour-propre lui avait valu son outrecuidance. En revoyant Hyacinthe d'Eriseul au Chânois, en la retrouvant belle, hautaine et séduisante, ses chimères le reprirent. Il se crut d'autant plus irrésistible qu'il tenait maintenant Hyacinthe à sa discrétion. Il y avait déjà, à cette époque troublée, de curieux exemples d'émigrées ou de jeunes aristocrates se mariant avec des magistrats révolutionnaires et achetant à ce prix leur mise en liberté. J.-J. Renard, chez lequel l'entêtement s'alliait à l'étroitesse des idées et à la bassesse d'âme, résolut d'abuser de son pouvoir pour déterminer la chanoinesse à le prendre pour mari.

Une après-midi, il se présenta de nouveau dans la cellule de Mme d'Eriseul. Tout flambant d'audace et de convoitise, il était décidé à jouer cartes sur table. Reçu comme d'ordinaire par un silencieux dédain, il ne se laissa pas déconcerter par les mépris de sa prisonnière et, dès l'abord, il parla haut et ferme, sans se douter qu'une des filles, chargées d'espionner les détenues suspectes, appliquait son oreille à la porte du couloir et écoutait au profit de la Gillotte l'entretien du délégué avec la chanoinesse.

— Citoyenne, commença-t-il d'une voix aiguë et autoritaire, l'instruction de votre affaire est terminée et le conventionnel Bô a ordonné votre translation dans une prison de Paris, en attendant que vous comparaissiez devant le tribunal révolutionnaire... J'ai cru devoir vous en informer.

Hyacinthe détourna les yeux et garda une silencieuse impassibilité.

— Votre transfèrement est imminent... Demain peut-être vous serez séparée de votre tante et de vos amis...

Toujours le même silence. Seulement le regard de Julius-Junius saisit un faible frémissement des épaules de la jeune femme.

— Néanmoins, poursuivit-il, sachez qu'il dépend de moi de faire ajourner indéfiniment votre départ, et mieux encore... d'obtenir votre élargissement... Le représentant Bô n'agit que d'après mes avis... Je puis vous sauver... à une condition... Désirez-vous la connaître?

Hyacinthe se retourna, et le toisant avec une ironie méprisante :

— Vous allez me proposer quelque infamie?

— Non, mais un moyen de salut que plusieurs femmes de votre caste ont accepté sans hésitation... Si vous deveniez l'épouse d'un républicain irréprochable, vous ne seriez plus suspecte aux révolutionnaires... Si, par exemple, vous consentiez à être la femme de Julius-Junius Renard, vous seriez libre demain...

Les yeux d'Hyacinthe flambèrent d'indignation.

— Assez! s'écria-t-elle, j'avais bien deviné... Il ne pouvait sortir de votre bouche qu'une infamie

— Vous refusez?

— Plutôt la mort! murmura-t-elle avec dégoût. Elle frappa nerveusement du pied : — Si vous saviez à quel point je vous trouve abject et répugnant, vous seriez déjà hors d'ici... Allez-vous-en !

Elle marchait vers lui avec une si hautaine expression de menace qu'il recula.

— Je vous donne vingt-quatre heures pour réfléchir, dit-il effrontément, la nuit porte conseil... Au revoir, citoyenne !

Le même soir, dépité de la résistance inattendue de cette aristocrate, il eut la malencontreuse idée de rendre visite à la Gillotte. Il tombait mal ; Nanine revenait de chez son amie, la concierge de la prison, et connaissait déjà l'infructueuse tentative de son infidèle. Elle lui ménagea un glacial accueil qui redoubla la mauvaise humeur de Julius-Junius.

— Qu'as-tu à faire la mine ? demanda-t-il rageusement.

— On fait la mine qu'on peut, répliqua Nanine ; si la mienne te déplaît, tu n'as qu'à retourner aux Sœurs-Claires...

— Hein !... Qu'est-ce que ça signifie ?...

— Ça signifie que je n'aime pas qu'on se fiche de moi... Je ne suis pas encore d'âge à être mise au rancart et je n'entends pas servir de doublure à ta bégueule de chanoinesse !

— Je... ne comprends pas, balbutia Renard en se mordant les lèvres.

— Je me comprends, moi !... Ah ! je t'ai percé à jour, beau masque !... Maintenant que tu es au pinacle, tu voudrais me jeter dans un coin comme une vieille orange moisie... Monsieur a besoin d'une savonnette à vilain et veut épouser une ci-devant !... Eh ! bien, mon petit, à bon chat bon rat. Si tu es

devenu quelque chose, grâce à moi, tu n'es pas
encore si haut perché que la Gillotte ne puisse d'un
coup de pied renverser l'échelle où elle t'a juché...

— Ça n'a pas le sens commun... Tu déraisonnes,
Nanine !

— N'essaie pas de mentir, je sais tout !... Je connais tes virées aux Sœurs-Claires où tu vas, déguisé
en muscadin, courtiser la d'Eriseul qui te reçoit
comme un chien dans un jeu de quilles... Si tu es
faux comme un jeton, moi je joue bon jeu bon
argent... Je te préviens donc que si, demain, ta chanoinesse n'est pas comprise dans le convoi qu'on
expédie à Paris, j'irai droit à la Société révolutionnaire ; je demanderai la parole, je conterai à tes
amis la façon dont tu agis avec les aristocrates et
tes jolis projets de mariage... Je ne te prends pas
en traître, rira bien qui rira le dernier !...

— Nanine, je te jure !

— Allons donc, assez de menteries !... La chanoinesse partira demain matin, ou, demain soir, je
te démasquerai en plein club... Maintenant, ajouta-
t-elle en ouvrant la porte de la boutique, va-t'en...
Tu me dégoûtes !...

Une fois dans la rue, Renard vexé et penaud
médita froidement sur la situation désagréable où il
s'était mis maladroitement Il était trop égoïste pour
hésiter sur le parti à prendre. Furieux des mépris
de Mᵐᵉ d'Eriseul, redoutant la mise à exécution des
menaces de Nanine, il résolut de sacrifier sa chimère. Le dépit et la crainte agissant tout ensemble,
il courut chez le conventionnel Bô et lui fit signer

l'arrêté de transfèrement de la chanoinesse à Paris.

Tandis que ceci se passait, François Baujard conservait encore une lueur d'espérance. Du fond de sa cachette, il avait réussi avec l'aide de Mme Curel à trouver un moyen de communiquer avec Hyacinthe. Il attendait impatiemment le retour de son hôtesse, qui avait dû charger une personne sûre d'un billet pour Mme d'Eriseul.

A la tombée de la nuit, on frappa trois coups distincts à la porte du cabinet noir. C'était le signal convenu et il s'empressa d'ouvrir. Du fond des ténèbres il entendit la respiration courte et bruyante d'une personne essoufflée et, reconnaissant Mme Curel, il murmura anxieusement :

— Hé bien! votre amie a-t-elle remis mon billet à Mme d'Eriseul?

— Hélas! non, monsieur Baujard.

— Elle n'a donc pu entrer aux Sœurs-Claires?

— Si fait, mais Mme d'Eriseul n'y était plus; elle est partie ce matin dans la charrette qui emmène à Paris un convoi de prisonnières...

Baujard reçut de la tête aux talons une secousse violente et resta un moment accablé.

— Est-ce bien sûr? reprit-il d'une voix étranglée.

— Très sûr, affirma Curel qui accompagnait sa femme; j'ai entendu J.-J. Renard l'annoncer cette après-midi au conseil général.

— En ce cas, je partirai cette nuit même pour Paris.

— Y pensez-vous, monsieur Baujard?... C'est votre tête que vous risquez!

— Je veux partir.... Je me servirai du passeport
que vous m'avez fourni et dont je remplirai les
blancs, en prenant le premier nom venu... Donnez-
moi seulement un moyen de gagner au plus vite la
capitale.

— Je n'en connais qu'un, c'est de vous déguiser et
d'aller attendre, à Combles, la voiture du commissionnaire Garaudel, qui s'en va à Paris à petites
journées... Vous monterez dans sa patache comme
un paysan qui se rend là-bas pour ses affaires...
Mais vous jouez gros jeu, monsieur Baujard!

François n'écoutait plus les objurgations de ce
brave homme. — La chanoinesse une fois partie,
rien ne le retenait à Bar. Il ne lui restait plus qu'à
se livrer au Comité de sûreté générale. Peut-être
aurait-il du moins la chance d'être enfermé dans la
même prison qu'Hyacinthe? — Pendant sa réclusion, sa barbe avait poussé. Curel le revêtit d'une
carmagnole , d'un pantalon à bandes tricolores
et le coiffa d'un bonnet fourré. Ainsi costumé Baujard était méconnaissable. Vers dix heures du soir,
il prit congé de ses hôtes et les embrassa. En passant dans le jardinet couvert de neige, Curel arracha
un échalas de l'une des plates-bandes, et le mit
dans la main du proscrit :

— Avec ça, dit-il, on vous prendra pour un
vigneron...

Il ouvrit la porte extérieure et s'assura que la
place était déserte. Encore une hâtive poignée de
main, puis François Baujard, s'enfonçant dans la
nuit noire, descendit vers la route de Paris.

VII

L'AMOUR ET LA MORT

Le commissionnaire qui s'était chargé de voiturer Baujard jusqu'à Paris mit dix jours pour faire le trajet ; — dix mortelles journées pendant lesquelles le proscrit fut enfiévré par les lenteurs du voyage, l'angoisse d'être reconnu et arrêté en route, l'incertitude de ce qui l'attendait à l'arrivée. — Enfin le 6 février au matin, la charrette bâchée de Garaudel passa sous la porte Saint-Denis et s'achemina vers l'auberge des *Mariniers*, où le commissionnaire logeait. Il tombait un froid brouillard, s'épaississant à mesure qu'on approchait de la Seine. Baujard en profita pour quitter son conducteur non loin des Halles, et pour courir à travers la brume chez son compatriote, Claude Garnier, qu'il comptait surprendre au saut du lit. Le conventionnel demeurait rue Saint-Honoré, cour des Jacobins, et Baujard, à qui la fièvre donnait un redoublement d'alacrité, eut rapidement franchi la distance qui le séparait du logis de son ancien collègue.

Ce fut Garnier lui-même qui vint ouvrir, en bras de chemise. Il était en train de se raser. A la vue de François, sa longue figure exprima une stupéfaction mêlée d'apitoiement.

— Comment! dit-il à voix basse, c'est toi, malheureux?... Tu viens te jeter dans la gueule du loup!

— Oui, répondit Baujard, je suis las de me cacher et je viens demander des juges à la Convention.

— Hum!... C'est bien audacieux, ce que tu fais là...; non que je doute de ton innocence, moi qui sais comment les choses se sont passées, mais tu figures sur la liste des émigrés et ici on te croit coupable... Pourquoi as-tu tardé si longtemps?

— Garnier, j'ai confiance en ta loyauté et je puis t'expliquer les motifs qui m'ont retenu là-bas...

Alors, brièvement, Baujard lui avoua son amour pour Mᵐᵉ d'Eriseul, son désir de la sauver, ses vains efforts pour la soustraire aux recherches des limiers du club révolutionnaire; puis il lui apprit l'arrestation de la chanoinesse et son transfèrement à Paris :

— Mon camarade, acheva-t-il, maintenant que je t'ai ouvert mon cœur, puis-je compter sur toi pour me rendre un dernier service?

— Parle.

— Avant de me mettre à la discrétion du Comité de sûreté générale, je voudrais savoir dans quelle prison Mᵐᵉ d'Eriseul a été écrouée... Je demande comme une grâce d'être enfermé dans le même endroit qu'elle.

Claude Garnier fronçait d'un air mécontent ses épais sourcils.

— Maladroit! répliqua-t-il, tu te compromets à plaisir... D'après le rapport du conventionnel Bô, cette dame était en relations avec le prince de Prusse ; elle faisait partie de ces misérables folles qui ont offert des dragées à Frédéric-Guillaume... Déjà Julius-Junius Renard t'a dénoncé comme ayant eu des complaisances pour cette intrigante... En demandant de partager sa prison, tu agis de façon à justifier les accusations lancées contre toi!... Sacrebleu, songe à défendre ta tête, et laisse ta chanoinesse suivre sa destinée!...

— Sa destinée sera la mienne... Je te répète que je l'aime et que nous serions déjà mariés si les événements l'avaient permis... Tu es un homme de cœur, Garnier, montre-le en m'aidant à obtenir la seule faveur que je sollicite...

Claude Garnier continuait à hocher le menton en fronçant les sourcils, mais ses yeux à fleur de tête devenaient humides et on devinait qu'il était ému.

— Tu t'obstines, dit-il en essuyant son menton blanc de mousse, que ta volonté soit faite!... Déjeunons d'abord, puis nous irons ensemble au Comité.

Il sonna et, tandis qu'il achevait de se vêtir, une servante apporta du café au lait. — Le déjeuner fut bref et silencieux. Bien qu'il n'eût pas mangé depuis la veille, Baujard se forçait pour avaler une bouchée.

— Partons! s'écria brusquement Garnier en endossant son ample redingote.

Le trajet ne fut pas long. Le Comité de sûreté générale siégeait aux Feuillants, à quelques pas de la Convention.

— Attends-moi ici, dit Garnier, quand ils furent arrivés à une vaste antichambre meublée d'une table et de banquettes de cuir, ne t'impatiente pas, je vais causer de ton affaire avec les gens du Comité.

Baujard s'assit, tout frissonnant, sur une banquette; mais bientôt incapable de tenir en place, il se leva et marcha vers l'une des fenêtres d'où l'on voyait le jardin des Tuileries. Machinalement, à travers les vitres sans rideaux, il regardait les grands arbres blancs de givre et les allées brumeuses où les passants glissaient comme des ombres. Peu à peu l'antichambre s'emplissait de solliciteurs de toutes conditions et de tout âge : vieillards à perruques poudrées, faubouriens en carmagnole, jeunes femmes pâles et tremblantes sous leur pelisse de fourrures. Des sonnettes tintaient, des expéditionnaires, la plume à l'oreille, traversaient la pièce d'un air affairé, les portes battaient et dans l'entrebâillement de l'une d'elles on entendait par intervalles les brusques éclats de voix des membres du Comité discutant avec violence.

— C'est de moi qu'il s'agit, pensait Baujard avec un douloureux serrement de cœur, et les minutes lui semblaient cruellement longues.

Enfin, au bout d'une demi-heure, Claude Garnier reparut, un papier à la main.

— Tout est arrangé, murmura-t-il en entraînant Baujard dans une encoignure, on te loge au Luxembourg, dans une prison de *muscadins*...

Il lui mit sous les yeux l'arrêté suivant :

« Paris, le 6 février 1793.

« *Le Comité de sûreté générale*

« Arrête que le citoyen François Baujard, ex-procureur général-syndic du département de la Meuse, sera conduit sur-le-champ à la prison du Luxembourg et que les scellés seront apposés sur ses papiers.

« *Les membres du Comité de sûreté générale :*

« BAZIRE, TALLIEN, LEGENDRE, CHABOT, JEAN DEBRY. »

— Et Hyacinthe? demanda Baujard en pâlissant.

— Elle est enfermée aux Carmes, où il n'y a plus de place pour toi.

— Ainsi on nous sépare! s'écria-t-il navré.

— Ne te désole pas ; cela vaut peut-être mieux... Il faut passer par des tas de formalités administratives et judiciaires contre lesquelles le Comité ne peut rien... Mais on s'efforcera d'abréger votre séparation. En attendant, tu es mon prisonnier... On a consenti sur ma demande à t'épargner l'ennui d'être escorté par la gendarmerie, et c'est moi qui te conduirai au Luxembourg.

— Puis-je du moins écrire à Mᵐᵉ d'Eriseul et lui faire espérer notre prochaine réunion?

— Ça n'est pas réglementaire, car elle est au secret; mais je prends tout sur moi.

Garnier emmena son compatriote dans un bureau inoccupé et, l'installant devant une table :

— Écris, ajouta-t-il, et sois prudent.

François s'assit et traça sur un papier à l'en-tête du Comité quelques lignes tremblantes :

« Mon amie, je suis à Paris et on va m'écrouer à la prison du Luxembourg. Bientôt nous y serons réunis. Ayez courage et bon espoir; je vous adore ; tout mon amour et tout mon cœur s'en vont vers vous avec ce billet que vous remettra un ami.

« BAUJARD. »

— Donne, reprit Garnier quand le papier fut plié, elle aura ta lettre ce soir, sois-en certain... Et maintenant, décampons!

Ils montèrent dans une dès voitures du Comité. Un quart d'heure après, ils entraient au greffe du Luxembourg. Quand le greffier eut inscrit le nom de François Baujard sur le registre d'écrou, Garnier alla recommander chaudement son compatriote au concierge.

— Au revoir, mon camarade, murmura-t-il, ne perds pas courage... Tu as des amis à la Convention et on s'occupera de toi !

Ils s'embrassèrent violemment et se séparèrent. Au moment de franchir le seuil de la prison, Garnier se retourna et revint vivement vers son ancien collègue :

— J'oubliais, chuchota-t-il, as-tu de l'argent?

Sur un geste affirmatif de Baujard, il lui secoua une dernière fois la main et s'éloigna, le cœur gros.

François resta seul avec le concierge et un geôlier qui l'invitèrent à les suivre. La recommandation d'un conventionnel de la *Montagne* avait produit son effet; on le logea au second, dans une chambre assez vaste, où il y avait une cheminée et dont la fenêtre grillée donnait sur le jardin.

Une fois seul, et après une installation sommaire, Baujard se sentit envahi par une noire tristesse. L'énergie qui l'avait soutenu jusque-là était tombée; une lourde dépression succédait à l'agitation des jours précédents. Ce n'était ni la privation de sa liberté, ni la maussaderie de cette pièce nue où il allait rester claquemuré, qui causaient son abattement; son étroite réclusion chez Curel l'avait habitué depuis longtemps au régime de la prison. — Ce qui le jetait en une douloureuse prostration, c'était la chute de l'unique espoir dont il berçait sa fièvre pendant la route; c'était l'incertitude de revoir la chanoinesse. Il demeura jusqu'au soir dans cet état et toucha à peine au dîner qu'on lui servit. Ce ne fut qu'à la nuit, quand, dans le silence du Luxembourg ensommeillé, il entendit tinter l'argentine sonnerie de l'horloge des Carmes, situés non loin du palais, qu'il sentit sourdre en lui un mince filet d'espérance. Il songea qu'Hyacinthe habitait cette prison voisine, qu'elle aussi devait, du fond de sa cellule, entendre sonner l'heure au Luxembourg; ses nerfs se détendirent et des larmes lui mouillèrent les yeux.

— Certainement, pensa-t-il, Garnier ne m'oubliera pas ; il agira près du Comité pour presser la translation d'Hyacinthe, et dans quelques semaines, dans quelques jours peut-être, mon amie sera près de moi...

Les premières journées s'écoulèrent, allégées par cette consolante espérance. Pendant l'après-midi, les détenus avaient la liberté de se promener dans la cour ou de se visiter dans leurs chambres. Baujard n'usait guère de ce dernier mode de distraction. Il ne fut pas longtemps sans s'apercevoir qu'en sa qualité de républicain il était tenu en suspicion par ses compagnons de captivité.

Ainsi que l'avait dit ironiquement Garnier, le Luxembourg était une prison de *muscadins*; on n'y enfermait que les personnages notables ou appartenant à la haute aristocratie. La plupart des prisonniers montraient une méfiance dédaigneuse à l'égard de cet ancien procureur-syndic qui avait servi la révolution, et le mettaient en quarantaine. Tout en restant à l'écart, pendant les heures de promenade dans la cour, Baujard n'en assistait pas moins aux étonnantes conversations de ces nobles auxquels le malheur n'avait rien appris. Ils vivaient tous en une étrange sécurité et continuaient à se leurrer de chimères. Quelques-uns traçaient des plans de campagne et prédisaient de victorieuses revanches. A les entendre, Cobourg allait arriver à Paris, il leur ouvrirait les portes des prisons et les reconduirait en triomphe dans leurs hôtels...

L'isolement donne un libre essor aux faux espoirs et aux rêves entêtés. Baujard lui-même se nourrissait d'illusions. A chaque grincement des verrous, son cœur battait. Il s'attendait toujours à voir entrer la chanoinesse. Ces illusions, tant de fois déçues, à la fin l'irritaient et l'énervaient. Il s'étonnait que Garnier n'apportât pas plus de zèle à l'exécution de ses promesses. De temps à autre, un geôlier lui procurait des journaux et il les lisait avidement. Chaque fois, les nouvelles qu'il apprenait accroissaient son angoissante tristesse. — Tantôt c'étaient les terribles orages de la Convention, tantôt la défaite de Nerwinde et les premiers soulèvements de la Vendée ; puis la défection de Dumouriez, l'installation du tribunal révolutionnaire... Les querelles entre les girondins et les montagnards devenaient chaque jour plus envenimées et plus tragiques. Le malheureux Baujard commençait à comprendre qu'au milieu de cette tempête de passions déchaînées, les membres du Comité de sûreté générale avaient d'autres préoccupations que la translation de Mme d'Eriseul au Luxembourg, et il s'abandonnait à un noir découragement.

Non seulement des semaines, mais des mois passèrent sans amener aucun changement dans sa situation. On touchait à la fin d'avril. En cette année 1793, le printemps fut hâtif. De sa fenêtre, donnant sur les jardins, Baujard en contemplait le précoce développement. Les marronniers verdoyaient, les lilas commençaient à s'épanouir ; des merles sifflaient dans les massifs, et une âpre nostalgie s'emparait du prisonnier à la pensée des jardins du Four-aux-Moines, où ni lui ni Hyacinthe ne se promèneraient plus jamais.

Une après-midi de la semaine de Pâques, tandis qu'il errait languissamment à travers le couloir du second étage, un geôlier nommé Vernet, auquel il glissait de temps à autre quelques pièces de cinq francs, s'approcha de lui et murmura, avec un mystérieux sourire :

— Citoyen, il y a en bas quelqu'un de ta connaissance !

Baujard s'arrêta net. Pendant quelques secondes son émoi fut si violent que son cœur cessa de battre.

Dès qu'il fut redevenu maître de lui, il se précipita vers l'escalier.

Cette fois, son espérance n'était pas trompée : c'était bien son unique amie, sa Hyacinthe adorée qui gravissait les marches boueuses, sous l'escorte d'un geôlier... Elle était là, en contre-bas de lui, un peu amaigrie et pâlie par les souffrances des six derniers mois; la blancheur de son teint ressortait sur ses vêtements noirs et un feu plus vif brillait dans ses yeux creux...

En apercevant Baujard, en lisant sur ses traits altérés ses angoisses passées, la chanoinesse oublia tout pour n'écouter que son cœur. Sans souci des indifférents qui montaient ou descendaient les marches, elle s'élança dans les bras de son ami et se serra en sanglotant contre sa poitrine. Leur muet embrassement fut si passionné et si touchant que les prisonniers et les geôliers eux-mêmes se sentirent attendris.

Leurs bras se dénouèrent enfin et il fallut songer à l'installation de Mme d'Eriseul. On la logea au-dessus de Baujard, dans un entresol qui communiquait avec le second étage par un escalier intérieur. La cellule misérablement meublée avait également une fenêtre sur le jardin. Baujard ne voulut laisser à personne le soin de l'aménagement. Aidé de Vernet, il transporta chez la chanoinesse une partie de son propre mobilier.

Quand Hyacinthe et François furent seuls, ils tombèrent de nouveau dans les bras l'un de l'autre.

— Ah! soupira Baujard, défaillant de bonheur, je vous retrouve enfin!... Avec quelle fièvre j'ai attendu ce moment!...

— Moi, mon ami, je ne croyais plus qu'il arriverait... J'étais désespérée... Quand ce matin on m'a appelée au greffe, je me suis figuré que c'était pour me conduire au tribunal révolutionnaire... Un froid m'a glacé le cœur, à la pensée que je mourrais sans vous avoir revu...

— Mourir! s'exclama-t-il avec un frisson...

Dans l'explosion de sa joie il avait oublié que tous deux ils étaient sur le bord d'un mortel précipice, et tout d'un coup l'imminence d'un dénouement tragique se représentait à son esprit.

— Mourir! reprit-il, en serrant Hyacinthe dans ses bras, pourquoi ces pensées funèbres?... Votre translation au Luxembourg me paraît plutôt rassurante. On ne nous aurait pas réunis pour nous séparer si vite!

La chanoinesse secoua la tête.

— Je ne me fais pas d'illusion... Le tribunal révolutionnaire a condamné à mort, il y a quelques jours, les jeunes femmes qui ont porté des dragées au roi de Prusse... J'étais avec elles et j'aurai le même sort...

Ils furent interrompus par Vernet, le geôlier, qui apportait le dîner. Dans l'éblouissement de ces premières minutes de bonheur, Baujard avait voulu fêter l'arrivée de la chanoinesse. Vernet, sur ses recommandations, s'était procuré des fleurs et il les disposait sur la table, avec les plats choisis parmi ceux qu'apprêtait le mieux le traiteur des prisonniers. Sur la nappe grossière, des lilas, des narcisses et des giroflées s'épanouissaient en un vase de grès et répandaient leur odeur de printemps dans la cellule... Mais la perspective funèbre évoquée par Hyacinthe chassait la joie du cœur de François. Taciturne maintenant, il contemplait avec des regards de détresse l'amie, qu'il n'avait retrouvée peut-être que pour la perdre bientôt à tout jamais.

Une brume de tristesse semblait descendre du plafond bas de l'entresol et voiler aux deux amants le clair soleil qui se jouait dans les verdures du Luxembourg. Leurs lèvres effleuraient à peine les verres que Vernet remplissait avec un zèle obséquieux ; l'angoisse renaissante leur coupait l'appétit.

Au moment de desservir et de se retirer, Vernet cligna de l'œil et appela mystérieusement Baujard dans le couloir.

— Citoyen, murmura-t-il, le député Garnier, qui

est un pur, t'a énergiquement recommandé au
prône... Le concierge sait que cette jolie citoyenne
est ta femme, et comme nous n'attendons ce soir la
visite d'aucun commissaire, on m'autorise à ne pas
vous verrouiller dans vos chambres... Tu le vois,
nous sommes bons diables; n'en abuse pas pour
nous compromettre!...

— Sois tranquille, répondit Baujard en rougissant,
ma femme est fatiguée et je la quitterai sans doute
de bonne heure... Je ne t'en remercie pas moins...

Il lui tendit un assignat de cent francs, que Vernet
empocha sans cérémonie; puis il rentra dans la cellule, heureux à la fois et gêné de la perspicace com-
plaisance du geôlier.

Pendant son absence, la chanoinesse avait débarrassé la table, n'y laissant que le bouquet de lilas
et de giroflées. Elle vit le front plissé et soucieux de
François et s'efforçant elle-même de secouer ses
lugubres pressentiments :

— Ne soyez plus triste, s'écria-t-elle avec enjoue-
ment, si nos heures sont comptées, ne les gâtons pas
au moins par de stériles regrets !

Elle plaça deux chaises près de la croisée ouverte :

— Venez vous asseoir ici, en face de ces beaux
arbres; nous croirons être encore au Four-aux-
Moines... Voyons, souriez vite!... Si vous saviez
comme je suis heureuse quand je vois votre front
s'éclairer et vos lèvres sourire !

— Chère Hyacinthe, murmura-t-il en lui obéissant
et en lui prenant les mains, comme je vous aime !

— Et moi, mon ami, comme je regrette de ne pas

vous avoir mieux aimé !... Que de retours j'ai faits sur moi-même pendant mes longues journées de réclusion ; combien j'ai détesté mes chimères et le temps perdu ; comme je me suis traitée de sotte et d'ingrate !... Ah ! si l'on pouvait recommencer sa vie, si nous étions encore au Four-aux-Moines, que de bonheurs je voudrais goûter, dont je me suis stupidement privée !

— Eh bien ! goûtons-les maintenant, dit Baujard. Nos heures sont comptées, qu'importe !... Emplissons de tendresse celles qui nous restent !...

Il avait saisi dans ses mains la tête d'Hyacinthe. Il baisait lentement, voluptueusement les cheveux blonds de son amie, ainsi que ses yeux verts où un oblique rayon de soleil mettait des paillettes d'or. La chanoinesse s'abandonnait sans pruderie et sans remords à ces caresses auxquelles l'incertitude du lendemain donnait une amère suavité...

Peu à peu le crépuscule enveloppait d'ombre le couple accoudé à la fenêtre. Des roulements de tambours annonçaient la fermeture des grilles, puis le jardin devenait désert et paraissait tout entier à eux. La nuit descendait, une nuit embaumée d'haleines printanières. L'air était très doux. Il semblait qu'on respirât de l'amour dans les souffles de brise qui remuaient les marronniers enténébrés. Tout en haut, dans le ciel étoilé, la voie lactée étendait ses blancheurs comme un voile nuptial, et au loin, du côté de l'enclos des Chartreux, des rossignols chantaient.

— Je vous aime,... je t'aime ! chuchotait Hyacinthe, enhardie par l'obscurité et grisée par cette atmos-

phère de vraie tendresse dont la capiteuse douceur
l'envahissait pour la première fois.

— Quelle belle nuit! murmurait amoureusement
Baujard, en unissant ses lèvres à celles de son amie...

Hélas! serait-elle suivie d'autres nuits pareilles,
cette nuit délicieuse?... Ne touchaient-ils pas à l'aube
désastreuse où leurs liens à peine formés seraient
rompus à jamais?... Ils se le demandaient tous deux
intérieurement. Cette prévision de la mort éperon-
nait leur passion et donnait à leurs caresses une
âpre volupté. Mentalement préparés à disparaître,
ils épuisaient la coupe de la vie. Songeant tout bas
qu'ils pouvaient être arrachés soudain l'un à l'autre,
comprenant chacun l'impuissance et l'horreur de
survivre à cette fatale séparation, sentant qu'après
de semblables délices la terre deviendrait inhabitable
pour celui qui resterait seul, ils souhaitaient de
plonger ensemble dans l'anéantissement final. Leur
frêle corps pliait sous le poids des joies trop fortes
et, avec une sorte d'héroïque ivresse, ils saluaient la
mort comme une libératrice.

Ils veillèrent longtemps et quand leurs paupières
s'alourdirent, l'aube était près de blanchir. Côte à
côte, les têtes se touchant, ils s'assoupirent. La
chanson des rossignols les berça dans un profond et
mélodieux sommeil...

Ils furent brusquement réveillés par un sinistre
roulement de voitures sur le pavé de la rue de Vau-
girard, et le jour déjà ensoleillé éblouit leurs regards.
En bas, les grilles de la cour s'ouvraient avec fracas;

des éclats de voix et des pas lourds résonnaient dans les escaliers. — Inquiet, Baujard s'était élancé hors de la cellule de la chanoinesse et regagnait la sienne en toute hâte. La porte du couloir, bruyamment déverrouillée, livra au même moment passage au greffier de la prison, suivi du geôlier tenant une liste à la main. Vernet s'était précipité vers la chambre de l'ancien procureur général-syndic.

— Citoyen Baujard, cria-t-il, on te demande au greffe !

Dans une rapide opération mentale, François associa cet appel matinal au bruit insolite des voitures et comprit que l'heure suprême était venue. Une étrange terreur le glaça jusqu'aux moelles. Après quelques préparatifs de départ, il jeta sa lévite sur ses épaules et voulut se diriger vers l'entresol pour dire adieu à Hyacinthe. Il n'en eut pas le loisir. Elle apparut elle-même dans le couloir, ayant été mandée au greffe en même temps que lui. Silencieusement leurs mains s'étreignirent et ils échangèrent un regard tendrement joyeux ; — leurs vœux formulés tout bas, la veille, étaient exaucés ; ils partaient ensemble pour le terrible tribunal...

Dans la cour, ils se trouvèrent avec une demi-douzaine de prisonniers. L'huissier du tribunal fit l'appel, afin de voir s'il avait son compte, puis les grilles s'ouvrirent et les gendarmes aidèrent les femmes à se hisser dans la charrette. Baujard s'était placé près de la chanoinesse et ne quittait plus sa main. Le chariot, précédé d'un coupé fond blanc où se tenait l'huissier, descendit au trot la rue de

Tournon et atteignit rapidement la Conciergerie...

François Baujard et Mme d'Eriseul comparurent côte à côte devant le tribunal. Fouquier-Tinville les avait compris tous deux dans le même acte d'accusation, et c'était moins par égard à la recommandation de Garnier que pour satisfaire aux formalités de la procédure qu'on avait ordonné le transfèrement d'Hyacinthe au Luxembourg. Après la lecture de l'acte d'accusation, qui visait un article du code pénal punissant de mort « toute intelligence avec les ennemis de la France, tendant soit à faciliter leur entrée sur le territoire, soit à favoriser le progrès de leurs armes », on procéda à l'audition des témoins. Le député Garnier parut d'abord et essaya de disculper son ancien collègue du Directoire en rétablissant la vérité et en se portant garant de son patriotisme. Julius-Junius Renard lui succéda. Après avoir jeté un regard fielleux sur les accusés, il exposa en un discours emphatique et perfide que l'ancien procureur-syndic s'était montré l'adversaire acharné des sociétés révolutionnaires, que constamment il avait favorisé les menées des aristocrates et qu'à deux reprises il avait soustrait l'ex-chanoinesse aux poursuites des autorités locales. Puis vinrent le procureur Simon Lepage et son frère, qui contèrent l'embuscade des bois de Mangiennes et la complicité de Baujard dans l'évasion de la citoyenne d'Eriseul et de ses amis. Enfin des habitants de Verdun déposèrent que pendant son séjour rue de la Belle-Vierge l'accusée recevait presque chaque jour la visite du prince de Prusse, qu'elle entretenait également des relations suivies avec le procureur-syndic et qu'ils étaient considérés tous deux comme agissant de concert avec les ennemis de la nation.

Le réquisitoire de l'accusateur public ne fut pas long. Il concluait à ce que les deux inculpés, ayant organisé un complot contre l'exercice de l'autorité légitime, fussent punis de mort.

Le président demanda à Hyacinthe si elle avait quelques réclamations à faire sur l'application de la loi. Elle secoua hautainement, dédaigneusement la tête et demeura muette. Interpellé à son tour, Baujard se leva. Il sentait que la chanoinesse était perdue et, ne voulant pas lui survivre, il s'abstint de se défendre. Il se borna à protester de son amour pour la liberté et pour le pays.

— Je fais des vœux pour la prospérité de la République, ajouta-t-il... Ce n'était point pour pactiser avec nos ennemis que j'allais chez la citoyenne d'Eriseul; c'était l'amour le plus passionné qui m'attirait près d'elle. Je l'aime; elle est ma femme devant le ciel et mon sort est lié au sien. Si le tribunal doit nous condamner, je le remercie d'avance de nous avoir permis de mourir ensemble!...

Après un court délibéré, le président lut le dispositif du jugement : il condamnait à la peine de mort François Baujard et Marie-Hyacinthe d'Eriseul, ex-chanoinesse de Poulangy.

Ils redescendirent ensemble dans la salle des condamnés, où les valets de l'exécuteur leur coupèrent les cheveux et où ils séjournèrent dans l'attente du

33.

terrible lendemain. Hyacinthe passa une heure à
écrire à ses tantes des lettres d'adieu que le député
Garnier se chargea d'envoyer aux destinataires. Puis
le reste de la nuit, les deux amoureux s'oublièrent
en une longue et suprême causerie. Autour d'eux
leurs compagnons d'infortune s'agitaient, énervés.
Quelques-uns se désolaient bruyamment, d'autres
soupaient et narguaient la guillotine en chantant.
François et son amie, absorbés dans l'effusion de
leur tendresse, s'inquiétaient seulement de la briè-
veté des heures. Ils ne retombèrent dans la réalité
que lorsque, dans l'après-midi du lendemain, on les
appela pour la dernière et funèbre toilette. Les
grilles s'ouvrirent. La charrette attendait au bas du
grand escalier dans la rue grouillante de curieux...

. . . .

De brusques commandements militaires, puis le
convoi s'ébranle, escorté de gendarmes. On descend
sur le quai. Baujard, le bras passé autour de la taille
d'Hyacinthe, la protège contre les durs cahots de la
charrette. Leurs yeux ne se quittent plus. Parmi des
encombrements de spectateurs, on traverse la rue
de la Monnaie, la rue Honoré, la rue Florentin, —
enfin on gagne au soleil couchant la place de la
Révolution, où la guillotine découpe sa sinistre
silhouette sur le ciel empourpré. Des milliers de têtes
coiffées du bonnet rouge l'entourent et des huées se
mêlent aux roulements des tambours...

Après une dernière étreinte, Hyacinthe s'arrache
des bras de François. La première, elle descend de
la charrette et les valets de Sanson la poussent

jusqu'à la plate-forme... Baujard obtient la faveur de monter immédiatement après elle, et la Mort, cette pâle sœur de l'Amour, les emporte presque en même temps sur ses ailes fraternelles.

TABLE DES MATIÈRES

QUATRIÈME PARTIE

1793

COULOMMIERS. — Imp. PAUL BRODARD.

Armand COLIN & Cie, Éditeurs.

BIBLIOTHÈQUE de ROMANS HISTORIQUES

La Savelli, *roman passionnel sous le second Empire*, par GILBERT AUGUSTIN-THIERRY. 1 vol. in-18 jésus, broché.   **3 50**

Ce livre est la mise en œuvre d'un drame réel qui n'était jusqu'ici connu que de quelques familiers des Tuileries.

Un carbonaro italien, Savelli, a été passé par les armes, mais il réchappe de ses blessures; on le soigne, et quand il est à peu près rétabli, le procureur Besnard l'envoie devant un conseil de guerre qui le fait fusiller une seconde fois.

La fille de Savelli a juré de venger son père; elle s'affilie aux sociétés secrètes et se fait aimer de Marcel Besnard, le fils du procureur. Mais bientôt elle s'éprend à son tour du jeune homme qu'elle attire, malgré elle, dans un guet-apens où, fou de jalousie, il tire, sans savoir à qui il a affaire, sur Napoléon III. Car la Savelli, aux mains des carbonari, est devenue la maîtresse de l'Empereur, qu'on veut faire tomber sous les coups d'un nouvel Orsini.

Les deux jeunes gens décident alors de se donner la mort; mais au dernier moment, la Savelli recule et laisse mourir son amant.

Autour de cette tragique intrigue se déroulent des scènes d'un saisissant intérêt historique et des peintures d'une minutieuse exactitude, comme celles de la Cour impériale et du Conseil d'État. Les principaux personnages du roman sont autant de figures réelles qu'il n'est pas malaisé de reconnaître sous leurs noms d'emprunt.

OEuvre très consciencieuse et très bien faite, où l'imagination et l'histoire s'allient sans se nuire.

(*Le Matin*).

Ce roman est un des meilleurs qui aient paru depuis longtemps. C'est l'œuvre d'un maître à tous les points de vue.

(*Le Gaulois.*)

Armand COLIN et Cie, Éditeurs.

BIBLIOTHÈQUE de ROMANS HISTORIQUES

Le Capitaine Sans-Façon (1813), par GILBERT AUGUSTIN-THIERRY. 1 vol. in-18 jésus, broché. **3 50**

Ce roman raconte un épisode mystérieux des dernières convulsions de la Chouannerie, à la fin du premier Empire. C'est le soulèvement des *gars mainiaux* en 1812 et en 1813. Longtemps une poignée de révoltés tint en échec les troupes envoyées contre ces insaisissables partisans, et tout le formidable arsenal de la police impériale.

On apercevait parfois à leur tête, dans les environs du Mans, un personnage coiffé d'un chapeau à plumes et enveloppé dans un manteau vert à galons d'argent. Il réquisitionnait « au nom du roi » et signait les reçus qu'il donnait : « Le Capitaine Sans-Façon ».

Quel personnage se cachait sous ce sobriquet? Personne ne pouvait le dire. Les battues organisées sans relâche ne donnaient aucun résultat. Un espion livra un certain Guittet; on crut avoir trouvé en lui le fameux Sans-Façon et il fut fusillé. Mais, peu de temps après, l'espion payait de sa vie sa délation, et un homme en manteau vert à galons d'argent, coiffé d'un chapeau à plumes, présidait à son exécution.

Dans l'épilogue de son récit, l'auteur nous révèle le secret de cette sanglante histoire et nous en montre les dessous politiques. L'authenticité des faits ne peut être mise en doute; un appendice, qui n'est pas la partie la moins curieuse du livre, contient tous les documents officiels mis en œuvre.

M. G. A.-Thierry se plaît en l'étude des drames mystérieux de l'histoire. Son livre est une révélation historique en même temps que le plus attachant des romans.   (*Le Gil Blas.*)

Ce roman est fort bien composé, et des plus intéressants.

L'auteur excelle à donner par ses livres une impression saisissante de mystère et de terreur.   (*Le Siècle.*)

BIBLIOTHÈQUE de ROMANS HISTORIQUES

Marguerites du temps passé, par Mme JAMES DARMESTETER (née Mary Robinson). *Ouvrage couronné par l'Académie française.* 1 vol. in-18 jés., br. **3 50**

Cette suite de nouvelles historiques est le début dans la littérature française d'un des plus distingués poètes de la jeune littérature en Angleterre.

Le moyen âge mystique revit tout entier dans la première de ces nouvelles, ingénieusement placée sous l'invocation « du benoît saint François ». Dans la seconde, c'est le moyen âge soudard et brutal ; tandis que l'héroïque et simple histoire de « Philippe Lecat » nous fait assister au premier éveil du sentiment national sur la terre de France, en partie encore aux mains des Anglais.

« La comtesse de Dammartin » est un véritable petit poème, d'une émotion pénétrante. L'histoire de « Sibylle » nous est narrée avec l'ironie malicieuse et naïve à la fois de nos vieux conteurs ; et tout à côté, un frisson de terreur fait palpiter les pages des poignantes « Ballades de la Dauphine ».

La Renaissance, et surtout la Renaissance italienne, a inspiré à Mme J. Darmesteter des pages d'une grâce et d'une pureté exquises dans « Les Giroflées », d'un éclat radieux et triomphant dans « Béatrix de Milan », d'une fantaisie ailée dans « l'Architecte de Brou ».

Il y a dans ces nouvelles, outre la douceur puissante du sentiment, une vérité de couleur que les plus savants ne trouvent pas toujours. Mme Darmesteter a véritablement le sens historique.   (*Le Temps.*)

Ces pages font songer à ces œuvres des maîtres primitifs de la peinture, où la grâce est si pure, l'art si chaste dans son idéale simplicité. Elles dégagent un charme pénétrant.
(*Journal des Débats.*)

BIBLIOTHÈQUE de ROMANS HISTORIQUES

Le Roman du mont Saint-Michel, par Mᵐᵉ STANISLAS MEUNIER. 1 vol. in-18 jésus, br. **3 50**

La situation du Mont *au péril de la mer*, la beauté de son architecture et surtout le caractère guerrier de ses moines ont, de tout temps, frappé les imaginations.

Jadis le mont Saint-Michel recevait la foule des pèlerins ; aujourd'hui ce sont les touristes qui, bien certainement, s'intéresseront fort au livre de Mᵐᵉ Stanislas Meunier. Elle a choisi la plus belle époque du Mont, alors que Bertrand du Guesclin en était capitaine, et l'abbé Geoffroy de Servon gouverneur.

La femme de du Guesclin, Tiphaine, surnommée *la Fée*, demeurait au Mont, avait ses entrées à l'abbaye, travaillait avec les moines à de précieux manuscrits. Un de ces moines, Jean de Blois, bâtard reconnu du duc de Bretagne, devint amoureux d'elle ; mais, comme elle était vertueuse, il fut réduit à l'aimer comme Pétrarque, dit-on, aimait Laure. L'auteur a rendu d'une façon poignante le mysticisme, la douleur, la foi, l'héroïsme de personnages très vrais, dont elle a soigneusement respecté le caractère historique, sans jamais demander à son imagination ce que pouvaient lui fournir les faits authentiques.

Très habilement, l'auteur nous a montré dans une fable touchante et dramatique la vie des religieux, des nobles, des bourgeois et des juifs de ce temps...

Je recommande tout particulièrement cette œuvre pleine de couleur et de passion qui, je le répète, renferme mieux qu'un roman, de l'histoire.

(*Le Figaro.*)

L'action curieuse et poignante de ce roman a pour cadre ce merveilleux mont Saint-Michel que la vaillance des moines sut, pendant toute la guerre de Cent ans, conserver à la France. Mᵐᵉ Stanislas Meunier a la grâce et la puissance de mêler le patriotisme à tout ce qu'elle écrit.

(*La Nouvelle Revue.*)

Armand COLIN et Cie, Éditeurs.

BIBLIOTHÈQUE de ROMANS HISTORIQUES

L'Élève de Garrick, par Augustin Filon.
1 vol. in-18 jésus, broché.   **3 50**

L'Élève de Garrick, c'est Esther Woodville, une jeune actrice de Druly-lane, qui a conquis le public dès son début, certain soir de l'hiver de 1780. Elle est aimée de trois hommes très différents : son cousin Reuben, un sombre sectaire, Lord Mowbray, un grand seigneur débauché, enfin Franck Monday, un enfant trouvé que le grand peintre Reynolds a recueilli dans sa maison et dont il a fait un artiste.

Heureusement son père, qu'elle ne connaît point, veille dans l'ombre. C'est Lebeau, l'aventurier français du XVIIIe siècle, un type disparu. Il a élevé le jeune lord; il a été l'instigateur, le compagnon de ses folies; il semble l'être encore. A la suite des curieuses péripéties d'un bal masqué, où Esther doit être enlevée, il escamote à Mowbray sa proie. Cependant les fanatiques, soulevés par Reuben, poursuivent partout les papistes; Londres est livré à l'émeute, au pillage et à l'incendie.

C'est au milieu de ces terribles scènes, scrupuleusement décrites jour par jour, d'après les documents historiques, que le drame se poursuit et s'achève. Mowbray y rencontre la mort et Reuben la honte; Frank sauve d'une fin affreuse celle qu'il aime et retrouve son nom, un titre qu'il partagera avec elle; Lebeau, dans son agonie, goûtera pendant quelques heures la douceur d'être père.

Dans cette reconstitution d'un moment fameux de la vie anglaise sous le règne brillant de George III, l'auteur a réussi à allier les solides qualités de l'historien au naturel et au charme du conteur.
(*Revue des Deux Mondes.*)

Ce récit est conduit par un conteur expérimenté; il ne languit pas un seul instant et est semé d'intéressants épisodes... Les personnages de M. Filon sont dessinés d'une main très fine.
(*Annales politiques et littéraires.*)

Armand COLIN et Cie, Éditeurs.

BIBLIOTHÈQUE de ROMANS HISTORIQUES

Cléopâtre, par JEAN BERTHEROY. 1 vol. in-18 jésus, broché. **3 50**

L'auteur prend Cléopâtre au lendemain du désastre d'Actium, qui ne l'a fait renoncer à aucune de ses ambitions ; il nous la montre au milieu de sa prestigieuse opulence, dans son palais du Bruchium.

Puis nous retrouvons la fille des Lagides donnant une fête somptueuse à Antoine et à ses soldats dans l'île d'Antirrhodos ; au milieu du festin, l'auteur a placé la très curieuse cérémonie du *Maneros*, reconstituée point par point.

Taïa, la jeune favorite de Cléopâtre, est aimée de Kain, farouche Lybien, qui commande à tous les esclaves du palais ; sans partager cette passion, elle l'attise pour la faire servir aux intérêts de la Reine.

Cependant le Triumvir, battu sous les murs d'Alexandrie, se frappe de son épée, sur la nouvelle que Cléopâtre s'est tuée elle-même.

Mais Cléopâtre ne s'est pas tuée ; de fidèles serviteurs transportent Antoine mourant auprès de la Reine, et il rend le dernier soupir entre les bras de l'enchanteresse.

Antoine mort, Cléopâtre tombe entre les mains d'Octave. Après avoir essayé vainement le pouvoir de ses charmes sur son vainqueur, Cléopâtre, éclairée sur ses véritables intentions par le grand-prêtre Paësi, qui lui offre de la soustraire par la mort à cet outrage suprême, envoie chercher l'ureus sacré du Serapeum et meurt, piquée au sein par le serpent divin.

Ce roman de Jean Bertheroy est digne du poète des *Femmes Antiques*. C'est une œuvre passionnée où se révèle un profond sentiment de l'antiquité égyptienne. (*Le Figaro*).

Ce livre n'est point une œuvre de fantaisie pure, mais un roman historique dans le bon et vrai sens du mot. Cléopâtre y revit tout entière devant nos yeux. (*Nouvelle Revue.*)

Armand COLIN et Cie, Éditeurs.

BIBLIOTHÈQUE de ROMANS HISTORIQUES

Hassan le Janissaire, par LÉON CAHUN.
1 vol. in-18 jésus, broché. **3 50**

C'est en Turquie, en Syrie, en Égypte que se déroulent les scènes de ce livre, au temps où les Turcs étaient à l'apogée de leur puissance militaire.

L'auteur a choisi pour cadre la campagne d'Égypte, entreprise en 1516 par le terrible Sultan Sélim Ier. Le héros du livre, Hassan, est un de ces jeunes chrétiens, nés dans les provinces européennes de l'empire musulman, enrôlés de force, et parmi lesquels se recrutait exclusivement l'infanterie des Janissaires.

Au cours de ses audacieuses pérégrinations, Hassan se rencontre avec le fameux corsaire Dragut et son légendaire lieutenant Chassediable, les maîtres de la Méditerranée et de l'Adriatique. L'amour d'une belle et traîtresse Vénitienne fait sortir le Janissaire de son devoir, jusqu'à l'assassinat et la désertion ; mais il rachète en quelque sorte toutes ses fautes à force d'héroïsme.

Ce qui fait l'originalité de ce type du soldat turc Osmanli, c'est sa situation d'apprenti Janissaire, c'est le milieu bigarré de races et de religions dans lequel il est obligé de vivre, c'est la séparation absolue du monde à laquelle le condamne son métier. Ce portrait saisissant est complété par la résurrection très exacte du monde ambiant : gens de guerre et gens de mer, bourgeois, gens de loi et de religion, femmes de la haute société et de la rue, tels qu'ils étaient en Turquie au XVIe siècle.

Il y a là une étonnante résurrection, brutale et colorée, des mœurs militaires turques au seizième siècle. C'est un vrai roman « de cape et de cimeterre ».

(Revue illustrée.)

Une fable romanesque très bien menée, des récits de batailles fort dramatiques, et tout cela écrit dans un style vivant et coloré, assurent le succès de ce livre.

(La Paix.)

BIBLIOTHÈQUE de ROMANS HISTORIQUES

Les gens d'Épinal, par RICHARD AUVRAY.
1 vol. in-18 jésus, broché. **3 50**

Dans Épinal, ville soumise aux évêques de Metz, mais déjà plus qu'à demi indépendante, un jeune bourgeois, Hugues Dailly, est à la tête des novateurs qui voudraient donner la ville au duc de Lorraine. Pourtant il est fiancé à la fille d'un des chefs de la faction adverse, Colin Étienne. Mais l'arrivée de l'évêque de Metz provoque une émeute et rompt l'union du jeune homme et de sa fiancée Isabelle. L'évêque assiège la ville que Hugues, devenu le maître, défend victorieusement ; mais Étienne livre Épinal, prend son ennemi au piège et marie sa fille au fils du prévôt de l'évêque.

Méconnaissable, déguisé sous un nom d'emprunt, Hugues reparaît à la tête d'une bande de routiers qu'inspire une pauvre folle qui se dit la Pucelle échappée au bûcher. Dès lors, la ville ingrate est harcelée, minée ; Étienne meurt de froid, de fatigue et de terreur ; Isabelle, rendue veuve, tombe aux mains de son ancien fiancé, ivre de vengeance.

Mais à peine se sont-ils revus que l'amour, qu'ils avaient l'un et l'autre étouffé, renaît de l'oubli et que Hugues laisse échapper Isabelle, fidèle, malgré tout, au souvenir du mari perdu.

Le malheureux aventurier se trouve enfin, par une fortune inespérée, enrôlé sous la bannière du roi de France Charles VII, et est mis à la tête de la ville d'Épinal, volontairement incorporée à la couronne.

L'auteur, s'il sait brosser vigoureusement de grands décors de guerre, ne dédaigne point de nous peindre d'un pinceau léger les bons bourgeois d'Épinal.
(L'Estafette.)

Ce sujet a permis à l'auteur de nous faire voir, dans une belle mise en scène, un aspect souvent négligé de la vie du XVe siècle.
(L'Illustration.)

BIBLIOTHÈQUE de ROMANS HISTORIQUES

La Sœur du Soleil, par JUDITH GAUTIER (*ouvrage couronné par l'Académie française*). 1 vol. in-18 jésus, broché. **3 50**

L'action de ce roman se déroule en plein Japon féodal du dix-septième siècle. Le jeune Fidé-Yori, siogoun, c'est-à-dire grand chef du royaume, va atteindre sa majorité ; mais le régent, vieillard dévoré d'ambition, refuse d'abandonner le pouvoir et entoure même la vie du prince d'embûches auxquelles celui-ci n'échappe que grâce aux avis mystérieux d'une jeune fille inconnue et au dévouement chevaleresque de son favori, le prince de Nagato.

Bientôt le régent lève l'étendard de la révolte, le royaume se divise et une guerre civile éclate.

Le prince de Nagato est l'âme de la lutte. Cet héroïque jeune homme nourrit au plus profond de son âme un impossible amour pour la divine Kisaki, l'épouse du Mikado. La princesse a deviné cet amour et, si sa bouche est restée muette, ses yeux ont parlé malgré elle. L'aveu ne s'envolera de leurs lèvres que le jour où le prince de Nagato aura sauvé la vie de la Kisaki, mais de ce jour aussi les deux amants seront à jamais séparés : la princesse, trop pure et trop fière pour trahir son époux, se fait prêtresse du Soleil.

Dès lors, le prince de Nagato ne tient plus à la vie : il sauve une dernière fois le siogoun, qui a enfin retrouvé la jeune fille mystérieuse dont sa pensée et son cœur sont remplis, et s'ensevelit lui-même, après une dernière bataille, sous les ruines fumantes du palais.

Ce livre est une pure merveille, le chef-d'œuvre de Mme Judith Gautier et un chef-d'œuvre de notre langue.

Je ne sais rien de plus beau que ces pages trempées de lumière et de joie, où toutes les formes sont étranges et belles, tous les sentiments fiers ou tendres. *(Le Temps).*

Armand COLIN et Cie, Éditeurs.

BIBLIOTHÈQUE de ROMANS HISTORIQUES

La Conquête du Paradis, par JUDITH GAUTIER.
1 vol. in-18 jésus, broché.   **3 50**

Au milieu de merveilleux tableaux de la vie et de la nature orientales, une trame romanesque met en scène la glorieuse et émouvante histoire de la conquête de l'Inde par les Français, cette brillante aventure où nos soldats gagnèrent ce paradis que nous ne sûmes garder qu'une heure.

Sur la foule bariolée des personnages mis en action, trois figures se détachent en haut relief : celle de Dupleix, admirable de puissance et de vie ; celle du marquis de Bussy, le héros du livre, véritable type de ce que le génie français a produit de plus spirituel, de plus audacieux, de plus chevaleresque ; enfin la figure à la fois tendre et farouche de la reine Ourvaci, la vierge guerrière.

Bussy aime la reine de Bangalore, et c'est cet amour, traversé par les événements les plus étranges, mêlé aux faits d'armes les plus follement héroïques, comme cette prise de Gengi, dont le récit est un mot à mot historique rigoureusement exact, c'est cet amour que nous peint l'auteur en des décors éclatants. Ce jeune héros, que des aventures extraordinaires mais vraies conduisent au trône de Bangalore, est d'ailleurs un personnage réel : Charles-Joseph Patissier, marquis de Bussy-Castelnau, qui défendit Pondichéry avec tant d'intelligence et de courage. L'auteur n'a eu qu'à puiser dans l'histoire pour composer le plus romanesque et le plus véridique des romans.

Ce roman historique est aussi un roman poétique, dans lequel on retrouve cette imagination héroïque et pure, ce je ne sais quoi de noble qui fait le charme des livres de Judith Gautier.

(*Le Temps.*)

Un livre de Mme Judith Gautier est toujours un régal pour les délicats. Dans *la Conquête du Paradis*, la fantaisie du roman s'allie merveilleusement avec les données historiques.

(*Le Figaro.*)

Armand COLIN & Cie, Éditeurs.

BIBLIOTHÈQUE de ROMANS HISTORIQUES

Volontaire (1792-1793), par JANE DIEULAFOY.
1 vol. in-18 jésus, broché.   **3 50**

Ce roman, qui évoque sous un voile discret une des figures les plus touchantes de l'épopée révolutionnaire, commence à l'heure terrible où la France anxieuse voit ses frontières menacées par la coalition allemande.

A l'appel de la patrie en danger, des volontaires accourent au camp de Maulde, s'unissent aux paysans organisés en garde nationale et harcèlent les troupes impériales, pillardes mais encore hésitantes.

Une émouvante histoire d'amour, d'abord encadrée dans les péripéties de la guerre, se déroule au milieu des haines de famille exaltées par les passions politiques qui divisent les bourgeois royalistes et les bourgeois patriotes de Saint-Amand. Le drame s'achève devant le comité de Sécurité révolutionnaire de Valenciennes.

L'auteur a peint, avec une vigueur qui est la caractéristique de son œuvre, l'attachement du paysan émancipé pour la terre conquise, les rancunes locales ou domestiques, les emportements populaires, les défiances du patriotisme toujours en éveil, les misères héroïques du soldat de la Révolution et le sublime entraînement des vierges elles-mêmes s'armant pour la patrie.

Bien que « Volontaire » soit un poème d'amour et de gloire, les scènes de passion sont traitées avec une telle délicatesse de sentiment qu'il n'est gracieuses mains entre lesquelles on ne le puisse placer.

Volontaire est un roman très lestement mené et nous donnant une juste idée du monde bourgeois et provincial de cette Révolution qui sert si souvent de cadre à nos peintres et à nos romanciers. (*Le Figaro*).

De l'action, du mouvement, un dialogue prompt, clair, plein de mots. Le style est vigoureux et abondant à la fois. Les aventures sont menées avec une énergie toute virile. (*Le Soir*).

BIBLIOTHÈQUE de ROMANS HISTORIQUES

Salammbô, par GUSTAVE FLAUBERT. 1 vol. in-18 jésus, broché, 3 50

Chronique du règne de Charles IX, par PROSPER MÉRIMÉE, de l'Académie française. 1 vol. in-18 jésus, broché, 3 50

Cinq-Mars, par ALFRED DE VIGNY, de l'Académie française. 1 vol. in-18 jésus, broché, 3 50

Zoroastre, par F. MARION CRAWFORD. *Ouvrage couronné par l'Académie française.* 1 vol. in-18 jésus, broché, 3 50

Pougatchef, par R. CANDIANI, d'après le roman russe de Salhias de Tournemire. 1 vol. in-18 jésus, broché, 3 50

L'auteur de ce livre s'est proposé de présenter au public français une adaptation du célèbre roman de Salhias de Tournemire intitulé *Les Pougatcheffsy.* Les proportions, inusitées chez nous, de cette œuvre géniale et touffue rendaient en effet impossible une traduction pure et simple.

L'originalité profonde de ce roman consiste surtout en ce qu'on a voulu y exprimer « l'état d'âme » du peuple russe, à ce moment tragique qu'il a lui-même nommé « l'année noire ». Toute une race vit et palpite en ces pages d'un mouvement et d'une couleur intenses ; toute classe, tout tempérament y sont incarnés en des types synthétiques d'un saisissant relief.

La Bien-Aimée (récits de l'occulte), par GILBERT AUGUSTIN-THIERRY. 1 vol. in-18 jésus, broché, 3 50

Les trois nouvelles qui composent ce volume présentent, avec une intensité dramatique, un relief vraiment saisissant, trois cas, si l'on peut dire, des plus étranges et des plus mystérieux. En lisant ces pages d'une si rare saveur, on songe à ce *frisson nouveau dans la littérature* dont parlait Victor Hugo à propos d'un poète célèbre.

Paris. — Imp. E. CAPIOMONT et Cie, rue des Poitevins, 6.